四川大学"中国语言文学与中华文化全球传播学科群"·名家文库

反 抗 虚 无

——论中国新文学的历史主题

李 怡 著

科 学 出 版 社

北 京

内 容 简 介

  本书是著者多年新文学研究成果的汇编，主题是挖掘百年中国新文学历史演变的基本问题。在作者看来，历史的过程之所以值得我们一再重述和审视，就是因为人们太容易遗忘，又因为遗忘而常常不自觉地自蹈虚无主义的覆辙，历史的教训总是被我们抛之脑后。"反抗虚无"就是铭记过往，警示后人。本书分"现代性""国与族""地方""文献"四个专题编列。这四个专题处在当今中国现当代文学研究的前沿，著者的论述是对相关专题的积极介入。论著涉及的论题可以让我们了解中国现代文学研究在当前的学术动向，对于推动上述领域的思考具有重要的价值。

  本书可供中国现当代文学研究方向的学者、师生和文学爱好者阅读。

图书在版编目（CIP）数据

反抗虚无：论中国新文学的历史主题 / 李怡著. —北京：科学出版社，
2023.3

（四川大学"中国语言文学与中华文化全球传播学科群"名家文库）
ISBN 978-7-03-075180-5

Ⅰ. ①反… Ⅱ. ①李… Ⅲ. ①中国文学－现代文学史－文学史研究
Ⅳ. ①I209.6

中国国家版本馆CIP数据核字（2023）第 044542 号

责任编辑：常春娥 / 责任校对：贾伟娟
责任印制：吴兆东 / 封面设计：润一文化

科学出版社 出版
北京东黄城根北街 16 号
邮政编码：100717
http://www.sciencep.com
北京厚诚则铭印刷科技有限公司印刷
科学出版社发行　各地新华书店经销
*
2023 年 3 月第 一 版　开本：720×1000　1/16
2024 年 8 月第二次印刷　印张：18 3/4
字数：293 000
定价：**128.00 元**
（如有印装质量问题，我社负责调换）

四川大学"中国语言文学与中华文化全球传播学科群"·名家文库

编委会成员

作 者 简 介

　　1966 年 6 月生于重庆，1984 年就读于北京师范大学中文系，2003 年获得文学博士学位。现为中国现当代文学专业博士生导师。先后担任西南师范大学文学院教授、北京师范大学文学院教授、四川大学文学与新闻学院教授，兼任中国现代文学研究会副会长、中国鲁迅研究会副会长兼基础教育分会会长。主要从事中国现代诗歌、鲁迅及中国现代文艺思潮研究。出版过学术论著《中国现代新诗与古典诗歌传统》《现代四川文学的巴蜀文化阐释》《为了现代的人生——鲁迅阅读笔记》《中国现代诗歌欣赏》《日本体验与中国现代文学的发生》《作为方法的"民国"》《文史对话与大文学史观》等。教育部"新世纪优秀人才"、国家"万人计划"哲学社会科学领军人才，全国百篇优秀博士论文获奖者，享受国务院政府特殊津贴。

序

　　中国是世界上唯一一个文明没有出现过断层的国家，是四大文明古国之一。中华文明经历了比其他文明更坎坷、更漫长的旅程，如今仍然枝繁叶茂、繁荣昌盛，我们理应为自己的文明感到骄傲。中国语言文学，是中华文明数千年来的瑰丽结晶。刘勰在《文心雕龙》"原道"篇开篇即言："文之为德也大矣，与天地并生者何哉？"曹丕于《典论·论文》中说："盖文章，经国之大业，不朽之盛事。"中国以一个"文"架起了"德"与"道"，构建起了中国人最基本的文化认同感。事实上，也正是一代又一代文人志士的努力，才使得中华文化在文学中传承千古，造就了中国今天底蕴深厚的文学大国形象。

　　全球化真正波及中国的时间只有 100 多年，且是伴随着近代受到列强的侵略展开的。我们从 100 多年前敞开国门之时，便开始学习西方，从学习科技、学习制度到学习文化，由外及里，逐渐深入。中国的人文社会科学学科同样如此，至今为止，其西化程度是惊人的。受到西方科学化、体系化的逻辑思维影响，中国人文社会科学在步入现代化教育体系的同时，也因西方话语的席卷而"失语"，中国学术在世界上的声音在一定程度上还处于"有理说不出、说了传不开"的境地，并未获得与中国国际地位相称的话语权。

　　建构中国学术话语体系，既是解决中国学术话语国际"失语症"这一重要问题的途径，也已成为国家的重要文化战略。目前，我国高度重视中华优秀传统文化的传承传播与中国特色学术话语体系建设，强调要"讲好中国故事，展现真实、立体、全面的中国，提高国家文化软实力"，明确提出中国哲学社会科学学术话语体系要具有"中国特色、中国风格、中国气派"。

　　本套丛书的出版起源于四川大学"中国语言文学与中华文化全球传播学科群"的建设。2017 年 9 月，四川大学入选世界一流大学建设 A 类名单，由曹顺庆教授担任首席科学家的"中国语言文学与中华文化全球传播学科群"，入选为四川大学 12 个重点建设的学科（群）之一。学科群植根于四川大学深厚的人文底蕴，致力于研究全球化语境下中华文化的传承创新与传播，设立了"中国语言文学与中华文化全球传播学科群文库"，"名家文库"是其中一个子库。本套丛书的出版，就是希望能够通过整理和出版四川大学学者的论著，将中国文学与文化推广出去，提升中国文化的影响力，打造中华优秀传统文化与传播研究的世界学术高地，以期为中华民族积极参与构建世界新文明体系贡献四川大学的声音与智慧。

四川大学中国语言文学学科，传承优良学统，凭借雄厚的师资力量，重视四川大学中文学科资源整合，成立中华文化研究院，深入探索中华文化经典，并进一步研究中华文化对外传播研究与实践，创新中国学术话语理论，开辟了中国文化经典研究在英语世界、法语世界、德语世界以及"一带一路"沿线国家中的译介与传播研究。四川大学杰出教授项楚的敦煌学研究，改变了"敦煌在中国，敦煌学在国外"的窘境，用翔实的学术事实，折服欧美及日本学者，为祖国赢得学术声誉，提升了中国文化软实力；四川大学杰出教授、欧洲科学与艺术院院士、长江学者特聘教授曹顺庆提出的"失语症"问题直面中国学术话语体系建设，创立"比较文学变异学"学科理论新话语，其专著《比较文学变异学》（Shunqing Cao, *The Variation Theory of Comparative Literature*, Springer, Heidelberg，2013）作为比较文学创新话语在西方的亮相引起了国际广泛关注，受到美国科学院院士苏源熙（Haun Saussy）、法国索邦大学教授佛朗哥（Bernard Franco）和欧洲科学院院士拉森（Svend Erik Larsen）等著名学者的高度评价；由从英国归国的赵毅衡教授领衔的四川大学符号学团队注重中华传统符号学遗产发掘，被誉为"符号学东方学派"，与传播学融合发展拓展中华文化国际传播研究与实践的新路径；还有四川大学杰出教授詹石窗的宗教学文献研究、长江学者特聘教授张弘的佛教文学研究、长江学者特聘教授盖建民的宗教文献研究、长江学者特聘教授傅其林的东方马克思主义文论研究、长江学者特聘教授金惠敏的西方文论研究、二级教授李怡的现当代文学研究、二级教授刘福春的现当代文献学研究、二级教授蒋晓丽的新闻学研究、二级教授刘亚丁的俄罗斯文学研究、二级教授石坚的美国印第安文学研究、二级教授舒大刚的古典文献学研究、二级教授王晓路的中西文论与文化比较研究、二级教授周裕锴的宋代文学研究、二级教授徐新建的文学人类学研究，二级教授俞理明的古汉语研究、二级教授阎嘉的文艺美学研究、二级教授易丹的电影研究、二级教授曹明伦的外国文学研究、二级教授张泽洪的宗教文化研究，以及青年长江学者周维东的现当代文学研究，等等。以上提及的研究者都是"中国语言文学与中华文化全球传播学科群"学术研究的佼佼者。

本套丛书的第一批作者有：曹顺庆、詹石窗、曹明伦、李怡、刘亚丁、舒大刚、徐新建、阎嘉、俞理明、张泽洪等 10 余位四川大学杰出教授与二级教授。所精选的论著论题广泛，论述深刻，内容涉及中国古代文学、中国现当代文学、中国古典文献学、语言学、文艺学、比较文学与世界文学、外国语言文学、宗教文化等领域，学术内涵丰富，意义深远，传播价值高，集四川大学中国语言文学与中华文化研究领域之精品于一堂。

"高山仰止，景行行止。"高山纵使令人景仰，若要更好地看清它，还需要攀登到更高的山头上，方可整体性地纵观全局。在阅读本套丛书时，希望读者不必拘泥于某个"窄而精"的研究范围，而是可以打破学术视野和思维局限，重新建立中国语言文学与文化的汇通知识体系，也希望本套丛书能够助力读者向"博通古今，学贯中西"的境界再迈进一步。

四川大学"中国语言文学与中华文化全球传播学科群"

2019 年 10 月

目　　录

国 与 族

地 方

文 献

小　　　引

面对"虚无"的"方法"

我曾经以"作为方法的民国"为题讨论过中国现代文学研究的"方法"问题,最近几年,"作为方法"的讨论连同这样的竹内好—沟口雄三式的表述都流行一时,这在客观上容易让我们误解:莫非又是一种学术术语的时髦?属于"各领风骚三五年"的概念游戏?

"方法"的确重要,尽管人们对它也可能误解重重。

在汉语传统中,"方"与"法"都是指行事的办法和技术。"方",《康熙字典》释义:"又术也,法也。《易·系辞》:方以类聚。《疏》:方谓法术性行。《左传·昭二十九年》:官修其方。《注》:方,法术。""法"字在汉语中多用来表示"法律"等义,它的含义古今变化不大。后来由"法律"义引申出"标准""方法"等义。这与拉丁语系 method 或 way 的来源含义大同小异——据说古希腊文中有"道路"的意思,表示人们活动所选择的正确途径或道路。在我们后来熟悉的马克思主义哲学中,"世界观"与"方法论"的相互关系更得到了反复的阐述:人们关于世界是什么、怎么样的根本观点是"世界观",而以这种观点作指导去认识世界和改造世界的具体理论表述,就是所谓的"方法论"。

在我们的传统认知中,关于世界之"观"是基础,是指导,方法之"论"则是这一基本观念的运用和落实。因而虽然它们紧密结合,但是究竟还是以"世界观"为依托,所以在"改造世界观"的社会主潮中,我们对"世界观"的阐述和强调远远多于对"方法"的讨论,在新中国改革开放前的国家思想主流中,"方法"常常被搁置在一边,满眼皆是"世界观"应当如何端正的问题。到新时期之初,终于有了反弹,史称"1985 方法论热",一时间,文艺方法论迭出,西方文艺社会学、心理学、语言学、原型批评、接受美学、结构主义、解构主义、新批评、现象学、存在主义、解释学,以及借鉴的自然科学方法(系统论、控制论、信息论、模糊数学、耗散结构、熵定律、测不准原理等），这些令人眼花缭乱的"新方法"冲破了单一的庸俗社会学的"旧方法"，开辟了新的文学研究的空间。不过，在今天看来，却又因为没有进一步推动"世界观"的深入变革而常常流于批评概念的僵硬引入，令有的理论家颇感遗憾："仅仅强调'方法论革命'，这主要是针对'感悟式印象式批评'和过去的'庸俗社会学'而来的，主要是针对我们把握世界的'方式'而言的。'方法论革命'没有也不能够关注到'批评主体自身素质'的革命。"①

平心而论，这也怪不得 1985，在那个刚刚"解冻"的年代，所有的探索都还在悄悄进行，关于世界和人的整体认知——更深的"观念"——尚是禁区遍布，一切的新论都还在小心翼翼中展开，包括对"反映论"的质疑都还在躲躲闪闪、欲言又止中进行，遑论其他？②

1960 年 1 月 25 日，日本的中国研究专家竹内好（Takeuchi Yoshimi）发表演讲《作为方法的亚洲》。数十年后，他已经不在人世，但其思想的影响却日益扩大，2011 年，沟口雄三《作为方法的中国》在北京生活·读书·新知三联书店出版。③此前，中文译本已经出版，为《做为"方法"的中国》④；而有的中国学者（如孙歌、李冬木、汪晖、陈光兴、葛兆光等）也早在 20 世纪 90 年代就注意到了《方法としての中国》，并陆续加以介绍和评述。最近 20 来年的中国思想文化与文学批评界，则可以说出现了一股"作为方法"的表述潮流，"作为方法的日本""作为方法的竹内好""亚洲作为方法"，以及"作为方法的 80 年代"等都在我们学术话语中流行开来，从 1985 年至 1990 年直到 2011 年，"方法"再次引人注目，进入了学界的视野。

这里的变化当然是显著的。

虽然名为"方法"，但是竹内好、沟口雄三思考的起点却是研究者的立场和研究对象的特殊性。中国何以值得成为日本学者的"方法"总结？归根

---

① 吴炫：《批评科学化与方法论崇拜》，《文艺理论研究》1990 年第 5 期，第 3 页。
② 参见夏中义：《反映论与"1985"方法论年——以黄海澄、林兴宅、刘再复为人物表》，《社会科学辑刊》2015 年第 3 期。
③ 沟口雄三：《作为方法的中国》，孙军悦译，北京：生活·读书·新知三联书店，2011 年。
④ 林右崇译，1999 年出版。

结底，是竹内好、沟口雄三这样的日本学者在反思他们自己的学术立场，中国恰好可以充当这种反思的参照和借鉴。日本学人通过参照中国这样一个"他者"进行自我的批判，实现从"西方"话语突围，重新确立自己的主体性。竹内好所谓中国"回心型"近现代化历程，迥异于日本式的近代化"转向型"，比较中被审判的是日本自己的文化。沟口雄三批评那种"没有中国的中国学"，其实也是通过这样一个案例来反驳欧洲中心的观念，确立包括日本在内的建立非欧洲区域的学术主体性。换句话说，无论是竹内好还是沟口雄三都试图借助"中国"独特性这一问题突破欧洲观念中心的束缚，重建自身的思想主体性。如果套用我们多年来习惯的说法，那就是竹内好—沟口雄三的"方法之论"既是"方法论"，又是"世界观"，是"世界观"与"方法论"有机结合下对世界与人的整体认知。

事实上，这也是"作为方法"之所以成为"思潮"的重要原因。在告别了20世纪80年代浮躁的"方法热"之后，在历经了20世纪90年代波诡云谲的"现代—后现代"翻转之后，中国学术也步入了一个反省自我、定义自我的时期，日本学人作为先行者的反省姿态当然格外引人注目。

如果我们承认中国当代学术需要重新厘定的立场和观念实在很多，那么"作为方法"的思潮就还会在一定时期内延续下去，并由"方法"的检讨深入到对一系列人与世界基本问题的探索。

在中国现当代文学的领域中，我坚持认为考察具体的国家社会形态是清理文学之根的必要条件，在这个意义上，"民国作为方法"或"共和国作为方法"比来自日本的"中国作为方法"更为切实和有效。同时，"民国作为方法"与"共和国作为方法"本身也不是一劳永逸的学术概念，它们都只是提醒我们要有一种尊重历史事实的基本学术态度，至于在这样一个态度的前提下我们究竟可以获得哪些主要认知，又以何种角度进入文学史的阐述，则是一些需要具体处理、不断回答的问题，比如具体国家体制下形成的文学机制问题，国家观念与民族意识的互动与冲突，适用于中华民国和中华人民共和国语境的文学阐述方法，以及具体历史环境中现代中国作家的文学选择等，严格说来，继续沿用过去一些大而无当的概念已经不能令人满意了，因为它没有办法抵近这些具体的历史真相而抚摸这些历史的细节。

　　"民国作为方法"是对陈旧的庸俗社会学理论及时髦无根的西方批评理论的整体突破,而突破之后的我们则需要更自觉更主动地沉入历史,进入事实,在具体的事实解读的基础上发现更多的"方法",完成连续不断的观念与技术的突破。如此一来,"民国作为方法"就是一个需要持续展开的未竟的工程。

　　四川大学双一流学科建设希望通过一套论丛的形式系统展示人文学者的主要研究,我也期待通过这样的结集,能够对自己近些年来的思考有所总结,不是为了指导别人,而是为了自我反省、自我提高。自我总结,我首先想起的就是"方法"的问题,如上所述,方法并不只是操作的技术,它同样是对世界的一种认知,是对我们精神世界的清理。在这一意义上,所有的关于方法的概括归根到底又可以说是一种关于自我的追问,所以又可以称作"自我作为方法"。

　　那么,在今天的自我追问当中,什么是绕不开的话题呢?我认为是虚无。

　　在心理学上,"虚无"是一种无法把捉的空洞状态;在思想史上,"虚无"却是丰富而复杂的存在,可能为零,也可能是无限,可能是什么也没有,但也可能是人类认知的制高点。它是一个复杂的概念。在今天,讨论思想史意义的"虚无"可能有点奢侈,至少应该同时进入古希腊哲学与中国哲学的儒道两家,东西方思想的比较才可能帮助我们稍微一窥前往的门径。但是,作为心理状态的空洞感却可能如影随形,挥之不去,成为我们无可回避的现实。这里的原因比较多样,有个人理想与社会现实感的断裂,有学术理念与学术环境的冲突,有人生的无奈与执着梦想的矛盾……当然,这种内与外的不和谐本来就是人生的常态,对于凡俗的人生而言,也就是一种生活的调节问题,并不值得夸大其词,也无须纠缠不休。但对于一位以思想为志业的人来说,恐怕是另外一种情形。因为,我们既然选择了将思想作为人生的第一现实,那么关乎思想的问题就不那么轻而易举被生活的烟雨所荡涤,它会执拗地拽住你,缠绕你,刺激你,逼迫你作出解释,完成回答,更要命的是,我们自己一方面企图"逃避痛苦",规避选择,另一方面,却又情不自禁地为思想本身所吸引,不断尝试着挑战虚无,圆满自我。

　　这或许就是每一位真诚的思想者的宿命。

在鲁迅眼中，虚无是一种无所不在的"真实"，"当我沉默着的时候，我觉得充实；我将开口，同时感到空虚"（《野草》题辞），"绝望之为虚妄，正与希望相同"（《希望》），"于浩歌狂热之际中寒；于天上看见深渊。于一切眼中看见无所有；于无所希望中得救"（《墓碣文》），所以，他实际上是穿透了虚无，抵达了绝望。对于鲁迅而言，已经没有必要与虚无相纠缠，他反抗的是更深刻的黑暗——绝望。

虚无与绝望还是有所不同的。在现实的世界上，盼望有所把捉又陡然失落，或自以为理所当然实际无可奈何，这才是虚无感，但虚无感的不断浮现却也说明在大多数的时候，我们还浸泡在现实的各种期待当中。但是，我们必须与虚无博弈，反抗虚无比顺从虚无更值得我们去追求。

于是，我也愿意将这一本文集当作自己挑战虚无、反抗虚无的一种总结和记录。

在我的想象之中，每一个学术命题的提出就是一次祛除虚无的尝试，而每一次探入思想荒原的尝试都是生命的不屈的抗争。

回首这些年来的思想历程，我愿意分享的几个主题包括现代性、国与族、地方与文献。

"现代性"是我们无法拒绝却又并不心甘情愿接受的现实。

"国与族"的认同与疏离可能会让我们纠结一生。

"地方"是我们最可能遗忘又最不该遗忘的土地与空间。

"文献"在事实上绝不像它看上去的那样僵硬和呆板，发现了文献的灵性，我们才真的有可能跳出"虚无"的魔障。

如果仔细勘察，以上的主题之中或许就包含着若干反抗虚无的"方法"。

现代性

"重估现代性"思潮与中国现代文学传统的再认识

在20世纪80年代的文化启蒙不得不退潮之后，以质疑启蒙为起点的后现代主义文化开始在中国登陆，"重估现代性"便是这一文化颇具冲击力的中心话语之一。今天，对于"现代"的追问和重估在根本上影响着我们中国现代文学的安身立命之本，影响着这一学科内部的最基本的价值判断方式，就是对于这种"重估"结论并不完全赞同的文学史家也开始认认真真地将"现代性"作为中国现代文学的基本叙述语汇，这就给我们提出了一个严肃的课题：这样的"重估"思潮已经给我们的学科发展带来了什么？在这一来势凶猛的冲击之下，我们是否有必要重新检查我们既往的中国现代文学观，是否有必要重新思考我们业已形成的中国现代文学"传统"？

一

中国现代文学研究者对"现代"的自觉追问远不如这门学科历史久远。汪晖作为这一学科的重要学者，他告诉我们的事实是，直到20世纪80年代中期，在他向唐弢先生请教何谓现代文学的"现代"时，唐弢先生也只是回答说，这是一个"很复杂"的问题。①

的确，中国现代文学研究界乃至整个中国现代学术思想界对于"现代"的认识都经历了一个复杂的过程，当我们将自己完全置于启蒙主义思想大潮的20世纪80年代，在"现代意识"漫天飞舞的时候，其实我们很少对"现代"这一思想或概念进行全面而冷静的考察，"现代"这一思想或

---

① 汪晖：《我们如何成为"现代的"？》，《中国现代文学研究丛刊》1996年第1期。

概念引起中国学术界的警觉和高度重视却是在 20 世纪 90 年代，那时"现代"及其价值已经被严重疑问，当然这种质疑首先并不来自我们中国现代文学界，这一源于"现代之后"的西方思想界的声音是经由"新锐"的中国文艺学界及当代文学界的"舶来"才对贫瘠的20世纪90年代思想产生了重大冲击的。

应当说，面对冲击首当其冲的就是我们的中国现代文学界，因为支撑着这一领域的思想基础就是 20 世纪以来特别是五四运动以后完善和自觉的文学与文化的"现代性"追求，今天，当这一目标本身都成了问题，那么我们用以判断五四新文学革命与新文化运动的标尺就显然是大可怀疑的了，甚而至于，连我们的研究对象中国现代文学本身的价值与意义也因此而变得飘忽不定起来，"重估现代性"思潮促成了中国现代文学研究界自新时期完形以来的一次重大的分化和调整。

另外一方面，我们也发现，因为我们对于"现代"的考察与追问并不是起源于中国现代文学这一学科发展的内部，所以尽管这些新鲜的"现代性知识体系"极大地更新了我们固有的认识与思维，带给我们分析既往文学现象的新的视角、新的方法以及新的结论。但是，在今天看来，它始终还是无法克服那种与丰富的文学史事实彼此隔膜的状态，这种隔膜有时或许难以言明，但你却又实实在在地感受着它的存在。比如，21 世纪初在这一"现代性知识体系"中运用广泛、影响甚大的几个结论——詹姆逊[①]"寓言"说、"两种现代性"理论说以及现代主义作为审美现代性最高体现说等都是这样。

随着詹姆逊"第三世界"文学理论在中国的走红，我们也越来越频繁地使用着他的一个重要概念：寓言性。"所有第三世界的本文均带有寓言性和特殊性：我们应该把这些本文当做民族寓言来阅读""第三世界的本文，甚至那些看起来好像是关于个人和利比多趋力的本文，总是以民族寓言的形式来投射一种政治：关于个人命运的故事包含着第三世界的大众文化和社会受

---

① 指弗雷德里克·詹姆逊（Fredric Jameson），除原文引用外，本书统一采用此中译。

到冲击的寓言。"①詹姆逊试图告诉我们，包括鲁迅、中国现代文学在内的"第三世界文学"都可以在"民族寓言"的"政治投射"中获得阐释。不言而喻，这样的思路突出了"第三世界"个体命运与民族命运的同一性，从而在某种程度上扩大了我们的视野，但是如果我们将这些寓言模式的具体分析与已经存在的鲁迅小说的一些研究相比较，就会发现，新的阐释似乎并不比旧有的分析更加细致，相反，正如有的学者早就发现的那样，它有时就是以一种笼统而粗疏的方式掩盖了鲁迅艺术世界原本存在的诸多微妙、矛盾与复杂；②接着下去，我们还会进一步发现，这样的阐释所带来的"方便"竟然是几乎所有的中国现代作家都可以无甚分别地装入"民族寓言"的划一模式当中，在这样的似乎充满了新意的"混装"里面，文学自身的丰富与差别被一再地牺牲着。

再如，21 世纪初人们谈论得较多的"两种现代性"即"审美现代性与世俗现代性"理论也是如此。在对于"世俗现代性"的发掘中，人们开始引入一系列新的现代社会的体制化追求作为对中国现代文学的新的解释，诸如现代民族国家理论（还包括其中的所谓"神话"般存在的"国民性理论"）、现代出版业及其所开拓的"公共空间"理论等。显然，这样的讨论将大大地拓宽我们研究的视野，正如有的学者所指出的那样："由于中国现代性文学不是单纯的诗学或美学问题，而是涉及更为广泛的文化现代性问题，因此，有关它的研究就需要依托着一个更大的学科框架。也就是说，它是一个涉及现代政治、哲学、社会学、心理学和语言学等几乎方方面面的文化现代性问题，因而需要作多学科和跨学科的考察。有鉴于此，需要有一门更大的学问，去专门追究中国文化的现代性或现代化问题，从而为中国现代性文学研究打下坚实的学科地基或学科立足点。"③ "以往对现代文学的研究都过于强调作家、文本或思想内容，然而，在民族国家这样一个论述空间里，'现

---

① 弗雷德里克·杰姆逊：《处于跨国资本主义时代中的第三世界文学》，张京媛译，《当代电影》1989 年第 6 期，第 48 页。此文献中的"杰姆逊"现在常用翻译为詹姆逊。"利比多趋力" 现在一般译作"力比多驱力"。

② 高远东：《经典的意义——鲁迅及其小说兼及弗·詹姆逊对鲁迅的理解》，《鲁迅研究月刊》1994年第4期。

③ 王一川：《现代性文学：中国文学的新传统》，见宋剑华编《现代性与中国文学》，济南：山东教育出版社，1999 年，第 330—331 页。

代文学'这一概念还必须把作家和文本以外的全部文学实践纳入视野，尤其是现代文学批评、文学理论和文学史的建设及其运作。"①也就是说，詹姆逊所指出的那种第三世界国家个人性与民族整体性的同一关系有必要在"文学文本"之外的更广大的空间获得切实的说明。然而，现在我们常常遇到的问题却是：这些新颖的的确也是头头是道的"文学文本"之外的分析究竟在多大的意义上符合了我们对于文学文本的基本感受？须知，是文学文本构成了真正的文学的历史，所有"文学文本"之外的分析都最终是为了我们更深刻地理解"文学文本"自身。例如，或许我们会承认这样的事实："对现代性进行思考和肯定的一个重要方面就是建立现代民族国家理论，这使汉语的写作和现代国家建设之间取得了某种天经地义的联系。"但是，从"民族国家"这一理论基点而引发的具体的文学分析就不能不让我们疑窦丛生："民族国家文学本来就是西方的文化霸权在汉语写作中的某种曲折的体现"，以萧红的《生死场》为例，这一理论的结论是："鲁迅虽然没有在他后来被广为引用的序言中把民族之类的字样强加于作品，但他仍然模糊了一个事实，即萧红作品所关注的与其说是'北方人民对于生的坚强，对于死的挣扎'，不如说是乡村妇女的生活经验。鲁迅根本未曾考虑这样一种可能性，即《生死场》表现的也许还是女性的身体体验。"②我们的疑惑在于，在鲁迅的"生与死"的解读与女性的生活与身体体验之间，是否就真的存在这样可怕的距离？而且，鲁迅的民族意识是否能够与一般的民族国家主义理念相一致，甚至也可以进一步视为一种"西方文化霸权"的体现？

至于将"国民性"理论追溯到西方文化对于东方与中国的"歪曲"，又据此断定鲁迅和其他五四作家是在这样的歪曲的理论指导下制造了"改造国民性"的神话，这些分析恐怕都远离了文学史的基本事实："他（指鲁迅——引者）根据斯密斯著作的日译本，将传教士的中国国民性理论'翻译'成自

---

① 刘禾：《文本、批评与民族国家文学》，见王晓明编《批评空间的开创：二十世纪中国文学研究》，上海：东方出版中心，1998年，第297页。

② 刘禾：《文本、批评与民族国家文学》，见王晓明编《批评空间的开创：二十世纪中国文学研究》，上海：东方出版中心，1998年，第315、301页。

己的文学创作，成为现代中国文学最重要的建筑师。"①将作家复杂的人生体验支持下的文学创作如此简明地解释为对一种外来理论的"翻译"，这无论如何都是缺乏说服力的。同样，这样的巨大的疑虑也可以从一些关于"公共空间"的论述中产生："鲁迅的《伪自由书》，是否为当时的'公共空间'争取到一点自由？他的作品是否有助于公共空间的开拓？""就《伪自由书》中的文章而言，我觉得鲁迅在这方面反而没有太大的贡献。如果从负面的角度而论，这些杂文显得有些'小气'。我从文中所见到的鲁迅形象是一个心眼狭窄的老文人，他拿了一把剪刀，在报纸上找寻'作论'的材料，然后'以小窥大'把拼凑以后的材料作为他立论的根据。事实上他并不珍惜——也不注意——报纸本身的社会文化功用和价值，而且对于言论自由这个问题，他认为根本不存在。"②仅仅专注于鲁迅的激愤，却看不到当时政党专制与群众专制对鲁迅的基本自由的压制和剥夺；一味指责鲁迅在这反抗中的所谓"狭窄"，1919—1949 年那个时期对于正常人生的挤压，无视那个时期的基本生存空间的逼仄；公开自卫的力量是这样的备受指责，仅仅因为它是"公开"的，而"无物之阵"中阴暗而隐蔽的挤兑、不流血的狙击却反而获得了宽容，仅仅因为它们的阴暗和隐蔽！鲁迅对自我思想的捍卫难道不就是对当时那个时期的言论自由的捍卫？正当的自由空间的形成难道不正是依赖于越来越多的像鲁迅这样对于自我应有自由的努力主动的争取？自由是什么？自由并不是抽象的理论，而是能够真正落实的具体人生实践。在这一段关于《伪自由书》与"公共空间"的讨论中，我们所读到的恰恰是一种对于现代中国与现代中国文学的深刻的隔膜。

参照西方"两种现代性"的划分，我们也可以将现代中国作家对于进化论、对于线性进步、对于启蒙理性的信仰称为"世俗现代性"的体现，同时将存在于现代中国文学中的对于现代社会的若干怀疑，对传统人生的某种反顾和依恋作为"审美现代性"。这一划分对于揭示中国现代文学的自我构成

---

① 刘禾：《国民性理论质疑》，见王晓明编《批评空间的开创：二十世纪中国文学研究》，上海：东方出版中心，1998 年，第 170 页。

② 李欧梵：《"批评空间"的开创——从〈申报·自由谈〉谈起》，见王晓明编《批评空间的开创：二十世纪中国文学研究》，上海：东方出版中心，1998 年，第 115、116 页。

无疑颇有启发意义，特别是注意到现代中国文学的现代性作为"反现代的现代性"的一面将会为中国新文学"审美现代性"找到更多更丰富的解释。然而至少到 2002 年为止，这样的解说似乎还是过于"简明"了，在层层叠叠的理论铺垫之后，我们还没有获得更令人信服的阐释。例如进化论对于现代中国作家究竟是一种自觉的理性的信仰还是批判现实阻力时的情感的激动，这是一个关键性的问题，要解决这个问题我们就不能仅仅引用作家的理论的表白，而应当尽可能地进入他们复杂文本所构成的复杂的精神世界中去。①关于"审美现代性"的分析是否就比我们过去关于中国现代作家彷徨于现代/传统、情感/理性之间矛盾性的朴素的说明展开的细节更多，这也是一个需要认真对待的问题。无论如何，如果我们认定沈从文对于现代文明的怀疑与困惑、张爱玲对于古老文明的挽歌情调就是"审美现代性"的代表，那么就必须考虑到一些业已存在的复杂情形：沈从文自己也缺乏对坚持淳朴传统、批判现代堕落的信心，正如张爱玲同样对现代的世俗生活兴趣盎然一样——与西方作家以"审美"为力量批判现代的文明不同，在现代中国作家那里，"审美"总是如此复杂，绝非单一的理论模式所能穷尽的！这个看法是相当重要的："尽管现代性的理念自身可能涵容着矛盾、悖论、差异等复杂的因素，但借助现代性的理念建立起来的文学史观念，却表现出一种本质主义倾向，即把同质性、整一性看做文学史的内在景观，文学史家也总想为文学历史寻找一种一元化的解释框架，每一种研究都想把握到某种本质，概括出某种规律，每一种研究视野都太有整合能力。"②不仅传统研究中那种不自觉的"现代性的理念"可以带来本质主义的倾向，当下的自觉的对现代性的质疑也可能掩盖着历史本身的许多细节。

汉学家李欧梵在为《剑桥中华民国史》（1912—1949 年）所写的著名章节《文学的趋势 I：对现代性的追求，1895—1927 年》里，提出了一个重要的判断："鲁迅从西方式现代主义的边缘又'回到'中国的现实一事，可以说明他的同时代人的'现代化过程'。""现代性从来不曾在中国文学史中真

① 参见汪晖：《无地彷徨："五四"及其回声》，杭州：浙江文艺出版社，1994 年，第 16—17 页。
② 余凌：《中国现代文学中的审美主义与现代性问题——以〈批评空间的开创〉为中心》，《中国现代文学研究丛刊》1999 年第 1 期，第 259 页。

正获得过胜利。"①后来国内的"中国现代文学现代性论争"又出现了一个更加"彻底"的观点，即现代主义（当然是西方意义上的）就是文学现代性的标志，从这个意义上说，始终排斥现代主义思潮的中国现代文学根本就不具有现代性。这样的观点的确是清醒地意识到了中国现代文学与同时代西方文学的巨大差异，但难道说中国文学仅仅因为不具备同时代西方文学的某些特征就失去了自己的价值与意义？特别是后一种认识，它以西方现代主义为标准作出的结论，其最终的效果不是丰富了中国现代文学的存在空间而是恰恰"排除"了我们继续探讨其意义的可能性，因为我们再也不能结合自己的感受从中国文学发展的"内部"来说明历史的生动与多样了。如果中国文学的"现代性"真的要等到21世纪才真正出现，那么我们岂不是还要经历许多无聊的等待！其实，"研究中国文学，必须有适于中国文学研究的独立概念。只有有了仅仅属于自己的独立概念，才能够表现出中国文学不同于外国文学的独立性。中国现代文学之所以至今被当作外国文学的一个影子似的存在，不是因为中国现代文学就没有自己的独立性，而是我们概括中国现代文学现象的概念大都是在外国文学，特别是西方文学基础上建立起来的"②。

二

我认为，新的"现代性知识体系"的自觉探询之所以同样掩盖着历史本身的许多细节，正是因为它从一开始就将这样的"知识"认定为西方思想与文学成果，依然是西方思想与文学的现代发展"给了"我们诸多方面的思路，然后我们循着这样的思路再反观我们的中国现代文学，于是也就"发现"在我们这里"同样"出现了对于"世俗现代性"的追求，也出现了"审美现代性"对于它的批判，两种现代性及其矛盾似乎就成了中国现代文学在

① 费正清编：《剑桥中华民国史》上册，北京：中国社会科学出版社，1994年，第564、566页。
② 王富仁：《中国现代主义文学论》，见宋剑华编《现代性与中国文学》，济南：山东教育出版社，1999年，第237页。

"现代性知识体系"观照下呈现出来的形象。我以为，这样的阐述和过去研究区别最明显的地方就是为"世俗现代性"追求下的一些文学现象（如通俗文学）以及"现代性矛盾"心态的文学现象（如旧体诗）进入文学史打开了大门，然而却不是完全从中国现代文学自身发生发展出发对于实际现象的概括与认识，这样，我们新的阐释就可能与我们实际的"传统"存在着深深的"隔膜"了。

李欧梵先生关于中国现代文学"现代性"研讨的重要成果就十分精彩地分析了那些属于"中国"的独立性：在中国，基本上找不到"两种现代性"的区别，大多数中国作家"确实将艺术不仅看作目的本身，而且经常同时（或主要）将它看作一种将中国（中国文化，中国文学，中国诗歌）从黑暗的过去导致光明的未来的集体工程的一部分"①。但他似乎并没有从这一基点出发继续对中国现代文学作出更多的同情性的说明与开掘，倒是由此推论："中国'五四'的思想模式几乎是要不得的。这种以'五四'为代表的现代性为什么走错了路？就是它把西方的传统引进中国之后，把它看得太过乐观，没有把西方理论传统里面产生的一些比较怀疑的那些传统也引进来。"②我以为，同情和理解出现于现代中国的这一特殊的文学现代性恰恰是深入我们现代作家精神世界的关键。在中国，为什么基本上找不到"两种现代性"的区别？这应该成为我们提问的起点。

我们之所以可以将"现代性"的西方文化划分为"世俗"与"审美"，其实并不是因为有了"现代"。知识分子在自己的精神领域里保持着对世俗社会的批判性态度一直都是西方文化的重要品质，古希腊极力拱卫"知识"与"智慧"的无上权威，对于非实用意义的"本原""理念"的追根问底是当时的知识分子在政治秩序之外所建立的一个神圣不可侵犯的独立的精神王国。在这一王国之中，他们只遵从自我纯精神探索的目标，而决不屈从现实政治的压力。哲学家德谟克利特（Δημόκριτος）的名言就是："只找到一个原因的解释，也比成为波斯人的王还好。"③正如有学者所说："希腊人并非

① 转引自贺麦晓：《中国早期现代诗歌中的现代性》，《诗探索》1996年第4期，第102页。
② 李欧梵：《徘徊在现代和后现代之间》，上海：上海三联书店，2000年，第153页。
③ 北京大学哲学系外国哲学史教研室编译：《古希腊罗马哲学》，北京：商务印书馆，1961年，第103页。

不关心政治问题。最早的哲学家泰利斯、梭伦也是政治家。梭伦的立法，为后来的希腊人所歌颂。大哲学家如柏拉图、亚里士多德都有政治、伦理的专著。然而，思考宇宙问题是他们首先着重的，也是希腊思想的特色。"①从古希腊到文艺复兴再到近现代，这一传统绵延不绝，在文艺复兴时代，它体现为知识分子对教会垄断特权的批判，在启蒙运动时代，它体现为知识分子对世俗专制体制的批判，自浪漫主义以降，它又体现为对物质主义的社会现代化方式的批判，所有这些批判都常常采取了文学审美的生动形式。可以说，在西方文明史上以作家为代表的知识分子的"审美"追求与世俗社会文化的对立是与生俱来的，只不过在不同的时期，这些对立着的"世俗"与"审美"有着并不相同的内涵罢了。但是，在"修身齐家治国平天下"的文化模式中成长起来的中国知识分子与中国作家却从一开始就附着了在了权力文化之上，中国源远流长的史官文化传统形成了这样一个趋势："所谓史官文化者，以政治权威为无上权威，使文化从属于政治权威，绝对不得涉及超过政治权威的宇宙与其他问题的这种文化之谓也。"② 这正如中国现代作家所意识到的那样："所以'登高而赋'，也一定要有忠君爱国不忘天下的主意放在赋中；触景做诗，也一定要有规世惩俗不忘圣言的大道理放在诗中。做一部小说，也一定要加上劝善罚恶的头衔；便是著作者自己不说这话，看的人评的人也一定要送他这个美号。总而言之，他们都认文章是有为而作，文章是替古哲圣贤宣传大道，文章是替圣君贤相歌功颂德，文章是替善男恶女认明果报不爽罢了。"③一句话，传统中国作家在文学中表达的讽喻之辞都不过是封建专制主义文化（包括符合这种文化的道德训诫）的需要，却从来也不是作家自我人生的需要。

五四新文化运动与其说是抽象地为中国输入了一个什么"现代"观念，还不如继续沿用郁达夫的名言："五四运动的最大的成功，第一要算'个

① 顾准：《希腊思想、基督教和中国史官文化》，见顾准《顾准文集》，贵阳：贵州人民出版社，1994年，第243页。
② 顾准：《希腊思想、基督教和中国史官文化》，见顾准《顾准文集》，贵阳：贵州人民出版社，1994年，第244页。
③ 茅盾：《文学和人的关系及中国古来对于文学者身份的误认》，见茅盾《茅盾全集》第18卷，北京：人民文学出版社，1989年，第59页。

人'的发见。从前的人，是为君而存在，为道而存在，为父母而存在的，现在的人才晓得为自我而存在了。我若无何有乎君，道之不适于我者还算什么道，父母是我的父母；若没有我，则社会，国家，宗族等那里会有？"①也就是说，五四以后的新文化努力地将自己的发展建立在中国知识分子自我人生的体验之上，是在自我人生理想的基础上重新选择着社会——包括世俗的行为文化与政治文化。也是从这一刻开始，中国知识分子之于世俗社会的真正的批判意识才产生了。但是，与现代西方人将批判的对象认定为世俗的物质主义不同，中国知识分子的批判意识本质上是从属于现代中国人对于现实人身自由、幸福的追求与寻找过程的，而这一过程本身也就包含了在西方人看来的一系列"世俗"的内容（比如要求社会政治的"进步"，社会生活的现代化和理性化，也包括了若干的物质性的追求）。如果说西方现代作家是在超越世俗文化的基础上实现了精神的同一性，那么中国现代作家却正是在重新建构自己的世俗文化的基础之上体现了某种精神的同一性。于是，我们从中国现代文学中读到的景象常常是：作家追求个体精神的自由与他对于现代社会生活方式的向往并行不悖，批判的力量也并非都呈现为一种"非个人化"的冷峻，它倒是常常伴随着投入人生的现实的激情！西方现代作家可以循着与世俗尖锐对立的轨道进入他个人的最真实最彻底的内在灵魂的世界，而中国现代作家从鲁迅、茅盾、郁达夫到沈从文、张爱玲、穆旦都没有如此彻底地进入过他们一己的灵魂世界，他们内在的心灵的痛苦都与现实的生存境遇发生着诸多的联系。如果我们站在西方现代文学的立场上，的确就可以认为这就是"两种现代性"的混杂不清，但是，只要我们承认现代中国作家与其他现代中国人一样有挣脱当时那个时期的专制压迫，追求幸福人生的权利，只要我们承认文化发展的最根本的基点并不是什么时尚的观念（哪怕是"发达"的西方的观念）而是人自我的幸福感受，那么我们就必须充分重视并且认真思考中国文学这一"现代性"追求的价值、意义和独特的贡献。只要我们真能理解和同情于一个执着追求自己幸福权利的现代中国作家的喜怒哀乐，就会发现关于中国现代文学的现代性还有许许多多的话要说，也有许

---

① 郁达夫：《郁达夫文集》第6卷，广州：花城出版社，1983年，第261页。

许多多的话可以说，这样的现代性与西方并不相同，它属于中国，但却是同样深刻，同样动人，同样值得我们深思！当我们能够这样来理解我们自己的人生形式、文化形式与艺术形式，我们甚至可能会发现，像这样从西方的（对于他们是独特的）"两种现代性"概念出发观察中国自己的现代性问题，其实并没有解决中国文学的诸多细节，为什么我们就不可以有我们自己的视角和概念呢？

从现代西方的概念出发又试图来解决现代中国的问题，这一可疑的思路还体现在我们对"现代性"这一概念本身的追寻方式上。到 2002 年为止，我所读到的关于文学"现代性"的描述都几乎无一例外地以重复这样的历史事实为"背景"：马克斯·韦伯（Max Weber）关于社会的理性化过程的洞见如何影响了马克斯·霍克海默尔（Max Horkheimer）与西奥多·W. 阿多诺（Theodor W. Adorno）对于启蒙和现代性的理论批判，启发了尤尔根·哈贝马斯（Jürgen Habermas）的交往行为理论及其对现代性的思考。就"现代性"概念而言，哈贝马斯所作的语源学考察也一再为我们所反复征引，至少，已经被我们视为明确无误的理念就是："现代性概念首先是一种时间意识，或者说是一种直线向前、不可重复的历史时间意识，一种与循环的、轮回的或者神话式的时间认识框架完全相反的历史观。"[①]这种"直线向前"的时间意识为现代中国作家所接受，并最终成为一种貌似先进实则荒谬的"进化"的文学思想。作为文学创作的文化说明，这样的"背景"无疑有它重要的价值。但是，在今天当我们纷纷以"走出"文学文本为己任，大量的"背景"铺天盖地而来，几乎足以取代对于文学文本本身的阅读感受之时，我以为就必须警惕这样的"文学之外"了。作为一种学理上的梳理或思想史意义的考辨，对于影响着现代中国学术或思想发展的西方语汇，作这类追寻当然是重要的，然而，现在的问题恐怕在于，当这样的思想史的学理化梳理，当这样的理论的"认识"一旦被我们直接"移用"到文学现象的描述当中，作为对作家心灵世界与创作状态的简洁解释，这究竟意味着什么？

<hr/>

① 汪晖：《韦伯与中国的现代性问题》，见汪晖《去政治化的政治：短 20 世纪的终结与 90 年代》，北京：生活·读书·新知三联书店，2008 年，第 366 页。

文学的历史其实并不能直接等同于思想的历史，当然更不能等同于理性概念的历史。

中国文学的历史也无法等同于西方文学的历史，而西方文学的历史其实也不能等同于西方思想的发展逻辑。

这里处处横亘着不同精神范畴的差异和分歧，文学则是最难为明晰的理性逻辑框架所吞没的自由精神的运动形式，它常常复杂到所有的既往概念都难以理喻的程度。

尽管一个时代的社会思想与理论无疑会以各种方式影响和"进入"所有的作家，但是这绝不意味着我们的作家是在按照一个时代的理性思潮进行着填空式的创作，我们对于一个时代的文化思潮的说明并不能代替作家面对实际人生的真切感受。作家作为个体的存在，他个人的艺术感觉状态不仅不等于大的时代文化的"思潮"，甚至也有别于自己在理性思考时的状态。鲁迅说得好："好的文艺作品，向来多是不受别人命令，不顾利害，自然而然地从心中流露的东西；如果先挂起一个题目，做起文章来，那又何异于八股，在文学中并无价值，更说不到能否感动人了。"[①]在人类丰富的精神现象当中，理性、思想是一套思维，而情绪、感觉又是一套思维，超我与本我与自我本来就有着巨大的差异。问题在于我们的批评家应当意识到，无论自己熟稔多少的思想文化"背景"，都不能用来取代一个人面对一个生动的文本时的实际感受，能够真正支持着我们批评话语的并不是那些清晰的理性逻辑和陌生的概念。作为批评者，我们只能紧紧抓住我们自己的阅读感受，因为只有通过我们自己的心灵体察，才有可能与作家的真实感受方式与心灵运动沟通起来。"独有靠了一两本'西方'的旧批评论，或则捞一点头脑板滞的先生们的唾余，或则仗着中国固有的什么天经地义之类的"都无法作出真正的有价值的批评。鲁迅说："我对于文艺批评家的希望却还要小。我不敢望他们于解剖裁判别人的作品之前，先将自己的精神来解剖裁判一回，看本身有无浅薄卑劣荒谬之处，因为这事情是颇不容易的。我所希望的不过愿其有一

---

① 鲁迅：《而已集·革命时代的文学》，见鲁迅《鲁迅全集》第 3 卷，北京：人民文学出版社，1981 年，第 418 页。

点常识……更进一步，则批评以英美的老先生学说为主，自然是悉听尊便的，但尤希望知道世界上不止英美两国；看不起托尔斯泰，自然也自由的，但尤希望先调查一点他的行实，真看过几本他所做的书。"①作为中国现代文学的当然代表，鲁迅所提醒的这类抛弃作品的批评之弊的确值得我们深思：我们今天也不妨追问自己，究竟我们对文学史的思想文化关注是为了什么？离开了文本的事实谈思想的"背景"，是不是也会走火入魔？

例如，只要我们努力返回到中国现代文学的文学史现象内部，努力在中国现代作家的实际创作心态中观察他们之于"现代"所建立的基本感受，就会发现，无论是就作家个人还是就文学运动的潮流，其对于"现代"的体会与追求是如此的复杂，这都不是一个简单的"直线向前、不可重复"的进化思维所能够概括得了的。中国现代作家——包括所谓"激进"的五四新文化派和"保守"的学衡派都同时眷顾着他们心目中的传统与现代，而且常常在这二者之间彷徨犹疑、难以适从，正如我们在前面所提到的那样，他们面对"现代"理想的热望很难被纳入西方式的"世俗现代性"的模式之中，而缅怀"传统"的幽情也似乎无法完全统一到"审美现代性"的单纯里。一个非常明显的事实是，当许多的西方作家在"反现代性的现代性"中建立着自己思想的同一性时，更多的中国作家却缠夹于传统/现代的难以理清的矛盾境界，对历史的"循环性"的体验和渴望"进化"的激情如此复杂地纠缠在一起，我们似乎很难用西方"现代性"的时间概念来加以描述。就文学运动的整体进程来看，我们既看到了"进步"的力量（如革命文学在"先进性"的追求中对所谓资产阶级文学的否定），同时也目睹了给历史"补课"的吁求和"回归"的热情（如人们一再表达的对于"五四"的缅怀）。从理性上，茅盾是相信社会的进化与文学的进化的，他带着这样的观念创作《子夜》，自以为可以借助对吴荪甫的否定回答托派："中国并没有走向资本主义发展的道路，中国在帝国主义的压迫下，是更加殖民地化了。"②然而，正如许多

---

① 鲁迅：《热风·对于批评家的希望》，见鲁迅《鲁迅全集》第 1 卷，北京：人民文学出版社，1981 年，第 401、402 页。
② 茅盾：《〈子夜〉是怎样写成的（演讲稿）》，见山东大学中文系文史哲研究所资料室合编《茅盾研究资料集》（内部资料），第 49 页。

研究者所指出的那样，茅盾并不能够控制自己从心灵世界所生出的对于这位受否定的实业家的由衷的敬佩，创作的激情毕竟与理智的思想并不一样！从社会发展的立场上，我们的批评家曾经将李劼人的《死水微澜》视作帝国主义在中国加强思想侵略和文化控制的文学反映，但是一旦我们能够随着李劼人一起返回到那文学的四川，如果我们能够真正以自己的心灵来感受蔡大嫂、罗歪嘴、顾天成的人生故事，那么我们所获得的帝国主义形象就虚无缥缈起来，而所谓中国内地半殖民地化的历史进程也无关紧要了，李劼人的真正的价值恰恰在于他对于这一处与"进化"无干的"死水"的观照，顾天成入教一点也不说明他成为了西方列强的侵略工具，一点也不说明西方文明支配了四川人民的生活方式，就像他后来又照样成为了袍哥一样，这个典型的中国人选择的是一种典型的中国式的"存活"模式，他是"吃教"而不是真正的"入教"，他其实也并不格外邪恶，而不过是和无数的蔡大嫂、罗歪嘴一起挣扎在生存的"微澜"里。

三

在这个意义上，我认为有必要深入总结和考察中国现代文学自身的"现代"理念，这种理念既是"中国"自身的，也是"文学"自身的，也就是说它既不是纯粹西方"输入"的，也不是理性推导的。在中国的"现代性"与西方的"现代性"理念之间，要充分考虑到一些学者所谓的"文化间性"问题[1]，或者更进一步，是要从一般的文化选位中探讨更具有本质意义的"空间"问题[2]。

在历史发展已经一体化的西方，"现代"的确首先是一个时间性的概念，它是西方人在走出王权专制、完成民主政治及工业文明的共同的世纪性

---

① 汪晖：《韦伯与中国的现代性问题》，见汪晖《去政治化的政治：短 20 世纪的终结与 90 年代》，北京：生活·读书·新知三联书店，2008 年，第 365—403 页。

② 参阅程农：《重构空间：1919 年前后中国激进思想里的世界概念》（《二十一世纪》1997 年 10 月号）、王富仁：《时间·空间·人》（《鲁迅研究月刊》2000 年 1—5 期）、郑家建：《鲁迅：边沿的世界》（《鲁迅研究月刊 2000 年 11 期》）。

时间记载。至于对启蒙的追求、对进步的信仰、对理性的倚重等都可以说是这一新的时间记载年代的突出的思想文化特征，而来自于艺术审美领域的怀疑和否定则代表了敏锐的知识分子对于社会文化的一种"救正"的传统，这是西方知识分子传统的批判功能在当下时代的一次生动表现。社会文化的高歌猛进和艺术世界的犹疑踟蹰共同构建了既丰富又单纯的西方现代文化。所谓的"丰富"指的是这两种力量之间所形成的巨大张力，所谓的"单纯"指的是整个西方世界在一定层次的思想文化分歧的背后，其实包含了更为深厚的同一性和对彼此的认同感。换句话说，启蒙知识分子对于现代社会有着相对乐观的理性设计，而浪漫时代以降的知识分子尤其是现代的作家艺术家却怀有冷峻的批判，这是西方的知识分子在对彼此的基本空间性体验有诸多的本质性沟通之后，对"空间中的时间"的不同感知；而在其他的文化与人的更为基本的认识上，他们却又同属于文艺复兴以后所开拓出来的一个更为广大的西方文明的空间。在神与人的相互关系上，在国家与个人的相互关系上，在人与人的相互关系上，在民族与世界、西方与东方的相互关系上，这些具有着不同的现代姿态的西方知识分子无疑有着众多的认同，而我们又必须承认，正是这些明显的相同因素构建了迄今为止的人类文明的根基——也构成了西方与中国的重大差异。

所以，我们可以认为"现代"对于西方人而言主要是时间意义的，对于西方文学而言也主要是时间意义的——尽管我们也发现文学意义的存在常常都体现为一个"空间"的问题，真正确立文学话语"意义"的就是人与人所构成的特殊的空间关系，这种空间关系引导着作家对于特定意义的"发现"，这样的一个结构又丰富和完善了文学意义的宽度与厚度。但是，与世界其他区域相比较而言，我们却也可以认为，从18、19世纪的传统文学追求到20世纪的现代主义文学追求，与其说其中主要揭示的是西方世界的物质空间形态的本质性变化，毋宁说是西方人内在精神形态的重要变化。但这一内在的精神形态的变化又是西方人在基本物质问题解决之后，外部空间压力减小的情况下自我演化的结果，其自我演化的方式更带有一种对于生命流逝、终极归宿的时间性的体验，当然这不是说西方现代作家就没有关注和表现生命的空间压力，不过与西方文学长期热切关怀个人成长命运的传统相比，现代主义的西方文学的确不再将表现反抗空间压力、争取自我实现的故事作为主体，从托马斯·斯特恩斯·艾略特（Thomas Stearns Eliot，常称作托·艾略特）的《四个四重奏》（*Four Quartets*）到威廉·叶芝（William Yeats）的《丽达与天鹅》（*Leda and the Swan*），从詹姆斯·乔伊斯（James Joyce）的《芬尼根的守灵夜》（*Finnegans Wake*）到马塞尔·普鲁斯特（Marcel Proust）的《追忆似水年华》（*In Search of Lost Time*），从塞缪尔·贝克特（Samuel Beckett）的《瓦特》（*Watt*）、《等待戈多》（*Waiting for Godot*）到加夫列尔·加西亚·马尔克斯（Gabriel García Márquez）的《百年孤独》（*One Hundred Years of Solitude*），"时间"和由"时间"引发出来的主题成为了这一时代文学的常见的景观。正如安德烈·莫罗亚阐释普鲁斯特的《追忆似水年华》时所说：时间是这一巨著的"第一主题"，"普鲁斯特知道自我在时间的流程中逐渐解体。为期不远，总有一天那个原来爱过、痛苦过、参与过一场革命的人什么也不会留下"。"我们徒然回到我们曾经喜爱的地方；我们决不可能重睹它们，因为它们不是位于空间中，而是处在时间里，因为重游旧地的人不再是那个曾以自己的热情装点那个地方的儿童或少年。"①在这个意义上，我们似乎可以讲，西方现代文学的本质意义还在于这种特定空间中的"时间性"体验。

进入"现代"的中国，当然也进入了一个全新的时间概念之中。传统的"五德终始""阴阳循环"的历史意识遭受到了"物竞天择，适者生存"的进化性时间意识的冲击，自此，中国人对于发展的渴望，对于进步的期盼和对于新奇的向往都畅行无阻起来。但是，我们所谓的历史时间的发展与循环都主要还是以观念形态存在着（也正因为它是观念的，所以今天的西方知识分子才对"进化"提出了异议）。这与人的最基本的人生感受还是大有区别的，一旦中国知识分子真正进入自己对于现实人生的直觉感受的状态，那么他们最真切的体会就不会再是什么现代的进化，因为对于每一个个体而言，文化与人的进化都是复杂而缓慢的，几乎很难为我们所感知；相反，时时刻

---

① 安德烈·莫罗亚："序"，见马塞尔·普鲁斯特《追忆似水年华》，李恒基、徐继曾等译，南京：译林出版社，2001年，第4页。

刻都存在和凸现着的正是我们排除社会阻力、扩大生存空间、实现自我人生的问题，如果说类似的问题在现代的西方常常可以通过相对完善的社会性体制来协助解决，那么在 1919—1949 时期的中国，主要还得依靠自己，依靠自己营造的社会关系；同时，个人的现实人生奋斗又常常受制于整个国家的世界地位，受制于中国与其他民族的战争或和平关系。王富仁深刻地分析了现代中国空间意识的产生："正是由于鸦片战争之后中国的知识分子发现了一个'西方世界'，发现了一个新的空间，他们的整个宇宙观才逐渐发生了与中国古代知识分子截然不同的变化。""在中国近现代的知识分子的面前，世界失去了自己的统一性，它成了由两个根本不同的空间结构共同构成的一个没有均势关系的倾斜着的空间结构，在这里，首先产生的不是你接受什么文化影响的问题，而是你在哪个空间结构中生存因而也必须关心那一个空间结构的稳定性和完善性的问题。"①这一切的一切，都不断地提示着我们对于现实空间关系的高度重视。这样看来，现代中国知识分子的"现代"意识既包含了我们对新时间观念的接受，同时又包含着大量的对现实空间的生存体验，而后者更是中国社会与中国人自我生长的结果，因而也更具有实质性的意义。现代中国的"现代"意识既是一种时间观念，又是一种空间体验，在更主要的意义上则可以说是一种空间体验。现代中国的思想形态如此，文学创作就更是如此。

在现代中国，越是卓有成就的作家越具有自己独特的空间体验，相反，他们对于作为观念形态的"进化"景象总是疑虑重重。鲁迅以自己的方式将进步/落后、改革/保守的历史时间的"绝对"解构为了现实空间关系的"相对"。20 世纪 40 年代的张爱玲"为要证实自己的存在，抓住一点真实的，最基本的东西，不能不求助于古老的记忆"，因为在她看来，"人类在一切时代之中生活过的记忆，这比瞭望将来要更明晰，亲切"②。优秀的中国现代作家面对"时间"，他们总是更加重视自己的实际感受，并且不时流露出与一

---

① 王富仁：《时间·空间·人——鲁迅哲学思想刍议之一章》，《鲁迅研究月刊》2000 年第 1 期，第 7—8 页。

② 张爱玲：《自己的文章》，见金宏达、于青编《张爱玲文集》第 4 卷，合肥：安徽文艺出版社，1992 年，第 174 页。

般社会发展观念不相吻合的个性化批评之辞，但这样的批评却又还是来自于他们对个体的生存空间的实际而非如西方那样来自一个同一的灵魂探险的历程，所以归根结底，这些颇有时间意味的批评仍然属于中国，属于现代中国作家的空间体验。空间与空间总是这样的不同，所以出现在现代中国作家笔下的怀旧、保守、颓废就总是千差万别，苏曼殊有别于郁达夫，学衡派不等于象征诗派，沈从文不等于张爱玲，张爱玲不等于新感觉派，"地球上不只一个世界，实际上的不同，比人们空想中的阴阳两界还利害"①。如果我们试图用西方现代作家那种基于空间同一性的"审美现代性"来加以统括，将不得不冒很大的牺牲文学史事实的风险。

特定的时间观念与丰富的空间体验在事实上已经成为了我们进入和理解现代中国文学的基础。一个生存于"后发达时代"的乡土中国的读者将可能比大洋彼岸纽约写字楼里的美国人更细致地感受到阿Q的精神胜利法、于质夫作茧自缚般的心理与生理的痛苦以及穆旦诗歌中反复出现的"被围困""被还原""一个封建社会搁浅在资本主义的历史"，大约也只有生活于现代中国这个特定的"空间"中的读者面对这样的句子才拥有格外丰富的感觉，作出生动的发言："年轻的学得聪明，年老的/因此也继续他们的愚蠢，/谁顾惜未来？没有人心痛：/那改变明天的已为今天所改变。"②换句话说，表达着这样的人生感受、书写着这样的文学主题的鲁迅、郁达夫、穆旦等现代中国作家也正是在中国这个特定的"空间"中确证着、实现着自己的意义。

在空间的意义上，文学的原初追求只能是为了"生存"和为了"生命"，即为了在这一特殊的空间结构中寻找自己的位置、开拓自己的活动范围（包括探测这一活动的可能的限度），理解了这一点，我们就不得不重新思考鲁迅和许多中国作家所谓的文学"为了人生"这一看似陈旧的话题的深远含义。这真是一个有趣的参照：当代中国的许多批评家都试图竭力强调其思想的那种跨越空间的普泛意义，而恰恰是像鲁迅这样的中国现代作家常常

① 鲁迅：《且介亭杂文二集·叶紫作〈丰收〉序》，见鲁迅《鲁迅全集》第6卷，北京：人民文学出版社，1981年，第219页。

② 穆旦：《裂纹》，见穆旦著、李方编《穆旦诗全集》，北京：中国文学出版社，1996年，第170页。

以"世俗"的口吻谈论着自己创作的心态："我虽然已经试做，但终于自己还不能很有把握，我是否真能够写出一个现代的我们国人的魂灵来。别人我不得而知，在我自己，总仿佛觉得我们人人之间各有一道高墙，将各个分离，使大家的心无从相印。"① "到了晚上，我总是孤思默想，想到一切，想到世界怎样，人类怎样，我静静地思想时，自己以为很了不得的样子；但是给蚊子一咬，跳了一跳，把世界人类的大问题全然忘了，离不开的还是我本身。"②是啊，离不开的还是我们本身，这正是辗转于现实空间的生存难题的现代中国作家的深刻感受，无论是自觉于现实主义理想的作家还是追求着现代主义的作家都是如此。五四时代的郁达夫常常为我们披露他那颓废的灵魂，他的颓废有着明确的现实指向："知识我也不要，名誉我也不要，我只要一个能安慰我体谅我的'心'。一副白热的心肠！从这一副心肠里生出来的同情！"③20 世纪 30 年代海派的现代主义作家虽然也表现了西方式的"审美现代性"，但是他们对于自我的关注却"更多地集中在生活层次上的问题和焦虑，也就更为平民化"④。王富仁也指出，"中国的现代主义文学只能是在中国作家的现实生活感受中升华起来的"，"中国的现代主义不论升华到何等的高度，你仍能感到它后面的现实生活的基础"⑤。其实，抓住了某一个特定的空间，才真正抓住了人生，抓住了生命的真实，最终也才确立了自己的文学独立性。较之于鲁迅的朴素的真诚，我感到，现在的问题是，与其将我们的文学研究在越来越抽象的理论模式中带离我们的实际感受，不如再探我们文学启动的"原点"，让我们首先返回文学需要的人生基点，然后再重新考察现代中国文学的所谓"现代性"，因为，这样的"现代性"的结构本身就只能是中国现代作家为了他们的现实人生、为了在现实人生中争取自我

① 鲁迅.《集外集·俄文译本〈阿Q正传〉序及著者自叙传略》，见鲁迅《鲁迅全集》第7卷，北京：人民文学出版社，1981年，第81页。
② 鲁迅：《集外集拾遗补编·关于知识阶级》，见鲁迅《鲁迅全集》第 8 卷，北京：人民文学出版社，1981年，第192页。
③ 郁达夫：《沉沦》，见郁达夫《郁达夫文集》第1卷，广州：花城出版社，1982年，第24页。
④ 李今：《海派小说与现代都市文化》，合肥：安徽教育出版社，2000年，第330页。
⑤ 王富仁：《中国现代主义文学论》，见宋剑华编《现代性与中国文学》，济南：山东教育出版社，1999年，第262页。

的生存空间、探询这一空间所可能给予他的自由与意义的方式。除此，岂有它哉？

中国现代文学的诸多"现代"问题归根结底其实都属于这种极具中国特色的空间关系问题，诸如京派、海派的分歧冲突问题，抗日战争时期国统区与解放区的文学追求及后者对于前者的整合所构造的当代文学性质问题，中国作家之于城市与乡村的矛盾体验的问题，文化中心与边缘之于中国作家的不同的影响问题，乡土文学与区域文学的存在与发展的问题等，可以说正是这些空间问题构成了中国现代作家其他时间意识的基础，中国现代作家之于传统/现代体验的个体差异都可以在空间的分割与空间的压力差异中获得深刻的解释。

中国现代作家对于空间生存的重视也体现在了他们的艺术思潮之中，应该说，艺术思潮的演变带有明显的"时间"的意味。但是，出现在现代中国的事实却是，西方文艺复兴以降的文艺思潮在短短的时间之内几乎同时出现，中国的现代主义包含了"在中国现代主义文学的形成和发展过程中，现实主义、浪漫主义与现代主义的发展是一个统一过程的不同侧面，在外来的影响中，西方的现实主义、浪漫主义和现代主义共同促进了中国文学的现代化过程，共同构成了中国现代主义文学的特征""中国现代文学史上的任何一个阶段，都是不同文学流派共同发展的结果，而不是一个流派压倒一个流派的结果"[①]。这也说明，尽管一些中国作家在理性表述自己的艺术发展观时不时流露出明显的进化论思想，然而在具体的文学创作之中，他们还是自觉不自觉地打破了这些时间发展的艺术壁垒，将不同时代的意识思潮通通调动，为我所用，毕竟更能掀动他们心灵的且让他们最难以忘怀的还是自己独特的人生体验和现实空间体验。

对于中国现代文学独特的空间体验的逐渐重视往往也会让相关研究更加深化。例如，较之于过去长期流行的以现代社会历史的分期划分现代中国文学，钱理群、陈平原、黄子平三人于 1985 年提出的"20 世纪中国文学"的概

---

① 王富仁：《中国现代主义文学论》，见宋剑华编《现代性与中国文学》，济南：山东教育出版社，1999 年，第 250 页。

念曾经产生了十分重要的影响，因为前者纯粹是一种时间定位，而后者则是以新的时间定位的方式传达了中国现代作家随着 20 世纪到来的越发清晰的具体生存感受——一种较以往的政治性描述更切合"空间"实际的人生体验①。10 余年以后，又有一些学者从不同的角度对这一概念提出疑问，而这些质疑者所依据的其实也是他们对中国现代文学内部表现出来的更具体更丰富的生存感受，他们是为了揭示中国现代作家的更细致更独特的各自空间体验才试图对"20世纪中国文学"作出新的调整②。是不是可以这样认为，与中国现代文学的"空间"体验基点相适应，我们的中国现代文学研究的每一次真正的创新其实并不来自于时间意义的新潮理论的输入，而恰恰是我们能够平心静气地返回"原点"，努力进入更多的中国现代作家的"体验空间"，去认识和理解他们各种各样的实际人生感受。

四

中国现代文学的"现代"特征都发生于中国现代社会复杂的空间结构中，是中国现代作家在各自的空间体验下所弹奏的繁复的艺术旋律。在这样的一个基本认识中，我们不妨来探讨一下究竟什么是中国现代文学的"传统"。

通常，人们比较容易将"传统"理解为所有的"过去"的总和，一个将所有的"过去"都囊括其中的整体。正是在这种思维的影响下，我们曾经将当代中国发生的几乎所有的问题都归咎为"传统文化"与"传统思维"，在这里，"传统"就成了一个包罗万象的东西，似乎我们所有的不满都可以装入其中；后来又指摘五四新文化运动切断和抛弃了中国悠久的文化传统，在这里，"传统"又仿佛成了一个僵硬不变的整体，可以为我们任意地切割和终止。

---

① 黄子平、陈平原、钱理群：《论"20 世纪中国文学"》，《文学评论》1985 年第 5 期。
② 参阅王富仁：《当前中国现代文学研究中的若干问题》，《中国现代文学研究丛刊》1996 年第 2 期；谭桂林：《"20 世纪中国文学"概念性质与意义的质疑》，见宋剑华主编《现代性与中国文学》，济南：山东教育出版社，1999 年，第 299—318 页。

这些理解其实都忽略了我们提出并讨论"传统"的前提与意义——历史的"过去"之所以还可以在"今天"加以讨论，就是因为它并不仅仅存在于"过去"，更重要的是它以某种形式继续在"今天"产生着重要的影响。中华民族的历史的"过去"所发生的"事实"肯定远远大于今天载入史册的能够为我们所阅读的部分，在我们远古的思想发展中也许还出现过更多的思想家与更多的学说，然而今天被我们作为"传统文化"谈论的却主要还是儒释道等几家，这主要不是因为它们曾经"存在过"这一事实，而是由于它们对于今天的精神和心理继续产生着影响。我们为什么如此频繁地谈及孔子和儒家，不是因为孔子和他的儒家思想在他生活过的时代有多么显赫，而是由于这一思想在孔子的时代之后逐渐产生了巨大的影响并且这种影响一直持续到我们的今天，相反，众所周知的事实是，孔子的一生恰恰是奔波劳苦，郁郁不得其志的。能够继续对今天的文化发展产生规范与影响，这就是今天还能够被称为"传统"的前提和意义。

我们今天谈论"传统"，其潜在的真实意义就是关注、思考和谈论我们自己，发掘依然存于我们现实的今天的某种历史性，这也就是托·艾略特曾经论述过的"过去的现存性"。我以为，英国作家托·艾略特在大半个世纪之前的关于文学"传统"的著名见解在今天仍然对我们有着重要的启发意义，正是托·艾略特告诉我们："不能把过去当作乱七八糟的一团"，"历史的意识又含有一种领悟，不但要理解过去的过去性，而且还要理解过去的现存性"，"就是这个意识使一个作家成为传统的"①。

对于所谓的中国现代文学传统，我们亦当作如是观。理解中国现代文学传统，我以为必须重视两点：其一，我们的文学传统是一种鲜活的感性运动中的存在；其二，这一"传统"的具体内涵与我们今天的认识与选择大有关系，就是说它并不能脱离"今天"的人的理解与选择。

所谓"鲜活的感性运动中的存在"，意味着我们的文学的传统应该是现代中国作家实际人生体验的感性的汇聚，它与同样存在于现代中国的思想运

① 托·艾略特：《传统与个人才能》，见杨匡汉、刘福春编《西方现代诗论》，广州：花城出版社，1988年，第75、73页。

动与一般文化的运动有着重要的联系，但是却在存在形态上与后二者有着本质上的不同。更不是我们今天的文学史家从一般的思想史出发所能够推想的。在今天，我以为对于中国现代文学传统的认识极有必要与我们对于中国现代思想史与文化史的概括区别开来，极有必要在"文学之内"的基础之上理解和消化"文学之外"的影响，而不应该以对"文学之外"的叙述来代替我们在"文学之内"的实际体验。对于影响现代中国的一系列基本的思想观念，如启蒙、进化、理性、现代民族国家、国民性等，都不能仅仅以概括它们在西方社会的存在状态为满足，也不能以它们在西方文化中的表现为基准，我们应当格外关心的是，现代中国文学自己所表现出来的思想观念是什么，在中国作家的心目中，启蒙、进化、理性、现代民族国家、国民性究竟意味着什么，它们又是怎样产生的，在实际的创作中获得了怎样的处理。在这里，无疑也存在一个中国现代文学的"正名"的问题，也就是说，我们不应该简单移用西方的文学的概念，而必须从中国现代文学的实际出发，寻找和使用仅仅属于我们自己的理念①。

作为"过去的现存性"，中国现代文学传统之所以能够继续在今天存在和引起关注讨论，其前提就是它对今天的文学继续产生着价值与意义。也就是说，中国现代文学的"传统"应当是为今天的文学继续提供强有力支持及内在动力的那一部分。

人们比较容易注意到的事实是，随着我们价值观念的变化和发展，究竟是什么样的"部分"还可以继续为我们的文学提供动力这也不是一个立即就能够回答的问题，因为我们的文学史需要不断"重写"，能够进入中国现代文学"传统"的部分也在发生着变化，总会因为有新的"发现"而丰富的内容，但是，这是不是就意味着中国现代文学传统是一个可以永远扩大容量、不断"提升"无名作家地位的无限空间呢？是不是一切存在过的现象都最终会成为我们津津乐道的"传统"呢？

我以为这又是不可能的。因为显然并不是所有存在过的文学现象都为我

---

① 王富仁：《中国现代文学研究中的"正名"问题》，《北京师范大学学报》（人文社会科学版）1995年第 1 期。

们文学的发展提供了足够的动力,也不是所有的被忽略的作家都包含了巨大的文学价值。我们力图将中国现代文学从"上""下"几个方向延伸(近代、当代),向"左""右"几个空间拓展(通俗文学、旧体诗、右翼文学),从被"淹没"的作家队伍中不断寻觅和提拔"大师",其用心实在良苦。我感到,对"传统"所作的这份认真的勘探和清理自然是十分必要的,不过,一旦我们需要将这些复杂的文学现象总结为"传统"中弥足珍贵的部分却不得不十分小心。作为中国现代文学存在过的文学现象是一回事,而作为生生不息的"传统"又是另外一回事。判别的标准就在于这一部分的文学现象是否在中国古典文学的千年之后为我们文学新的创生提供了真正的动力和资源。要证明晚清狭邪小说、科幻乌托邦故事、公案狭义传奇、谴责小说、黑幕小说存在"被压抑的现代性",证明它们具有绝不低于五四的文学价值,就必须说明它们具有中国古典文学所没有的艺术独创性,具有在中国古典文学美学模式之外的艺术魅力,而其中的那些"颓废"气与情感泛滥的确就是名副其实的"现代性",也有别于过去那种司空见惯的士人感伤①;要将旧体诗纳入中国现代诗歌的阵容中来,就必须在中国诗歌的历史长河中估量其思想艺术的独创性,勘探其价值,设法证明这些东西已经具有了唐诗宋词之外的艺术价值,是现代中国作家在白话新诗之外另外发现的一条中国诗歌的更生之路;要为通俗文学"正名",将之纳入中国现代文学的"另外一半"的传统当中,其根据也不能是其本身的数量以及所拥有的读者的数量,我们必须证明正是它们的存在为我们的中国文学贡献了过去所没有的东西,而且这些东西在精神上和艺术上的确又是所谓的严肃文学所没有的;同样,一个被"淹没"的作家之所以获得了提升与肯定,绝对不仅仅是因为他被淹没的命运,他的价值也只能由他自己的独创性来自我证明。

总之,作为"传统"的中国现代文学,永远不会是一个单纯的时间概念,不是"现代"社会里出现的所有的文学现象的汇聚,它只能是那些为文

---

① 参见王德威:《被压抑的现代性——晚清小说的重新评价》,见王晓明主编《批评空间的开创:二十世纪中国文学研究》,上海:东方出版中心,1998 年,第 118—155 页;刘纳:《嬗变——辛亥革命时期至五四时期的中国文学》,北京:中国社会科学出版社,1998 年。

学的蓬勃发展提供巨大动力与精神资源的部分，是中国现代作家自觉建构的区别于中国古典文学的“现代的新的”文学。

（原载《文学评论》2002 年第 4 期）

论中国现代诗论的现代性问题

一

就如同我们在分析中国现代文学与文化的许多问题时所采取的思路那样，中国现代诗论的发生发展也常常被置于中外文化交流的巨大历史背景之中，而且基于这一交流所存在的事实上的不平衡，包括中国现代诗论在内的一系列中国文学的问题也就"理所当然"地被一再描述为西方文化与文学的东移问题。如果按照近些年出现的对现代性质疑的思维，那么连同中国现代诗论在内的中国现代文学与文化都不过是西方文化霸权东移的结果，于是，中国文学的所有现代性问题在很大程度上就成了西方现代性问题的一种反映。要探讨中国文学的现代性问题，最重要的工作倒似乎是要厘清西方文化的现代性问题。

充分肯定这一思路的合理性无疑是重要的，因为它的确反映出了决定现代中国文化面貌的一个至关重要的事实，我们迄今为止的主要的学术成果也都得益于这一恢弘的视野，然而，进一步的思考却也昭示了这一思路的某些可疑：文化创造与文学创造的根本动力究竟来自何方？是我们所概括的抽象的各种"传统"还是创造者自己的主体意识？正如王富仁先生所指出的那样："人是有创造性的，任何文化都是一种人的创造物，中国近、现、当代文化的性质和作用不能仅仅从它的来源上予以确定，因而只在中国固有的文化传统和西方文化的二元对立的模式中无法对它自身的独立性做出卓有成效的研究。""是中国近、现、当代知识分子为了自己的生存和发展吸取中国古代的文化或西方的文化，而不是相反，因而他们在人类全部的文化成果面前是完全自由的，我们不能漠视他们的这种自由性。"①

对于中国现代诗论现代性问题的认识也是如此。严格说来，在现代的中

---

① 王富仁：《对一种研究模式的置疑》，《佛山大学学报》1996年第1期，第11、12页。

国诗论发生发展的时候，其实首先并不是这些诗论家必须对古代或者西方的诗论加以继承或者排斥，而应当是这些关注诗歌、思考诗歌的人们究竟如何看待、如何解释正在变化着的诗歌创作状况，最早的中国现代诗论都如同胡适的《谈新诗——八年来一件大事》一样，关注和解释的是"八年来一件大事"，因为"这两年来的成绩，国语的散文是已过了辩论的时期，到了多数人实行的时期了。只有国语的韵文——所谓'新诗'——还脱不了许多人的怀疑"①。五四时期的诗论的确标举过"进化"的大旗，但显而易见，在它们各自的"进化"概念之下却是关于当下诗歌新变的种种理由，在他们眼里："自然趋势逐渐实现，不用有意的鼓吹去促进他，那便是自然进化。自然趋势有时被人类的习惯性守旧性所阻碍，到了该实现的时候均不实现，必须用有意的鼓吹去促进他的实现，那便是革命了。"②五四时期的诗论家也就是借着西方的进化论的"声音"来"有意的鼓吹"中国新诗的革命。是丰富的文学的事实激发起了理论家的思考的兴趣、解释的冲动和新的理论建构的欲望。中国现代的诗论家首先是为了说明和探讨关于诗歌本身的新话题而不是为了成为或古典或西方的某种诗歌学说的简单的输入者，在这些新的文学事实的感受中，在这些新的理性构架的架设中，我们的理论家同样是"完全自由"的，我们同样"不能漠视他们的这种自由性"。胡适之所以将"文的形式"作为"谈新诗"的主要内容，首先并不是因为他掌握了西方的意象派诗歌理论，而是因为他感到必须让走进死胡同的中国诗歌突破"雅言"的束缚，实现"诗体大解放"，我们完全可以发现胡适诗论与影响过他的西方意象派诗论的若干背离之处，但恰恰正是这样的背离才显示了胡适作为中国诗论家的"完全自由"。胡适的诗歌主张遭到了穆木天等的激烈批评，在把胡适斥责为"中国新诗最大的罪人"之后，穆木天、王独清等从法国引进了"纯诗"的概念，他们这样做的根本原因还在于"中国人现在作诗，非常粗

---

① 胡适：《谈新诗——八年来一件大事》，见杨匡汉、刘福春编《中国现代诗论》上编，广州：花城出版社，1985年，第2页。
② 胡适：《谈新诗——八年来一件大事》，见杨匡汉、刘福春编《中国现代诗论》上编，广州：花城出版社，1985年，第6页。

糙，这也是我痛恨的一点"①。"中国人近来做诗，也同中国人作社会事业一样，都不肯认真去做，都不肯下最苦的工夫，所以产生出的诗篇，只就 technique 上说，先是些不伦不类的劣品。"②正是这种明确的"中国意识"使得穆木天、王独清等的"纯诗"充满了他们所"主张的民族彩色"③，而与"纯诗"在西方诗学中的本来意义颇有距离。从某种意义上说，胡适的"自由""口语""诗体解放"代表了中国现代诗论的重要的一极，而自穆木天、王独清开始的对胡适式主张的质疑、批评，进而力主"为艺术而艺术"的"纯诗"理想，又代表了中国现代诗论的另外一极。但无论是哪一极，其诗歌理论的出发点都是中国现代新诗发展的基本现实，这些理论家是按照各自的实际感受来建构他们的诗歌主张，来摄取、剔除甚至"误读"西方的一系列诗学概念的。

在中国现代诗论中，以袁可嘉为代表的"新诗现代化"理论体现了最自觉的"现代性"追求。这样的追求目标，也被我们的理论家放在解决"当前新诗的问题"中作了相当富有现实意义的表述："当前新诗的问题既不纯粹是内容的，更不纯粹是技巧的，而是超过二者包括二者的转化问题。那末，如何使这些意志和情感转化为诗的经验？笔者的答复即是本文的题目：'新诗戏剧化'，即是设法使意志与情感都得着戏剧的表现，而闪避说教或感伤的恶劣倾向。"④袁可嘉还明确指出，所谓的"现代化"是不能够与"西洋化"混为一谈的："新诗之不必或不可能西洋化正如这个空间不是也不可能变为那个空间，而新诗之可以或必须现代化正如一件有机生长的事物已接近某一蜕变的自然程序，是向前发展而非连根拔起。""一个中国绅士，不问他外国语说得多么流利，西服穿得多么挺括，甚或他对西洋事物的了解超过

---

① 穆木天：《谭诗——寄沫若的一封信》，见杨匡汉、刘福春编《中国现代诗论》上编，广州：花城出版社，1985 年，第 98 页。

② 王独清：《再谭诗——寄给木天、伯奇》，见杨匡汉、刘福春编《中国现代诗论》上编，广州：花城出版社，1985 年，第 109 页。

③ 穆木天：《谭诗——寄沫若的一封信》，见杨匡汉、刘福春编《中国现代诗论》上编，广州：花城出版社，1985 年，第 94 页。

④ 袁可嘉：《新诗戏剧化》，见杨匡汉、刘福春编《中国现代诗论》上编，广州：花城出版社，1985 年，第 500 页。

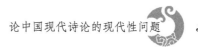

他对本国事物的认识，但他很难自信已经是一个外国人或立志要做一个外国人，他给人们的普遍的印象恐怕不是他西洋智识的过多而是本国智识的不足；另一方面，他却可以毫不惭愧的学做现代的中国人，努力舍弃一些古老陈腐，或看来新鲜而实质同样陈腐的思想和习惯。"接下来这几句话好像在半个多世纪以后依然新鲜，而且就像是对某些"现代性"质疑者的特别提示："现代诗的批评者由于学养的不够，只能就这一改革的来源加以分析说明，还无法明确地指出它与传统诗的关系，因此造成一个普遍的印象，以为现代化即是西洋化。"①

在这个意义上，我以为要理解和评价中国现代诗论的现代性，其根本的意义并不在于厘清影响着现代中国文化与文学的西方的现代性究竟为何物（尽管这也仍然是一个重要的问题），而是现代的诗歌环境究竟给诗论家提供了什么？中国现代的诗论家是怎样感受和解释这样的环境的？他们因此而产生了怎样的理论设计？或者说，在中国既有的诗论体系之外，现代的他们又发现了什么样的诗学的趣味、诗学的话题？在表达他们各自的这些看法的过程中，逐渐形成了怎样的一种新的理论话语模式？用袁可嘉的话来说，就是要关注诗歌理论在我们这个"空间"内部的有机生长的"蜕变的自然程序"，我以为，这才是真正构成中国现代诗论现代性的"问题"。

二

要理解和说明中国诗论在 20 世纪以后所要解决的"问题"在何种意义上是"新"的、"现代"的，还得先回到中国古代的诗论中去，看一看这"新"的参照之中国古代诗论的"旧"究竟为何物，它曾经是怎样来发现和理解诗歌的"问题"，又具有什么样的形态，到了 20 世纪之后，这些固有的"问题"为什么会发生变化，诗歌"问题"本身的变化又怎样导致了诗学形态的变化。对这一系列问题的回顾和梳理，实际上就是对中国现代诗论发生

---

① 袁可嘉：《新诗戏剧化》，见杨匡汉、刘福春编《中国现代诗论》上编，广州：花城出版社，1985 年，第 497、498 页。

的说明。

在中国古典诗歌基本生态环境与中国古代知识分子的特殊文化心态中，中国古代诗论逐渐形成了自己的形态。概括言之，中国古代的诗论家首先面临着的重要"问题"便是中国诗歌（特别是抒情诗）几乎在自己的第一个发展阶段就出现了相当的艺术成熟和相当的社会影响力，闻一多就说："《三百篇》的时代，确乎是一个伟大的时代，我们的文化大体上是从这一刚开端的时期就定型了。"①值得注意的是，这个"伟大的时代"拥有着早熟的人文品格，也就是说，我们的诗歌艺术不是被送上形而上的神性世界，而是更多地承载了现实人生的内容，在这个"现实"的社会里，我们的诗论家也具有了相当实际的诗歌态度。

面对已经足以让人叹为观止的《诗经》文本，广大的批评家、欣赏者与诗歌实际创作过程的分离心态几乎是本能地产生了，这样的心态也许就鼓励和支持了以孔子儒家为代表的功利主义诗论——在对这些脍炙人口的"有距离"的观照和审视中，诗歌的社会作用是思考的重点。"兴于诗，立于礼，成于乐"（《论语·泰伯》），"不学诗，无以言"（《论语·季氏》），"诗可以兴，可以观，可以群，可以怨。迩之事父，远之事君；多识于鸟兽草木之名"（《论语·阳货》）等，开创了中国古代诗论的学习、运用诗歌的观念，这些功利主义的诗论成为了中国古代诗论的第一个发展阶段。到了梁代钟嵘的《诗品》，中国古代的诗论家开始从思想艺术的角度来欣赏、品评诗歌作品，但欣赏和品评的对象无疑是诗人已经完成了的"成品"，这本身就仍然属于艺术创作过程之外的一种感觉活动，于是，那种与诗人实际创作过程的"距离"姿态也继续保留了下来，并在以后的发展中成为中国古代诗话的一个极其重要的特点。中国古代诗歌理论的历史表明："论诗之著不外二种体制：一种本于钟嵘《诗品》，一种本于欧阳修《六一诗话》，即溯其源，也不出此二种。"②

---

① 闻一多：《文学的历史动向》，见闻一多《闻一多全集》第 10 卷，武汉：湖北人民出版社，1993 年，第 17 页。
② 郭绍虞："前言"，见王夫之等撰、丁福保辑《清诗话》（上），上海：上海古籍出版社，2015 年，第 4 页。

　　如果说钟嵘的《诗品》尚且体现了一种比较严肃的理论批评风格，那么北宋欧阳修的《六一诗话》则在"论诗及事"，"以资闲谈"的轻松里更充分地传达了诗论家对于诗歌创作的"有距离"的姿态。这种"有距离"的姿态再一次生动地体现了中国古代的诗论家从事诗歌批评活动的基本艺术环境：中国的诗歌批评总是在创作的高度成熟之后出现，中国古代的诗论家不是与诗歌的生长而是与诗歌的介绍、传播和鉴赏联系在一起的。中国古代诗话的大兴是在有宋一代，而在这个时候，中国的知识分子倍感压力的是唐代诗歌那难以企及的艺术高峰。"读古人诗多，意所喜处，诵忆之久，往往不觉误用为己语。"（叶梦得《石林诗话》）对于崇尚独创性的艺术家来说，无法跳出前人的窠臼是多么可怕的事啊！"唐人精于诗，而诗话则少，宋人诗离于唐，而诗话乃多。"[①]这话移作对宋代文人的无奈心态以及无奈中的写作转换的说明，倒也是颇为恰切的。的确，当前人的艺术创造的高峰一时难以逾越时，诗人何为？诗论家又能何为？恐怕积累知识，积累关于诗歌的五花八门的知识，摸索阅读诗歌的一些经验就成了一件理所当然的事情。

　　这就是我们的中国古代诗论：它们自始至终都不是以直接思考主体创作规律，揭示艺术创作的奥妙，探讨创作者复杂精神活动为目标的；关注"成品"的阅读，汇集"成品"的知识，传达个人的鉴赏心得才是其主要的特色。从这个意义上说，中国古代诗论可以被称作是一种读者对于诗歌的"鉴赏论"，或者是特定的读者从"社会需要"出发对于诗歌的"征用论"。我们甚至还可以发现，尽管在我们这样一个巨大的"诗国"当中，文人皆诗人，但是绝大多数有影响的诗歌论著都不是出自创作成就突出的诗人之手，这也有趣地表明了诗论与诗作在"发生学"意义上的分裂。

　　中国古代诗论的这种实用性与鉴赏性的追求与西方自古希腊以来的诗歌批评传统大相径庭。古希腊人相信诗歌来自于神谕，这便有效地阻断了他们对此作中国式的现实"利用"的可能。先是古希腊的神性的迷狂和理性的光辉，还有后来的智慧、意志与内在的生命，都不断吸引西方诗论家走一条向

---

① 吴乔：《答万季埜诗问》，见王夫之等撰、丁福保辑《清诗话》（上），上海：上海古籍出版社，2015年，第29页。

往神秘、渴慕智慧、探究精神创造奥妙的道路。从古希腊上古的诗的神性论到亚里士多德将诗视作"个别反映一般"的"技巧",一直到文艺复兴、浪漫主义、20 世纪以来的一些诗论,我们可以相当清楚地发现,诗歌创作者的感受始终是西方诗论所表述的中心,在西方,发展起来的是一整套关于诗歌创作实际体验的"诗学"。亚里士多德的《诗学》讨论的是诗人如何进行成功的"摹仿",威廉·华兹华斯(William Wordsworth)的《抒情歌谣集》(*Lyrical Ballads*)再版前言述说如何"使日常的东西在不平常的状态下呈现在心灵面前",塞缪尔·泰勒·柯尔律治(Samuel Taylor Coleridge)大谈"想象力""天才"和词语的使用,托·斯·艾略特研究"传统"与诗人个人才能的关系,海德格尔追问"诗人何为?"这正如有学者已经指出的那样:西方"无论是技艺学视野中的古典主义诗学还是美学视野中的浪漫主义诗学,都是立足于写作过程并在对作者心性机能的假定中确立起来的。换句话说,它们都是从作者的心理机制出发来思考诗(艺术)的本质的"[①]。这也可以解释这个现象:在西方诗论的发展史上,出自著名诗人的名篇要明显多于中国诗论。

对人的主体精神世界、创造奥秘的关注、追踪也使得西方的"诗"的理论有机会超越具体的文体批评的层次,而继续上升、扩大到那些更具有普遍意义的精神现象的领域,古希腊亚里士多德的"诗学"就是整个文艺活动之"学",他的"诗"实质上是区别于历史与科学言论的内涵丰富的概念,包括了史诗、悲剧、喜剧、竖琴歌和阿洛斯歌等文体类别。20 世纪的海德格尔也在"诗思"中探讨"存在"(Sein)的意义,在他看来,意义的最初发生、持存与变异、消失都与"诗性语言"的活动密切相关。与之相反,中国古代的诗家总是在相当具体地用诗、读诗,这实际上便将"诗"的言论实在化和确定化了,所以我们拥有的都是具体的诗歌的评论而不是更加抽象的"诗学"。

中国现代诗论的新变、中国诗论现代性意义的建立实际上就源于一种诗歌生态环境与知识分子的特殊文化心态的根本变化,就是说,20 世纪的中国诗论家们再也无法在对固有的经典文本的"有距离"的阅读中表达自己的心

---

① 余虹:《中国文论与西方诗学》,北京:生活·读书·新知三联书店,1999 年,第 75—76 页。

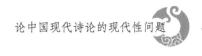

得了。因为，所有关于中国古典诗歌的背景知识都已经为前人所道尽，所有经典阅读的体验也不断被古人所阐发，而他们也未必能说得比前人更仔细、更独到。更重要的是，中国诗歌界的现实已经发生了翻天覆地的变化，一种全新的诗歌样式——现代白话新诗占据了历史的舞台，而这一足以唤起人们莫大兴趣的新的韵文文体还正在成长之中，诗论家与它的关系再也不是那种"有距离"的，这些看起来远未成熟的新的文本还不足以以一种"经典"的姿态对他们形成莫大的压力，迫使他们在艺术的仰视中小心翼翼地表述自己的阅读体会。现代诗歌作为中国现代文人集体参与、集体建设的一种文学活动，新的诗歌创造与诗歌发展的命运常常就联系着众多文化人自己的生存与艺术事业的选择。也就是说，在这些现代新诗的批评者提出对他人作品的评论之前，他们本人很可能就首先是一位新诗运动的积极倡导者，是现代新诗写作的那少数的先行者，他们与诗歌休戚与共、命运相融，对于诗歌的评说，自然也就不再是一个超脱的"品味"与"鉴赏"的问题，而是自身的价值和生命的展开的过程与方式。

这样的深刻的历史情景的变化最终决定了中国诗论的现代转换。

三

我认为，这种现代转换的特点至少表现在以下几个方面。

从"读者"诗论向"作者"诗论转换。尽管中国古代诗论的写作者也都可以被称作是"诗人"，但是从他们写作诗论的立场来看，却分明属于欣赏诗歌的读者心态，也就是说，这些本也作诗的诗论家不是以创作诗歌而是以阅读诗歌的体会来从事诗论活动的。于是便出现了前文所述的那种情形：绝大多数有影响的诗歌论著都不是出自创作成就突出的诗人之手。到了现代，由于新诗的实际创作经验问题成了众多文人普遍关心的问题，而且首先就是诗歌创作者自己需要对此发言和讨论的问题，所以其写作现代诗论的立场和态度也就自然发生了翻天覆地的变化，愈是创作成就突出、创作经验丰富的诗人愈有参与诗论写作的欲望和条件，胡适、郭沫若、康白情、闻一多、穆木天、王独清、戴望舒、梁宗岱、废名、艾青、胡风、田间、袁可嘉等既是在中国现代诗论发展史上留下名篇杰作的诗论家，同时也是卓有成就的诗人。新诗作者们的创作自述构成了中国现代诗论中最主要的部分，此情此景与中国古代相比，已经有了根本的不同。

对于当下创作"问题"的关注成了诗论写作的出发点。"诗话者，以局外身作局内说者也。"（吴秀《龙性堂诗话序》）中国古代诗论的这一"局外身"立场决定了它们对于当下创作情景的某些遮蔽，或者干脆说由于它们正在"鉴赏"的往往是前代的名家名篇，所以也常常没有更直接地探讨当前的问题。对于中国现代诗论家而言，关注诗歌就是观照他们自己，讨论诗歌就是因为他们自己遇到了一系列的"问题"。胡适鉴于八年来的新诗"还脱不了许多人的怀疑"而"谈新诗"。宗白华谈新诗，是因为"近来中国文艺界中发生了一个大问题，就是新体诗怎样做法的问题。就是我们怎样才能做出好的真的新体诗"[1]。成仿吾号召展开"诗之防御战"，因为他目睹了"目下的诗的王宫"的问题："一座腐败了的宫殿，是我们把他推倒了，几年来正在从新建造。然而现在呀，王宫内外遍地都生了野草了，可悲的王宫啊！可痛的王宫！"[2]穆木天倡导"纯诗"，因为他痛感胡适式的创作"给中国造成一种 Prose in Verse 一派的东西。他给散文的思想穿上了韵文的衣裳"[3]。闻一多评论郭沫若的《女神》，提出了一个"地方色彩"的问题，因为他不满意这样的现实："现在的一般新诗人——新是作时髦解的新——似乎有一种欧化底狂癖，他们的创造中国新诗底鹄的，原来就是要把新诗做成完全的西文诗。"[4]也正是出于解决这一"问题"的目的，他系统地提出了关于诗的"三美"，关于创建现代格律诗的设想。萧三、王亚平等探讨了诗歌的大众

---

① 宗白华：《新诗略谈》，见杨匡汉、刘福春编《中国现代诗论》上编，广州：花城出版社，1985 年，第29 页。

② 成仿吾：《诗之防御战》，见杨匡汉、刘福春编《中国现代诗论》上编，广州：花城出版社，1985 年，第70 页。

③ 穆木天：《谭诗——寄沫若的一封信》，见杨匡汉、刘福春编《中国现代诗论》上编，广州：花城出版社，1985 年，第99 页。

④ 闻一多：《〈女神〉之地方色彩》，见闻一多《闻一多全集》第 2 卷，武汉：湖北人民出版社，1993年，第118 页。

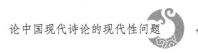

化、民族化，因为他们发现了中国新诗贵族化与欧化的"问题"。袁可嘉言及新诗的"戏剧化"，因为他认为"当前新诗的问题"就是诗人的意志和情感都没有"得着戏剧的表现"①。作为中国现代学院派诗论的重要代表，朱光潜的"诗论"与一般的诗人之论应当是有所区别的，但如果与中国古代的"局外身"般的"读者诗论"相比较，本来还算身在"局外"的朱光潜却依然更多地关心着创造者的心态，他的讨论依然属于典型的现代的"作者诗论"。茅盾并不以诗知名，但作为"局外人"的他却照样以"局内人"的眼睛发现着当前创作的"问题"，比如他在 1937 年发现："这一二年来，中国的新诗有一个新的倾向：从抒情到叙事，从短到长。"具体到作家作品，他又发现："我嫌田间太把眼光望远了而臧克家又太管到近处。把两位的两个长篇来同时研究，是一件有意义的事；我们不妨说，长篇叙事诗的前途就在两者的调和。我从没写过诗，不过我想大胆上一个条陈：先布置好全篇的章法，一气呵成，然后再推敲字句，章法不轻动，而一段一行却不轻轻放过，——这样来试验一下如何？"②自称"从没写过诗"的评论家，也敢于从创作的内部规律处发现"问题"、解决"问题"，这显然反映出整个现代诗论的独特思维已经形成，对于当下创作"问题"的关注成了所有诗论写作的基本出发点。

对于当下创作"问题"的关注，也就使得探讨和揭示具体创作过程之中的心理状态和写作方法成了现代诗论的主要内容。为了解决当下的"问题"，中国现代诗论将最重要的篇幅留给了"怎么办"，胡适详细阐发新诗如何做到音节和谐，如何"用具体的做法，不可用抽象的做法"，俞平伯提出"增加诗的重量""不可放进旧灵魂"等方面的系列建议，宗白华探讨"训练诗艺底途径""诗人人格养成的方法"，穆木天论及"诗的思维术""诗的思想方法"，梁宗岱论述"象征"如何创造，胡风的著名建议则是："有志于做诗人者须得同时有志于做一个真正的人。""一个真正的诗人决

① 袁可嘉：《新诗戏剧化》，见杨匡汉、刘福春编《中国现代诗论》上编，广州：花城出版社，1985 年，第 500 页。
② 茅盾：《叙事诗的前途》，见杨匡汉、刘福春编《中国现代诗论》上编，广州：花城出版社，1985 年，第 315、319 页。《叙事诗的前途》原发表于 1937 年。

不能有'轻佻地'走近诗的事情。"①所有的这些"怎么办"都在各自不同的方面揭示着艺术创作过程本身的奥妙。与中国古代那些颇受贬斥与轻蔑的技术性"诗法"入门教材不同，中国现代诗论对于诗歌艺术创作方法的这些探讨主要是从作者的主体意识、创作心态上入手的，这样在事实上也就将中国的诗论引入了一个前所未有的心理学视阈之中。郭沫若早在 1921 年就提出"要研究诗的人恐怕当得从心理学方面"②着手，出现在郭沫若、俞平伯、宗白华、穆木天、王独清、梁宗岱、戴望舒、杜衡、朱光潜等的诗论之中的，是"情绪""心境""思维""潜在意识""灵感"之类的字眼，而像俞平伯、朱光潜等诗论家还特别探讨了"社会上对于新诗的各种心理观""心理上个别的差异与诗的欣赏"等接受心理学的问题，从这些方面来看，中国现代诗论恐怕更接近西方诗论的传统而与中国古代诗论中那些纯粹技术性意义的"诗法"大相径庭。

诗歌的创造性的价值与时代精神获得了格外的重视。在中国古代，明道、宗经、征圣的文艺思想影响了几乎所有的文学批评，诗论也是如此。一方面，中国古代的诗人与诗论家深刻地感受到了来自前人经典的压力，另一方面，却又始终无法理直气壮地将自己的艺术追求定位在超越前人的创造中，他们的诗歌理想大多只能在形形色色的"复古"口号中表达，是"宗唐"与"宗宋"的相互纠缠与循环，而当下诗歌的求异性却并没有得到有力的肯定与伸张。中国现代诗论在整体上却有了完全不同的价值趋向，对于中国现代诗论家而言，如何证明新诗的"新"、如何发现中国新诗与古代诗歌的区别，如何激发和培育中国新诗的"时代精神"恰恰是他们论述的中心，也是确立自己的研究对象学术价值的基本方式。周作人的《小河》、胡适的《应该》如何表达了古典诗词中所没有的"细密的观察"和"曲折的理想"，中国新诗如何因为"诗体的大解放"而获得了与中国古典诗歌所"不同"的精神，这是胡适"谈新诗"的重要内容，胡适所开启的在"差异"

① 胡风：《关于人与诗，关于第二义的诗人》，见杨匡汉、刘福春编《中国现代诗论》上编，广州：花城出版社，1985 年，第 403 页。

② 郭沫若：《论诗三札》，见杨匡汉、刘福春编《中国现代诗论》上编，广州：花城出版社，1985 年，第 53 页。

"不同"中认定诗歌现代价值的思路可以说贯穿了整个中国现代诗论的发展，尽管像周作人这样以"旧人"自居的诗论家也"相信传统之力是不可轻侮的"，但他们都还是首先承认："中国的诗向来模仿束缚得太过了，当然不免发生剧变，自由与豪华的确是新的发展上重要的原素，新诗的趋向所以可以说是很不错的。"①20 世纪 20 年代初期的闻一多在批评《女神》缺少"地方色彩"的同时还是满怀激情地赞叹道："若讲新诗，郭沫若君底诗才配称新呢，不独艺术上他的作品与旧诗词相去最远，最要紧的是他的精神完全是时代的精神——二十世纪底时代的精神。有人讲文艺作品是时代底产儿。《女神》真不愧为时代底一个肖子。"②

　　中国现代诗论在超越古代诗论的鉴赏传统，转而借助心理学、哲学为自己开拓道路的选择中逐渐建立起了一套更具有思辨性和严密性的理论体系，从而也与中国古代诗论的概念的模糊含混有了很大的不同。这种理论体系的建立既得益于现代文人对于精密思维的自觉追求——如像胡适将观察的"细密"和理想的"曲折"作为现代白话诗的时代特征那样——也是一系列西方哲学社会科学术语概念输入的必然，值得注意的是，这些输入的外来术语都最终服从了中国诗论家的极具个体性的理论建构的需要。也就是说，它们往往都失去了其固有的含义，因具体的语境的不同而呈现了新的丰富多彩的意义，诸如郭沫若诗论中的"泛神论"、梁宗岱诗论中的"象征"、朱光潜诗论中的"意象"与"意境"、杜衡和李金发诗论中的"潜意识"等，这样的个体差异性，也反映出了中国现代诗论家们建构"自己的"诗论体系的努力。

四

　　超越古代诗论的读者点评式传统、建立新的作者式思辨化理论体系，中国现代诗论的这一"现代性"追求却并不是畅通无阻的。这首先就体现在中

① 周作人：《〈扬鞭集〉序》，见杨匡汉、刘福春编《中国现代诗论》上编，广州：花城出版社，1985 年，第 129 页。
② 闻一多：《〈女神〉之时代精神》，见闻一多《闻一多全集》第 2 卷，武汉：湖北人民出版社，1993 年，第 110 页。

国现代并没有建立起一个成熟的属于现代文化的哲学思想体系，甚至我们也没有一个近似于西方文艺复兴那样的思想认同的平台，也就是说，真正能够支持中国现代诗论又具有普遍认同意义的思想与概念在我们中国还是相当匮乏，于是中国现代诗论家更可能由个体的意义的差异而走向了某种"不可通约"的现实，中国现代的诗论会反反复复地重复和纠缠着一系列的基本问题而难以自拔，如"平民化"与"贵族化"的争论，"民族化"与"西化"的分歧，"个人化"与"大众化"的对立，"格律化"与"自由化"的歧义，"浪漫主义"与"现实主义""现代主义"的取舍，"知识分子写作"与"民间写作"的论剑等。中国现代诗论的这些基本认知体系的不统一使得我们失去了继续升华思想直达形而上境界的可能，在现代中国，我们有了自己理论化的"诗论"，却没有出现过类似于海德格尔的关于人的存在的"诗学"。中国现代诗论家常常在各自的概念范围内自言自语，尚未给我们展现彼此思想连接、共同构建"诗与思""存在与诗"的辉煌境界。

不仅如此，一种非艺术的政治性概念体系完成了对个人化的诗论话语的代替，这样的代替从表面上看是暂时达成了我们所梦寐以求的那种概念语汇的认同，但是这样的认同却是以否定和删除艺术的基本感知为前提的，这样一来，我们的诗论就不仅进一步中断了走向"诗学"的可能，而且甚至也失去了像中国古代诗论那样精细地感受诗歌文本的能力。如果说我们中国现代诗论在进入当代后有什么失落的话，那么这失落就是双重的：我们既失落了西方探究作者心理机制的深刻与严谨，也失落了中国传统诗论阅读艺术作品的"兴味"。新时期以后中国诗论的重建绝对不仅仅是一个西方理论的引进问题，我们欠缺的东西其实还有很多，新时期中国诗论的热闹与喧嚣中也实在飘忽着太多的"无根"的语汇，它们要么是来自作者的自言自语，因为缺乏一系列基本的思想认同的基础，所以很难像 20 世纪前半叶那样形成声势浩大的"作者诗论"，要么就是在丧失了对具体艺术的感受能力之后的概念的游戏，在这里，游戏于外来的时髦概念和顽固地坚持那些陈旧的政治意识形态的语汇其实又是十分相似的，因为它们都同时丧失了鲜活的艺术悟性，中国现代诗论在"现代转换"中的窘境至此达到了极致！

在 21 世纪到来的时候，中国现代诗论的重建任务应当说是相当繁重的，不仅需要恢复诗论家们的文本感受能力，而且也需要我们建立起更广泛的思想认同的平台，我们既需要继续输入西方诗学的精神，也需要恢复古典诗论的艺术悟性。当然，这样一来，我们的诗论就依然不会是西方或者中国古代的翻版与重复了，中国现代诗论的"现代性"继续来自于中国现代诗论家自己的人生艺术之思，来自于他们自己的复杂选择。

（原载《西南师范大学学报（人文社会科学版）》2004 年第 6 期）

反现代性：从学衡派到"后现代"？

中国后现代主义的声名鹊起与学衡派等保守主义的"昭雪平反"是 20 世纪 90 年代中国思想文化发展中的引人注目的事件。从一开始，这两大思想文化现象就具有了跨越时空的重要的沟通与联系：以质疑和批判 20 世纪 80 年代的"现代性"启蒙为目标的中国后现代主义找到了半个多世纪之前的理论"先驱"，而学衡派对于五四启蒙文化的质疑也在半个多世纪以后找到了自己的"回应"。这样的沟通与联系也启发我们从历史发展的视角来思考中国的"现代性"问题与"反现代性"的问题，因为，如此贯穿始终的对"现代性"的质疑显然生动地反映了 20 世纪中国文化人面对"现代"的某种典型心态，在历史运动的"变"与"常"里，我们的问题本身有可能获得更深入的理解。

一

中国的后现代主义是在 20 世纪 80 年代的文化启蒙运动遭受强大的阻击之后出现的，同样当 1922 年《学衡》创刊、学衡派以一个独立的思想文化派别出现在中国时，五四新文化运动高潮已过，白话文为国内重要报章所接受且早已经由当时的教育部指定为基础教育语言，参与五四启蒙的思想家们正在酝酿着 20 世纪中国知识分子的第一次大规模的"分化"与"重组"。可以这样认为，没有 20 世纪 80 年代那场轰轰烈烈的思想启蒙运动，就不可能有西方"后现代"思想的自由引入，没有从近代到五四的思想启蒙所开创的新的人文环境，留学美国的学衡派同人也不可能在白璧德主义的支持下，同五四新文化派展开"自由的论辨"，这些事实都说明了一个重要的问题，即无论是 20 世纪早期的学衡派还是 20 世纪末期的"后现代"都不得不"承袭"着较多的启蒙文化，他们的"反现代性"只能在启蒙所开辟的"现代性"的生存空间中进行，中国启蒙文化所提出、所面对的"现代"发展的基本问题同样为"反现代性"的思想家们所拥有，其理解和解决问题的方式也自然会呈现出诸多的相互影响。

在中国"反现代性"的追求中，这样"启蒙"与"反启蒙"、"现代性"与"反现代性"的交互影响，让种种的对现代性的质疑与批判都陷入自相矛盾的理论悖谬当中。

一方面，一个十分明显的事实是，学衡派与"后现代"都表现出了鲜明的文化民族主义特征。学衡派痛感于五四的"欧化"之偏，决心在"阐求真理"中"昌明国粹"。在他们看来："吾国数千年来，以地理关系，凡其邻近，皆文化程度远逊于我。故孤行创造，不求外助，以成此灿烂伟大之文化。先民之才智魄力，与其惨淡经营之功，盖有足使吾人自豪者。今则东西邮通较量观摩，凡人之长，皆足用以补我之短，乃吾文化史上千载一时之遭遇，国人所当欢舞庆幸者也。然吾之文化既如此，必有可发扬光大，久远不可磨灭者在，非如菲律宾夏威夷之岛民，美国之黑人，本无义化之可言，遂取他人文化以代之，其事至简也。"[1]20 世纪 90 年代的中国后现代主义者也宣称要在对"现代性"的质疑中寻找"民族文化自我定位的新可能"，从而"悉心关切民族文化特性和独特的文明的延展和转化"[2]。

但是，在另一方面，我们注意到，支持着这些民族主义取向的恰恰并不是中国传统的什么文化理论，而是在当时看来十分新鲜的西方思想学说。在学衡派那里，是 20 世纪刚刚出现的白璧德新人文主义，在 20 世纪 90 年代，则是比现代主义还要新锐的后现代主义，特别是后殖民主义、第三世界理论和东方主义。我们知道，从西方新近的思想动向中获取支持，这正是 20 世纪中国思想文化发展中的典型现象，理当被作为西方文化殖民的"现代性"的重要表现，也就是说，属于学衡派尤其是 20 世纪 90 年代的中国后现代主义批判、反思的对象！

难道我们的"反现代性"也落入了"现代性"的巨大陷阱？

---

① 梅光迪：《评提倡新文化者》，《学衡》1922 年第 1 期，第 7 页。

② 张法、张颐武、王一川：《从"现代性"到"中华性"——新知识型的探寻》，《文艺争鸣》1994 年第 2 期，第 15 页。

我们进一步获知的事实是，不仅"反现代性"的民族主义立场仍然在寻求着西方文化的支持，依然没有摆脱其所批判的"现代性"的思想资源，而且在更具实质意义的思维方式上，它们也落入了其批判对象的一方，例如"进化论"的历史观和二元对立的思维方式。

众所周知，"进化论"的历史观和二元对立的思维方式，正是"反现代性"思想之于"现代性"的尖锐的抨击。中国后现代主义批判了我们从五四到 20 世纪 80 年代的"线性历史观"，质疑了那种习见的传统/现代、旧文学/新文学、中国/西方的思想方式，在 20 世纪 90 年代，被提出的这些疑问和批判几乎就成了中国的后现代主义者们最引以自豪的成果，正是沿着这些成果的思路，人们才反过来发现了半个多世纪以前的学衡派，发现了他们作为进化论与新旧二元对立论批判"先声"的可贵之处。然而，今天的问题在于，如果我们真正仔细勘探从学衡派到"后现代"的内在思路，我们得出的结论却是：无论是哪一派别都没有克服历史进化论的潜在影响，无论哪一种追求都依然笼罩在二元对立的思维模式当中。正如一些当代学人所指出的那样："后现代主义在消解了主体、历史、意义之后，在一个悬浮的时间神话中以'新陈代谢'、'前仆后继'的方式来创造自己时代霸主的地位。"① "用现代性—传统性或西方—中国这样的二元对立来言说中国历史的方式，乃典型的西方现代性话语，因而它根本无助于消解它所批评的二元对立或所谓'现代性'。"② 半个多世纪以前的学衡派也并没有在"无偏无党""不激不随"的口号中真正表现出对于多元化的包容，相反，在他们"输入欧美之真文化"的自诩中，五四新文化派的其他文化取向通通被冠上了"偏颇"之名，殊不知，这真/假、全面/偏颇的二元对立恰恰最大程度地排斥了其他丰富的文化遗产，最后，我们获得的仅仅是有关白璧德新人文主义的极其有限的知识而已。在学衡派主帅吴宓那里，构成其人生与宇宙理论基础的正是古典主义的"二元论"，吴宓认为："人与宇宙，皆为二元"；"凡不信人或宇宙为二元者，其立说必一偏而有弊"③。

---

① 旷新年：《现代文学与现代性》，上海：上海远东出版社，1998 年，第 26 页。

② 陶东风：《社会理论视野中的文学与文化》，广州：暨南大学出版社，2002 年，第 104 页。

③ 吴宓：《文学与人生》，王岷源译，北京：清华大学出版社，1993 年，第 77 页。

看起来，在西方最新思想学说的结论中寻觅中国文化的发展方向，又暗暗信奉着以"新"、以"先进"为基础的进化论，并自觉不自觉地将自己所掌握的理论作为真理与他人相对立，这已经成了包括"反现代性"思想流派在内的众多现代文化人的基本理念。不同之处在于，由于我们的学衡派和"后现代"都同时恪守着鲜明的文化民族主义立场，所以最终陷入了自相矛盾的思想悖谬当中。

　　这种文化立场与思想方式的深刻悖谬其实正反映了近现代以来中国知识分子精神世界里所横亘着的两重矛盾：由近现代中国政治军事危机所激发出的强烈的民族自卫意识，以及由争取个体生存发展权利与自由所产生的同样强烈的文化革新意识，这两者原本可以出现更多的沟通和协调，但"一盘散沙"的现实不时将中国人的"民族自卫意识"与"文化革新意识"划分开来。当我们痛感于鸦片战争以后的民族衰亡，决意强调民族主义的价值时，又常常强调个人对于群体的服从，从而将民族与自我割裂了，当我们突出个人的需要时，又常常体会到了来自群体的阻力，从而又将个性解放的道路置于反抗群体的方向，所谓"任个人而排众数"①。

　　在这个意义上来看所谓的"文化民族主义"，在现代中国文化发展的意义上，这一名目本身就暗含着相当深刻的自我矛盾，在某种意义上说，它是将本来就存在的那两种意识的矛盾大大地加深了，而且更加的"内在化"了。"民族主义"表达的是我们对于群体政治军事危机的极大的忧患，而"文化"所包含的又往往是自我发展对于现实的改革诉求。"文化"诱惑我们不断参照西方的生存优势来反观自己，从而在客观上常常不能摆脱西方经验的持续进入，而"民族主义"则格外警惕外来的任何一种信息，它总是借助于民族固有的文化赋予自己精神的支撑。在新文化的生存空间里成长起来的"反现代性"的中国知识分子既产生了强烈的民族主义的冲动，又无法拒绝新文化的启蒙和"现代性"生存的事实，因而他们的民族主义也就被纳入现代的"文化"的思考中，而非单纯的政治目标的实现（所谓政治民族主义）。但愈是这样，他们就愈是将那些横亘着的矛盾内化成了自我精神的一

――――――――――――
① 鲁迅：《坟·文化偏至论》，见鲁迅《鲁迅全集》第1卷，北京：人民文学出版社，1981年，第46页。

部分，从而形成了自我理念的巨大悖谬！

二

学衡派、"后现代"陷于理论悖谬的境地，除了他们自我精神的矛盾之外，还有一个值得注意的原因，那就是这些"现代性"追求的反对派实际存在着对于现代中国状况的深刻隔膜。

20世纪90年代的中国后现代主义将近代至五四一直到20世纪80年代的启蒙运动的历史都一律视作西方文化的东方"殖民"的过程，视作现代知识分子听命于帝国主义文化霸权，丧失了民族身份，自我"他者化"的过程。但是，这样的一种历史描述的方式，显然与我们实际看到的中国历史并不吻合。事实是，经由近代以来的多次文化启蒙，在社会文明的"现代性"追求中，中国人的自我意识不是沦丧了而恰恰是被空前地激发了起来。他们的生命追求不是被压抑了被扭曲了而恰恰是前所未有地蓬勃升腾了起来，"老中国的儿女"不是像过去那样一味麻木地挣扎在生存的底线上，他们已经开始修复自己千年以来的精神奴役的创伤，探寻现代的"立人"理想。与此同时，我们的民族也不是因为有帝国主义的挤压而卑躬屈膝、软弱无力了，恰恰相反，中华民族真正的民族忧患意识正是随着启蒙一起诞生的，并且协同着"现代性"追求的展开而生长、发展。中国的古老文化传统不是在过去而恰恰是在现代获得了更加自觉的保护和更加科学更加广泛更加有效的阐释、研究，为数众多的现代中国知识分子不是成为了帝国主义文化的卑屈的"译员"，他们同样以独立不依的主体精神批评、考辨和选择着所有的外来文化，并且同时也成了中国传统文化的称职的整理者、研究者和弘扬者。无数的中国知识分子绝不是按照西方人的愿望和要求来设计现代中国的文化发展，他们魂牵梦萦、念兹在兹的分明是现代中国人自己的生存和发展。对此，有学者曾深刻地指出："也许五四时代的中国知识分子，尤其是鲁迅，最能代表非官方的西方主义"，"以当代西方理论的眼光看来，可以说鲁迅完全袭取了塞义德抨击的那套东方主义观念和语汇"。

"可是我相信，头脑正常的人大概不会说鲁迅是在为西方殖民主义或帝国主义张目，于西方当代理论无论有多少深厚修养的人，大概也不至于说鲁迅肤浅，说他对待西方文化的态度是浮躁、盲目、非理性的。""中国知识分子这样做的目的不是为了证明西方文化高明，而是想把中国由弱变强，不再受西方列强的欺侮"①。

就像中国的后现代主义指责"现代性"追求中的启蒙知识分子"对待西方文化的态度浮躁、盲目而非理性"一样，学衡派也曾以类似的语言攻击五四新文化派，但问题还不仅仅在于学衡派以自己"新人文主义"的"一偏"作为"西方文化之全体"去攻击五四新文化派②，更加严重的还在于其实他们对于这拨启蒙知识分子的所思所虑所作所为完全就缺乏必要的观察和理解。阅读学衡派同人当年对于五四新文化派的批评言论，我们就会发现，无论是在文化现象的分析还是在文学作品的理解方面，他们都缺少最基本的耐心和起码的同情，因而他们的议论常常都是一些与实际状况无干的"架空了的理论自语"③。

就这样，从学衡派到"后现代"，我们的"现代性"批判者们远远地离开了中国人的"现代"生存事实，他们把复杂的历史进程简化为一种外来的强势文化的自由扩张过程，在现代中国，也就是西方文化的输入过程，或者说是帝国主义文化对于中国的占领、支配的过程。按照这样的纯粹的理论推演模式，似乎中国人在自身民族生存发展过程中的种种复杂的体验、遭遇和要求都无关紧要了，仿佛现代的中国人不是按照自己的人生体验在选择自己的发展，而是按照遥远的异国他乡的思维在确定中国的一切，好像这个世界就只有一种不可改变的"现代性"模式，我们只会亦步亦趋地重复着人家的"现代性"而不会出现任何切合中国实际的"改变"，又仿佛现代中国人都丧失了起码的主体创造意识，一切现代中国的事物都不过是外来文化的简单复制。显然，这样的对于"现代性"问题的探讨方式不仅不能反映出对象的丰富而完整的内容，而且在根本上也无助于我们对于"问题"的真正发现——

---

① 张隆溪：《关于几个时新题目》，《读书》1994 年第 5 期，第 96 页。
② 吴宓：《论新文化运动》，《学衡》1922 年第 4 期。
③ 参阅李怡：《论"学衡派"与五四新文学运动》，《中国社会科学》1998 年第 6 期。

我们对于"反现代性"的批评并不是说现代中国的"现代性"过程就没有值得质疑和批评的地方了，但现在的更为可怕的现实是，从学衡派到"后现代"，如此脱离实际的批评基本上就无法触及"现代性"所存在的真正的"问题"！

从学衡派到"后现代"，中国现代知识分子的理论话语脱离了中国的事实，这是一个发人深省的典型现象。其原因也许是多方面的，值得我们加以专题研究，但仅就知识分子的生存方式而言，我觉得有必要注意其共同的特点，那就是一种学院化的生存及其对于思维方式的重要影响。

学院是走出科举的古代、进入现代人生的中国知识分子的新的生存空间之一。学院的出现实际上是为社会提供了一个储备、汇集、传播知识和产生思想的独立世界。然而，接下来的问题却是，一旦我们的学院制度建立起来，一旦我们学院的围墙高高地将知识分子的视线阻挡在了学院之内，那么学院的文化就可以在自己的轨道上运行和发展，我们新近出现的学院派知识分子就有条件沉醉于自己的理论运动而不必再时时关注"外面世界"的万千变化了，这就是学院派知识分子与学院派文化所天然具有的特点：既保持着自己理论自足的纯粹，也的确呈现出了某些脱离社会生存现实的偏颇。当然，没有任何一个思想文化派别能够对人生世界作出全面的把握，学院派作为现代文化中一个重要的派别无疑有着它独立的价值。只是，在中国，学院派要作为现代文化的"一个"流派与其他文化追求平等存在，却也遇到了不少的"问题"，至少，我们通常看到的事实就是：不是其他外部社会上的文化派别实行对学院派的压制，就是学院派以超越一般社会意义的流派而以绝对的"真理"自居。在 1949 年以后的很长的日子里，我们几乎就不承认学院派文化的价值，而在 20 世纪 90 年代以后，由于客观政治环境的变化，一时间，又似乎出现了学院派文化复兴甚至大有唯我独尊之势。半个多世纪以前的学衡派生活于学院，20 世纪 90 年代的"后现代"也多半出于学院，他们对于现实社会的理解方式以及对于自我的估价方式，不也体现出了明显的"学院"文化的偏颇吗？

对于现代中国的"现代性"问题的探究，应当呼唤更多的社会派的知识分子的进入，在社会派知识分子的实际人生体验与学院派知识分子的学理考辨之间，应当出现更加积极的对话。

三

显然，就目前而言，这样的多派别的积极对话还是不够有效、不够深入的。原因何在？我以为中国文化的发展其实还缺少一个有效的"思想的平台"。

所谓"思想的平台"，在我看来就应当是一个民族文化发展所必须存在的共同思想的基础。在西方文化当中，中世纪的存在实际上已经为西方人建立了十分深厚的共同信仰的基点，在以后，即便你要否定和批判这样的信仰，也必然是以这一信仰的基本概念为对话的起点，尼采要打倒的只能是"上帝"而不是什么别的东西。文艺复兴以后，西方人又在古老的古希腊罗马文化的启发下为自己找到了"现代性"追求的人文主义观念，在整个西方世界的范围之内，随着文艺复兴运动的深入展开和普遍被接受，这一人文主义的观念便成为了西方文化的最基本的理念，连宗教改革都必须回答人文主义的挑战，连以后所有的保守主义者都不得再怀疑人的最基本的权利和自由。从这个意义上看，我们就可以知道，西方现代文化的发展实际上就依托于这样的"思想的平台"，是这一"平台"的存在促进了他们对话的健康和有效，即使是彼此的论争也构成了更大意义的补充和丰富。那些不同的思想学说不是因为彼此的差异和对立就陷入了无休无止的纠缠当中，他们恰恰还可以因为这样的对分歧的争论而获得进一步发展自己的动力和方向。最终，他们发展起来的社会文化就是多元化的，因为在最基本的"思想平台"上，他们彼此能够理解和接受有别于自己的其他"元"的存在，这样的多元，便是充满活力却又并不紊乱的"多元"。相反，如果没有这样的"思想的平台"，我们也就不可能出现真正的多元文化的繁荣。

我们的问题正在于缺少了这样的基本"平台"。在传统中国，我们缺少个体宗教信仰的相通，但还是在"儒道互补"的人生模式中维持了最基本的生存理念的同一，这虽然可以说是一种颇为简单的认同模式，但封建社会借助于政权专制之上的思想专制依然有效地扼杀和排除了那些思想的歧义，虽说我们的人生理念不够多样和丰富，但也维持了一个农业社会对于社会文化存在的朴素的需要。

然而，在中国进入近现代社会之后，这一问题却变得复杂多了。

由于科举制度的废除，中国知识分子所习惯的那种读书—做官、入仕—出仕的人生道路就此结束，仕与隐的问题不再是现代中国人的基本问题，因此，传统的由"儒道互补"的人生模式所构成的朴素的社会思想"平台"面临着崩溃的危险。与此同时，现代社会既没有为中国大众提供新的足以统摄灵魂的宗教信仰，也没有能够通过一个成功的全民族的文化运动（像文艺复兴那样）使得某一种引进的西方文化成为全民族共同认可的思想基础，现代中国的知识分子也在不断地继承、不断地创造，不断地应付当代生活中发生的一切。学科与专业分工愈是细致化，我们愈好像被分割在了不同的文化板块之中，彼此的精神差异也越大：西方的思想被引进了，但我们却无法同时获得他们的"思想的平台"，所以这些思想只呈现了其分歧、对立、冲突的一面；现代中国的人生我们体验了，但在一定程度上彼此缺乏精神联系，缺乏有效沟通；传统文化"儒道互补"的精神纽带崩断了，"丰富"的传统以纷乱的个体存在的方式——儒、道、释、法……——撒向现代知识分子，这样的"丰富"为不同的人在不同的境遇中使用，再一次地加强了我们在整体上的精神迷乱。

并且，值得注意的还在于，随着中国现代社会的持续发展，这样缺少"思想平台"而产生的整体精神价值的迷乱和彼此有效沟通的困难还呈现为一种逐渐加深的危险，因为，我们的社会经济在持续发展，我们面对的外来文化在持续发展，我们的人生社会感受亦变得日益复杂。一句话，我们所承受的信息量在不断加大，那么中国现代文化在整体上消化这些分歧、达成最底层的基本认同的难度也就在继续增加。从近代、现代到当代，我们可以比较明显地发现这一点。如果将 20 世纪中国的"反现代性"追求也放在这样一个近代—现代—当代的文化演变序列中，那么我们真能发现他们彼此也存在着耐人寻味的差异：愈是"遥远"的反现代性者，其思想越单纯，而越是"接近"我们的人们，其包含在学术理论背后的复杂人生用意就似乎越多，也更难于从简单的思想史的角度加以解释。学衡派无论怎样的自我矛盾，都体现着知识分子一种单纯而执拗的学术理想。"后现代"则有所不同，在他们关于超越"现代性"的理想模式——小康社会——的深情描述中，我们分明可以读到一位当代知识分子的诸多自我表述的尴尬和生存的无奈："（小康目标的提出）意味着一种跨出现代性的、放弃西方式的发展梦想的方略。它不再将西方视为中国必须赶超的'他者'，而是悉心关切民族文化特性和独特的文明的延展和转化。'小康'象征着一种温馨、和谐、安宁、适度的新生活方式和新价值观念的形成，它是一种超越焦灼的新的策略。"①

（原载《中州学刊》2002 年第 5 期）

---

① 张法、张颐武、王一川：《从"现代性"到"中华性"——新知识型的探寻》，《文艺争鸣》1994 年第 2 期，第 15 页。

论"学衡派"与五四新文学运动

在中国现代文学史上，"学衡派"的遭遇是充满了戏剧性的。一方面，众所周知的事实是，人们长期以来追随新文化运动主流（"五四新文化派"）人物的批评，将它置于五四新文学运动的对立面，视之为阻挡现代文化进程的封建复古主义集团，甚至是"与反动军阀的政治压迫相配合"的某种阴暗势力；另一方面，20世纪90年代以来，它又随着文化保守主义思潮的"复兴"而大有身价陡增之势，一些学者甚至重现"学衡派"当年的思路，把"学衡派"诸人的努力作为救治"五四"偏激的更全面更深刻的文化追求。其实，无论是先前的近于粗暴的批评还是当下的近于理想化的提升，都不一定符合"学衡派"的实际。

我们试图在清理"学衡派"自身思想体系的基础上，重新检讨它与五四新文学运动的复杂关系，这种检讨一方面是要拭除覆盖在它身上的那些不切实际的意识形态色彩，从而显现这一思想派别对于现代中国文化建设与文学建设的独特理解；但另一方面，我们又无意通过这样的检讨来追随当下文化保守主义思潮的皇皇高论，无意在"学衡派"独特但远非完善的思想体系中竭力寻找中国式人文主义的重大意义，甚至赋予其复兴中华文化的巨大历史使命。

一

要在"学衡派"和20世纪初出现的其他几大新文学"逆流"之间划出界线其实并不困难。一个明显的事实是：组成这些派别的人员有着千差万别的文化背景和政治背景，他们对中国文学现状的估价、对未来的设想都各不相同，介入新文学运动的方式、态度及其使用的语言也不一致，这些都在他们各自的刊物或文章中获得了充分的展现。

倡导尊孔读经的孔教会出现在五四新文化运动之前，它是 20 世纪中国文化保守主义思潮的源头，由此也成为"打倒孔家店"文学革命批判与抨击的目标。考察孔教会，我们便不难把握这一派别的基本形态：几近纯粹的中国传统文化知识结构和文化视野，在维护传统文化学说的背后有一种压抑已久的参政欲。孔教会会长康有为"一方面努力把意识形态化的孔子升格为宗教信仰对象，另一方面又刻意把宗教化的孔子直接用来统摄意识形态，影响民国政治"。"在 1912—1915 年的一系列尊孔、建教活动中，康有为对宗教所关怀的人生、宇宙意义，反而显得漫不经心。结果，仅仅是以宗教方式解决非宗教问题本身，已经足以把重建信仰的命题搞得支离破碎、面目全非。"①孔教会代表了中国传统知识分子试图借助古老的文化力量干预时政、实现自身政治抱负的思想倾向。

创办《国故》的黄侃、刘师培等实际上代表了活跃在 20 世纪初的"国粹主义"势力，可以划入这一"主义"圈的还有章炳麟、严复等，他们虽然在不同程度上接受过西方文化的影响，但是，在五四新文化运动时期却更多地体现了中国知识分子的传统文化底蕴及思想视野。与孔教派构成显著差别的是，这批知识分子此时并无强烈的以学术活动来干预政治的企图，他们主要还是从自身的知识分子身份出发进行着文化意义的探索和思考，尽管黄侃在他的《文心雕龙札记》里毫不客气地将白话诗文斥为驴鸣狗吠，章炳麟坚持"诗必有韵"，拒不承认白话自由诗的文学价值②，严复根本就不相信新文学有长存于世的可能③，但所有对新文学的这些批评都不过是上述几位知识分子站在传统文化立场上作出的判断，或者说是他们在推进自身文化理想的时候与新文学运动的倡导者们发生了观念上的分歧，而分歧的最根本的基点却不在政治的态度而在文化的观念。

林纾作为第一个公开反对新文学运动的代表人物，在本质上也是一位"国粹主义"者，不过在他的身上，在他抨击新文学运动的一系列言论中，

---

① 许纪霖、陈达凯主编：《中国现代化史 第一卷 1800~1949》，上海：上海三联书店，1995 年，第 298 页。

② 章炳麟：《答曹聚仁论白话诗》，《华国》1923 年第 4 期。

③ 严复：《书札六十四》，见郑振铎编选《中国新文学大系·文学论争集（影印本）》，上海：上海文艺出版社，2003 年，第 96 页。

却包含了更多的文化的矛盾，折射出中国传统知识分子文化意识与政治意识的更为复杂和微妙的关系。林纾，这位虽然在小说翻译上成就斐然但终不脱传统文化知识结构的"桐城"弟子，对于新文学运动尤为痛心疾首，他所没有想到的是，自己先前所展开的大规模的翻译活动，恰恰就奠定了当下的文学运动的基础，而他对新文学运动的激烈批判，其实也是对他自身文化意义的一种消解。更值得注意的是，当林纾在无可奈何之际，将对新文化运动者的怨毒之情交给大权在握的"伟丈夫"（小说《荆生》的主人翁），实际上又折射出中国传统知识分子心灵深处的一种并不光彩的政治意识。林纾反对新文学的言论集中体现了一位传统知识分子的内在矛盾及精神状态。

如果说章炳麟、黄侃等曾经有过的政治热情并没有挫伤他们所进行的严格的学术探索，那么同样投身过政治革命的章士钊则将他的文化活动纳入了现实政治的需要之中。1925 年 7 月，章士钊以段祺瑞政府司法总长兼教育总长的身份复刊《甲寅》，中国新文学史上的这一有名的"反派"杂志始终未脱它的"半官报"特征，其命运也就只能听由政治权力的摆布了。

"学衡派"的流派特征和思想走向与前述各派都有很大不同。

首先，与康有为、林纾、章炳麟不同，"学衡派"中的主要成员都接受过最具有时代特征的新学教育，拥有与 20 世纪更为接近的知识结构。"学衡派"中如吴宓、胡先骕、梅光迪、刘伯明、汤用彤、陈寅恪、张荫麟、郭斌和等都是留洋学生，他们所受到的西方文化教育与严复、章士钊等差异很大，后者相对而言似乎少了一些完整性和系统性，尤其是在对西方文化的整体发展以及西方文学实际成就的认知方面，"学衡派"成员所掌握的信息是传统知识分子无法匹敌的，即便是与五四新文学的倡导者们相比也未必就一定逊色。一些学者将"学衡派"的传统文化意识与梁启超《欧游心影录》中的"东方救世论"相联系，其实，在梁启超和"学衡派"代表人物之间，仍然有着知识结构及眼界上的差别。比如汤用彤就曾在《学衡》上发表《评近人之文化研究》一文，文章相当犀利地指出："主张保守旧化者，亦常仰承外人鼻息"，"间闻三数西人称美亚洲文化，或且集团体研究，不问其持论是否深得东方精神，研究者之旨意何在，遂欣然相告，谓欧美文化迅即败坏，亚洲文化将起而代之。其实西人科学事实上之搜求，不必为崇尚之征，即于彼野蛮人如黑种红种亦考究綦详。且其对于外化即甚推尊，亦未必竟至移易风俗"①。汤用彤的这番见解是相当深刻的，它表明新的知识结构和人生经历已经培育着新一代学者的主体意识，而主体意识的有无正是现代和传统学者的重要差别。

其次，与孔教会和"甲寅派"相比，"学衡派"显然缺少那种令人窒息的政治欲望和政治色彩，通读《学衡》我们便不难知道这一点。《学衡》竭力为我们提供的是它对中西文化发展的梳理和总结，是它对中西文学经验的认识和介绍。在这方面，《学衡》上出现的一系列论文和译文，如《白璧德之人文主义》（马西尔著，吴宓译）、《印度哲学之起源》（汤用彤）、《希腊之精神》（缪凤林）、《论历史学之过去与未来》（张荫麟）、《近今西洋史学之发展》（徐则陵）、《最近二三十年中国新发现之学问》（王国维）、《希腊文学史》（吴宓）、《世界文学史》（吴宓）等都遵循着严格的学术规范，迄今仍然具有重要的学术参考价值。即便是被有些人认为与马克思主义立场"不太一致"的几篇论义（如萧纯锦《中国提倡社会主义之商榷》《马克斯学说及其批评》）其实也并不是像有些人认为的那种张牙舞爪的政治性谩骂，它们与中国马克思主义的分歧仍然是思想观念上的和文化理想上的，这与章士钊《甲寅》周刊在爱国学生运动中同国民党当局的镇压一唱一和实在有着本质的不同。正如周作人在 1934 年所指出的那样："只有《学衡》的复古运动可以说没有什么政治意义，真是为文学上的古文殊死战，虽然终于败绩，比起那些人来要更胜一筹了。"②

最后，全面审视《学衡》言论之后我们就会发现，"学衡派"诸人对于五四新文学的态度其实要比我们想象的复杂。这里固然陈列着大量的言辞尖锐的"反潮流"论述，如胡先骕"戏拟"胡适之语称："胡君之《尝试集》，死文学也，以其必死必朽也，不以其用活文字之故，而遂得不死不朽也。"甚至进而宣判当时的白话新诗皆"卤莽灭裂，趋于极端"③。又如梅光迪攻击文学革命是"标袭喧攘"，"衰象毕露"，"肆意猖狂，行其伪学，

① 汤用彤：《评近人之文化研究》，《学衡》1922 年第 12 期，第 1 页。
② 周作人："序"，见孙席玲选《现代中国散文选》，北平：人文书店，1935 年，第 5 页。
③ 胡先骕：《评〈尝试集〉》，《学衡》1922 年第 1 期，第 18、19 页。

视通国若无人耳"①。但是，除了这些被反复引证的过激言论以外，"学衡"诸人其实也在思考着新文化和新文学，探讨着文化和文学的时代发展路向，他们并不是一味地反对文学的创新活动，甚至在理论上就不是以"新文化""新文学"为论争对手的。吴宓自述："吾惟渴望真正新文化之得以发生，故于今之新文化运动，有所訾评耳。"这就是说，他所批评的不是新文化和新文学而是当时以"不正确"的方式从事这一运动的人，所以他又特别申明："新文化运动，其名甚美，然其实则当另行研究，故今有不赞成该运动之所主张者，其人非必反对新学也，非必不欢迎欧美之文化也，若遽以反对该运动之所主张者，而即斥为顽固守旧，此实率尔不察之谈。"②吴宓的这一番表述在"学衡派"中极具代表性，几乎所有的"学衡派"诸人在批评新文学的同时都不忘阐述一下他们心目中的新文学或新文化，尽管这些阐述大多相差无几，不外"兼取中西、融贯古今"之类的高屋建瓴之辞。《学衡》上确也推出过几篇白话小说，其中一篇《新旧因缘》就出自主编吴宓（笔名"王志雄"）之手。由此观之，"学衡派"其实应当属于现代中国知识分子中的一个思想文化派别，同倡导"文学革命"的"五四新文化派"一样，他们也在思考和探索现代中国文化和文学的发展道路，他们无意将中国拉回到古老的过去，也无意把中国文学的未来断送在"复古主义"的梦幻中。在思考和探讨中国现代文化的现实与未来方面，"学衡派"与其说是同各类国粹主义、同"甲寅派"沆瀣一气，还不如说与五四新文学运动的倡导者们有更多的对话的可能。

"学衡派"接近"五四新文化派"而与形形色色的真正意义上的复古主义的又一个重要区别在于，支持它的文化学说的现实动力并不来自于对传统的缅怀而是一种发展中的西方文化理想。正如吴宓所说："世之誉宓毁宓者，恒指宓为儒教孔子之徒，以维持中国旧礼教为职志。不知宓所资感发及奋斗之力量，实来自西方。"③从实际来看，吴宓所说的这种"来自西方"的支持着"学衡派"诸人的力量便是白璧德的新人文主义，"学衡派"的几大主将吴

---

① 梅光迪：《评提倡新文化者》，《学衡》1922 年第 1 期，第 8、4 页。

② 吴宓：《论新文化运动》，《学衡》1922 年第 4 期，第 14、2、3 页。

③ 吴宓：《空轩诗话》，见吴宓《吴宓诗集》卷末，上海：中华书局，1935 年，第 162 页。

宓、梅光迪、胡先骕、汤用彤等都曾留学哈佛，受教于白璧德门下；"通论""述学"两栏是《学衡》杂志的重头戏，全部79期《学衡》在这两个栏目中共推出了69篇讨论西方文化的论文和译文，而其中介绍白璧德新人文主义的就达20篇之多。作为20世纪出现的一大保守主义思潮，白璧德新人文主义的一系列价值观念都在"学衡派"诸人那里得到了充分的表现，如他们对文学浪漫主义趋向的批评和对古典主义的崇尚，他们所追求的以理智约束情感的理想，以及他们竭力标榜的办刊宗旨："以中正之眼光，行批评之职事。无偏无党，不激不随。""学衡派"对中国传统文化的肯定和维护其实也与白璧德的"东方文明观"和他对 20 世纪中国的期许密切相关，因为白璧德曾"一针见血"地指出："中国在力求进步时，万不宜效欧西之将盆中小儿随浴水而倾弃之。简言之，虽可力攻形式主义之非，同时必须审慎，保存其伟大之旧文明之精魂也。"①关于这方面的情况，学界已多有论及，本文就不再赘述了。

二

　　以上的论述似乎让一度"臭名昭著"的"学衡派"可爱了许多，他们视野开阔、学贯中西，融合新旧、改良文化，阐求真理、昌明国粹，眼光中正、不偏不倚……归根结底，他们是中国现代知识分子中所存在的一个思想文化派别。那么，他们与五四新文学运动的倡导者究竟有着怎样的区别呢？或者说，作为与"五四新文化派"相区别的现代知识分子，他们的独特性又究竟在哪里？目前学界的一个普遍观点便是将"学衡派"昌明国粹、融化新知的理性精神概括为"人文主义"，并试图在这样的理性立场上全面解释"学衡派"诸人对于五四新文学的态度，诸如他们对于文学进化论的批评、对于中国传统文学较多的肯定以及就文言和白话关系的独特见解等。从这思路出发，"学衡派"与"五四新文化派"的分歧便来自于"人文主义"的终极关怀和"启蒙主义"的功利目标的根本冲突。应当说，这一概括是有根据的，它基本上反映了"学衡派"的文化承受路径及其话语特征，对"学衡

---

① 白璧德：《白璧德中西人文教育谈》，胡先骕译，《学衡》1922 年第 3 期，第 4 页。

派"构成重大影响的白璧德就是以弘扬古希腊、罗马及文艺复兴时期的"人文主义"（Humanism）为己任的，"学衡派"不仅从白璧德那里接过了人文主义这面旗帜，而且还努力在中国传统文化之中寻找"人文主义"的精神。一时间，"人文主义"成了"学衡"诸人频繁使用的一个词，如吴宓说过的具有典型意义的话："儒家的人文主义传统是中国文化的精华，也是谋求东西文化融合，建立世界性新文化的基础。"①

尽管如此，我仍然感到这一概括并不特别准确，因为"人文主义"本身就是一个含义复杂、众说纷纭的概念，正如英国学者阿伦·布洛克（Alan Bullock）所说："我发现对人文主义、人文主义者、人文主义的、以及人文学这些名词，没有人能够成功地作出别人也满意的定义。这些名词意义多变，不同的人有不同的理解，使得辞典和百科全书的编纂者伤透脑筋。"②西方人将人文主义的源头上溯到了古希腊、罗马时代，而恰恰在那个时代，人的感性与理性都获得了同等重要的发展，它们各自在自身的立场上完成着对人的肯定，在许多时候，这些感性和理性又是浑然一体、难以分割的。随着人类社会的发展，古典时代的这种令人着迷的"浑然"消失了，当后来的人们因为各种各样的失落而企图重返古典之时，他们实际上发掘出来的仅仅只是古典的"片段"，而正是这些不同的"片段"构成了不同的"人文主义"。文艺复兴时代的人文主义是以肯定人欲、高扬感性的形式对抗神学理性；白璧德的人文主义则是以重建理性、追求和谐的形式反拨 20 世纪初叶的物质主义和感官沉溺。在中国，文化传统的差别和语言的隔阂更使得"人文主义"歧义丛生，把"学衡派"称为人文主义而将"五四新文化派"称为启蒙主义，这恰恰忽略了五四新文化运动的倡导者们其实正走着一条文艺复兴式的道路，启蒙本身就包含了人文主义的基本精神（为了加以区别，白璧德把文艺复兴式的人文主义称为人道主义，即 humanitarianism），而一旦我们站在文艺复兴的立场上认识人文主义，那么白璧德式的人文主义事实上就成

---

① 转引自栗子：《温故知新——吴宓先生关于中国传统文化的几个观点》，《华夏文化》1994 年第 2 期，第 62 页。

② ［英］阿伦·布洛克：《西方人文主义传统》，董乐山译，北京：生活·读书·新知三联书店，1997 年，第 2 页。

了不折不扣的新古典主义。或许，新古典主义与人文主义的差别倒正可以反映"学衡派"和"五四新文化派"的不同。

有人从对待传统文化的姿态出发区别了"学衡派"和"五四新文化派"，很明显，前者更多地表现出了对传统的肯定和颂扬，而五四新文化运动的倡导者们却对传统提出了更多的批评。然而，这只是表面的现象，正如有的学者对"学衡派"代表吴宓思想所作的分析："涉及到对儒学说的筛选时，他顽强地保持口头上的缄默而在实际上悄悄进行。例如，作为中国儒学之核心的'三纲'（君为臣纲，父为子纲，夫为妻纲）在吴宓的'世界大文化'体系中就没有位置，而且可以用吴宓全部撰述证明他的思想是同'三纲'相悖的，但他却绝不公开讨伐'三纲'。"①到了后来，像吴宓这样的"学衡派"灵魂人物其实也对文学运动中的反传统形成了较客观的认识："一国之文学，枯燥平淡寂无生气，久之必来解放发扬之运动。其弊则流为粗犷散漫紊乱无归，于此而整理收束之运动又不得不起。此二种运动方向相反，如寒来与暑往，形迹上虽似此推彼倒，相互破坏，实则相资相成，去其瑕垢而存其精华。"②很显然，"五四新文化派"所进行的就是"解放发扬之运动"，而"学衡派"所进行的则是整理收束之运动，吴宓在这里所阐发的捍卫传统与反叛传统的关系至少从理论上符合"学衡派"宗旨中的"以中正之眼光，行批评之职事。无偏无党，不激不随"。

与此同时，我们也可以清楚地看到，所谓五四新文化运动彻底抛弃传统文化、一意孤行"全盘西化"的判断与历史事实不相吻合。姑且不说从事着新文化运动的主要人物都具有相当高的传统文化修养，他们从未放弃过对传统文化的整理研究工作，也从来不曾掩饰对于历史传统的个人兴趣，单就我们重点讨论的文学运动而言，我们也不难举出大量的例子，如"五四"新诗对中国古代的《诗经》、乐府及屈骚传统的承接③，五四小说对中国古典小说

---

① 徐葆耕：《孤独的启蒙者——吴宓的文化个性及其历史命运》，《中国文化》1991年第2期，第77页。
② 吴宓：《马勒尔白逝世三百年纪念》，原载《大公报·文学副刊》，又见《吴宓诗集》卷末"大公报文学副刊论文选录"，上海：上海中华书局，1935年，第91页。
③ 参阅李怡：《中国现代新诗与古典诗歌传统》，重庆：西南师范大学出版社，1994年，第162页。

艺术的汲取①。就是被我们称为"全盘西化"代表的胡适,他的"白话文学史观"也充分体现了对中国传统文学的高度重视,而他为文学革命发难的《文学改良刍议》根本就不是对整个中国文学传统的批判和抨击,引起胡适强烈不满的仅仅是"吾国近世文学之大病",也就是说,促使胡适"改良"和"革命"的并不是中国文学的优秀传统,而是近代以来这一传统已经逐渐衰落的事实。痛感于自身文化传统的现实境遇,并力图以自身的努力加以改善,这究竟是延续了传统还是破坏了传统呢?我想,每一个真正体察过20世纪中国文学处境的中国人都是不难得出正确答案的。胡适等五四新文化派的这一思路正如吴宓在理论上所阐述的那样:"一国之文学,枯燥平淡寂无生气,久之必来解放发扬之运动。"

由此可见,"学衡派"与"五四新文化派"其实都同样重视中国传统文化与文学,他们各自所设想的中国文学的现代发展都包含着对我们古老传统的继承。在这一点上,我们没有必要也不可能将他们对立起来。他们的真正差异,在我看来主要还在于他们各自对于具体的文学创作实践中文学传统修养的作用和地位有着不同的理解。"五四新文化派"在理论上并不反对学习和接受中国古典文学,但他们更注意强调当今文学发展的创造性,在他们看来,一位作家的传统修养固然重要,但在实践的过程中知识的修养往往处于"背景"状态,传统的养分对于正处在实践中的作家的影响总是潜在的和不知不觉的,而排除一切干扰,尽力发挥作家的主观创造力才是第一要务。"五四新文化派"之所以坚持这样的观点,是因为他们对近代以来中国文学的实际状况有着深刻的体察:中国文学在这一时代的衰落,正是因为许许多多的中国作家不是将发挥创造力而是将呈现传统知识修养视作文学实践的首要任务。胡适在他的《文学改良刍议》中就批评宋诗派领袖陈三立为"古人的钞胥奴婢",他的文学改良"八事"主张也主要是针对"摹仿古人""无病呻吟""滥调套语"之类的当今文风;同样,陈独秀在《文学革命论》中也并没有将中国古典文学一概打倒,令他痛心疾首的是"今日吾国文学,悉承前代之敝"。与"五四新文化派"不同,"学衡派"坚持要将传统文化的

---

① 参阅陈平原:《中国小说叙事模式的转变》,上海:上海人民出版社,1988年,第98页。

修养直接运用到文学创作中去，让当今的文学创作成为中国优秀文化传统的继承，于是，为"五四新文化派"所抨击的"摹仿"却成了"学衡派"最基本的文学主张。吴宓为"今日文学创造"指出的"正法"是"宜从摹仿入手"，在他看来，"作文者所必历之三阶段：一曰摹仿，二曰融化，三曰创造"，并且"由一至二，由二至三，无能逾越者也"①。胡先骕也在对胡适《尝试集》的批评中认为："夫人之技能智力，自语言以至于哲学，凡为后天之所得，皆须经若干时之模仿，始能逐渐而有所创造。""思想模仿既久，渐有独立之能力，或因之而能创造。然虽有创造，亦殊难尽脱前人之影响。"②吴芳吉则提出，摹仿和创造之于文学都是重要的，"不摹仿，则无以资练习，不去摹仿，则无以自表现"，故不必将二者对立起来。"创造与否，摹仿与否，亦各视其力所至，各从其性所好而已。能创造者，自创造之，不能创造，摹仿何伤？"③"学衡派"从理论上阐述了一个真理：所有人类文化的创新活动都不是凭空产生的，不管创造者意识到与否，他的"新"都是以"旧"的存在为前提的。假如我们暂不考虑近代以来中国文学发展的具体事实而仅仅从学理上加以观察，那么"学衡派"的文学理论可谓是天衣无缝的，这样的文学思想的确体现了"学衡派"诸人所孜孜以求的"客观"和"公允"，用梅光迪的话来说就是"以冷静之头脑、公平之眼光，以推测事理"④，反观"五四新文化派"的诸多激愤感慨之辞，似乎也真有那么一点"偏激"之嫌了！

以"客观"和"公正"的姿态抨击对手的"偏激"和"片面"，这正标识出"学衡派"之于五四新文学运动的独特存在。然而，"五四新文化派"就真的那么偏激和片面吗？或者，究竟什么叫作真正的"客观"和"公正"，什么又叫作"偏激"和"片面"呢？这却是一个并不容易回答却不得不回答的问题。

---

① 吴宓：《论今日文学创造之正法》，《学衡》1923 年第 15 期，第 8 页。
② 胡先骕：《评〈尝试集〉》，《学衡》1922 年第 2 期，第 1 页。
③ 吴芳吉：《再论吾人眼中之新旧文学观》，《学衡》1923 年第 21 期，第 6、4 页。
④ 梅光迪：《论今日吾国学术界之需要》，《学衡》1922 年第 4 期，第 5 页。

三

　　"学衡派"的"公正"与"五四新文化派"的"偏激"之分别，集中表现在对于文学创作的理解以及如何认识西方文化两大方面。

　　正如我们在前文已经谈到的那样，同样是倡导现代中国文学的发展，但究竟是应该强调"创新"还是应该强调"继承"，换句话说，究竟是"创造"还是"摹仿"决定了最终文学的价值，"学衡派"和"五四新文化派"存在着不可忽视的意见分歧。从纯粹理论的角度看，似乎是论述了"继承"和"摹仿"的"学衡派"更客观更全面更公允，而相比之下，"五四新文化派"则更主观更片面更偏激；问题是，我们在这里用以判断"公允"和"偏激"的根据是什么？

　　人类文化的发展在本质上都会呈现出一个调动新旧文化因素加以"融铸之、贯通之"的演进过程，所谓"偏激"与否，其实就是调动和配制这些新旧因素的"度"的问题：我们的目的是既要激发新的生长活力，又要保持文化系统本身的适当稳定性。因为文化的发展需要解决的问题是多种多样的，而解决不同问题的方式也就有着很大的差异，所以这样的"度"其实是大不一样的。就是说，事实上并不存在着绝对不变的"度"，不存在"不偏不倚"的固定标准；虽然我们总是希望自己能够融汇古今之精华、兼取中外之宝藏，但是，这种"融会"和"兼取"的具体对象、方式和数量又都得根据实际问题以及我们所要达到的目标来确定。在这个意义上，要在文化发展之初就明确得出一个恰到好处的度量几乎是不可能的，甚至我们要讨论的"偏激"与否的问题也并不是一个抽象的理论问题，关于文化发展的"度"的问题最终还是只能交由文化的实际发展结果来判断。因此，鲁迅在他的《文化偏至论》中一方面认为"明哲之士，必洞达世界之大势，权衡校量，去其偏颇，得其神明，施之国中，翕合无间"，另一方面却又承认"盖今所成就，无一不绳前时之遗迹，则文明必日有其迁流，又或抗往代之大潮，则文明亦不能无偏至"①。"去其偏颇"和"不能无偏至"，这就是鲁迅分别表述的对于文化发展的理论认识与实际体验。今天，在甄别五四新文学运动的"偏激"的时候，我们也有必要首先明确我们面对了什么样的文化现象，它的性质是什么，它的发展的特征是什么？

我认为，面对五四新文学运动，我们应当明确：这是一个完全应该由实践本身来显示其意义的运动。虽然我们在文学创作的基础上建立了一系列的理论框架——诸如文学理论、文学批评以及文学史等，但是文学创作最终却只能依靠作品本身的存在和实绩来证明自己，作品的独立特质能够溢出甚至拆散那些宏大的文学理论框架，文学理论、文学史以及文学批评不过是客观的外在的"社会"按照自己的价值观念和时代需要所进行的一种对文学的"梳理"与"整合"。从这个角度上说，倒是一种特殊的文学话语——来自作家的创作自述（这是一种零散的很不严密的理性思维）传达了相对丰富的关于创作自身的原始信息。

在这个背景上我们再来看"学衡派"与"五四新文化派"的文学主张。我们发现，学贯中西、义理圆融的"学衡派"所阐述的理论更像是对于文学现象的宏观的整体的认识，它更接近我们今天所说的文学理论或文学批评的范畴——它是自成体系、自圆其说的，但与文学创作的实际状况却比较隔膜。考察"学衡派"诸人之于文学的关系，我们就会发现，在文学理论和文学创作之间，他们都显然更长于前者。虽然胡先骕、梅光迪系"南社"诗人，吴芳吉早以"白屋诗人"闻名于世，吴宓也一直从事着诗歌创作，他们的作品均取得了各不相同的文学成就（特别是吴芳吉的成就更加引人注目），但是，我们依然得承认，所有的这一类文学创作都没有从根本上走出传统文学的大格局。这并不是说遵从传统的创作路数就没有前途，而是说正因为中国古典文学已经取得了巨大的成就，并且在客观上成为屹立在后来者前进之途上的一座难以逾越的高峰。所以平心而论，传统的辉煌事实上大大地降低了"学衡派"诸人的创作分量。我们无意贬低吴宓等的艺术才华，但

---

① 鲁迅：《坟·文化偏至论》，见鲁迅《鲁迅全集》第 1 卷，北京：人民文学出版社，1981 年，第 56、46 页。

站在整个中国文学的高度，我们确实无法简单认同出现在"学衡派"内部的这样一些相互激赏之词，如缪钺称吴宓的诗歌是"嘉禾秀出，颖竖群伦"，甚至说"撷莎士比亚之菁英，扬李杜之光焰，创为真正之新诗者，舍雨僧外，谁克当此"①，吴宓对吴芳吉诗作的褒奖也是"他日能传一代之业，且振衰世之音"②。

更重要的是，"学衡派"对于他们所批评的五四新文学的创作思路实际上是相当陌生的，这种陌生使得他们的文学主张没能够获得丰富的新文学创作现象的支撑，他们的文学思想只是部分反映了他们所掌握的西方文学知识和远非独到的旧体文学的创作经验。《学衡》上一共发表过三篇白话小说，除琴慧的《留美漫记》叙写美国风情较有特色外，胡徵的《慧华小传》所揭示的恋爱与孝道的矛盾与"五四"同类小说相比并无卓绝之处，而出自主编吴宓之手的《新旧因缘》似乎颇能反映"学衡派"代表人物面对新文学创作时的踌躇。发表在《学衡》第 36 期上的小说第一回，其绝大篇幅都在讨论小说的创作原理和作者构思这篇小说时的种种矛盾和犹疑，一直到了小说的结尾，才稍稍出现了一些较有小说"模样"的描写性语言；而且就是这样一篇小说，我们也仅仅只能读到这第一回，以后再也不见下文了！

考察"学衡派"对于五四新文学的批评，我们更能感受到批评者与批评对象之间的隔膜。我注意到，"学衡派"对五四新文学的批评大体都有这样一个现象：理论上的体大精深、铿锵有力与论据的稀少形成了鲜明的对比，有不少论文甚至基本上就没有涉及它所要批评的文学作品的具体内容，"学衡派"的文学批评基本上是一种架空了的理论自语。例如，胡先骕那篇著名的《评〈尝试集〉》，这篇在《学衡》第 1—2 期连续推出的长达 2 万多字的宏篇巨构，真正论及《尝试集》的部分却屈指可数。其中最集中的论述莫过于此："胡君所顾影自许者，不过枯燥无味之教训主义，如《人力车夫》《你莫忘记》《示威》所表现者；肤浅之征象主义，如《一颗遭劫的星》《老鸦》《乐观》《上山》《周岁》所表现者；纤巧之浪漫主义，如《一

---

① 吴宓：《吴宓诗集》，上海：中华书局，1935 年，第 15、16 页。
② 吴宓：《致吴芳吉函》，见吴芳吉著，贺远明、吴汉骧、李坤栋选编《吴芳吉集》，成都：巴蜀书社，1994 年，第 1392 页。

笑》《应该》《一念》所表现者；肉体之印象主义，如《蔚蓝的天上》所表现者；无谓之理论，如《我的儿子》所表现者。"当然不能说胡先骕的批评就没有他的道理，因为《尝试集》的"尝试"特征就是足以让我们反思不已的，问题是胡先骕这种不屑一顾的批评姿态已经再难真正区分胡适作品的价值和缺陷了①。再如吴宓以这样的语言来描述他印象中的五四新文学：

> 以体裁言，则不出以下数种：二三字至十余字一行，无韵无律，意旨晦塞之自由诗也；模拟俄国写实派，而艺术未工，描叙不精详，语言不自然之短篇小说也；以一社会或教育之问题为主，而必参以男女二人之恋爱，而以美满婚姻终之戏剧也；发表个人之感想，自述其经历或游踪，不厌琐碎，或有所主张，惟以意气感情之凌厉强烈为说服他人之具之论文也。而综上各种，察其外形则莫不用诘屈聱牙、散漫冗沓之白话文，新造而国人之大多数皆不能识之奇字，英文之标点符号。更察其内质，则无非提倡男女社交公开、婚姻自决、自由恋爱、纵欲寻乐、活动交际，社会服务诸大义。再不然，则马克思学说、过激派主张、及劳工神圣等标帜。其所攻击者，则彼万恶之礼教，万恶之圣贤，万恶之家庭，万恶之婚姻，万恶之资本，万恶之种种学术典章制度，而鲜有逾越此范围者也。其中非无一二佳制，然皆瑜不掩瑕。且以不究学问，不讲艺术，故偶有一长，亦不能利用之修缮之而成完美之篇章。②

其实，到吴宓发表此文的 1923 年为止，我们的新文学已经涌现了不少足以彪炳史册的佳构华章，如郭沫若的《女神》，鲁迅的《狂人日记》《阿 Q 正传》，郁达夫的《沉沦》，还有许地山、王统照、冰心等的一些优秀小说，但吴宓却通通以"不出""无非"之类的概括"一言以蔽之"了，这倒并不是说吴宓要固执地采取这种不够公正的立场，而是说我们从中可以深深地体会到"学衡派"诸人对于新文学的指责与新文学本身的实际状况存在着多大的距离！

---

① 胡先骕：《〈尝试集〉诗之性质》，《学衡》1922年第1期，第2页。胡先骕发表于《南京高等师范日刊》的另一篇文章《中国文学改良论》也表示他本人根本无法读出沈尹默《月夜》等诗歌作品的"诗意"。
② 吴宓：《论今日文学创造之正法》，《学衡》1923年第15期，第5、6页。

由于"学衡"诸人并不熟悉新文学的创作实际，对于新文学发展的状况、承受的压力和实际的突破都缺少真切的感受，所以他们在与"五四新文化派"论争过程中所坚持的一系列文学思想就成了与现实错位的"空洞的立论"，文学"摹仿"说和反"进化"的思想都是这样。

从文学艺术整体发展的高度来看，"摹仿说"显然具有毋庸置疑的正确性，但问题是我们目前面对的是一种诞生之中的新文学，面对的是一位作家在几千年的文学辉煌之后寻找和建立自身独立位置的需要。对于一位正在从事文学创作的作家而言，需要解决的问题不是文学的基本原理而是如何利用新鲜的材料来表达自己独特的感受，这位作家也许崇拜莎士比亚，也许崇拜杜甫，莎士比亚或者杜甫很可能成为他终身受用的文学遗产，并且也不排除他文学创作的起点就是摹仿这两位文学大师。但是，当他努力要寻找一个真正的自我的时候，他却必须将这些大师统统"忘掉"，"没有冲破一切传统思想和手法的闯将，中国是不会有真的新文艺的"①，这正是文学创作与一般文学原理的根本区别。在这个意义上，当我们读到胡先骕谓"中国诗之体裁既已繁殊，无论何种题目何种情况皆有合宜之体裁"，"尤无庸创造一种无纪律之新体诗以代之也"②，读到吴宓称"今欲改良吾国之诗，宜以杜工部为师"，"能熟读古文而摹仿之，则其所作自亦能简洁、明显、精妙也"③，我们实在难以相信这就是指导当时文学创作的"正法"！至于吴芳吉所谓"创造与否，摹仿与否，亦各视其力所至，各从其性所好而已"④，这样的"宽容"显然更是未曾触及文学创作的实质。

"学衡派"对于文学"进化论"的批评曾博得一片赞扬之声，的确，精神财富的产生毕竟与生物物种大不相同（更何况对生物物种是否"进化"目前也还有不同的看法），"文学进化至难言者"⑤，"后来者不必居上，晚出者不必胜前"⑥。在"五四新文化派"那里，"进化论"的影响是显而易见

① 鲁迅：《坟·论睁了眼看》，见鲁迅《鲁迅全集》第1卷，北京：人民文学出版社，1981年，第241页。
② 胡先骕：《评〈尝试集〉》，《学衡》1922年第1期，第11页。
③ 吴宓：《论今日文学创造之正法》，《学衡》1923年第15期，第15、16页。
④ 吴芳吉：《再论吾人眼中之新旧文学观》，《学衡》1923年第21期，第4页。
⑤ 梅光迪：《评提倡新文化者》，《学衡》1922年第1期，第2页。
⑥ 吴宓：《论新文化运动》，《学衡》1922年第4期，第4页。

的。不过，富有理论远见的"学衡派"似乎也没有仔细体味"五四新文化派"极言文学进化的特殊心境。这正如有的学者所指出的那样："'进化论'在'五四'新文化人物那里并不是作为科学真理，而是作为道德命令出现的，当他们发现历史进程与这种'道德律令'的冲突时，心中涌出的是更加汹涌和悲愤的批判的激情。""这个学说是以传统文化和现实秩序的挑战者和控诉者的面目出现的，它根本不再是一种关于自然的理论，而是试图为人的思想和信仰树立一种规范的律令。"① 文学事实上就成了表现这种"汹涌和悲愤的批判的激情"的有力武器，于是，"五四新文化派"关于文学"进化"的种种言论其实本来就不曾建立起一套束人手脚的理论体系，它们只不过暂时担当了突破固有文学格局的道德支撑，而这种理论与现实的奇特差别，也只有真正浸润于新文学创造活动中的人才能深有所感。

总之，五四新文学创造者们在突破传统文学格局、创立新的文学样式之时所表现出来的种种情绪性的语言，的确不及"学衡派"那么"公正""客观"和富有科学性。但是，文学创作首先是艺术而不是科学，种种情绪性的语言从来不曾影响新文学作家对中外文学遗产的借鉴和学习，更不曾成为他们文学创新的障碍。而且事实很明显，开拓了中国现代文学发展道路的并不是"学衡派"的"公正"的理论和他们作为古典诗词"余响"的旧体诗创作，五四新文学创造者们固然"偏激"，但恰恰是"偏激"的他们创造了我们今天还在享受着的无数的文学财富。正如我在前文所说的那样，对于文学这样一个实践性的活动而言，艺术的最终成果才是判断"偏激"与否的真正尺度。

"学衡派"以他们所追求的"公正"来反对"五四新文化派"之"偏激"的又一重要方面，是在对待西方文化和西方文学的态度上。他们认为"五四新文化派""所主张之道理，所输入之材料，多属一偏"，"其取材则惟选西洋晚近一家之思想，一派之文章，在西洋已视为糟粕、为毒鸩者，举以代表西洋文化之全体"②。"学衡派"的主张却是"务统观其全体"，

---

① 汪晖：《无地彷徨》，杭州：浙江文艺出版社，1994 年，第 17、16 页。
② 吴宓：《论新文化运动》，《学衡》1922 年第 4 期，第 13、1 页。

"输入欧美之真文化"，特别是新文学，决不应当专学西洋晚近之思潮流派，"各派中之名篇，皆当读之"。这种被我们的当代学者誉为"文化整体主义"的思想确实是颇有价值的，如果我们考虑到弥漫于 20 世纪中国文学中的那股炙人的浮躁之气，考虑到我们今天也屡见不鲜的文学的功利主义态度，那么"学衡派"当年的这些设想真可谓是切中时弊的真知灼见！然而，"学衡派"在当时为自己理论所设定的"标靶"却似乎不够准确。因为无论是从文化史还是从文学史来看，中国 20 世纪的"浮躁"都是出现在 20 年代中期以后，恰恰是在"五四"，在新文化运动的初期，我们的先驱者们表现出了一种前所未有的全面开放的姿态。新文学运动开展以来的短短的几年间，有关书刊上介绍的西方文艺思潮和文化思潮数量之多、范围之广，是近代以来所不曾有过的，西方文艺复兴以后几个世纪的文学文化思潮在如此短的时间内即被中国所吞食、所梳理，这种现象虽不能说明中国知识分子的严谨，但充分证明了那一代人并不存在什么样的偏见，他们真正是"放开度量，大胆地，无畏地，将新文化尽量地吸收"[①]。当然，由于个人兴趣的差异，他们各自对于西方思潮的介绍也各有侧重，如胡适对易卜生的介绍，陈独秀对欧洲现实主义的介绍，郭沫若对浪漫主义的介绍，茅盾对自然主义的介绍，鲁迅对北欧文学、俄国文学的介绍，周作人对日本文学的介绍等；不过这种侧重对于有着自身艺术追求的作家来说却是完全正常的，他们所拥有的广博的胸怀已足以使之能够彼此参照、相互补充，共同构成了"五四新文化派"在整体上的全面开放的姿态。

如果说"学衡派"的理想可以被称作是一种"文化整体主义"的话，那么"五四新文化派"所表现出的襟怀也同样可以说是"文化整体主义"的生动表现。

那么，"学衡派"诸人对于新文学运动的批评究竟是基于什么样的立场呢？仔细清理他们的思路，我们就会发现一个有趣的事实：原来"学衡派"也是在用一种西方的理论来反对他们所不能接受的其他西方理论，而这种理论就是他们所顶礼膜拜的白璧德的新人文主义。比如"学衡派"在"输入欧

---

① 鲁迅：《坟·看镜有感》，见鲁迅《鲁迅全集》第 1 卷，北京：人民文学出版社，第 200 页。

美之真文化"的口号下实际介绍的主要是西方 19 世纪以前的文化与文学，因为白璧德的思想学说正是建立在对 19 世纪以降的文化文学思潮的批评之上："妄自尊大，攘夺地位，灭绝人道者……此 19 世纪铸成之大错也。以崇信科学至极，牺牲一切，而又不以真正人文或宗教之规矩，补其缺陷，其结果遂致科学与道德分离。而此种不顾道德之科学，乃人间最大之恶魔，横行无忌，而为人患者也。"①所以"学衡派"也认为西方的"浪漫派文学，其流弊甚大"，"而 19 世纪下半叶之写实派及 Naturalism，脱胎于浪漫派，而每下愈况，在今日已成陈迹"，"故谓今者吾国求新，必专学西洋晚近之 Realism 及 Naturalism 然后可，而不辨其精粗美恶，此实大误"②。按此逻辑，为"五四新文化派"所重点介绍的 19 世纪浪漫主义、现实主义、自然主义和 20 世纪的现代主义文学，以及这些文学思潮背后的文化思潮，当然就该被指摘为"多属一偏"了！

　　文学和文化的发展一样，本来就是不断以一种"偏至"去抵消另一种"偏至"，就个体而言，似乎都不无偏颇，而就整体而言，却可以呈现出一种相对的"全面"和"完善"来。"学衡派"对白璧德主义的接受和"五四新文化派"对其他思想的接受一样都是合理的，甚至可以说是必不可少的，然而当"学衡派"诸人立足于"一偏"却又不想承认自己属于"一偏"，甚至还要竭力将这事实上的"一偏"说成是文化的全部或者精华之时③，那么这一努力本身倒是真正出现了问题，至少它是与"学衡派"所追求的"客观""公正"自相矛盾了的——鲁迅的名篇《估〈学衡〉》正是一针见血地挑破了"学衡派"的这种无法自圆的尴尬！顺便一提的是，鲁迅在他"评估"中并没有否定"学衡派"的学术探索而只是调侃了这种令人倍觉难堪的内外矛盾，可是在以后文学史写作过程中，人们却又据此而大加发挥，一篇《估〈学衡〉》竟成了为"学衡"定性的有力武器！从某种意义上说，这里所反

---

① ［法］马西尔：《白璧德之人文主义》，吴宓译，《学衡》1923 年第 19 期，第 23 页。
② 吴宓：《论新文化运动》，《学衡》1922 年第 4 期，第 5、16、17 页。
③ 吴宓就认为，白璧德的学说"在今世为最精无上而裨益吾国尤大"（《白璧德论民治与领袖》，《学衡》1924 年第 32 期，第 1 页），又称："欲窥西洋文明之真际及享受今日西方最高之理想者"，不可不了解新人文主义（《穆尔论现今美国之新文学》译序，《学衡》1928 年第 63 期，第 1 页）。

映的来自"五四新文化派"和它的后继者之间的分歧同样令人尴尬。

在今天，在我们"重估"学衡派历史地位的时候，我认为有一个重要的原则应当明确，那就是历史的波诡云谲早已证明了这个规律：在奔流不息的时间长河中，任何个人、任何派别终归不过是一次短暂的存在，谁也不可能成为真正的"全面"和"完善"，谁也不可能做到绝对的"客观"和"公正"，如果企图以自己所掌握的"最高""最完美"的理论来清除他人的所谓"偏激"与"片面"，那么这种立论本身就带有明显的二元对立思维的痕迹。二元对立思维不仅体现在中国现代文学的主流话语中，同时也存在于如"学衡派"这样的非主流话语中。20世纪90年代，在复兴的文化保守主义思潮中，不少中国学者都试图将"学衡派"作为结束二元对立思维的杰出代表大加肯定，现在看来，这种肯定本身就值得我们怀疑和反思。

我认为，"重估"学衡派重要的是将他们重新纳入新文化建设的大本营里加以解读，重新肯定这么一批特殊的现代知识分子在现代文化探索中的特殊贡献。就新文学而言，他们的价值就在于将中国文学的建设引入了一个相当宏阔的世界文学的背景之上，而他们所描述的世界文学的景观又正好可以和"五四新文化派"相互补充；此外，他们也在如何更规范地研讨作为"学术"的文学问题方面，进行了有益的尝试，而这种尝试的确为一些忙于文学创作的新文化人所暂时忽略了——在所有这些更具有"学术"性而不是具有"艺术"性的研究工作中，"学衡派"的价值无疑是巨大的。

（原载《中国社会科学》1998年第6期）

探寻"与传统有关"的"现代化"

——朱自清的中国现代新诗论

作为新诗批评家，朱自清的全部文字也就是《新诗杂话》和其他几篇不多的评论，加起来不过六七万字，论数量不及他的古典文学研究[①]，论声名不及他的散文创作，论在当时的影响可能还不一定超过他的语文研究。但是，在我看来，越是到了今天，朱自清评论中国新诗的视角、立场、方法却越发彰显出一种独特的极具建设性的价值，尤其是对于"新诗现代化"这个百年来争讼纷纭的诗学难题，他的讨论方式与提问过程，都与我们习见的徘徊于古今中西的焦虑型"求索"十分不同，洋溢着一种宽厚却又不失立场的理性的从容，历来搅扰人心的文化选择的困境因为他从容而富有耐性的观察、考辨最终化为乌有，在许多诗人与诗家眼中对立于"传统"的、左右尴尬的"现代化"问题理所当然地获得了来自"传统"的有效助力，内在的支撑代替了自我的冲突，中外的融通化解了文化的隔膜，"现代化"敞开了它更为坚实更为自信的面相。这样的理论阐述在"选择的焦虑"极具普遍性的现代诗歌界，尤为难得，也弥足珍贵，其历史意义值得我们认真总结。

一

冯雪峰在《悼念朱自清先生》中用"时代的前进"和"文艺的进步性"来概括朱自清的文学批评[②]。在朱自清的新诗批评中，这种对"前进"和"进步"的追求就体现为他对"现代化"这个主导方向的集中阐述。

[①] 朱自清先生的古典文学研究深获高评，例如《诗言志辨》就被李广田视作"是朱先生历时最久、工力最深的一部书"（李广田：《朱自清先生的道路》，见朱金顺编《朱自清研究资料》，北京：北京师范大学出版社，1981年，第15页）。

[②] 冯雪峰：《悼念朱自清先生》，见朱金顺编《朱自清研究资料》，北京：北京师范大学出版社，1981年，第238页。

    一般认为，中国新诗史上的"现代化"追求由来已久，到20世纪40年代的中国新诗派那里蔚为大观，而系统阐述"新诗现代化"理论的是20世纪40年代后期的袁可嘉。其实，追根溯源，第一个明确提出"新诗现代化"问题并反复论述的是朱自清。1942年，他在《诗与建国》一文中首先提及了"中国诗的现代化"诉求，这比1947年袁可嘉《新诗现代化》一文的讨论早了五年。朱自清的新诗评论中，到处都留下了对"现代化"问题的分析和判断。关于现代生活与现代诗歌的关系，他说："我们需要促进中国现代化的诗。有了歌咏现代化的诗，便表示我们一般生活也在现代化；那么，现代化才是一个谐和，才可加速的进展。另一方面，我们也需要中国诗的现代化，新诗的现代化；这将使新诗更富厚些。"[1]关于民族形式问题，他说："新诗的语言不是民间的语言，而是欧化的或现代化的语言。"[2] "这是欧化，但不如说是现代化。'民族形式讨论'的结论不错，现代化是不可避免的。"[3]论及白话、口语与现代化的关系，他指出："新诗的白话，跟白话文的白话一样，并不全合于口语，而且多少趋向欧化或现代化。"[4]他甚至将这样的变化置放在整个新文学发展的高度："新文学运动和新文化运动以来，中国语在加速的变化。这种变化，一般称为欧化，但称为现代化也许更确切些。"[5]在概念的使用上，朱自清的"现代化"表述经常与"欧化"相互说明，多少令人想到梁实秋的著名判断："新诗，实际就是中文写的外国诗。"[6]就如同梁实秋"外国诗"这一用语一样，"欧化"一词大约最鲜明地标示出了朱自清对于新诗与新文学不应因循守旧，而要以求新求变为时代使命的强烈诉求。

---

① 朱自清：《新诗杂话·诗与建国》，见朱自清著，朱乔森编《朱自清全集》第2版，第2卷，南京：江苏教育出版社，1996年，第351—352页。

② 朱自清：《新诗杂话·朗读与诗》，见朱自清著，朱乔森编《朱自清全集》第2版，第2卷，南京：江苏教育出版社，1996年，第392页。

③ 朱自清：《新诗杂话·真诗》，见朱自清著，朱乔森编《朱自清全集》第2版，第2卷，南京：江苏教育出版社，1996年，第386页。

④ 朱自清：《新诗杂话·诗的形式》，见朱自清著，朱乔森编《朱自清全集》第2版，第2卷，南京：江苏教育出版社，1996年，第400页。

⑤ 朱自清：《中国语的特征在那里——序王力〈中国现代语法〉》，见朱自清著，朱乔森编《朱自清全集》第2版，第3卷，南京：江苏教育出版社，1996年，第64页。

⑥ 梁实秋：《新诗的格调及其他》，见杨匡汉、刘福春编《中国现代诗论》上编，广州：花城出版社，1985年，第141页。

回顾编选《中国新文学大系·诗集》的原则之时，朱自清说自己选诗只是由于"历史的兴趣"："我们要看看我们启蒙期诗人努力的痕迹。他们怎样从旧镣铐里解放出来，怎样学习新语言，怎样寻找新世界。"①也就是说，挣脱传统的束缚，传达时代的新的变化是他观察中国新诗发展的重心。所谓的"现代化"是一种反映时代要求的、区别于中国历史传统的社会形态、生活形态和艺术形态。中国新诗需要在"现代化"的追求中区隔于自身的传统，这一点毋庸置疑。朱自清就是以"重估一切价值"的态度定位这个时代的："这是一个重新估定价值的时代，对于一切传统，我们要重新加以分析和综合，用这时代的语言表现出来。"②因此，频繁使用"现代化"甚至"欧化"概念的朱自清一度被某些学者归为与传统的"断裂论"者。

"断裂论"的主要表现就是十分鲜明地认定西方诗歌之于中国新诗创生的重大意义。朱自清特别强调外来的异质文化对于新诗的特殊价值，指出新诗"不出于音乐，不起于民间，跟过去各种诗体全异"③，"最主要的原因还是外国的影响"，"外国的影响使我国文学向一条新路发展，诗也不能够是例外"④。"在历史上外国对于中国的影响自然不断地有，但力量之大，怕以近代为最。这并不就是奴隶根性；他们进步得快，而我们一向是落后的，要上前去，只有先从效法他们入手。文学也是如此。这种情形之下，外国的影响是不可抵抗的，它的力量超过本国的传统。"⑤

当然，对于新诗发展种种"现代化"或"欧化"方向的肯定在朱自清那里并非一种知识性的运用，而是出于对时代的新的生活方式的尊重。所有这些艺术判断都根植于他对诗歌艺术应该把握当下生活的确信：现代生活必然

① 朱自清：《选诗杂记》，见朱自清著，朱乔森编《朱自清全集》第 2 版，第 4 卷，南京：江苏教育出版社，1996 年，第 382 页。
② 朱自清：《日常生活的诗　萧望卿〈陶渊明批评〉序》，见朱自清著，朱乔森编《朱自清全集》第 2 版，第 3 卷，南京：江苏教育出版社，1996 年，第 212 页。
③ 朱自清：《新诗杂话·朗读与诗》，见朱自清著，朱乔森编《朱自清全集》第 2 版，第 2 卷，南京：江苏教育出版社，1996 年，第 391 页。
④ 朱自清：《新诗杂话·真诗》，见朱自清著，朱乔森编《朱自清全集》第 2 版，第 2 卷，南京：江苏教育出版社，1996 年，第 386 页。
⑤ 朱自清：《论中国诗的出路》，见朱自清著，朱乔森编《朱自清全集》第 2 版，第 4 卷，南京：江苏教育出版社，1996 年，第 288 页。

出现现代的新诗。他宣称："国学是我的职业，文学是我的娱乐。"①在这里，将"文学"作为"娱乐"，其实也就意味着这种表现当下精神生活的追求与貌似"神圣"的职业——知识的继承与建构具有同等重要的地位。而且，朱自清进一步指出，职业性的知识建构也应当服务于当下精神生活的需要，主张把研究旧文学的成果用于创造新文学。据吴组缃回忆，朱自清主持清华大学中文系时，为该系确定的方针，就是"用新的观点研究旧时代文学，创造新时代文学"②。身为人师，长期执教古典文学，从事的是当代人眼中最时髦的"国学"职业，但与当代人截然不同的是，他对于那些沉湎于复古的国学却持有鲜明的批判的态度："所以为一般研究者计，我们现在非打破'正统国学'的观念不可。我们得走两条路：一是认识经史以外的材料（即使是弓鞋和俗曲）的学术价值，二就是认识现代生活的学术价值。""据我所知，现存的国家没有一国有'国学'这个名称，除了中国是例外。但这只是'国学'这个笼统的名字存废的问题，事实上中国学问应包含现代的材料，则是毋庸置疑的。因为我们是现代的人，即使研究古史料，也还脱不了现代的立场；我们既要做现代的人，又怎能全然抹杀了现代，任其茫昧不可知呢？"③在这里，基于"现代生活价值"的"现代化"指向依然是朱自清分析、解剖中国学术，包括传统学术的一把标尺。将学术价值与"现代生活"联系起来是朱自清清醒而独特的思想立场。

二

朱自清是"新诗现代化"概念的创立者和最早的讨论者，这当然不是要抹杀"现代化"理想之于中国新诗史由来已久的事实，不过，我们却可以透

---

① 朱自清：《那里走·我们的路》，见朱自清著，朱乔森编《朱自清全集》第 2 版，第 4 卷，南京：江苏教育出版社，1996 年，第 243 页。

② 吴组缃：《敬悼佩弦先生》，见朱金顺编《朱自清研究资料》，北京：北京师范大学出版社，1981 年，第 277 页。

③ 朱自清：《现代生活的学术价值》，见朱自清著，朱乔森编《朱自清全集》，第 2 版，第 4 卷，南京：江苏教育出版社，1996 年，第 196、199 页。

过这样一个"新诗现代化"的理想史，见出朱自清诗学论述的独特之处。

当代西方学者倾向于将"现代性"视作"几乎是本世纪所有诗人的经历"，"现代性曾是一股世界性的热情"①，而反叛传统则被当作是"现代性"的一大体现②。如果我们大体上认可这些判断的合理性，那么就可以得出结论：新诗的现代化进程并不是袁可嘉苛刻标准下所谓的属于"四十年代以来出现"③的现象，它的理想早就萌生在近代的文学变革的冲动之中，而胡适等的"诗体大解放""文学革命"主张，当然更是现代化追求的正式登场。郭沫若的诗集《女神》的出版，可以说是对传统诗歌最成功的挑战，其价值犹如闻一多所总结的那样，"不独艺术上他的作品与旧诗词相去最远，最要紧的是他的精神完全是时代的精神——二十世纪底时代的精神"④。"与旧诗词相去最远""二十世纪底时代精神"，无疑都是"现代化"取向的生动表现。《女神》之后的中国新诗先后沿着象征诗派的陌生化与左翼诗歌的现实反抗之路与传统艺术拉开距离，可以说是"现代化"建构的继续。到 20 世纪 30 年代《现代》创刊、现代诗派成型，"现代"一词第一次成为了诗歌艺术高举的旗帜："《现代》中的诗是诗，而且是纯然的现代诗。它们是现代人在现代生活中所感受的现代的情绪，用现代的词藻排列成的现代的诗形。"⑤从 20 世纪 30 年代至 40 年代，戴望舒、废名、卞之琳、冯至、李广田及中国新诗派也都分别从创作或理论上揭示了新诗承担时代命题的可能的途径，袁可嘉最后将"现代化"归结为以戏剧化为特征的现实、象征、玄学等因素的有效结合，则是进一步打通了中国新诗与西方现代主义诗歌的精神联系。

在这样一条"现代化"的路径中，首创"新诗现代化"之说的朱自清

---

① ［墨西哥］奥克塔维奥·帕斯：《受奖演说：对现时的寻求》，见奥克塔维奥·帕斯《太阳石》，朱景冬等译，桂林：漓江出版社，1992 年，第 337 页。

② 儿尔根·哈贝马斯曾断言："现代性依靠的是反叛所有标准的东西的经验"（参见王岳川、尚水编《后现代主义文化与美学》，北京：北京大学出版社，1992，第 12 页）。

③ 袁可嘉：《新诗现代化——新传统的寻求》，原载 1947 年 3 月 30 日天津《大公报·星期文艺》，这里引自袁可嘉：《论新诗现代化》，北京：生活·读书·新知三联书店，1988 年，第 3 页。

④ 闻一多：《〈女神〉之时代精神》，见闻一多《闻一多全集》第 2 卷，武汉：湖北人民出版社，1993 年，第 110 页。

⑤ 施蛰存：《关于本刊中的诗》，原载《现代》1933 年 11 月第 4 卷第 1 期，见施蛰存著，刘凌、刘效礼编《施蛰存全集》第 4 卷，上海：华东师范大学出版社，2011 年，第 1228 页。

居于这样一个关键性的位置：前有近代以来走出传统模式的种种探索，后有以西方现代主义诗歌为样板的"现代化"诗学系统。需要朱自清解决的问题是，如何认真总结此前中国新诗左冲右突的经验与教训，进一步提炼出更能反映时代精神的历史主题，《现代》曾经捕捉与烘托出了"现代"这一概念，但是，何谓"现代"呢？施蛰存说的是"现代人在现代生活中所感受的现代的情绪，用现代的词藻排列成的现代的诗形"，这里已经触及了几个关键词，例如"现代生活""现代的情绪""现代的词藻""现代的诗形"等，其中如"现代生活"这样的概念后来在朱自清的"现代生活价值"那里引起了回应。但是，所谓"现代"的更具体的细节还是缺少的，施蛰存的定义与其说是理性的概括不如说是感性的描述，而且就是对几个概念的连缀性描述。到朱自清《新诗杂话》这里，则不仅以"现代化"的"化"的核心概念为推进新诗的时代之路强化了目标，而且还通过一系列具体问题的讨论——诗歌的精神与形式、诗歌的发展规律、诗歌的感性与理性追求、诗歌的国家民族价值、诗歌的接受和释读、诗歌的翻译等展开了"现代化"问题的主要方面，这在事实上奠定了未来进一步讨论的诗学轮廓，或者说搭建起了新诗现代化理论的基本框架。对读五年后袁可嘉发表的"现代化"之论，我们不难梳理出两者在一系列诗学主题上的连贯性（表1）：

表 1　朱自清和袁可嘉诗学主题对比

诗学主题	朱自清	袁可嘉
诗歌的精神与形式	诗与感觉、诗与哲理、诗与幽默、真诗、诗的形式、诗韵、朗读与诗	新诗现代化的再分析、新诗戏剧化、谈戏剧主义、诗与主题、诗与意义、诗与晦涩、论诗境的扩展与结晶、论现代诗中的政治感伤性、漫谈感伤等
诗歌的发展	新诗的进步、诗的趋势	新诗现代化、"人的文学"与"人民的文学"、诗与新方向、我们的难题
诗歌的国家民族价值	抗战与诗、诗与建国、爱国诗	诗与民主、批评与民主
诗的接受与释读	解诗	诗与意义、诗与晦涩、批评相对论、批评的艺术
对当代西方诗学的借鉴	诗与公众世界（涉及与政治、与大众的关系）	从分析到综合、综合与混合、托·史·艾略特研究（书评）、新写作（书评）

从表1我们可以看出，袁可嘉显然是大大地深化和发展了"现代化"理论

的若干细节，不过，这一现代化的基本主题却依然是对朱自清命题的延伸和发展，包括其中的几个核心话题如"生活"、诗歌与公众的关系更有明显的一致性。袁可嘉那里的核心话题如"诗歌与民主"，其实也早已出现在了朱自清的诗论中，两人都具有共同的西方诗学资源，如西方的语义学以及英国批评家艾弗·理查兹（当时译为瑞恰慈）（Ivor Richards）、威廉·燕卜荪（William Empson）等的诗学批评理论，乃至都倾向于从西方诗论的译介中获取思想资源等，也都十分相似。在"新诗现代化"的诗学理论史上，朱自清完成了关键性的理论筑基，为这一理论在20世纪40年代后期的发展确立了基本思路。

朱自清不仅具有理论演变史上的关键性筑基，而且其讨论问题的方式也有值得我们注意的特点。

中国现代诗人与诗家对新诗发展、对现代化问题的关注都不得不基于一个不容忽视的背景——在一个相当长的时间中，新诗创作势单力薄，遭遇了来自传统诗歌文化的相当的压力，包括作为诗歌史、文化史意义的"经典"的压力，也包括这些辉煌历史所形成的欣赏接受习惯、氛围和读者需求的深深的干扰和阻挠，用朱自清的描述来说，就是"诗的传统力量比文的传统大得多，特别在形式上。新诗起初得从破坏旧形式下手，直到民国十四年，新形式才渐渐建设起来，但一般人还是怀疑着"①。也就是说，新诗的创立和开启的现代化道路在一开始就不得不是一条荆棘丛生的小径，现代诗人也就不得不竭力通过引入和证明西方诗歌的价值来确立自己，而在引进外来诗学资源以发展自己的同时也不得不竭力批判和反抗古典诗歌的传统，这一反抗和批判即便是作为生存姿态上的需要也显得格外重要。当然，问题也会随之而来，当刻意的反叛姿态并不能保证创作质量时，就会激发人们重新寻找和强调"传统"的价值，将创作的失败当作是借鉴西方诗歌或"现代化"取向的恶果，常常表达着抵御外来文化侵略或者揭批"现代化"弊陋的要求。无论哪一种情形，都在事实上加强了传统/现代、中国/西方的二元对立。在中国新

---

① 朱自清：《新诗杂话·朗读与诗》，见朱自清著，朱乔森编《朱自清全集》，第2版，第2卷，南京：江苏教育出版社，1996年，第392页。

诗的发展史上，这种二元对立格外严重，几乎就是中国诗家的基本思维模式。平心而论，从胡适开始，实践中的中国新诗其实难以回避将外来的诗歌资源与古典传统相互融合的现实，但是，在相当多的诗学宣言、诗歌批评中，中外古今的资源还是处于彼此对立的状态，并且常常通过批判对方来彰显自己的价值。当批判、对立的话语成为了人们思维的某种出发点时，甚至对这种对立的怀疑也照样不能摆脱对立与焦虑的阴影，以致试图超越对立的努力也还是在"对立"的基础上立论！

例如，胡适在"五四"发表的著名宣言："中国这二千年只有些死文学，只有些没有价值的死文学。""我们有志造新文学的人，都该发誓不用文言作文：无论通信，做诗，译书，做笔记，做报馆文章，编学堂讲义，替死人作墓志，替活人上条陈，……都该用白话来做。"①真可谓是"新旧二者，绝对不能相容，折衷之说，非但不知新，并且不知旧，非直为新界之罪人，抑亦为旧界之蟊贼"②。郑敏对五四白话诗运动大加批评，她的描述也颇真切："英国的浪漫主义大诗人华兹华斯虽然也在 19 世纪初抛出他的《抒情歌谣序》，对新古典主义诗语进行了类似的抨击，开现代化英美诗语之风，铺平了 18 世纪新古典主义宫廷诗歌与现代英语诗歌之间的语言坎坷。但却没有像《逼上梁山》这类争论那种咬紧牙根决一死战的紧张与激动。从五四起中国的每一次文化运动都带着这种不平凡的紧张。"③有意思的是，郑敏虽然一针见血地批判了五四诗歌宣言中的"二元对立"，反思了"每一次文化运动"的紧张心态，但是她对五四新诗创立时的历史苦衷缺乏体谅，对隐藏在极端宣言背后的实践层面上的复杂性也没有足够的理解，所以批判本身依然充满中国式的焦虑，二元对立思维清晰可见。另外一个典型的案例是闻一多。闻一多是"中西艺术交融"最早的提出者之一，"他不要做纯粹的本地诗，但还要保存本地的色彩，他不要做纯粹的外洋诗，但又要尽量地吸收外

---

① 胡适：《建设的文学革命论》，见胡适著，季羡林主编《胡适全集》第 1 卷，合肥：安徽教育出版社，2003 年，第 54、60 页。

② 汪叔潜：《新旧问题》，《青年杂志》1915 年第 1 卷第 1 号。

③ 郑敏：《世纪末的回顾：汉语语言变革与中国新诗创作》，《文学评论》1993 年第 3 期，第 7 页。

洋诗底长处;他要做中西艺术结婚后产生的宁馨儿"①。这当然是跨越二元,实现融合的理想,不过,当闻一多怀有"宁馨儿"的梦想面对郭沫若的《女神》之时,却陷入了肯定/否定的尖锐对立中,他以极大的热情盛赞《女神》的时代精神:"若讲新诗,郭沫若君底诗才配称新呢,不独艺术上他的作品与旧诗词相去最远,最要紧的是他的精神完全是时代的精神——二十世纪底时代的精神。有人讲文艺作品是时代底产儿。《女神》真不愧为时代底一个肖子。""我们的诗人不独喊出人人心中底热情来,而且喊出人人心中最神圣的一种热情呢!"②可以读出,闻一多对《女神》能够冲破传统束缚的创造精神感到由衷的喜悦和激动,在这样的逻辑中,"旧诗词"理所当然应该是"配称新"的郭沫若诗歌的反面。但是,闻一多之后发表的《〈女神〉之地方色彩》却对《女神》失去"地方色彩"的欧化倾向提出了尖锐的批评:"现在的一般新诗人——新是作时髦解的新——似乎有一种欧化底狂癖,他们的创造中国新诗底鹄的,原来就是要把新诗做成完全的西文诗。""《女神》不独形式十分欧化,而且精神也十分欧化的了。"如何改变这一弊端呢?闻一多提出:"当恢复我们对于旧文学底信仰,因为我们不能开天辟地(事实与理论上是万不可能的),我们只能够并且应当在旧的基石上建设新的房屋。"③"旧文学"似乎又成了纠正欧化弊端的重要资源。显然,旧诗词及其背后的传统文学与文化究竟在"新诗现代化"进程中产生着怎样的作用,对1923年刚刚出现在诗坛的闻一多来说充满了矛盾和困惑。二元对立在当时内化成了诗人的自我矛盾。

二元对立归根到底是一种内在的思维形式,发现和批评他者的二元对立其实并不就能真正排除自我思想中这一对立逻辑的存在。真正的宽容首先是对考察对象各方面的状态(包括理论宣言与实践选择,也包括各种历史的特殊处境)的体谅和理解,当中国新诗初创期的历史困境,以及郭沫若五四诗

---

① 闻一多:《〈女神〉之地方色彩》,见闻一多《闻一多全集》第 2 卷,武汉:湖北人民出版社,1993年,第 118 页。

② 闻一多:《〈女神〉之时代精神》,见闻一多《闻一多全集》第 2 卷,武汉:湖北人民出版社,1993年,第 110 页、第 117 页。

③ 闻一多:《〈女神〉之地方色彩》,见闻一多《闻一多全集》第 2 卷,武汉:湖北人民出版社,1993 年,第 118、123 页。

学追求的混沌和复杂都未能进入评论者的认知范围之时，中国诗学批评就依然还处于种种的对抗逻辑之中。

"新诗现代化"是朱自清诗学追求的核心主张，但是，这一明确的诗歌理想却并不妨碍他对于各种诗歌实践、诗歌选择的深刻的理解和同情，西方诗学理论是他借镜的资源，这些外来的资源在诗学批评中顺理成章地成为了各种批评话语。古典文学批评方式是朱自清的诗学素养，这也不影响他在中外文学现象间的取法和运用，总之，古今中外的诗学资源在他的观察和陈述中往往都是并置的，相互说明的，它们主要不是尖锐对立的存在，而是经常处于彼此借力或者接力的过程。已经生活在当代学科批评中的我们，会很自然地认为朱自清这样的批评是"跨学科"的，从最小处说也是跨越了中国文学与外国文学，古典文学与现代文学，就是这一"跨越"在思维上逐步打破和消解了文化的对立与隔膜。

朱自清对西方的语义学、新批评理论有过持续的关注，他的"现代解诗学"就是对新批评理论的改造、转化，这早已为学界所熟悉了。不过，这些外来的理论在朱自清那里，并不只是运用于现代，更不是作为现代新诗的一种自我证明的手段。在新诗阐释之前，他已经十分自然地将新批评运用到了古典诗歌的解读中。1934 年，他致信叶圣陶："弟现颇信瑞恰慈之说，冀从中国诗论中加以分析研究。"[1]从 1935 年的《诗多义举例》、1936 年的《王安石〈明妃曲〉》，到 1941 年的《古诗十九首释》，朱自清的解诗之路一直在古典诗歌的世界中蜿蜒伸展。同样，他的新诗阐释，也不时借助古典诗歌的历史经验，摆脱了诗歌发展的历史羁绊。正如有学者所归纳的那样："朱自清一方面引进现代的（西方的） 批评方法，以分析中国传统和现代的文学；另一方面，在这过程中他又发觉有必要以现代的眼光去理解古人的批评观念，认识中国的文学批评传统。"[2]

今天重读朱自清的诗论，让人不时感叹那份娓娓道来的从容。的确，较

---

[1] 朱自清：《致叶圣陶》，见朱自清著，朱乔森编《朱自清全集》，第 2 版，第 11 卷，南京：江苏教育出版社，1996 年，第 96 页。

[2] 陈国球：《从现代到传统：朱自清的中国文学批评研究》，《华南师范大学学报》（社会科学版）2015 年第 5 期，第 17 页。

之于我们习见的现代化论述,这里更有一种举重若轻的自然与娴熟,而较少所谓的"现代性焦虑",朱自清自由地往返于古今中外之间,在一种宽大而富有张力的历史观照中把握艺术发展的脉搏。无论在什么意义上,朱自清都不可能是诗歌历史的"断裂论"者,因为种种的诗学资源在他的理解中本身就不是断裂的。

三

朱自清论诗,自如地游走于中外古今,但是,我们却不能将这份从容视作没有原则的理论杂糅,将论者当作丧失了独立认知的和事佬。

朱自清的原则在于:新诗必须以反映现代生活的现代化方向为主导。这就决定了他的诗歌理想本身不会随着西方的引力或古典的魅力左右摇摆,最终走一条没有立场也没有方向的折中主义道路(犹如一些中西诗学融会论者那样)。

那么,是什么统一着这方向的明确性与态度的从容性呢?那就是朱自清作为一位清醒的文学史家在现代所形成的历史意识。他认为:"西方文化的输入改变了我们的'史'的意念,也改变了我们的'文学'的意念。"①对中国诗歌的发展,他有着远比一般的新诗写作者更加自觉的历史意识,能够在历史发展的脉络中观察局部的变化。因此,朱自清对中国新诗的讨论,总能将其放置在诗歌发展的历史进程中,这使得他的研究能够跳出中外文化冲突造成的种种焦虑,以更加冷静、从容的姿态判断新诗的成就和问题。新诗作为中国诗歌的"局部的面相"似乎已经不足以轻易左右诗家的情绪,一种更大的关怀充盈着他的心胸,使他能够超越一般的现实焦虑,自如应对历史的难题。自然,这里休现的还是理性和智慧,而理性与智慧都不是没有原则、没有立场的,现代化依然是笃定的发展方向。用李广田后来的概括来说,就是"有一个史的观点":"朱先生并不是历史家,然而近年来所写的文字中

---

① 朱自清:《〈诗言志辨〉序》,见朱自清著,朱乔森编《朱自清全集》,第2版,第6卷,南京:江苏教育出版社,1996年,第127页。

却大都有一个史的观点，不论是谈语文的，谈文学思潮的，或是谈一般文化的，大半是先作一历史的演述，从简要的演述中，揭发出历史的真象，然后就自然地得出结论，指出方向，也就肯定了当前的任务。"①

用历史的眼光考察中国新诗的位置和价值，得益于朱自清深厚的古典诗歌修养和对中国诗歌史的深刻认知。王瑶说过："朱先生是诗人，中国诗，从《诗经》到现代，他都有深湛的研究。"②这并不是一位学生对授业恩师的简单的赞颂，而是一位贯通古今、睿智深刻的文学史家对另外一位同道的精准定位。这里的关键词有三：一是"诗人"，它赋予了朱自清特殊的艺术感知能力，使之能够在艺术的"内部"描述体验而非隔岸观火地猜测；二是"中国诗"，在这里没有古今之别，共同以"中国"作为身份的标识，对于单纯的新诗而言，这是一种视野的扩大，也是一种新的艺术空间的构成，它有助于将当下诗坛的矛盾与焦虑收缩为局部的遭遇，而不再遮蔽人们对整个中国诗歌史的长时段分析；三是"从《诗经》到现代"，这表明朱自清关注的是中国诗歌漫长的历史兴衰与转折演变，长时段提供了足够丰富的艺术经验，使研究者能更加自如地应对新诗遇到的新问题。

以国学为"职业"的朱自清，《诗经》是他学术的起点，中国诗歌遥远的起源和曲折演化的过程都曾经是他考察、研究的对象，他带着对千年诗史的独到的认知考察新诗，将其视作这一历史脉络延伸向前的表现。长时段的历史考察，使得朱自清的新诗研究没有常见的戾气。因为从长时段来看，外来文化对中国传统的冲击古已有之，并不值得让人大悲大喜、错愕莫名。于是，在毫不掩饰地高度评价西方诗歌对中国新诗的影响的基础上——明确宣布新诗诞生"最主要的原因还是外国的影响"③——朱自清十分敏锐地捕捉到了古典传统的重要隐性作用，如何发掘这些隐性作用与外来因素的微妙的配合与交替运行，真正体现着一位研究"中国诗"的史家

---

① 李广田：《最完整的人格》，见朱金顺编《朱自清研究资料》，北京：北京师范大学出版社，1981年，第257页。"真象"现作"真相"。

② 王瑶：《念朱自清先生》，见王瑶《王瑶全集》第5卷，石家庄：河北教育出版社，2000年，第599页。

③ 朱自清：《新诗杂话·真诗》，见朱自清著，朱乔森编《朱自清全集》第2版，第2卷，南京：江苏教育出版社，1996年，第386页。

深远、精准的观察力和思想力。在肯定新诗发生主要来源于西方启示的同时，他梳理了中国诗歌演变更幽微的内在规律，这就是民间音乐、民间歌谣的作用：

> "中国诗体的变迁，大抵以民间音乐为枢纽。四言变为乐府，诗变为词，词变为曲，都源于民间乐曲。""按照上述的传统，我们的新体诗应该从现在民间流行的，曲调词嬗变出来；如大鼓等似乎就有变为新体诗的资格。"①

> "照诗的发展的旧路，新诗该出于歌谣。山歌七言四句，变化太少；新诗的形式也许该出于童谣和唱本。像《赵老伯出口》倒可以算是照旧路发展出来新诗的雏形。但我们的新诗早就超过这种雏形了。这就因为我们接受了外国的影响，'迎头赶上'的缘故。"②

总结、发现中国诗歌演变的内在机制，这可以说是朱自清的重要贡献。将中国诗歌的内部演变基础与近现代异质因素介入的"突变"事实相互结合，中国新诗诞生的必然与偶然都得到了有说服力的解释。

在中国新诗史上，有胡适的宋元白话复兴说，有梁实秋的"中文书写外国诗"说，也有闻一多"时代精神"与"地方色彩"的断裂论，却很少有哪位诗家如朱自清一般，清晰地描述过中外诗歌资源究竟是如何交替生长、此伏彼起的。

朱自清不仅发现了中外诗歌资源如何在实践中交替生长的复杂过程，而且对一些细微的中外诗学因素的生长、发展的可能都抱有耐心的诚恳的态度，拒绝先入为主的主观判断，为历史的发展预留下足够的空间，这也是朱自清历史意识的深刻体现。在对中国新诗各种尝试的观察中，朱自清都尽量做到了理解和等待，并及时地把握其可能的合理性，对每一分成就都给予及时且充分的肯定。

---

① 朱自清：《论中国诗的出路》，见朱自清著，朱乔森编《朱自清全集》第2版，第4卷，南京：江苏教育出版社，1996年，第288页。

② 朱自清：《新诗杂话·真诗》，见朱自清著，朱乔森编《朱自清全集》第2版，第2卷，南京：江苏教育出版社，1996年，第386页。

例如对于已经不再被取法的歌谣，他提出："新诗虽然不必取法于歌谣，却也不妨取法于歌谣，山歌长于譬喻，并且巧于复沓，都可学。童谣虽然不必尊为'真诗'，但那'自然流利'，有些诗也可斟酌的学；新诗虽说认真，却也不妨有不认真的时候。历来的新诗似乎太严肃了，不免单调些。""在外国影响之下，本国的传统被阻遏了，如上文所说；但这传统是不是就中断或永断了呢？现在我们不敢确言。但我们若有自觉的努力，要接续这个传统，其势也甚顺的。"①

对于其他传统诗歌体式，他也在思考："五七言古近体诗乃至词曲是不是还有存在的理由呢？换句话，这些诗体能不能表达我们这时代的思想呢？这问题可以引起许多的辩论。胡适之先生一定是否定的；许多人却徘徊着不能就下断语。这不一定由于迷恋骸骨，他们不信这经过多少时代多少作家锤炼过的诗体完全是冢中枯骨一般。"②

具体到诗人的创作探索，他也独具慧眼，善于发现。他这样讨论俞平伯的诗："平伯用韵，所以这样自然，因为他不以韵为音律底唯一要素，而能于韵以外求得全部词句底顺调。平伯这种音律底艺术，大概从旧诗和词曲中得来，他在北京大学时看旧诗，词，曲很多；后来便就他们的腔调去短取长，重以己意熔铸一番，成了他自己的独特的音律。我们现在要建设新诗底音律，固然应该参考外国诗歌，却更不能丢了旧诗，词，曲。旧诗，词，曲底音律底美妙处，易为我们领解，采用；而外国诗歌因为语言底睽异，就艰难得多了。这层道理，我们读了平伯底诗，当更了然。"③

此外，朱自清不仅能够发现传统诗韵在新诗创作中的微妙的存在，而且能以开放的心态观察外来诗体在现代中国的实践，尽管自己未必立即认同。例如，他在评论冯至的十四行诗创作时指出："十四行是外国诗体，从前总觉得这诗体太严密，恐怕不适于中国语言。但近年读了些十四行，觉得似乎

---

① 朱自清：《新诗杂话·真诗》，见朱自清著，朱乔森编《朱自清全集》，第2版，第2卷，南京：江苏教育出版社，1996年，第386、387、292页。

② 朱自清：《论中国诗的出路》，见朱自清著，朱乔森编《朱自清全集》，第2版，第4卷，南京：江苏教育出版社，1996年，第292、293页。

③ 朱自清：《〈冬夜〉序》，见朱自清著，朱乔森编《朱自清全集》，第2版，第4卷，南京：江苏教育出版社，1996年，第50页。

已经渐渐圆熟；这诗体还是值得尝试的。"①这样的诗歌批评，充满了诗论家不断自我反思、自我总结的精神，他没有预设历史，而是随时准备迎接未来的可能性，不断完善自己对历史的观察。

深远的历史意识让朱自清能够超越对立，将借镜西方思想、文学资源与对接中国历史脉络较为完善地结合在一起，他的文学批评观至今也极具启发性。这就是所谓"借镜于西方"与"不忘本来面目"的并举。

1934 年，朱自清在为清华大学撰写的《中国文学系概况》中提出，文学鉴赏与批评研究"自当借镜于西方，只不要忘记自己本来面目"②。这也是他探索已久的批评观，即时时注意辨析外来的批评话语、思维方式如何与中国历史现象对接，包括"文学批评"这一外来概念本身也需要时时参照传统的"诗文评"："'文学批评'原是外来的意念，我们的诗文评虽与文学批评相当，却有它自己的发展，……写中国文学批评史，就难在将这两样比较得恰到好处，教我们能以靠了文学批评这把明镜，照清楚诗文评的面目。""诗文评里有一部分与文学批评无干，得清算出去；这是将文学批评还给文学批评，是第一步。还得将中国还给中国，一时代还给一时代。按这方向走，才能将我们的材料跟那外来意念打成一片，才能处处抓住要领；抓住要领以后，才值得详细探索起去。"③在这里，朱自清绝不排斥外来的思想文化，但坚持认定"得将中国还给中国"，意识到传统中国依然有着顽强的生命力，外来的"意念"最终必然与中国问题"打成一片"，中国文学研究者应时刻为此做好准备，迎接诗歌和文学历史的无限的可能。朱自清的诗学观念不仅内涵丰富，而且为诗歌的发展预留了极大的展开空间。

文学研究者大多认为"新诗现代化"的推动者是 20 世纪 40 年代的"中国新诗派"，穆旦是实践者，而袁可嘉做了理论总结。应当说，中国新诗派主要接受欧美诗学的影响，对现代诗歌如何把握"时代经验"有着深刻的理

① 朱自清：《新诗杂话·诗与哲理》，见朱自清著，朱乔森编《朱自清全集》，第 2 版，第 2 卷，南京：江苏教育出版社，1996 年，第 334 页。

② 原载 1934 年 6 月 1 日《清华周刊》第 41 卷第 4 期，见朱自清著，朱乔森编《朱自清全集》，第 2 版，第 8 卷，南京：江苏教育出版社，1996 年，第 413 页。

③ 朱自清：《诗文评的发展》，见朱自清著，朱乔森编《朱自清全集》，第 2 版，第 3 卷，南京：江苏教育出版社，1996 年，第 25 页。

解。朱自清的新诗理论探索了如何以中国诗歌的自我演变为出发点，最终走上现代化道路。他结合中外诗歌资源的更迭、对接与交错影响的丰富过程，剖析了这一演变机制如何生成，又如何因为固有道路的受阻而另择新路的曲折过程。在这里，古体诗、近体诗至词曲的演变路径、传统歌谣的特殊价值、文人传统与民间传统的互动关系等都成为观察对象，中国诗歌自我展开和蜕变的面相轮廓分明，新的因素、外来因素在哪一节点上对接生长也都清晰准确。朱自清的探索表明，中国新诗的现代化问题不能通过对西方现代化或现代性理论的简单移植与模仿来解决，只有扎根于中国文学深厚的传统才能创造出新诗。在这个意义上，我们也可以说，朱自清探索的是"我们自己的""现代化"艺术之路。在关于中国现代诗歌的大量论述中，朱自清总是一方面挖掘新的作品如何突破前人，"寻找新世界"的贡献，另一方面又不断将新的创造，特别是外来诗体的尝试纳入"中国诗"的脉络中，研讨它们"如何变成我们自己的"，他列举陆志韦、徐志摩、闻一多、梁宗岱、卞之琳、冯至等学习外国诗体的各种写作试验，考察种种尝试如何让中国诗歌的大河改道，最终又都渐渐"融化在中国诗里"的历史进程，他以自己的描绘告诉我们，新的元素为什么"可以在中国诗里活下去"，以及"这是摹仿，同时是创造，到了头都会变成我们自己的"[1]等耐人寻味的历史现象，也是他的论述让我们相信："大概文学的标准和尺度的变换，都与生活配合着，采用外国的标准也如此。表面上好像只是求新，其实求新是为了生活的高度深度或广度。"[2]正是在这个意义上，借镜异域的"求新"才完全成为了自我发展的一部分，或者说，现代化才成为了中国传统不断展开和延伸的一种面相。

如果说中国新诗派的"现代化"开启的是以现代西方经验激活现代中国问题的可能，那么朱自清则提醒我们，中国新诗的现代化也最终必须"还给中国"，观察中国自身的传统在如何演变、如何转化，这可以被称作是一种

---

① 朱自清：《新诗杂话·诗的形式》，见朱自清著，朱乔森编《朱自清全集》，第2版，第2卷，南京：江苏教育出版社，1996年，第398页。

② 朱自清：《文学的标准与尺度》，见朱自清著，朱乔森编《朱自清全集》，第2版，第3卷，南京：江苏教育出版社，1996年，第136、137页。

"与传统有关"的"现代化诗论"。朱自清以自己极具独创性的探索向我们证明，谈论传统，并不就是保守，也不意味着无原则的折中，正如推动现代化也不就是我们常常见到的激进和对立一样。

（原载《文艺研究》2021 年第 1 期）

新时期文化思潮中的"启蒙"、"国学"与"新国学"

　　新时期中国社会文化的发展得力于声势浩大的启蒙文化思潮。在 20 世纪 80 年代的新启蒙对五四启蒙传统的追溯与认同中，启蒙文化对人的重新认识与设计成为了中国社会"现代化"理想的基础与动力。不过，在进入 20 世纪 90 年代以后，这样的文化基础显然遭遇了空前的动摇与质疑，尽管这些动摇与质疑并不能真正改变中国历史进程的深层需求，也没有最后修改另外一些知识分子的理想底线。在今天，要剖析启蒙文化之于中国社会历史的重要意义，就有必要正视近 30 年来中国社会文化围绕"启蒙"理想所发生的一系列变化，检讨这些变化背后所包含的深刻的历史意义特别是中国知识分子的精神嬗变。本文不是关于近 30 年来中国文化演变与启蒙文化遭遇的全面反思，我们仅仅拈出作为这一演变重要体现的几个关键词，以透视语言使用背后的社会思想的动向。

一

　　中国新时期文化的"启蒙"，既来自洞开国门之后对 18 世纪欧洲的思想借鉴，又体现了我们对"五四"传统的重新继承与发扬，也就是说，横向的取法与纵向的承袭相互交织。这里的交织有彼此促进的一面，但也有某些缠绕或分歧的一面。

　　同现代汉语的许多词汇一样，"启蒙"一词虽然也可以从我们的固有词汇系统中找到，但其作为现代文化的重大意义却是得于欧洲 18 世纪的思想。在英文中，"启蒙"意味着使人通过开导而摆脱无知、偏见与迷信，这正是为"五四"和"新时期"开创思想新路的主要的旗帜。康德认为，启蒙就是

"人类脱离自己所加之于自己的不成熟状态。不成熟状态就是不经别人的引导，就对运用自己的理智无能为力"，"这一启蒙运动除了自由而外并不需要任何别的东西，而且还确乎是一切可以称之为自由的东西之中最无害的东西，那就是在一切事情上都有公开运用自己理性的自由"①。对于"五四"新文化运动而言，处于"封建主义"压抑下的传统中国就属于"不成熟状态"，而民主和科学就是"理性的自由"；对于20世纪80年代的改革开放而言，也需要继续破除封建传统与极左思潮造成的自我封闭，在"现代化"的理性追求中发展我们自己，新时期文化之于"五四"，以及与欧洲启蒙传统的这种相似性让它获得了"新启蒙"的历史定位。

　　然而，词语总是一个既清晰又含混的存在，词语背后的历史文化渊源往往包含了许多耐人寻味的内容。事实上，冠名"启蒙"的20世纪80年代与其说是全面而深入地引进了欧洲的启蒙思想，还不如说是"与时俱进"地追逐着西方自文艺复兴到20世纪的思想发展，并且将最新最近的思想动向当作我们文化发展的主要目标——这一点倒是与"五四"不无相似。

　　更值得注意的却是新启蒙与"五四"启蒙的差异。在"五四"时期，文化的反省与体制的创新几乎同时展开着，中国启蒙的问题既是精神文化的，也是物质经济的，还是政治制度的，"五四"启蒙文化在实际上为我们开辟的文化发展道路是相当广阔的：西方文化、中国文化、传统文化、新文化都在一个现代的言论自由的空间里获得了法律的与道义的保护。新时期的"新启蒙"则有所不同，特定历史条件下的改革开放尚为我们保留了一定的禁区。那么，这同样激情似火的思想自由又该如何找到自己的着力点呢？在当时，这一着力点需要有效地避开当代中国社会政治的若干敏感区域而指向没有争议的历史的过去——最后，封建文化传统再一次被我们从历史的尘垢中拖了出来，担当了"启蒙"的最主要的标靶。

　　自然，"新启蒙"的这一选择有其明显的合理性：在大的逻辑关系上，新时期与"五四"的确存在相同的历史命运，它们也有必要肩负起相似的历史使命，就像哈贝马斯认为"现代性"依然处于"未完成"一样，命途多

---

① ［德］康德：《历史理性批判文集》，何兆武译，北京：商务印书馆，1990年，第22、24页。

舛、迟迟无法走出"中世纪"阴影的中国依然需要在"启蒙"文化中确立人的一系列基本价值。不过，大的历史逻辑不能掩盖具体的历史细节，抽象的理论借用也不能遮蔽问题的实际发现。当反对封建文化传统成为20世纪80年代的权宜之计，而我们又努力通过历史的寻觅去突出"五四"的反传统、反封建之时，这究竟是全面还原了"五四"还是单方向地夸大了"五四"的特点？而且，这样的夸大是不是以丧失某些学理的正当性为代价呢？它又会对以后的中国文化产生怎样的影响？急于通过高举"五四"旗帜来突破锁国现实的20世纪80年代似乎还不能更从容地思考这样的问题。

于是，在混同于"五四"之后，新启蒙开始为中国学术界建立起这样的一种历史叙述："五四"新文化运动就是彻底地反封建反传统；所谓启蒙的文化就是与传统文化相对立的文化；在启蒙文化的观照下，现代/传统、中国/西方都呈现为非此即彼的二元对立关系，我们的当务之急就是要在这样的对立中作出清晰的排他性的选择。

到20世纪80年代末，新启蒙借助"五四"为自己开拓空间的努力达到了一个高峰。也就是这一年，海外学者林毓生关于"五四"的某些质疑被介绍了进来："五四人物，不是悲歌慷慨，便是迫不及待，很少能立大志，静下心来做一点精深严谨的思想工作，当我们今天痛切体验到文化界、思想界浮泛之风所产生的结果之后，我们应该在这个时候领略一点历史的教训了。"[1]不过，林毓生声称，他所要反省的"五四"激进的全盘反传统观念却来自中国传统思维本身："五四反传统主义者却运用了一项来自传统的，认为思想为根本的整体观思想模式 holistic-intellectualistic mode of thinking 来解决迫切的社会、政治与文化问题。这种思想模式并非受西方影响所致。"[2]这样，他的质疑其实也在另外一个层面上应和了当时中国学术界在西方/中国对立模式中解释问题的思路。

在充满激情的20世纪80年代，大概谁也没有想到，就是当时对"五四"启蒙传统的这种追溯方式，为20世纪90年代的反启蒙留下了话柄。

---

① 林毓生：《中国传统的创造性转化》，北京：生活·读书·新知三联书店，1988年，第149页。
② 林毓生：《中国传统的创造性转化》，北京：生活·读书·新知三联书店，1988年，第156页。

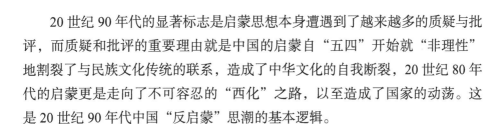

二

20世纪90年代的显著标志是启蒙思想本身遭遇到了越来越多的质疑与批评，而质疑和批评的重要理由就是中国的启蒙自"五四"开始就"非理性"地割裂了与民族文化传统的联系，造成了中华文化的自我断裂，20世纪80年代的启蒙更是走向了不可容忍的"西化"之路，以至造成了国家的动荡。这是20世纪90年代中国"反启蒙"思潮的基本逻辑。

然而，就像以批判"西化"为旗帜的反启蒙恰恰深受西方后现代主义思潮的影响一样，其更为根本的荒谬在于这样的批评完全建立在对历史事实的漠视或曲解之上。反启蒙对"五四"启蒙横加挞伐的基本根据就是"五四"断裂了传统文化，犹如"文化大革命"破"四旧"一般。但是，稍加历史考察我们就可以充分证明，五四"反传统"与中国知识分子对"传统"从精神到语言的自觉承袭从来都是并行不悖的，所谓五四时期"打倒孔家店"更是历史阐述的深刻误会。在另外一方面，恰恰是经过五四启蒙知识分子的艰苦努力，一个现代文化的格局被基本建立起来了，现代社会制度为广泛的言论自由与学术自由提供了基本的保障。在这个现代文化的格局中，对中国传统文化的研究和考察进入了一个全新的与世界学术相对话的时代，这不是限制而是扩展了学术的空间。

在"反启蒙"思潮如此的批判逻辑中，现代/传统、中国/西方这样的二元对立关系其实是被进一步强化了。与20世纪80年代的不同在于，"新启蒙"尽管存在种种的思维症结，然而其根本意义却是继续扩大了中国文化的发展空间，也扩大了我们在启蒙文化传统中的自我认同，而"反启蒙"的取向却只能在缩小我们思想空间的同时继续付出曲解历史与思维的代价。

值得注意的是，"国学"就是在这样的背景上被提了出来。国学，究其概念本身并不出现于20世纪90年代，与"启蒙"一样，作为汉语古已有之的术语，其真正的含义却生发自近代以后中国文化的特殊处境。

有学者考证，"国学"一词，源于日本江户与明治时代，指的是通过对日本古典文献和固有文化的研究与表彰，以反对长时期占据支配地位的传统儒学与佛学。19 世纪末以来，中国几代学人借用"国学"一词，对传统思想与学术重新估定重新诊释。考证起来，有梁启超、罗振玉在 1902 年对这一概念的首先使用，有黄节提出"国粹保存主义"，邓实的"国学保存论"，既有国学大师章太炎的"国故学"，也有新文化先驱胡适对"整理国故"的阐发。1949 年以前，作为整理、研究中国传统学术的一个学科概念，"国学"一直被不同文化取向的知识分子共同使用着，也成为了高等教育学科设置与机构设置的基本名目。

需要留心的是，与近代以后中国社会文化不断走向开放的过程相一致，现代中国的"国学"在一开始根本就不是保守主义、复古主义的代名词，相反，它充满了挑战时代、挑战官方正统的个性精神："夫国学者，别乎君学而言之。吾神州之学术，自秦汉以来，一君学之天下而已，无所谓国，无所谓一国之学，何也？知有君不知有国也。"① "若夫国学者，不过一二在野君子，闭户著书，优时讲学，本其爱国之忧而为是经生之业，抱残守缺，以俟后世而已。其学为帝王所不喜而亦为举世所不知。"②国学与西学也不是简单的二元对立关系，而是各有所长，相互砥砺。无论是对旧文化的研读还是对新文化的提倡，都本着深刻的民族忧患意识，也就强调对世界大势的把握和中外参照的广阔襟怀。正如国学讲习会发起人所言："夫国学者，国家所以成立之源泉也。吾闻处竞争之世，徒恃国学，固不足以立国矣；而吾未闻国学不兴，而国能自立者也。"③国粹派谈到国粹与欧化的关系时，也刻意强调："一言以蔽之，国粹也者，助欧化而愈彰，非敌欧化以自防。"④ "是故本我国之所有而适宜焉者国粹也，取外国之宜于我国而吾足以行焉者亦国粹也。"⑤新文化倡导者胡适更是将"整理国故"与学习系统条理的西方学术精神紧密联系在一起，对中国传统学术进行西方现代学术意义上的分科化研

---

① 邓实：《国学真论》，《国粹学报》1907 年第 2 期。
② 邓实：《国学无用辨》，《国粹学报》1907 年第 5 期。
③ 国学讲习会发起人：《国学讲习会序》，《民报》1906 年第 7 期，第 126 页。
④ 许守微：《社说：论国粹无阻于欧化》，《国粹学报》1905 年第 7 期。
⑤ 黄纯熙：《政学文编卷五：国粹保存主义》，《政艺通报》1902 年第 22 期。

究正是由此开始。

　　与官方主流有别的民间立场，与外来学术相互借鉴参照的开放姿态，独立于喧嚣的时代风潮之中，潜心探究中华民族内在精神，这曾经是现代"国学"的真髓。以此为镜，我们目睹的当下"国学"之声却颇为不同。作为与启蒙文化的所谓西化倾向的一种"对抗"，当代中国的"国学"追求一开始就受到了二元对立的文化观念的影响，今天的"国学"宣讲者主要是通过官方主流媒体的宣扬、传播而在更大范围内产生影响的。除此之外，今天的"国学"活动也通常不再宁静，不再是属于知识分子个人的精神沉思，相反，却伴随着更多的经济行为与社会公关活动，它不是回避而是主动介入了这个喧嚣的社会之中。尤其是在经历了 2005 年全球华人祭孔的盛典后，"国学"逐渐演变成为与"韩流""超女"一样的流行文化，成了人们追捧和效仿的时尚。一些知名大学国学院的成立，"媒体国学大师"的开选，各种"国学班"的招生，使"国学"正在日益工具化与时尚化。作为"中华民族精神家园"的文化遗产开始大量进入现代商界，"国学"也在一定程度上存在自我消耗与自我否定。

三

　　正如近代中国知识分子努力通过"国学"对中华民族主体性的推崇来确立中国学术的独创性一样，我们从来就没有停止过关于现代中国学术如何才能真正独立地屹立于世界学术之林的思考。今天的问题是，我们应该以怎样开阔的视野面对世界，如何让中国学术的独创性与世界性并行不悖，让现代中国的"问题"不再游离于只能标志传统中国学术的"国故"之外。也就是说，中国自身的学术——国学——不再如章太炎、胡适所认定的那样仅仅是中国的"国故之学"，它同时能够成为对不断发展的世界学术的积极回应，更体现着对当前中国文化"问题"的有效观照和深切思考，而不至于在历史转换的紧张时刻沦为自我退避的某种借口，这一新的要求也就需要我们对"国学"固有的内涵与外延作出新的分析，以新的思维来拓展固有的认知空间与解释空间。"国学"求"新"的意识因此出现。

早在 1994 年，就有学者从自己的专业体验出发，提出了突破固有"国学"模式的"新国学"的设想："'国学'而敢称'新'，就必须引进、运用新理论、新材料、新方法。""所谓'新国学'，本应该除了对象（中国传统文化）依旧以外，全体焕然一新：材料新，至少要涵包各兄弟民族、各类缘文化、各世界古族的相关资料；角度新，必须从各个层面、各种视角探测对象的'问题'或'意义'；方法新，除了承前启后、继往开来地传承新旧考据学的精华之外，主要就是前面说过的搜集、运用多重证据，分析、综合、比较、归纳、演绎一起上；理论新，要在经典理论、古典学说的基础上，尽可能批判地吸收、借鉴、容纳、运用国内外一切于我有益、对我有用的理论……自然得出的结果更要新，甚至连表述的方式都要新。"①

2005 年，王富仁系统地提出了"新国学"的主张，将"新国学"的历史意义和未来可能作了阐发。他认为，新国学不是对传统国学的新的拓展和新的研究，而是从根本上改变固有思维方式的一种努力，这种思维方式是对现代知识框架如何重新建立、现代知识分子如何真正确立现代文化合法性的根本性的证明。新国学不是为了在具体研究中如何刷新固有的"国学"，而是建立一种以现代立场为根本的全新的文化之学、知识之学。新国学的基本动机不是为了在价值观念上返回到古代而恰恰是为了屹立于当下，它的基本方法不是汲取于传统而是继续向时代和世界开放，它的基本目标不是为了复兴传统而是真正地有力地捍卫现代："过去我们仅仅将对 19 世纪以前中国文化的研究视为'国学'，这就把'国学'的命脉变得越来越细弱、越来越狭窄了。试想，再过几个世纪，我们假若仍然仅仅将对 19 世纪以前中国文化的研究称为'国学'，那时的'国学'在整个中国学术中的地位将如何呢？""中国知识分子对于我们民族的学术应该有一个新的整体的观念，从事学术研究的中国知识分子应该建立起一种彼此一体的感觉。""高等教育的持续发展，研究生招生制度的建立，社会群众对学术问题关切程度的提高，标志着中国学术已经进入了一个新的发展阶段，而这个阶段的特征应该是在全球

---

① 萧兵：《"新国学"的悬想》，《文史哲》1994 年 3 期，第 42、43 页。

化背景上重新形成开放的民族学术的独立意识,而重建民族学术的整体观念则是关键的一环。"①

"新国学"提出后在国内引起了诸多的议论,赞同者有之,质疑者也有之。"新国学"的意义与其说是能为传统中国学术的展开拓宽视野,还不如说是能够为现代学术的正当发展确定民族基础。围绕这一概念,人们有希望看到一个可能的局面:为20世纪90年代"反启蒙"与功利主义"国学"思潮所拆解的中国现代知识分子或许会形成新的整合。

过去,启蒙的叙述往往体现出了鲜明的二元对立思维,即对某种启蒙文化的倡导必然要以对相反倾向的反对为前提。"新国学"则体现出一种新的包容思想:将一切学术和知识纳入"现代文化"的框架当中,这就为不同思想倾向的知识分子找到了彼此对话和沟通的思想的平台,这是一种突破二元对立思维的新的包容,但却不是丧失自己立场的无原则的宽容。它的立场始终都相当清晰:维护和发展现代文化的新的传统。事实上,"在一个多世纪的过程中,我们的文化包括我们的学术是分而又分的,各自有各自的价值标准,各自有各自的评价系统,假若没有一个超越性的价值标准,我们之间任何一点微小的差异就会导致我们之间的分裂,而一旦分裂就没有了一体的感觉。""所有这些二元对立的文化框架和学术框架都几乎绝对地将我们分裂开来,彼此构成的不是互动的学术体系,而是相互歧视、压倒、颠覆、消灭的关系。""实际上,我之所以认为'新国学'这个学术观念对于我们是至关重要的,就是因为,只有这样一个学术观念,可以成为我们中国知识分子文化的、学术的和精神的归宿。"同时,这"绝不意味着知识分子之间就没有必要进行任何形式的学术争论"②。

过去,启蒙的叙述往往集中于一些社会文化目标的叙述中——如民主、自由、个性解放、人道主义等,而现代文化如何能够在千年传统面前确立自己始终是一个语焉不详的问题,"新国学"的论述恰恰是紧紧抓住了这一点并予以全面的彰显。它论述的不仅仅是现代知识的流变,更是现代知识分子

---

① 王富仁:《"新国学"论纲》(下),《社会科学战线》2005年第3期,第98、110页。
② 王富仁:《"新国学"论纲》(下),《社会科学战线》2005年第3期,第99、100、101页。

的创造力如何真正发挥的重大问题："学术发展的历史事实告诉我们，后一代知识分子若不通过对前一代知识分子的批判、否定、批评、修正或补充，后一代知识分子就无法建构自己的学术，甚至也无法创造新的学术成果。而假若他们不能建构自己的学术，创造新的学术成果，前人的经验和知识在他们这里也就只能是一些散乱的常识，一些不可靠的知识。不论是西方的文艺复兴，还是中国的'五四'新文化运动，都是通过反思、反叛传统而建构起自己的文化传统和学术传统的。"①

从"启蒙"到反启蒙，从"国学"到"新国学"，中国当代学术在一种螺旋式的演进中完成了对若干重大问题的清理和回应，尽管未来的发展依然存在诸多的变数，但是应该说，其中的"新机"已隐约可见。

（原载《学术月刊》2008 年第 9 期）

---

① 王富仁：《"新国学"论纲》（下），《社会科学战线》2005 年第 3 期，第 102 页。

国 与 族

国家观念与民族情怀的龃龉
——陈铨的文学追求及其历史命运

随着中国现代文学研究的日益广泛和深入，一些在过去被文学史打入"另册"、贬为"支流"甚至"逆流"的作家作品与文学现象越来越多地重新进入人们的视野，成为再讨论再探索的对象。不过，学术的推进归根到底不能被视作一连串的"打捞"和"平反"行为，而是对时代"问题"的不断回答，这就是马克思所谓的"问题就是时代的口号，是它表现自己精神状态的最实际的呼声"①。在文学史的意义上，重要的并不是"平反"或"打捞"，而是我们一次一次尝试着与历史现象重新对话的企图，而对话则源于直面和解决时代问题的需要。我觉得，对陈铨及其战国策派的认识就应该是这样。

一

对陈铨文学成就的评价，经历了从否定到肯定的两个阶段，先是不加区别地将他以及"战国策派"归为国民党法西斯主义反动文化之流，将《野玫瑰》置于与郭沫若《屈原》的绝对对立面，后来又逐渐获得"平反"，得到了更多的肯定，陈铨、"战国策派"作为自由主义知识分子的另外一面得以呈现：其实，"这种不甘沉沦的民族感情和抗战必胜的爱国情怀是经历过那段峥嵘岁月的师生所共有的心声，尤其有'民主堡垒'之称的西南联大，其自由宽松的文化氛围和学术环境，几乎每个亲历者都念念不忘，而作为'昆明教授群中的一支'的'战国派'不过是其中一脉"②。《野玫瑰》从左翼人士参与演出、宣传到后来遭受左翼阵营的系统批判，其演变转化的复杂真相

---

① 马克思、恩格斯著，中共中央马克思恩格斯列宁斯大林著作编译局译：《马克思恩格斯全集》第 40 卷，北京：人民出版社，1982 年，第 289—290 页。
② 孔刘辉：《"战国派"新论》，《抗日战争研究》2012 年第 4 期，第 80 页。

也得到了更完整的还原①。

进一步清理，我们也不难发现，陈铨所投身的抗战时代"民族文学运动"的确与20世纪30年代国民党主导的"民族主义文艺运动"存在相当的区别，后者是更清晰明确地体现了国民党政权对于文学的把控和利用，"民族"的定义首先被置放在了国民党主流意识形态的思想逻辑之中："新中国的创造，除了靠那真有三民主义训练的国民革命军以外，中国的文艺作家实在是第二重要的。"②"我们应该毫不掩饰的说，我们要求中国的莫索利尼，要求中国的希特勒！要求中国的史大林；这一个唯一的领袖，是国民党的生命的重心，也是中国民族复兴的灵魂。"③这显然更代表了执政当局的一种自我辩护；而对陈铨而言，他的"民族文学运动"理想首先还是基于一位热爱文学事业的知识分子的认知，而支撑着这一认知的又是民族危亡时代的知识分子的责任，具有深厚而自然的民族情怀：

> 要使中国四万万五千万人，感觉他们是一个特殊的政治集团。他们的利害相同，精神相通，他们需要共同努力奋斗，才可以永远光荣生存在世界。他们有共同悠久的历史，他们骄傲他们的历史，他们对于将来的伟大

① 学界对此已有过较多的考证显示，《野玫瑰》的演出有许多左翼人士参与，如《新华日报》这样的中共报刊也曾经予以宣传、介绍。"中华剧艺社名义上虽是民间团体，却是阳翰笙根据'皖南事变'后的局势，请示周恩来之后，在1941年10月11日成立，事实上由中共控制。而且参与演出的，也多是倾向于中共的进步人士，如导演苏怡是失去组织关系的中共党员；舞台监督苏丹是地下党员，王立民的扮演者施超是左翼人士；陶金、田烈则是中华剧艺社的骨干；秦怡、路曦更是中共争取、后来保护过的进步青年。""《新华日报》头版接连刊登广告，为演出造势。"（参见熊飞宇：《抗战语境下的国共之争："〈野玫瑰〉风波"释疑》，《重庆师范大学学报》（哲学社会科学版）2011年第4期，第64页，以及何蜀：《〈野玫瑰〉与大批判》，《黄河》1999年第3期）而公演结束之后左翼阵营的连续批判，尤其是1942年4月《野玫瑰》获颁国民政府教育部年度学术奖之后，抗议之声四起，则更多体现了国共两党的意识形态的较量。"皖南事变后，左翼文化界亦屡遭国民党当局的压制，在这种情况下，非左翼领导下的《野玫瑰》轰动山城，无疑引起左翼文化界的危机感和紧迫感。""《野玫瑰》也就成了左翼对抗当局的筹码和武器，有隔山打牛之嫌，而无辜的陈铨则成为夹在中间的牺牲品。也就是说，军事、政治上的劣势使共产党领导下的左翼文化运动成为其为数不多的重要的对抗执政当局，谋求合法性及生存发展的突破口，作为大学教授的学院知识分子陈铨也有意无意被当成当局抬出来的御用文人。"（孔刘辉：《〈野玫瑰〉上演的前后》，《新文学史料》2009年第2期，第108页）
② 潘公展：《从三民主义的立场观察民族主义的文艺运动》，见上海文艺出版社编《中国新文学大系1927—1937》第2集，上海：上海文艺出版社，1987年，第443页。
③ 佚名：《组织与领袖（下）》，《社会新闻》1933年第3卷第16期。

创造，有不可动摇的信心。对于祖国，他们有深厚的感情，对于祖国的自由独立，他们有无穷的渴想。他们要为祖国生，要为祖国死，他们要为祖国展开一幅浪漫，丰富，精采，壮烈的人生图画。①

在这里，陈铨用文学的语言满怀激情地表达了他对"祖国"与"民族"共同意识的召唤，从中，我们能够读到的还是知识人的理想、文学家的真诚以及被压迫民族的深深的危机感。

值得庆幸的是，今天我们对陈铨以及战国策派的研究已经在这些方面取得了较多的共识，换句话说，一个文学家的、知识分子的陈铨日益凸显，而御用文人式的或者法西斯主义式的陈铨逐渐淡化，"民族文学"的理想更自然地被置放在"文学"的平台，脱离了"三民主义"的政党逻辑，这才是考察问题的有益的起点。

不过，一个有益的起点却并不等于问题的深入，在学术的追问上，从有益到有效还有相当的距离。

严格说来，仅仅从否定走向肯定还不是学术研究的根本目标，我们更大的目标是破解这些文学现象内在的秘密，包括挖掘和剖析其内在的结构、矛盾和精神的深层脉络。承认陈铨合理的"民族情怀"不过是某种道德层面的肯定，这并没有完成对其精神结构的有效探索，并没有深入说明其文学作品的特殊形态以及形成这一形态的独特原因。例如，从 20 世纪 20 年代末的《天问》，20 世纪 30 年代的《革命的前一幕》《彷徨中的冷静》《死灰》到抗日战争时期的《金指环》《蓝蝴蝶》《无情女》《野玫瑰》《狂飙》《归鸿》等，无论是小说还是戏剧，陈铨都不断走着一条近于公式化的浪漫传奇之路，借用当代小说史家的观察就是其"构架上有两个轴心：爱情故事和社会哲理。在他二十年代末至四十年代初的小说创作中，多角恋爱的浪漫传奇故事不断地重复着，几乎成了公式；而社会人生哲理却发生了变动：由探索人类同情心转向宣扬权力意志论的政治哲学"②。作

---

① 陈铨：《民族文学运动》，原载《民族文学》1913 年第 1 卷第 1 期，引自温儒敏、丁晓萍编《时代之波——战国策派文化论著辑要》，北京：中国广播电视出版社，1995 年，第 378 页。
② 杨义：《中国现代小说史》第 2 卷，北京：人民文学出版社，1988 年，第 518 页。

为陈铨和战国策派的文学代表作,像《野玫瑰》这样的作品虽然不再被视为"汉奸文学",然而,认真阅读,其模式化、传奇化的特点多少令人想起当今重新活跃的某些"抗日神剧",这些 21 世纪的抗日谍战剧恰恰用几乎推向极致的传奇性代替了历史的严肃性,用模式化的"英雄+美人"的叙述代替了丰富复杂的艺术探索,这是它们逐渐为世人所诟病的重要原因。阳翰笙当年就断定《野玫瑰》式的创作"只是用传奇式的旧手法所造成的一只抗战空壳子"①。这个感受应当说是准确的。当年《无情女》的广告词大约可以成为陈铨抗日谍战文学的主题概括:"牺牲儿女私情,尽忠国家民族"。这个兼顾了浪漫传奇与政治正确的主题追求显然在后来演化成形,构成了从电影改编版《天字第一号》一直到21 世纪今天形形色色的"抗日神剧"的潜在套路,其魅力、商业秘密,以及不容回避的根本缺陷都相互交织,难以分离。

在文学阅读、文学批评与文学研究的层面上,我们其实没有理由因为他们"民族情怀"的正确性而放弃了对其思想和艺术的严格要求。问题在于这些反复出现、似曾相似的文学写作事实不禁令我们陷入了深思:即便因为民族情怀的道德高度而超越了国共两党的意识形态之争,从陈铨以来的抗日谍战剧为什么总是落入"英雄+美人"的模式化窠臼,在不断透支浪漫传奇之后暴露出似曾相识的艺术干枯呢?这真是一个耐人寻味的文学史现象。

令陈铨脱去"反动"之名的基本思路是重述他作为"非国民党"的"自由主义知识分子"的身份,在突出其与官方主流意识形态相区别的自由主义的立场上予以必要的肯定。这大体上符合陈铨的实际。"陈铨一生都不愿意做官,抗日战争前夕,国民党政府行政院秘书长翁文灏曾推荐陈铨担任政府要职,但是被陈铨婉言拒绝。"②战国策派推崇"列国阶段"的雄心勃勃的积极"攘外"的"大政治",抨击争权夺利、腐化堕落的"大一统"时代的"小政治",对中国政治官僚传统深恶痛绝,斥之为"皇权毒""文人毒""宗法毒"与"钱神毒"③,他们对于国民党的官场腐败无疑是有切肤之痛

---

① 阳翰笙:《阳翰笙日记选》,成都:四川文艺出版社,1985 年,第 16 页。

② 季进、曾一果:《陈铨:异邦的借镜》,北京:文津出版社,2005 年,第 79 页。

③ 林同济:《官僚传统——皇权之花》,原载《大公报·战国副刊》1943 年 1 月 17 日,引自许纪霖、李琼编《天地之间——林同济文集》,上海:复旦大学出版社,2004 年,第 107—108 页。

的。像陈铨这样的理想型知识分子，本质上是与政治权利场有距离的，对日益"官僚化"的"中上层"也持有尖锐的批评，一生绝缘于政界的战国策派理论家林同济的观点也在某种程度上道出了陈铨的态度："我们社会中现有的中上层分子，你看他们的面目头颅，他们的心肝五脏，究竟是合于哪一格的标准呢？他们钱是有的，而且愈来愈多。他们身份更是高的——只须头衔是官。却是他们中间，有多少个是眉目清秀？有多少个是双肩阔方？有多少是心肠中正？有多少是指头老实？"①

　　不过，认真追究，个人身份上的"非政党性"其实未必都可以用思想上的"自由主义"来一并概括。自由主义知识分子的基本特征是对个人自由的维护，但是在战国策派知识分子的"反思"当中，五四的个人主义传统却恰恰是问题之所在。林同济指出："'五四'新文化运动的毛病并不在其谈个性解放，乃在其不能把这个解放放在一个适当的比例来谈，放在民族生存的前提下来鼓励提倡。"②陈铨的批评则更加尖锐，在《五四运动与狂飙运动》中，他认为五四运动的错误之一"就是把集体主义时代，认为个人主义时代"。"二十世纪的政治潮流，无疑的是集体主义。大家第一的要求是民族自由，不是个人自由，是全体解放，不是个人解放。在必要的时候，个人必须要牺牲小我，顾全大我，不然就同归于尽。五四运动的领袖们，没有看清楚这个时代，本末倒置，一切以个人主义为出发点。"③至于五四新文学运动的"个人"取向也正是"民族文学运动"所要克服的："一般的文学作品，所要表现的，都是个人问题；就是政治社会问题，也站在个人的立场来衡量一切。这一种思想文学，对于打破旧传统，贡献是很伟大的，但是对于建设新传统，它却是不切实的。""新的社会新的国家，不能建筑在极端的个人

① 林同济：《优生与民族——一个社会科学家的观察》，原载《今日评论》第1卷第23期，1939年6月24日，引自许纪霖、李琼编《天地之间——林同济文集》，上海：复旦大学出版社，2004年，第295页。

② 林同济：《廿年来中国思想的转变》，原载《战国策》第17期，1941年7月20日，引自许纪霖、李琼编《天地之间——林同济文集》，上海：复旦大学出版，2004年，第29页。

③ 陈铨：《五四运动与狂飙运动》，原载《民族文学》1943年第1卷第3期，引自温儒敏、丁晓萍编《时代之波——战国策派文化论著辑要》，北京：中国广播电视出版社，1995年，第344—345页。

主义之上。""我们可以不要个人自由，但是我们一定要民族自由。"①

众所周知，无论是古典自由主义还是现代自由主义，对"个人"权利、自由的捍卫都可谓是自由主义理论体系的基石。这种捍卫并非是在一般意义上对"个人"的重视，它直接关涉其价值立场的根本，并且是置放在个人/集体、个体/国家两厢冲突层面上的一种鲜明的取舍态度。"个人独立是现代人的第一需要"，"个人自由是真正的现代自由"；"公民拥有独立于任何社会政治权力之外的个人权利，任何侵犯这些权利的权力都会成为非法权力"②。当代自由主义思想家罗伯特·诺齐克（Robert Nozick）的代表作《无政府、国家与乌托邦》（*Anarchy, State, and Utopia*）一开篇就亮出了自己的基本命题——"个人拥有权利"，他的政治哲学首先追问这个问题——任何国家是否应当存在③。这些来自欧美的自由主义思想从 19 世纪末开始进入中国，影响了一大批中国知识分子，从胡适、新月派、周作人、林语堂到罗隆基、张君劢、储安平到殷海光，虽然现代中国的自由主义思想并不"纯正"，也相当孱弱，但在捍卫个人权利与自由的取向上，却还是一如既往地与"国家、民族"的本位立场大相径庭，与官方主流文化、民族主义思潮还有左翼革命文化思潮都判然有别。

陈铨关于国家民族的观念并不属于自由主义，然而，有意思的在于，这样一来，在 20 世纪中国思想的几大分野——自由主义、左翼革命及国民党右翼主流之间，他和战国策派都难以归类了。这，究竟应当如何解释呢？

二

如何看待陈铨的思想走向呢？我觉得这并非一个严格的思想系统的问

---

① 陈铨：《民族文学运动》，原载《民族文学》1913 年第 1 卷第 1 期，引自温儒敏、丁晓萍编《时代之波——战国策派文化论著辑要》，北京：中国广播电视出版社，1995 年，第 374—375 页。

② ［法］邦雅曼·贡斯当：《古代人的自由与现代人的自由》，阎克文、刘满贵译，上海：上海人民出版社，2003 年，第 59、62、84 页。

③ ［美］罗伯特·诺齐克：《无政府、国家与乌托邦》，何怀宏等译，北京：中国社会科学出版社，1991 年，第 1、11 页。

题，从纯粹的学理逻辑的角度勘定陈铨以及战国策派知识分子的"知识来源"，并不足以展现事实的复杂性，战国策派知识分子同时拥有学院派学者的身份、国家民族的情怀、"大夫士"的传统理想、德意志的精神取向以及尼采式的生命追求——这原本都不在一个价值范畴之内，甚至在逻辑上也包含了多重龃龉与矛盾，当它们通通被置放在"战国时代"的民族想象之中，恐怕任何一种现存的思想划分都是难以定位的。在战国策派的几位代表性人物当中，林同济多历史探究的理性，雷海宗多哲学的思辨，而陈铨则更具有文学家式的飞腾想象与激越情绪。一如我们在《近代历史教育对人生的五害——〈尼采与近代历史教育〉之一节》中所读到的那样，陈铨对尼采反对人们全然依从历史的态度推崇备至，认为希腊人正是完全靠他们"不历史"的观念去创造一切。今天教育的问题就在于"都花费在记忆过去的事情"，这些历史知识奴役了现代人的心灵，阉割了人们的创生能力。因此，我们有必要抛弃那种对历史"冷静旁观"的态度，再不能以"研究"的姿态"勉强去建设普遍的规律"。"每一个人，每一个民族，都需要过去的知识，不管它是'碑铭的''古代的'或者'批评的'历史，这完全看他自己的力量和需要来决定。但是这一种需要，并不是少数学者求知识的需要，得着知识便心满意足，这一种需要常常都和人生的目的，有密切的关系，而且绝对要受人生的支配。这就是一个时代一种文化一个民族，对于历史自然的关系。饥饿是它的源泉，需要是它的基础，内心的力量，给它相当的限制。过去的知识，是要来辅助现在和将来，不是拿来软化现在，推翻将来的生命。"[1]这种超越历史"知识"的自由追求其实就是文学的想象和情感。对于一位满怀文学想象的思想者，他的思想脉络内含着他的情感方式，需要我们从文学的情感领悟的角度加以把握。

体现着这种情感倾向的陈铨文学，不仅有小说和戏剧，还有诗歌。虽然诗歌并非陈铨的主要贡献，不过"诗为心声"，我们往往能够借此窥探一个写作者的思想与情感的底色。早在 1925 年，在绝大多数的中国诗人还沉溺于

---

[1] 陈铨：《近代历史教育对人生的五害——〈尼采与近代历史教育〉之一节》，引自温儒敏、丁晓萍编《时代之波——战国策派文化论著辑要》，北京：中国广播电视出版社，1995 年，第 249、254、248 页。

个人遭遇的时候，陈铨已经开始了这样的抒怀：

> 我为我的祖国，
> 辛苦的寻遍天涯，
> 秋风是这般的萧瑟，
> 那里有自由之花？
>
> ——《祖国》①

　　自由，这是中国新诗与中国新文学的重要主题。在白话新诗首创人胡适眼中，中国的五四新文化和欧洲文艺复兴一样，"是个真正的大解放时代。个人开始抬起头来，主宰了他自己的独立自由的人格；维护了他自己的权利和自由"。②有必要"把从前一切束缚诗神的自由的枷锁镣铐，拢统推翻"。③康白情说："新诗破除一切桎梏人性底陈套，只求其无悖诗底精神罢了。"④郭沫若五四时期诗歌力主"绝端的自由，绝端的自主"⑤，崇拜自由意志："我崇拜创造的精神，崇拜力，崇拜血，崇拜心脏；/我崇拜炸弹，崇拜悲哀，崇拜破坏；/我崇拜偶像破坏者，崇拜我！/我又是个偶像破坏者哟！"（《我是个偶像崇拜者》）"自由"主要是指自我的确立，与个性的声张。"盖自由为人类生存必需之要求，无自由则无生存之价值。"⑥与五四主流不同，青年陈铨诗歌中的"自由"不是个人的幸福而是对民族、国家命运的关切："虎狼已逼近腹心，/杀声若千山摇震，/山河破碎不堪论，/数千年神明的子孙呵！前进。"

　　朱自清先生曾经描述近代以来知识分子的思想发展："辛亥革命传播了

① 陈铨（署名涛海）：《祖国》，载《清华文艺》1925年12月第1卷第4号。
② 胡适：《胡适口述自传》，见胡适著，季羡林主编《胡适全集》第18卷，合肥：安徽教育出版社，2003年，第335页。
③ 胡适：《答朱经农》，见胡适著，季羡林主编《胡适全集》第1卷，合肥：安徽教育出版社，2003年，第85页。
④ 康白情：《新诗底我见》，见杨匡汉、刘福春编《中国现代诗论》上编，广州：花城出版社，1985年，第33页。
⑤ 郭沫若：《论诗三札》，《沫若文集》第10卷，北京：人民文学出版社，1959年，第213页。
⑥ 李大钊：《宪法与思想自由》，见中国李大钊研究会编注《李大钊全集》第1卷，北京：人民出版社，2006年，第228页。

近代的国家意念，'五四'运动加强了这意念。可是我们跑得太快了，超越了国家，跨上了世界主义的路。诗人是领着大家走的，当然更是如此。这是发现个人发现自我的时代。自我力求扩大，一面向着大自然，一面向着全人类；国家是太狭隘了，对于一个是他自己的人。于是乎新诗诉诸人道主义，诉诸泛神论，诉诸爱与死，诉诸颓废的和敏锐的感觉——只除了国家。"以此观察，他最后的结论是："我们愿意特别举出闻一多先生；抗战以前，他差不多是唯一有意大声歌咏爱国的诗人。"[①]的确，在"承认爱人的运动比爱国的运动更重"[②]的氛围当中，闻一多的诗歌却很少有理直气壮的男女私情，相反，满目皆是对祖国、对民族、对中华文化的赞美与忧患，例如《我是一个流囚》《忆菊》《一个观念》《发现》《一句话》《长城下之哀歌》《七子之歌》《醒呀！》《南海之神》《死水》《祈祷》等，在中国现代诗坛上独树一帜。

1925 年，同样出身于清华学校的陈铨，书写着与闻一多类似的"祖国"情怀，从早年的《祖国》到抗战时期的"民族文学运动"的倡导及创作，他作为知识分子的对民族命运的深切关怀同样真挚。在小说与戏剧作品中，陈铨还常常借助人物之口直接抒发他大义凛然的民族情怀和思想主张。长篇小说《狂飙》（正中书局 1942 年）中的抗日英雄李铁崖老先生道出了作家对"新文化运动"的反省："中国现代最需要的就是团队精神，现代的新文化运动，刚好相反。"《野玫瑰》中的特工夏艳华怒斥汉奸王立民："你最厉害的敌手，就是中国四万万五千万人的民族意识。它像一股怒潮，排山倒海的冲来，无论任何力量，任何机智，都不能抵挡它！"《金指环》中的道白简直就是陈铨的理论表述："个人的生命是短促的，民族的生命是长久的。个人的荣誉是渺小的，国家的荣誉是伟大的。"《无情女》中的樊秀云对异性"无情"，只对自己的国家一往情深："他是五千年历史的结晶体，他是四万万五千万人的化身！""就是因为他穷他病，我更要加倍地爱他。我为

① 朱自清：《新诗杂话·爱国诗》，见朱自清著，朱乔森编《朱自清全集》，第 2 版，第 2 卷，南京：江苏教育出版社，1996 年，第 356—357 页。
② 李大钊：《"少年中国"的"少年运动"》，见中国李大钊研究会编注《李大钊全集》第 3 卷，北京：人民出版社，2006 年，第 13 页。

他受尽了千辛万苦，食不饱，睡不安，常常遭别人的奚落，有好几次我为他，差一点把性命都送掉了！"相反，有着极端个人主义说辞的角色（如汉奸王立民）则是作品中的反派："国家是抽象的，个人才是具体的。假如国家压迫个人的自由，个人为什么不可以背叛国家？"这话出自一个大汉奸之口，显然就是对五四个人主义的刻意讽刺。关于汉奸王立民塑造的复杂性一度引起了相当的争议，左翼批评界曾经质疑过陈铨的立场，甚至将之视作"汉奸文学"。其实，平心而论，就陈铨的主导思想而言，极端个人主义肯定是他"民族文学"理想的对立面，当年王立民的扮演者汪雨就谈过这样的体会："'个人主义'无疑的即是那病症。王立民正是有着这个病的人，他不惜牺牲国家民族的利益而求满足个人的幻想，但是他遇着了一个打击，即是夏艳华，刘云樵等的'民族主义'。结果是灭亡了，这个理论的发展不是很明显？王立民的结果不也很明显？"[①]应当说，汪雨作为戏剧主演的艺术体验是值得我们重视的。陈铨的主导思想倾向无疑是清晰可辨的，至于说陈铨无意识层面的复杂与暧昧，则属于另外一个问题。

朱自清、闻一多和陈铨等所意识到的"国家民族问题"在事实上为民族主义与国家主义思想的流行创造了可能。

与立足于个人权利的自由主义不同，民族主义、国家主义强调集体性的认同，以民族或国家的利益为优先，论证牺牲小我服从整体的必要，在民族危机的时刻，这样的思想具有相当的说服力。

民族主义是以民族认同为基础的政治学说或文化思想，它主张拥有相同国籍的民族共同体为群体生活之基本单位，努力促进民族共同利益的实现，凝聚族群认同感，推动族群整体的生存和发展。一般认为，民族主义意识古已有之，又在近代民族独立潮流中被完整塑形。国家主义是近代兴起的关于国家主权、国家利益与国家安全问题的一种政治学说。除了研究治国之道和治国之术外，它对中国知识分子的更为显著的影响还在价值观念的定位上，国家主义价值的皈依是国家，倡导国家至上，抑制和放弃小我，共同为国家

---

① 林少夫：《〈野玫瑰〉自辩》，原载《新蜀报》1942年7月2日，引自《中国新文学大系》编辑委员会编《中国新文学大系 1937—1949》第2集，上海：上海文艺出版社，1990年，第483页。

的独立、主权、繁荣和强盛而奋斗。这对于近代以后深陷国家民族危机，希望整体解决中国问题或者忧惧"一盘散沙"的社会现实，梦想通过发展国家力量提升民族实力，进而推动诸多问题解决的知识分子而言，显然具有莫大的吸引力。在通常的情况下，"民族主义比国家主义更能诱惑人和奴役人。因为在所有'超个体'的价值中，人极易隶属于民族主义价值，极易把自己许配给民族这个整体。民族似乎是人奉献激情冲动的永在的青春偶像，甚至一切党派都会毫不犹豫地将民族主义镌刻在自己的旗帜上"①。因此，我认为，"民族主义"的极端形式即"国家主义"，而"国家主义"的极端形式则为超国家主义（ultra-nationalism）。

如果说整个 20 世纪的中国都具有深厚的民族主义基础，应对内外战争的需要则不断增强国家政权主导社会的可能，在这个意义上，国家主义在 20 世纪中国不仅是一种有说服力的思想资源，而且更是一种现实生存的格局，或者说，我们深厚的民族情感常常不得不依托在"国家政权"发展与运行的基础之上，中国的民族主义在相当多的情形下都与国家主义交织在一起，并接受国家主义的调控和影响。总之，那是一个国家意识特别强盛的时代，在以陈铨为代表的战国策派遭遇的抗日救国、民族危亡之际，尤其如此。

研治现代中国文学思想的学者都承认一个事实：受普遍性的民族危机的影响，中国的自由主义思想往往不够彻底，或者说颇为脆弱，它本身也愿意承担民族救亡的使命；同理，左翼共产主义思想也偏离了"原教旨"意义上的对民族国家的否定，同样扮演了重要的民族关怀的角色；而号称服膺"三民主义"的民国政府则从来没有放弃在"民族主义"的大旗下巩固政权的套路。基于这样的整体氛围，我们可以发现，作为思潮"国家主义"虽然远不及其他几种思想那么追随者众多，但是其价值观和思维方式却具有潜在而广泛的影响。例如，新月派一般被认为是自由主义的知识分子群体，不过闻一多又参与了大江社等国家主义的团体活动，一度成为"中华文化国家主义"的信奉者，国家的形象、国家的命运、国家的文化

---

① ［俄］尼古拉·别尔嘉耶夫：《人的奴役与自由》，徐黎明译，贵阳：贵州人民出版社，1994 年，第142 页。

成为他诗歌创作念兹在兹的对象。

陈铨与战国策派的知识分子则在民族复兴之路的寻找中，发现了让一个"落后"民族、"后发达"国家强势崛起的精神资源，这就是尼采学说与德意志经验。

中国，"远自鸦片战争以来，就始终是一个彻头彻尾的民族生存问题"[1]。遭遇了民族生存危机的中国常常被笼罩着"列强环伺"的巨大心理阴影，感受到来自外部资本主义世界对于弱小、落后的农业文明无所不在的压迫和威胁。这样，如何通过塑造国家整体的而不是个人的强大来对抗外来的压力就成了一种颇有影响力的思潮，而国家整体的强大往往又与政治权力的集中，与国家权威的树立相互联系，用陈铨的话来说，就是："在世界没有大同，国际间没有制裁以前，国家民族是生存竞争唯一的团体；这一个团体，不能离开，不能破坏。民族主义，至少是这一个时代环境的玉律金科，'国家至上，民族至上'的口号，确是一针见血。"[2]此情此景，与 20 世纪同样"后发达"的、同样渴望国家崛起的德意志民族多有相似。陈铨认为，德意志民族"明显地和其它的民族不同"即在于它"第一个观念，就是国家至上，民族至上"，"在德国这一种思想，盘据一般人的心胸，他们的哲学家，如像费希忒、黑格尔、尼采，都把国家看得非常重要，到紧要的关头，都主张牺牲个人，来维持国家的生存，达到理想国家的境界"[3]。"十八世纪以来，普鲁士政治家如何把德国民族化分为合，化弱为强，化无能为光荣，整个过程之中，大有可资我们借镜之处的。"[4]

启蒙、强力、民族、国家、政权、领袖权威就这样复杂地纠缠在了一起，德意志如此，中国也如此，中国的历史进程具备了与德国的历史进程相

① 林同济：《廿年来中国思想的转变》，原载《战国策》第 17 期，1941 年 7 月 20 日，引自许纪霖、李琼编《天地之间——林同济文集》，上海：复旦大学出版社，2004 年，第 29 页。

② 陈铨：《政治理想与理想政治》，原载《大公报·战国副刊》第 9 期，1942 年 1 月 28 日，引自张昌山编《战国策派文存》（下），昆明：云南人民出版社，2013 年，第 636 页。出版者注："国际间"应作"国际"。

③ 陈铨：《德国民族的性格和思想》，《战国策》第 6 期，1940 年 6 月 25 日，引自张昌山编《战国策派文存》（上），昆明：云南人民出版社，2013 年，第 215—216 页。

④ 唐密（陈铨）：《法与力》，原载《大公报·战国副刊》第 26 期，1942 年 5 月 27 日，引自张昌山编《战国策派文存》（下），昆明：云南人民出版社，2013 年，第 719 页。

互映衬、彼此认同的基础。尼采的超人哲学、强力意志成为了"落后民族"挣扎崛起的动力，而强化国家机器的德意志之路似乎也成了可资借鉴的榜样。在这条效法德意志的道路上，一个现代化的日本脱颖而出，是否也将推动古老中国的复兴呢？如前所述，陈铨更愿意以尼采式的激情而不是知识的理性来践行德意志的"狂飙突进"，这也就注定，他的民族关怀和国家理想都主要包裹着浓浓的文学意趣，具有相当多的情绪缠绕与思想纠葛。

<h1 style="text-align:center">三</h1>

陈铨以文学的方式表达自己真诚的民族情怀，自然就在自己的思想系统中留下了许多的暧昧与矛盾。其最大问题可能在于：不愿"冷静旁观"的他并未思考一个重要的问题——当个人的权利、自由尚未在法制设计中获得独立空间之时，意志的强力最终还只能在国家机器那里得以实现，民族的情怀也将为国家机器所重新编辑。换句话说，在"抗战建国"这样一个国家意识浓郁的时代，国民党独裁体制有足够的力量消化个人的追求和情感。我们注意到，陈铨和其他战国策派知识分子都经由对国民党政权的肯定走向了对这一政权领袖的肯定（虽然他们推崇的"英雄"不限于政治领域）。如果说他们对于革命先驱孙中山的肯定还具有某些"革命"意味的话，那么对精英人物的想象式的推崇却隐含着危险。特别是为了发挥尼采这样的"超人"的价值，不惜以想象赋予他独裁的特权："尼采最反对现代的国家，因为现代国家组织，不适宜于超人的发展，假如有一种新的国家组织，超人能够独裁，这一种国家，是力量意志的象征，尼采也没有理由不接受。"①

如果说，对尼采的"超人独裁"的想象终归还是一种文化的猜想，那么由尼采的哲学转向对国民党政治领袖的"必须服从"、对独裁专制的理论肯定则变成了一种现实的政治态度。陈铨对德意志的观察是：知识分子"都把国家看得非常重要"，"至于领袖，是国家民族精神所寄托，群众必须要服

---

① 陈铨：《尼采的政治理想》，原载《战国策》第9期，1940年8月5日，引自温儒敏、丁晓萍编《时代之波——战国策派文化论著辑要》，北京：中国广播电视出版社，1995年，第262页。

从他们，崇拜他们，牺牲自己来帮助他们完成伟大的事业"。"没有民族，没有国家，个人根本就不能存在。国家不是人民组织成的，人民乃是靠国家存在的。而且国家是永久的，人民是暂时的，个别的人民，可以死亡，国家永远要继续存在。个人可以牺牲，国家不能牺牲。国家不是人民的契约，乃是人民的根本。"[1]这种国家至上、领袖至上、人民渺小的判断论证的是国民党专制独裁的正当性。亦如另外一位战国策派代表人物雷海宗的结论："凡不终日闭眼在理想世界度生活的人，都可看出今日的大势是趋向于外表民主而实际独裁的专制政治。"[2]至此，战国策派的"国家主义"立场似乎又继续向着"超国家主义"的方向倾斜了。

从思想系统的整体格局来看，我们不难发现陈铨、战国策派知识分子与"法西斯主义"的区别，例如他们对人种优越论的警惕，对"武德的暴躁与残忍"的批判等，但是陈铨式的激情和想象则分明为一些法西斯主义的思维和态度留下了足够的空间。也许杂志《战国策》的主持人之一何永佶撰文推荐希特勒的《我的奋斗》不无偶然，也许战国策派期刊上飘然而过的希特勒语录也不必深究，不过，由民族情怀到国家权威到领袖崇拜最后到独裁合法的思想取向的确有利于国民党政权的维护和巩固。这样一来，无论陈铨初衷如何，也无论他作为知识分子的独立性怎样，他的思想倾向客观上与国民党政府的文艺政策高度合拍起来。于是，问题来了：他如何才能与自己痛恨的腐败官僚划清界限？又如何真正实践"列国阶段"的"大政治"呢？

陈铨多次强调民族意识"不是肤浅的理智所能分析的，它是一种感情，一种意志，不是逻辑，不是科学，乃是有目共见，有心同感的"[3]。恐怕正是这种非逻辑非科学的情感的含混性将陈铨紧紧地裹在了现实政权的躯体上。虽然不是国民党独裁政权的御用文人，但是陈铨却不自觉地排斥着在当时能够抗衡国民党独裁的左翼文化，至少是以自己的方式，助力于国民党集权的

---

① 陈铨：《德国民族的性格和思想》，原载《战国策》第6期，1940年6月25日，引自张昌山编《战国策派文存》（上），昆明：云南人民出版社，2013年，第216页。

② 雷海宗：《世袭以外的大位继承法》，见雷海宗《中国文化与中国的兵》，北京：商务印书馆，2001年，第186页。该文发表于1937年，文中的"今日"指国民党专制时。

③ 陈铨：《五四运动与狂飙运动》，原载《民族文学》1943年第1卷第3期，引自温儒敏、丁晓萍编：《时代之波——战国策派文化论著辑要》，北京：中国广播电视出版社，1995年，第347页。

方向。

　　陈铨自己也不得不陷入一种始料未及的内在矛盾之中。

　　他表达的虽然是民族情怀，其实重心却早就落在了维护国民党现实政权的这种国家观念之中，或者说在创作之中，"国家观念"掩盖甚至代替了"民族情怀"的独特体验，正如有学者所说："他关于文学'独特性'本质的看法，以及文学的民族性和时代性的论断，不过是泛泛之谈，没有生发出任何新鲜的、有创造性的文艺观，文学要表现时代精神和民族意识，事实亦然，关键是如何去表现？换言之，如何具体去创作'民族文学'？这一类文学的范本是什么？这些问题都没有解决，他自己所创作的小说和戏剧有其独特的风格，表现出了一种国家主义的意识，但也不是他自己说的那种典型的'民族文学'文本。"①

　　陈铨没有仔细推敲的是，他所要达成的牺牲个人、国家至上的目标与实现这一目标的思想资源——强力的充满个人魅力的"超人"尼采其实不无矛盾。就现实政治而言，最能够包容、展示个性魅力的社会恰恰不是国家至上的国民党专制而是尊重民意的民主社会，就文学的兴味而言，国家至上的理念是抽象的、严肃的也可能是无趣的，真正有艺术魅力的还是丰富的个性，是那些容纳了不同"个人主义"的五彩世界。文学家的陈铨一方面不断强调感情，反对理智，一方面却又将急需理智来规训的国家主义奉为圭臬，其遭遇的尴尬可想而知。

　　例如，为了论证反对国家组织形式的超人也能够适应特殊的国家体制，如尼采如何也能与国家体制和谐相处，陈铨只能靠臆测。

　　再如，为了让生硬的代言式的观念说教也能生动活泼，他不得不矛盾地书写着笔下的文学人物，结果，囿于个人追求的汉奸王立民竟也被人们读出了"个性魅力"②，一部原本打算反汉奸的《野玫瑰》被左翼批评家宣判为

① 易前良：《国家主义与中国现代文学》，南京大学 2004 年博士论文，第 96 页。
② 左翼人士指出："作者笔尖的汉奸并不无耻，并不卑鄙，并不丑恶，并不是没有灵魂没有血性，并不是完全泯灭了良心的一个形象。""这样一个倔强的英雄的灵魂应该是属于汉奸的吗？"（方纪：《糖衣毒药——〈野玫瑰〉观后》，《时事新报》（重庆）第 4 版，1942 年 4 月 8 日，引自重庆师范学院中文系《国统区文艺资料丛编》编辑组编《国统区文艺资料丛编·"战国派"（二）》，1979 年，第 242—243 页）。

"汉奸文学"。陈铨的创作，用他自己的定位来说，真可谓是一出出"浪漫悲剧"。

当然，并非每一位充满民族情怀与国家意识的信奉者都执著于自己的认识。陈铨的清华学长闻一多，因为"民族情怀"而受到朱自清先生的肯定，然而，自美国留学归来的他，却格外清醒地觉察到了这种国家与民族之间的分歧，这种认同与反抗之间的矛盾。《死水》时期的闻一多极其痛苦地书写着这样的矛盾，最终，当他不愿自己的民族情怀被国民党专制独裁的逻辑所吞噬时，他只能放弃诗歌创作。抗日战争胜利之后，在争取民主的抗争中，我们再一次看到闻一多的身影。这个时候的闻一多，已经用自我的反思和批判清算了国家观念对先前民族情怀的包裹："假如国家不能替人民谋一点利益，便失去了它的意义，老实说，国家有时候是特权阶级用以巩固并扩大他们的特权的机构。""国家并不等于人民。"[1]与前期"国家""民族""领袖"等关键词不同，"民主""人民""五四"成为了此时此刻的他频频论述的主题。当然，他付出了生命的代价。

与闻一多不同，陈铨较长时间地陷入了这样的思想困境之中，迟迟未能体现出这样的警觉。抗战以后，陈铨开始有所转变，对曾经信奉的思想——奥斯瓦尔德·斯宾格勒（Oswald Spengler）与尼采学说——都有所质疑，甚至更尖锐地批评时政，为民请命，倡导自由，留下了《金石盘》《美苏对症的良药》《要生活也要自由》等思考，闻一多殉难的消息传来，他写下《闻一多的惨死》，严厉遣责国民党"卑鄙下流的暗杀"[2]，不过，与他此前倾力打造的国家观念与文学比较，这些"新变"已难以产生必要的社会影响了。陈铨，最终还是被定格在了国家意识浓郁的"抗战建国"时代，并付出了自己的历史代价。

作为一位无党无派的独立知识分子，陈铨对抗日战争年代国家民族的关切毫无疑问是真诚的，他同时代的知识分子，包括左翼知识分子，在一开始也并无怀疑这样的真诚性，彼此还有过多方面的合作。但是，来自现实体制

---

① 闻一多：《人民的世纪——今天只有"人民至上"才是正确的口号》，见闻一多《闻一多全集》第2卷，武汉：湖北人民出版社，1993年，第407页。
② 见《智慧》（上海）1946年7月26日第10期。

的吞噬之力依然强大，同时，吞噬与反抗吞噬的力量总是相伴而生，吞噬的收编有多强大，反抗吞噬的误读也就有多强大，作为意识形态斗争的对象，《野玫瑰》和陈铨被左翼批判的命运几乎就是必然的。更为严重的是，一旦陈铨无法如当年的闻一多那样及时地清醒地觉察到这种国家文化的凶猛性，无法在种种的"国家"与"民族"以及"人民"之间建立起基本的区隔，那么他就难以避免被政治力量改造、扭曲的命运，最后，随着国民党政权的覆灭，无法切割民族情怀与国家意识的陈铨也就背上了沉重的历史包袱。

（原载《文学评论》2018 年第 6 期）

复兴什么，为什么复兴？

——郭沫若的民族复兴思想一瞥

郭沫若与五四激进反传统思潮的重要差别一再被人们提起。他对孔子、对儒家文化的推崇如此引人注目，以至于每当"传统文化"需要弘扬、"国学"需要振兴的时候，我们都会情不自禁地想起当时郭沫若独特的姿态，并希望援引为用，视郭沫若为现代"民族复兴"思想的重要代表。

但是，如果不能严格勘察郭沫若自己的思维和逻辑，我们就很可能望文生义地将他对传统文化的某些推崇视作对中国文化传统的无原则肯定和推崇，将他对民族复兴的愿望混同于"复古"，甚至以郭沫若为反对五四新文化的潜在资源。如果是这样，那真是对郭沫若，也是对五四的莫大误解。

一

郭沫若对传统文化重估，提出"复兴"思想是在 1922—1923 年。《中国文化之传统精神》与《一个宣言》中出现了最早的论述。

1922 年 12 月，应日本大阪《朝日新闻》之邀，郭沫若为该刊《新年特号》（1923 年 1 月 1 日、2 日）撰写了《芽生の嫩叶》，论述中国文化之传统精神。该文用日文发表，1923 年 5 月，成仿吾先生摘译其主要内容，以《中国文化之传统精神》为题，刊载于《创造周报》第 2 号（1923 年 5 月 20 日）。2008 年，蔡震先生约请章弘根据日本飙风会的整理本，将成仿吾弃译的部分译出，刊登在《郭沫若学刊》2008 年第 3 期，至此，郭沫若关于中国传统文化的最早的系统阐述得以完整呈现。就是在这篇文章中，郭沫若将文艺复兴（Renaissance）与民族精神的重建联系在一起。他称先秦时代是"中国思想史上的一个 Renaissance，一个反抗宗教的，迷信的，他律的三代思想，解放个性，唤醒沉潜着的民族精神而复归于三代以前的自由思想，更使发展起来的再生运动"[①]。当然今天也需要进行这样的第二次"复兴"，用郭沫若的话来说就是"努力四海同胞与世界国家之实现的我们这种二而一的中国固有的传统精神，是要为我们将来的第二的时代之两片子叶的嫩苗而伸长起来的"[②]。"大树倒塌，变成化石。我们虽然不能使其复活，但是，我们却可以传诵他那独特的精神，在春天来临的时刻使其发芽，形成崭新的第二代。这是我们唯一的希望，这是我们的当务之急。"[③]

1923 年，在为"中华全国艺术家协会"起草的《宣言》中，郭沫若提出了当前文艺的任务："我们要把固有的创造精神恢复，我们要研究古代的精华，吸收古人的遗产，以期继往而开来。"[④]这当然更是文艺复兴了。

即便不考虑中国近现代历史中那些不断浮现的"托古改制"思想，仅就用"复兴"来概括新的文化追求这一方向来说，其设想也并不始于郭沫若。梁启超早在 1904 年的《中国学术思想变迁之大势》中便把清代二百余年称为"古学复兴时代"，后来又谓："'清代思潮'果何物耶？简单言之：则对于宋明理学之一大反动，而以'复古'为其职志者也。其动机及其内容，皆与欧洲之'文艺复兴'绝相类。"[⑤]1914 年，记者黄远生在《庸言》杂志发表《本报之新生命》一文，其中言及当时之中国"乃文艺复兴时期"[⑥]。当时新式学堂或身居欧美的学子，自然更有机会在课堂上聆听 Renaissance 的历史了，例如清华留美预备学校时期的《吴宓日记》中，就多次出现这样的记载："历史一课，文艺复兴之大变，极似我国近数十年欧化输入情形。"[⑦]

① 郭沫若：《中国文化之传统精神》，见郭沫若著，郭沫若著作编辑出版委员会编《郭沫若全集》历史编第 3 卷，北京：人民出版社，1984 年，第 257 页。
② 郭沫若：《中国文化之传统精神》，见郭沫若著，郭沫若著作编辑出版委员会编《郭沫若全集》历史编第 3 卷，北京：人民出版社，1984 年，第 262 页。
③ 见蔡震：《关于郭沫若的〈芽生の嫩叶〉一文》，《郭沫若学刊》2008 年第 3 期，第 37 页。
④ 郭沫若：《一个宣言》，见郭沫若著，郭沫若著作编辑出版委员会编《郭沫若全集》文学编第 15 卷，北京：人民文学出版社，1990 年，第 222 页。
⑤ 梁启超：《清代学术概论》，上海：上海古籍出版社，1998 年，第 3 页。
⑥ 远生：《本报之新生命》，《庸言》，1914 年第 2 卷第 1、2 号合刊。
⑦ 吴宓：《吴宓日记第一册：1910—1915》，北京：生活·读书·新知三联书店，1998 年，第 381 页。

"历史一课由 Starr 女先生演讲 Renaissance Art。"①吴宓甚至有过在此主题下办报创刊的计划："拟他日所办之报，其英文名当定为 Renaissance，国粹复光之义，而西史上时代之名词也。"②不过，梁启超眼中的"复兴"到底缺少足够的实绩，黄远生的判断也为时稍早，吴宓的计划并未付诸实施。在中国现代文化史上真正博得"文艺复兴之父"美誉的还是新文化运动的领袖胡适。

众所周知，胡适是将五四新文化运动比附于欧洲文艺复兴的第一人，从"五四"直到 20 世纪 60 年代，在长达 40 余年的时间中，他一再论述着"作为文艺复兴意义"的五四，指称"这实在是个彻头彻尾的文艺复兴运动"③，以致在他影响下由一批"五四之子"创办的期刊《新潮》也取有"The Renaissance"的英文名字，尽管这一杂志从《新潮发刊旨趣书》开始就只是在强调如何"脱弃旧型"，"渐入世界潮流"④——我们实在无法读出太多的"复兴"之义。

不过，就如同他的弟子在"The Renaissance"的英文名目下着意引入世界"新潮"一样，胡适对"复兴"也有他自己的定义。1917 年，留美归国途中的胡适，读到薛谢儿（Edith Sichel）女士所著的《文艺复兴》（*Renaissance*）一书，将其改译为《再生时代》，"复兴"突出的是对既往文化的启用，而"再生"则强调了今日生命的成长，相近的词汇已经有了不同的指向。再后来，胡适描述中国历史文化的"复兴阶段"，也是视宋人大胆疑古、小心求证的新精神为第一时期，把明代王学之兴，尤其是市民文化中戏曲、小说的新精神当为第二时期，清学的勃兴为第三时期，而新文化运动则是第四时期。这里所谓的"复兴"都还是以求变革新为特征、以新文化运动的需要为标准的，也就是说，真正的古代文化传统并不是胡适考古追寻的对象。当他宣称新文化运动"实在是个彻头彻尾的文艺复兴运动"之时，接下来表述的却"是一项对一千多年来所逐渐发展的白话故事、小说、戏剧、歌曲等等活

---

① 吴宓：《吴宓日记第一册：1910—1915》，北京：生活·读书·新知三联书店，1998 年，第 388 页。
② 吴宓：《吴宓日记第一册：1910—1915》，北京：生活·读书·新知三联书店，1998 年，第 504 页。
③ 见陈金淦编：《胡适研究资料》，北京：十月文艺出版社，1989 年，第 261 页。
④ 《新潮发刊旨趣书》，《新潮》1919 年第 1 期。

文学之提倡和复兴的有意识的认可"①。"我们愿意采用老百姓活的文字，这是我们所谓的革命；也可以说不是革命，其实还是文艺复兴。""那些'话本'、'弹词'、'戏曲'，是由老百姓唱的'情歌'、'情诗'、'儿歌'这些东西变来的。这就是我们的基础。在文学方面，我们也可以说是文艺复兴。"②在这里，我们可以清楚地读出，胡适所谓的"复兴"其实就是现代知识分子对文化新创造的一种表述，一种重新评判历史、重新估定价值的新的文化追求。正如胡适 1919 年在《新思潮的意义》一文所指出的那样："据我个人的观察，新思潮的根本意义只是一种新态度。这种新态度可叫做'评判的态度'"，而"评判的态度"最终"总表示对于旧有学术思想的一种不满意，和对于西方的精神文明的一种新觉悟"。③以"中国文艺复兴"来定义胡适的美国学者杰尔姆·格里德（Jerome B. Grieder，汉名贾祖麟）也一针见血地指出：胡适追寻的"再生""不是通过任何实际意义上的古老文明的再生来实现的，而是通过创造一种新文明来实现的"④。

与上述种种"复兴"之说比较，郭沫若的设想最接近西方 Renaissance 的本义——不是"革命"的权宜性说法，而是真正的对古老文化的挖掘和启用。"文艺复兴"之意大利语——Rinascimento，由 ri（重新）和 nascere（出生）构成，法语与英语的 Renaissance 也都有差不多的含义与构词，发生在 14—17 世纪初的这一场思想文化运动就是对古代文化（古希腊罗马文化）的再发现，就是以古典的文化资源来对抗中世纪的教会专制，文艺复兴时期所高扬的人文主义文化不是新的发明而是古典文化固有的特征。严格比较起来，胡适的"复兴"之说虽然也追溯到了古代文化的某些传统（如白话文传统），但归根到底还是在外来思潮启发之下对历史的"激活"，对于胡适而言，这样的"复兴"更需要文学性的想象，或者说首先是横向的文化输入，然后才

① 胡适：《胡适口述自传》，见胡适著，季羡林主编《胡适全集》第 18 卷，合肥：安徽教育出版社，2003年，第 336 页。
② 胡适著，姜义华主编：《胡适学术文集·新文学运动》，北京：中华书局，1993 年，第 289 页。
③ 胡适：《新思潮的意义》，见胡适著，季羡林主编《胡适全集》第 1 卷，合肥：安徽教育出版社，2003年，第 692、695 页。
④ ［美］格里德：《胡适与中国的文艺复兴——中国革命中的自由主义（1917—1937）》，第 2 版，鲁奇译，南京：江苏人民出版社，2010 年，第 269 页。

借助横向的启发重新"构想"了历史的部分资源。郭沫若则不同,他是凭借着对古老文化本身的探究发现传统的价值,并与外来的文化相对接。胡适的"复兴"之论多见于他对新文学运动的感悟,而郭沫若的"复兴"构想则产生自他对中国历史文化的讨论。

<h1 style="text-align:center">二</h1>

郭沫若不仅执着地探索了中国古代的文化传统,这种探索更直达了古代文化的最前端,大大地超出了一般新文化知识分子的视线,这才是他与某些新文化人士的主要区别。

到今天为止,我们的现代文学研究已经大体上完成了对所谓五四"反传统"的澄清。我们知道,即便是言辞最激烈的新文化人士,也都各自怀着对传统文化的眷念,更不用说最后都为传统文化的整理研究做出了相当的贡献;对儒家文化、封建礼教的批评、抨击并不意味着他们对中国传统文化的全盘否定;就是儒家文化本身也往往被区分为先秦儒家与后世的儒家,原始儒家与宋明理学被分开处理,中国文学与中国文化史上那些思想活跃的时期,如百家争鸣的春秋战国、文学自觉的魏晋时代、思想启蒙的明末等都常常为新文化知识分子所激赏。胡适的"复兴"观念在中国历史中虽然还是主要关联着他理解中的白话文传统,但他也对孔子、老子的时代予以肯定,就这一态度而言,其实与郭沫若并无不同。

那么,郭沫若思想的独特性何在呢?就在于他并不满足于一般新文化知识分子对先秦文化的选择性肯定,他的思维追溯得更为遥远,一直穿透了文字记载的层面,抵达了那混沌茫然的文明的源头,在那里重新构想中国文化的来龙去脉。所谓"三代以前"的文化原点就这样隆重出场了。

关于三代以前的思想,我们现在固然得不到完全可靠的参考书,然而我们信认春秋、战国时代的学者,而他们又确是一些合理主义的思想家,他们所说的不能认为全无根据。他们同以三代以前为思想史上的一个黄金

时代……①

中华文明的起源从来都是一个史学难题，"三皇五帝"的传说至今都未获得科学的确证，运用现代学术知识的"古史辨派"更是摧毁了我们固有的古史解说系统，让遥远的文明发生变得扑朔迷离，作为国家重大工程项目的三代（夏商周）断代问题迄今依然在艰难推进之中，所谓"三代以前"自然就更是迷蒙缥缈了。但是郭沫若却不以为意，他满怀信心地论证这"三代以前"："所以我们纵疑伏羲、神农等之存在，而我们有这样的一个时代，这时代的思想为一些断片散见于诸子百家，我们怎么也不能否定。我们研究希腊哲学而认 Thales，Pythagoras，Heraclitos 等之存在，然而这些学者的完全的著述早已经莫由寻觅了。关于他们，我们所能知道的，亦不过一些后人的传说与断片的学说而已。象不能因为没有完全的著述，便把这些希腊的学者抹杀了一般，我们怎么也不能由中国思想史上把三代以前的这一时代的存在轻轻看过了。"②郭沫若在这里提出的论据虽然还不具备十足的"史料"基础，但是却无疑具有思维方式上的启示意义，对于学术思想的发展来说，重要的不是最后的结论，而是它提出问题的角度和展开的方式，这就是文学家郭沫若的创造性思维赋予他学术活动的独特价值。

对于"三代"或"三代以前"，先秦时代的思想家也常常论及，将之视作自己思想的结构性或批判性元素。如有学者所说："先秦诸子几乎都谈及'三代'，而见解则各不相同。儒、墨二家皆称道或标榜'三代'，而所入深度有异。墨家但以'三代'得失之史为借鉴之标本，而儒家则思于借鉴之外更从'三代'之史中发掘出某种更深层次的认识来。道、法二家皆鄙夷'三代'，而指归亦不同。道家贬抑'三代'，以其有悖于上古自然之朴真；法家憎恶'三代'，则以其有碍于当时法制之剧变。"③于是乎，后代学者对中国文化源头的想象和论述都几乎没有超过诸子的这些论述，或者是

① 郭沫若：《中国文化之传统精神》，见郭沫若著，郭沫若著作编辑出版委员会编《郭沫若全集》历史编第3卷，北京：人民出版社，1984年，第255页。

② 郭沫若：《中国文化之传统精神》，见郭沫若著，郭沫若著作编辑出版委员会编《郭沫若全集》历史编第3卷，北京：人民出版社，1984年，第255页。出版者注："象"现作"像"。

③ 刘家和：《从"三代"反思看历史意识的觉醒》，《史学史研究》2007年1期，第2页。

"仁"，或者是"礼"，或者是"兼爱"，这就是后代理解"三代"或"三代以前"的认知框架。郭沫若不避史实渺茫，重新建构起"三代之前"的思想资源，至少在两个方面打开了一个全新的阐释空间：其一是赋予这一文化的源头崭新的含义，其二是通过对"三代"与"三代之前"的严格区隔更清晰地表述着自己的文化理想。

在郭沫若心中，"三代之前"的文化形态是怎样的呢？

"三代以前的思想，就我们所知，确与希腊哲学之起源相似。在我们的原始的时代，我们的祖先，就把宇宙的实体这个问题深深考察过了。""那时候，一切的山川草木都被认为神的化身，人亦被认为与神同体。"[1]这是对悠远历史的刻绘。在"老子的时代"，又一次"复兴"了这样的传统。郭沫若认为："我们在老子的时代发见中国思想史上的一个 Renaissance，一个反抗宗教的，迷信的，他律的三代思想，解放个性，唤醒沉潜着的民族精神而复归于三代以前的自由思想，更使发展起来的再生运动。"[2]归结起来，这所谓的"三代之前"的文化就是自由的、自然的，也可以说是个性化的、创造性的、充满神性的。这样概括，当然就大大地超越了任何一种具体的古代思想学说，而成为后代学说的灵感与思想的源头。孔子复兴了这一文化，所以他"使泛神的宇宙观复活了"，"他把自己的个性发展到了极度——在深度如在广度"[3]。老子复兴了这一文化，所以"革命思想家老子便如太阳一般升出"[4]。

为了清晰地说明理想中的中国文化的源头，郭沫若特地将"三代"与"三代之前"区隔开来，划分出中国历史文化的几个自我否定的阶段，通过对源泉—失落—复兴—再失落的历史过程的描述，凸显历史的兴衰，昭示深刻的教训。"为了理解我们所看到的中国精神"，郭沫若特地为我们绘制了

① 郭沫若：《中国文化之传统精神》，见郭沫若著，郭沫若著作编辑出版委员会编《郭沫若全集》历史编第 3 卷，北京：人民出版社，1984 年，第 255—256 页。

② 郭沫若：《中国文化之传统精神》，见郭沫若著，郭沫若著作编辑出版委员会编《郭沫若全集》历史编第 3 卷，北京：人民出版社，1984 年，第 257 页。

③ 郭沫若：《中国文化之传统精神》，见郭沫若著，郭沫若著作编辑出版委员会编《郭沫若全集》历史编第 3 卷，北京：人民出版社，1984 年，第 258—259 页。

④ 郭沫若：《中国文化之传统精神》，见郭沫若著，郭沫若著作编辑出版委员会编《郭沫若全集》历史编第 3 卷，北京：人民出版社，1984 年，第 256 页。

一幅形象的"中国古代思想史的进程"图（图1）：

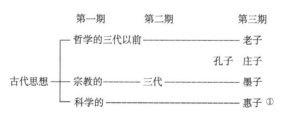

图1　"中国古代思想史的进程"图

按照这一进程图的描绘，"三代之前"构成了中国文化的"根本传统"，它原本是浪漫的、诗性的、象征的，自由的、创造性的，神人同体的，但是此后的"三代"却是"黑暗三代"，"那时候，国家是神权之表现，行政者是神之代表者。一切的伦理思想也是他律的，新定了无数的礼法之形式，个人的自由完全被束缚了"[2]。春秋战国时代的孔子、老庄等又恢复了这一精神，但秦汉以后却又一次失落，直到今天。郭沫若还以文学的语言描述了这样一段发源—失落—复兴—再失落的历史：

原始的大树勇敢地将自己的生命朝着天空无限地生长，自由地沐浴着清澈温暖丰沛的阳光，从大地中汲取着无尽的养分。正当大树尽情地享受着这一切的时候，突然被雷火击中，树叶被焚毁，树干被裁断，就连树根都被连根拔起！一时间，被誉为大自然的宠儿、宇宙精华的大树，即使被连根拔起，在他伟岸的身躯里依然存活着充沛的生命力，努力恢复着自己已经失去的伟大存在。尽管弱小的幼芽多次从树上吐露，然而大树已经脱离大地，能够汲取生命养分的功能已经停滞。幼芽萌生随即枯萎，枯萎后再次发芽，周而往复。越来越弱小的幼芽逐渐干枯，终于连吐露萌芽的气力也没有了，只剩下残骸横卧在旷野中，一点一点变成化石。

就是我们中华思想史的缩写。从公元前几世纪开始，我们的祖先一直拥有着辉煌灿烂的历史，惟有一次遭遇秦火，就像所有的大树轰然倒塌一样，

---

① 见蔡震：《关于郭沫若的〈芽生の嫩叶〉一文》，《郭沫若学刊》2008 年第 3 期，第 37 页。

② 郭沫若：《中国文化之传统精神》，见郭沫若著，郭沫若著作编辑出版委员会编《郭沫若全集》历史编第 3 卷，北京：人民出版社，1984 年，第 256 页。

思潮的源流全部中断了。汉的训诂，晋的清谈，宋的道学，清的考据，这些努力都不过是纯粹地在寄生树木上的发芽，失去了独创精神，只顾一味地咀嚼粘在历史上的腐败木质。唐朝时代佛教思想的发达，如果从世界文化史的角度来看，不过就是印度思想的一个旁支，这是不言自明的事实。①

由此，郭沫若重新追溯中国历史，发掘中国文化"根本传统"的意图也就昭然若揭了："大树倒塌，变成化石。我们虽然不能使其复活，但是，我们却可以传诵他那独特的精神，在春天来临的时刻使其发芽，形成崭新的第二代。这是我们唯一的希望，这是我们的当务之急。"②或者说，"我国固有的精神又被后人误解"③，如今，急迫需"要把固有的创造精神恢复"，以"继往而开来"④。

这也就是郭沫若呼唤"复兴"的真实逻辑：他试图复活的并不是笼统的中国古代文化，而是要努力激活那失落已久的"根本传统"，通过一种"隔代"的想象召唤出文化的创造力——于是，"复兴"当然就不是守成与复古，也不是简单地回到过去，相反，它却是通达未来的重要方式。

三

郭沫若以"三代以前"作为中国文化的理想范型，并以此为基点重新梳理中国文化传统的脉流，这就建立起了一套崭新的阐释框架，这样的框架从自由、创造的始基开始，以自由的剥落、创造的委顿为漫长的历史中段，最后试图引发出对当下自由精神与创新活力的深情召唤。其叙述不仅独特迷人，富有深刻的现实关怀，而且同样包含着对历史文化的沉痛的检讨与批判——有力度的文艺复兴，对古代文化的挖掘、复活必定同时伴随着对中

---

① 见蔡震：《关于郭沫若的〈芽生の嫩叶〉一文》，《郭沫若学刊》2008 年第 3 期，第 37 页。
② 见蔡震：《关于郭沫若的〈芽生の嫩叶〉一文》，《郭沫若学刊》2008 年第 3 期，第 37 页。
③ 郭沫若：《论中德文化书》，见郭沫若著，郭沫若著作编辑出版委员会编《郭沫若全集》文学编第 15 卷，北京：人民文学出版社，1990 年，第 155 页。
④ 郭沫若：《一个宣言》，见郭沫若著，郭沫若著作编辑出版委员会编《郭沫若全集》文学编第 15 卷，北京：人民文学出版社，1990 年，第 222 页。

世纪专制的痛切批判，欧洲的文艺复兴如此，郭沫若的民族复兴思想也同样如此。就深刻的现实关怀与沉痛的历史批判而言，郭沫若虽然更接近欧洲"文化复兴"的原意，但在历史发展的大方向上与五四新文化主流相互支撑、彼此认同，共同推进着现代文化的创造与更新，与文化保守主义具有根本的差异。

以"三代以前"的自由、个性为参照，郭沫若的民族复兴主张就不可能是对古代中国传统的简单认同，相反，其中洋溢着"重估历史"的巨大勇气，经常为我们提及的中国古代文化不再可能以它们的"常态"获得被崇拜的地位，相反，它们都置于被剔抉、反思和批判的地位。

"三代"是郭沫若反思、批判的第一段历史，被描述为"千有余年的黑暗"。郭沫若对"三代"的批判与他对古老历史的混沌图景的描述形成了鲜明的对照，从中，我们可以清晰地了解哪些才是真正的自然自由的生存方式，哪些已经演变为对个人自由的束缚。这样的分辨，不仅在现代知识分子中卓尔不群，也根本上打破了先前诸子的论述框架，呈现出郭沫若自己的一个全新的历史认知图式。先秦诸子中对"三代"与"三代以前"褒贬经常是不加分别的，一并作为古老传统的象征，褒之如儒墨，贬之如法道都大抵如此。这也从根本上影响了后代学者的阐释，郭沫若能够完全跳脱出这一认知框架，所以才有了对历史文化传统的全新估价。

秦以后的专制历史更是郭沫若批判的对象。"三代"作为"黑暗时代"，其特征就是政权、伦理、精神信念（神权）合一，而这都是秦以后专制统治的形式。面对开启了千年帝制的秦始皇，郭沫若的批判十分猛烈："春秋末叶以来，蓬蓬勃勃的自由思索的那种精神，事实上因此而遭受了一次致命的打击。"[1]针对漫长的专制主义文化，郭沫若不仅予以批判，而且特别抨击了这种文化氛围所造成的对孔子和儒家思想的扭曲。他指出，后儒"以帝王之利便为本位以解释儒书，以官家解释为楷模而禁人自由思索"[2]。

---

[1] 郭沫若：《吕不韦与秦王政的批判》，见郭沫若著，郭沫若著作编辑出版委员会编《郭沫若全集》历史编第2卷，北京：人民出版社，1984年，第445页。

[2] 郭沫若：《王阳明礼赞》，见郭沫若著，郭沫若著作编辑出版委员会编《郭沫若全集》历史编第3卷，北京：人民出版社，1984年，第293页。

　　"三代以前"既然是郭沫若民族复兴、文化复兴的理想范型，那么凡是能够获得他赞誉的历史人物都是在不同程度上承载了这一文化理想的代表。郭沫若礼赞孔子，礼赞春秋战国，礼赞老子与屈原，因为正是这些历史人物部分地发扬了"三代以前"的自由理想。在郭沫若看来，"三代以前"的"根本传统"虽然失落了，却有幸在民间的"被统治者"那里有所存留，而孔子和屈原就是这一传统的继承人，他们分别承袭了在北方和南方民间流传着的殷代文化精神。

　　显然，反抗君主专制、倡导思想自由，这样的新文化理想是郭沫若和其他五四知识分子的共识。在发展民族新文化，推进现代文化建设方面，郭沫若的"复兴"理想与所谓"五四激进反传统"的人们并无根本的不同。

　　正因为郭沫若的"民族复兴"理想在本质上属于新文化建设的一部分，所以与五四新文化运动的姿态一样，他的"复兴"理想一直都是开放的，他对古代文化的谈论与他对外来文化的谈论并无对立，"三代以前"文化理想的提出并不是为了抵御外来的文化，恰恰相反，其思想资源从一开始就向世界敞开。复兴民族文化的固有传统，就理当引进外来的文化资源。因为，"固有的文化久受蒙蔽，民族的精神已经沉潜了几千年，要救我们几千年来贪懒好闲的沉痼，以及目前利欲薰蒸的混沌，我们要唤醒我们固有的文化精神，而吸吮欧西的纯粹科学的甘乳"①。

　　我们可以这样描述：郭沫若发现"三代之前"的过程也是他发现外来文化魅力的过程。他说："我们还是崇拜孔子——可是决不可与盲目地赏玩骨董的那种心理状态同论。我们所见的孔子，是兼有康德与歌德那样的伟大的天才，圆满的人格，永远有生命的巨人。他把自己的个性发展到了极度——在深度如在广度。""我们可以于孔子得到一个泛神论者。"②"三代以前"文化就这样与世界文化相互连通了。"泛神论"不仅见诸于孔子，也会心于庄子、孔子与王阳明，而孔子又与尼采、歌德、俄罗斯革命思想颇多相似，

---

① 郭沫若：《论中德文化书》，见郭沫若著，郭沫若著作编辑出版委员会编《郭沫若全集》文学编第 15 卷，北京：人民文学出版社，1990 年，第 157 页。

② 郭沫若：《中国文化之传统精神》，见郭沫若著，郭沫若著作编辑出版委员会编《郭沫若全集》历史编第 3 卷，北京：人民出版社，1984 年，第 259 页。

"动的文化精神"贯穿了中国的孔子老子庄子与王阳明，也贯穿了西方的歌德与柏格森，他还论述说："我国的儒家思想是以个性为中心，而发展自我之全圆于国于世界，所谓'修身、齐家、治国、平天下'，这不待言是动的，是进取的。"①"仁道，很显然的是顺应着奴隶解放的潮流的。这也就是人的发现。每一个人要把自己当成人，也要把别人当成人，事实是先要把别人当成人，然后自己才能成为人。"②

甚至，在郭沫若眼中，上古的星学也包含着从古希腊"递演出的科学精神"，因为中国文化的"根本传统"中本来就包含着这样的科学精神："我国文化是从自然观察发轫，农业的发达恐比世界中任何国的历史为先。在上古时候与农业有密切关系的星学，在周以前已有特产的独立系统了。"③

中国传统文化常常被视作自我封闭的文化，对此，郭沫若也有自己独到的见解。在他的努力发掘下，中国固有的文化也呈现出了"世界主义"的面目："在东西各国，传统精神与世界主义，是冰炭之不相容；而在我们中国，我们的传统精神便是世界主义。""我们现在是应该把我们的传统精神恢复的时候，尤其是我们从事于文艺的人，应该极力唤醒固有的精神，以与国外的世界主义者相呼应。"④仅仅从学术的角度而言，要论证中国原始的文化比其他文化更具有"世界主义"可能还需要更多的证据，但是更重要的却是郭沫若蕴藏在这一结论之下的独特的所谓"复兴"愿望："世界主义"打破了狭隘的民族限制，"中国"与"西方"，"传统"与"现代"无所障碍地融为一体，通通成为现代文化建设的巨大助力。正如郭沫若在发掘"中国文化之传统精神"之结尾所述：

对历史的探讨到上述的地方为止。请允许我再重复一遍，（我们不论

① 郭沫若：《论中德文化书》，见郭沫若著，郭沫若著作编辑出版委员会编《郭沫若全集》文学编第15卷，北京：人民文学出版社，1990年，第149—150页。
② 郭沫若：《孔墨的批判》，见郭沫若著，郭沫若著作编辑出版委员会编《郭沫若全集》历史编第2卷，北京：人民文学出版社，1982年，第91页。
③ 郭沫若：《论中德文化书》，见郭沫若著，郭沫若著作编辑出版委员会编《郭沫若全集》文学编第15卷，北京：人民文学出版社，1990年，第153页。
④ 郭沫若：《国家的与超国家的》，见郭沫若著，郭沫若著作编辑出版委员会编《郭沫若全集》文学编第15卷，北京：人民文学出版社，1990年，第184页。

在老子，或在孔子，或在他们以前的原始的思想，都能听到两种心音：

——把一切的存在看作动的实在之表现！

——把一切的事业由自我的完成出发！

我们的这种传统精神——在万有皆神的想念之下，完成自己之净化与自己之充实以至于无限，伟大而慈爱如神，努力四海同胞与世界国家之实现的我们这种二而一的中国固有的传统精神，是要为我们将来的第二的时代之两片子叶的嫩苗而伸长起来。）①

动的精神、自我的实现，这就是五四新文化的真髓，郭沫若的"复兴"之梦最终融入五四时代精神的主流，形成了一种"异构同质"的文化现象。在这个背景下，任何将郭沫若的传统文化观拉近保守主义的企图，或者与今天功利主义的、商业主义的"国学"混为一谈的努力都是荒谬绝伦的。

（原载《中国现代文学研究丛刊》2016 年第 4 期）

---

① 见蔡震：《关于郭沫若的〈芽生の嫩叶〉一文》，《郭沫若学刊》2008 年第 3 期，第 38 页。

张力结构与闻一多的文化和文学选择

闻一多一生的文化和文学历程充满波澜壮阔的特点，更准确地说是他常常在许多的文化思想和文学追求当中呈现出不同的"方向"，并且对这些不同的"方向"也不是浅尝辄止，轻轻掠过，而是激情拥抱，深度介入，同时展开了这些彼此矛盾冲突的选择的多种"可能"，这就不能不引起我们特别的关注和思考了。

一

1923 年 6 月 3 日与 10 日，闻一多在《创造周报》上连载《〈女神〉之时代精神》与《〈女神〉之地方色彩》，这是闻一多早年最有影响的文学批评。就是这些评论《女神》的文字，一改我们常见的平衡立论的论述方式，将赞美和批评都发挥到了极致：

> 若讲新诗，郭沫若君底诗才配称新呢，不独艺术上他的作品与旧诗词相去最远，最要紧的是他的精神完全是时代的精神——二十世纪底时代的精神。有人讲文艺作品是时代底产儿。《女神》真不愧为时代底一个肖子。[1]

这是闻一多《〈女神〉之时代精神》开宗明义的论断，显然，字里行间都洋溢着赞赏的激情，决非文场上的客套或者批评之前的刻意的宽言。闻一多的激赏展示的是他的诗歌价值观，整篇文字尽是对当代思想与情感如何为《女神》所捕捉、所传达的热情赞许："我们的诗人不独喊出人人心中底热

---

[1] 闻一多：《〈女神〉之时代精神》，见闻一多《闻一多全集》第 2 卷，武汉：湖北人民出版社，1993 年，第 110 页。

情来，而且喊出人人心中最神圣的一种热情呢！"①在这样的逻辑中，"旧诗词"理所当然是"配称新"的郭沫若诗歌的反面。

但是，一周之后发表的《〈女神〉之地方色彩》却对《女神》失去"地方色彩"的欧化倾向提出了尖锐的批评："现在的一般新诗人——新是作时髦解的新——似乎有一种欧化底狂癖，他们的创造中国新诗底鹄的，原来就是要把新诗做成完全的西文诗。""《女神》不独形式十分欧化，而且精神也十分欧化的了。"如何改变这一弊端呢？闻一多提出："若求纠正这种毛病，我以为一桩，当恢复我们对于旧文学底信仰，因为我们不能开天辟地（事实与理论上是万不可能的），我们只能够并且应当在旧的基石上建设新的房屋。"②"旧文学"似乎又成了纠正欧化弊端的重要资源。

旧诗词以及它背后的更大的传统文学与传统文化究竟在"现代"进程中产生着怎样的作用，1923 年刚刚出现在诗坛的闻一多对此是充满矛盾和困惑的。

不过，这样的两极之论在闻一多那里也随着人生历程的演变而各有侧重。在早年，这位求学于"美国化的清华"，又勤奋攻读中国传统文化的"二月庐主人"曾经是中国文化的绝对的信奉者："我们更应了解我们东方底文化。东方底文化是绝对地美的，是韵雅的。东方的文化而且又是人类所有的最彻底的文化。哦！我们不要被叫嚣犷野的西人吓倒了！"③他对诗歌的兴味也首先来自古代诗歌的修养："枕上读《清诗别裁》。近决志学诗。"④中国古代诗人就是闻一多精神的支撑："我们将想象自身为李杜，为韩孟，为元白，为皮陆，为苏黄，皆无不可。只有这样，或者我可以勉强撑住过了这一生。"⑤然而，在经过青年的文化激情与中年的国学奉献之后，闻一多却

---

① 闻一多：《〈女神〉之时代精神》，见闻一多《闻一多全集》第 2 卷，武汉：湖北人民出版社，1993 年，第 117 页。

② 闻一多：《〈女神〉之地方色彩》，见闻一多《闻一多全集》第 2 卷，武汉：湖北人民出版社，1993 年，第 118、123 页。

③ 闻一多：《〈女神〉之地方色彩》，见闻一多《闻一多全集》第 2 卷，武汉：湖北人民出版社，1993 年，第 123 页。

④ 闻一多：《仪老日记（1919 年 2 月 10 日）》，见闻一多《闻一多全集》第 12 卷，武汉：湖北人民出版社，1993 年，第 421 页。

⑤ 闻一多：《书信（1923 年 1 月 21 日致梁实秋）》，见闻一多《闻一多全集》第 12 卷，武汉：湖北人民出版社，1993 年，第 140 页。

转向了回归"五四"、反思和批判传统文化的选择："老实说，民族主义是西洋的产物，我们的所谓'古'里，并没有这东西。""其实一个民族的'古'是在他们的血液里，像中国这样一个有悠久历史的民族，要取消它的'古'的成分，并不太容易。难的倒是怎样学习新的。"①

　　对中国传统文化的崇拜来自于闻一多"中华文化国家主义"的信仰。这是闻一多参与大江社等国家主义团体活动的思想基础。正如他曾经告诉梁实秋的那样："纽城同人皆同意于中华文化的国家主义。"②在当时的他看来，只有国家主义的信仰才能保证中华的"文化安全"："我国前途之危险不独政治，经济有被人征服之虑，且有文化被人征服之祸患。文化之征服甚于他方面之征服千百倍之。杜渐防微之责，舍我辈其谁堪任之！"③国家主义就是将民族昌盛、文化复兴的希望寄托在国家整体利益的解决之中，"国家至上"是其基本的理念，为了民族与文化的伟大目标，个人应该理所当然地服从和牺牲于"国家利益"与"整体利益"。闻一多出现在诗坛后的第一批诗歌作品如《长城下之哀歌》《七子之歌》《醒呀！》《南海之神》都是充满了对祖国、民族及中国传统文化的整体赞美，充满了对国家政治领袖丰功伟绩的激赏，成为抗战之前"唯一有意大声歌咏爱国的诗人"④。但是，在历经战火荼毒、时局变乱之后，他重新思考了"国家"与"个人"、整体政治需要与民主自由原则的关系，完成了对国家主义的超越，他说："我们一向说爱国，爱国，爱的国家究竟是个什么样子，自己也不明白，只是一个'乌托邦'的影子，读了这些书，对中国的前途渐渐有信心了。"⑤始有与著名学者、战士李公朴一道创办《自由论坛》，参与编辑《民主周刊》等事迹。1945年5月，他在《大路周刊》创刊号上发表主标题为《人民的世纪》的文章，副标题就标出"今天只有'人民

① 闻一多：《复古的空气》，见闻一多《闻一多全集》第2卷，武汉：湖北人民出版社，1993年，第355页。
② 闻一多：《书信（1925年3月到梁实秋）》，见闻一多《闻一多全集》第12卷，武汉：湖北人民出版社，1993年，第214页。
③ 闻一多：《书信（1925年3月到梁实秋）》，见闻一多《闻一多全集》第12卷，武汉：湖北人民出版社，1993年，第215页。
④ 朱自清：《爱国诗》，见朱自清《新诗杂话》，北京：生活·读书·新知三联书店，1984年，第51页。
⑤ 见何善周：《千古英烈 万世师表——纪念闻一多师八十诞辰》，见《闻一多纪念文集》，北京：生活·读书·新知三联书店，1980年，第264—265页。

至上'才是正确的口号"。显然,这是针对当时"国家至上"的口号而提出的。闻一多在文章中说:"假如国家不能替人民谋一点利益,便失去了它的意义。老实说,国家有时候是特权阶级用以巩固并扩大他们的特权的机构。""国家并不等于人民。"①与前期"国家""民族""领袖"等关键词不同,"民主""人民""五四"成为了此时此刻频频论述的主题。

不仅是文学与文化的观念,闻一多一生的事业选择也经历了好几重的变化转折,其中也不难看出他人生与学术在矛盾中前行的种种景象。青年时代投身国家主义的政治热情曾经让他并不拒绝"向外"的发展,然后几次人事纠纷的烦恼却促使他走向了学院派学术的"内向"之路:"我近来最痛苦的是发见了自己的缺陷,一种最根本的缺憾——不能适应环境。因为这样,向外发展的路既走不通,我就不能不转向内走。在这向内走的路上,我却得着一个大安慰,因为我实证了自己在这向内的路上,很有发展的希望。"②但是,现实社会的黑暗却又让他在19世纪40年代再一次走出了学院的围墙,重新思考介入社会的可能:"近年来我在联大的圈子里声音喊得很大,慢慢我要向圈子外喊去,因为经过十余年故纸堆中的生活,我有了把握,看清了我们这民族,这文化的病症,我敢于开方了。""你想不到我比任何人还恨那故纸堆,正因恨它,更不能不弄个明白。你诬枉了我,当我是一个蠹鱼,不晓得我是杀蠹的芸香。"③在人生流变的复杂过程中,闻一多对现代知识分子的角色与身份都有了全新的把握和理解,他这样说:"从前我们在北平骂鲁迅,看不起他,说他海派,现在,我要向他忏悔,我们骂错了。鲁迅对,我们错了,海派为什么就要不得?我们要清高,清高弄到国家这步田地,别人说我和政治活动的人来往,是的,我就要和他们来往。"④

---

① 闻一多:《人民的世纪——今天只有"人民至上"才是正确的口号》,见闻一多《闻一多全集》第2卷,武汉:湖北人民出版社,1993年,第407页。

② 闻一多:《书信(1933年9月29日致饶孟侃)》,见闻一多《闻一多全集》第12卷,武汉:湖北人民出版社,1993年,第265页。

③ 闻一多:《书信(1943年11月25日致臧克家)》,见闻一多《闻一多全集》第12卷,武汉:湖北人民出版社,1993年,第380—381页。

④ 闻一多1944年10月19日在联大的演讲,见闻黎明、侯菊坤编《闻一多年谱长编》,武汉:湖北人民出版社,1994年,第778页。

二

作为心灵微妙表征的诗歌文本，也到处布满了文化重叠的信息。闻一多的自我矛盾与冲突还体现在他的诗歌创作当中：不仅有从旧诗到新诗的转折，也有新诗创作本身的复杂性。

这里的传统诗歌的兴味融合了现代人生的感受，如《雨夜》《雪》《率真》《睡者》这一类诗歌。在中国传统式的"借景抒情"与"托物言志"中，昂然屹立的却是人的精神与人的意志，也就是说，这里不再仅仅是人与自然的相互应和，而常常是人的主体性超越自然的和谐拔地而起，人的"物化"也往往为物的"人化"所代替。诗人或者不时对自然界中的事物发表评论，总结人生的哲理：莺儿的婉转和乌鸦的恶叫都是天性使然，鹦哥却"忘了自己的歌儿学人语"，终究成了"鸟族底不肖之子"，可见"率真"是多么重要啊！（《率真》）雨夜的狰狞让人心惊胆颤，直想逃入梦乡，但清醒的理性却又提醒诗人要直面人生："哦！原来真的已被我厌恶了，/假的就没他自身的尊严吗？"（《雨夜》）自然事物也成了人的精神、人的情趣的外化，黄鸟是美丽的生命，向天宇"癫狂地射放"（《黄鸟》），稚松"扭着颈子望着你"（《稚松》），孤雁脚上"带着了一封书信"，肩负庄严的使命飞向"腥臊的屠场"（《孤雁》），蜜蜂"像个沿门托钵的病僧"（《废园》），"勤苦的太阳像一家底主人翁"（《朝日》），"奢豪的秋"就是"自然底浪子哦！"（《秋之末日》）。诗人的主体形象开始上升，开始突出，他们不再仅仅满足于物我感应，不再以"物我共振"为诗情发生的唯一渠道，主体丰富的心灵世界本身就是诗的源泉。"琴弦虽不鸣了，音乐依然在。""我也不曾因你的花儿暂谢，/就敢失望，想另种一朵来代他！"（《花儿开过了》）诗人眼前的世界不再只有天人合一，不再只有恬淡虚无，这里也出现了斗争，自然界各个生命现象之间的斗争，人与自然的斗争："高视阔步的风霜蹂躏世界"，"森林里抖颤的众生"奋勇战斗，大雪也"总埋不住那屋顶上的青烟缕"，"啊！缕缕蜿蜒的青烟啊！/仿佛是诗人向上的灵魂，/穿透自身的躯壳：直向天堂迈往"（《雪》）。

　　这里也有诗歌选题与情感基调的反差。是爱情诗却没有必要的热烈与温馨，倒是凉似古井，寒气逼人，如《你指着太阳起誓》《狼狈》《大鼓师》；是悼亡诗却又竭力克制个人的情感冲动，摆出一副铁石心肠，如《也许》《忘掉她》；是爱国激情却又极力压制自己的真挚与灼热，如《口供》；是现实控诉却换以一副外表的冷漠与淡然，如《天安门》《春光》。甚至这些反差与矛盾就保留在一首诗的内部，或者呈现为出其不意的"突变"，如《洗衣歌》是含垢忍辱的行动与不甘受辱的意志之矛盾，《你莫怨我》是言辞上的洒脱与情感上的偏执之矛盾，《春光》是自然的和谐与社会的不和谐之矛盾，《你看》是挣脱乡愁的努力和挣而不脱的事实之矛盾，《心跳》是宁静的家庭与不宁静的思想之矛盾，《什么梦》是生存与死亡两种选择的矛盾，《祈祷》是对中国魂的固恋与怀疑之间的矛盾，《罪过》是生命的不幸与旁观者的麻木之矛盾，《天安门》是革命者的牺牲与愚弱大众的冷漠之矛盾。其中，《口供》一诗是闻一多矛盾性人格的真切呈现，"白石的坚贞"，英雄、高山与国旗的崇拜者，这是为我们所熟悉、为世人所仰慕的"道德君子"，"苍蝇似的思想"却又是人之为人所与生俱来的阴暗的一面，饱经沧桑的闻一多在洞察世事的同时对自我也有了更加深入的认识。

　　《红豆》组诗是闻一多著名的爱情诗歌，相思的红豆自然有缠绵悱恻的意蕴："袅袅的篆烟啊！/是古丽的文章，/淡写相思底诗句。"（四）"爱人啊！将我作经线，/你作纬线，/命运织就了我们的婚姻之锦；/但是一帧回文锦哦！/横看是相思，/直看是相思，/顺看是相思，/倒看是相思，/斜看正看都是相思，/怎样看也看不出团圞二字。"（九）不过，真情款款的字里行间，竟然也有微妙的厌倦与无奈，可谓是现代爱情诗歌中的奇观，如：

> 我们是鞭丝抽拢的伙伴，
>
> 我们是鞭丝抽散的离侣。
>
> 万能的鞭丝啊！
>
> 叫我们赞颂吗？
>
> 还是诅咒呢？

　　这可能是在反思他们的包办婚姻形式。再如："你明白了吗？/我们是照着客们吃喜酒的/一对红蜡烛；/我们站在桌子底/两斜对角上，/悄悄地烧着我们的生命，/给他们凑热闹。/他们吃完了，/我们的生命也烧尽了。"这里包含的是悲凉。另外，诗人还说，红豆"有酸的，有甜的，有苦的，有辣的。/豆子都是红色的，/味道却不同了。/辣的先让礼教尝尝！/苦的我们分着囫囵地吞下。/酸的酸得像梅子一般，/不妨细嚼着止止我们的渴。/甜的呢！/啊！甜的红豆都分送给邻家作种子罢！"，其中渗透的则是深深的无奈。

　　在总体上，闻一多诗歌的思想内涵与诗歌形式表现出了一种引人注目的"互斥"效果。归根结底，作家对形式的选择都存在着一种"搏斗中的接近"，作为习惯，作为先在的规范，语言形式似乎天生就与个体性的人存在距离，尤其在最需要利用语言潜能的诗歌创作里更是明显。不过，一般说来，经过了诗人选择过程中的"搏斗"，诗歌文本最终还是出现了一幅思想与形式相对协调的"圆融"景象。但是，闻一多最终似乎没有实现这样的圆融，《死水》文本里，他所选择的语言形式仍然与思想内涵保持着紧张的关系，仿佛搏斗尚未结束。无疑，闻一多的精神矛盾是他自由意志的表现，我们很难再从他的作品中找出和谐的美学理想：一方面，他想象飞跃，跨越时空，但是，另外一方面，他所选择的语言形式却又是严格的古典主义样式，匀齐的音顿，匀齐的句子，匀齐的段落乃至匀齐的字数，刻板的语言造成了对自由思想的极大的压力，而活跃的思想、变幻的意象又竭力撞开封闭的形式外壳，这就是思想内涵与形式选择上的"互斥"效果。比如《一个观念》，"隽永的神秘""美丽的谎""亲密的意义"是闪烁着的抽象的意念，"金光""火""呼声""浪花""节奏"则是互不相干的物象，它们都沉浮在诗人思维运动的潮流之中，它们之间的差异显示了诗人精神世界的复杂性，是多种情感与感受交替作用的产物，最终诗人也没有进入一种稳定的、单纯的"意境"。"五千多年的记忆"在感受中呈现为"横蛮"与"美丽"两种形象，这表明闻一多的爱与怨、追求与反抗并没有得到一个妥帖的调配；以上"反意境"的自由运动的思绪却又被桎梏在一种非常严谨的形式中，各句基本上都由四音顿组成，各句字数大体相等（10或11个字），两句一换韵，颇为整齐，诗人的自由思绪在忍耐中冲击着形式，忍耐与冲击就是闻一多思想与艺术的"互斥"。沈从文说《死水》的"作者在诗上那种冷静的注意，使诗中情感也消灭到组织中"①，这是说"忍耐"。臧克家读了《一句话》之后认为："我们读了这十六句，觉得比读几十个十六句还有力量，他没有说出来的，我们可以默会，不须言传了。此之谓精炼。此之谓含蓄。此之谓力的内在。"②这种互斥的结果就是诗人不得不承受诗歌创作的难以协调的压力："我只觉得自己是座没有爆发的火山，火烧得我痛，却始终没有能力（就是技巧）炸开那禁锢我的地壳，放射出光和热来。"③

三

同时展开了这些彼此矛盾冲突的选择的多种"可能"，闻一多文化与文学选择的这一形态可以被称作是内在的"张力结构"。从现代中国文化与文学发展的大格局来说，特别是从现代知识分子的精神形态格局而言，像上述这种类型的矛盾冲突恰恰可以说是现代中国的最基本的特点，它所代表的是现代中国最基本的文化关系项：古代/现代，中国/外国，国家/个人，学院/社会……所谓选择的方向其实不过就是这种种"问题"的端点。是选择古代文化传统还是钟情于现代社会的问题本身？是强调文学与文化的"中国性"还是注目于它们的"世界意义"？是突出国家民族的整体需要还是"任个人而派众数"？是专注于学院内部的生存法则还是在更广大的社会领域中体现我们的关怀？对这些问题的每一个方面的回答都体现了中国现代知识分子的不同的价值取向，而具有不同价值取向的选择又形成了现代中国文学与文化的内部矛盾与冲突。

只不过，在现代中国，对这些"问题"的不同的选择常常由其他不同的

---

① 沈从文：《论闻一多的〈死水〉》，原载 1930 年 4 月 10 日《新月》第 3 卷第 2 期，引自沈从文《沈从文选集》第 5 卷，成都：四川人民出版社，1983 年，第 315 页。

② 臧克家：《闻一多先生诗创作的艺术特色》，见臧克家《臧克家全集》第 10 卷，北京：时代文艺出版社，2002 年，第 12 页。

③ 闻一多：《书信（1943 年 11 月 25 日致臧克家）》，见闻一多《闻一多全集》第 12 卷，武汉：湖北人民出版社，1993 年，第 381 页。

文化倾向的人来予以体现，因而最终造就了不同的群体、派别和社团，中国现代文化与文学的"思潮流派与社团史"因此成为了可能，但是，在闻一多这里，一人之身竟然奇迹般地同时保存了如此众多的"倾向"与"可能"，不仅有历时性的演化发展，更有共时性的自我矛盾与分歧，这都与闻一多自述的"东方老憨"的真挚而执著的性格有关。

1922 年，闻一多曾情绪激动地说："美国化呀！够了！够了！物质文明！我怕你了，厌你了，请你离开我罢！东方文明啊！支那底国魂啊！'盍归乎来！'让我还是做我东方的'老憨'吧！理想的生活啊！"[①]这就是"东方老憨"的来源。所谓"东方老憨"者，一是有自己的坚持，二是有自己的真纯。

众所周知，生活中的闻一多素以沉稳质朴、严于律己而著称。在清华学校，他修身持心，一日三省，俨然传统儒生，"恢复伦理"是他清华读书时期自觉的追求。留学美国以后，最让他牵肠挂肚的是大洋彼岸的祖国、家乡、亲人，以及那位遵照父母之命迎娶进门的妻子，芝加哥杰克逊公园（Jackson Park）的秋色总是与北京城的金黄叠印在一起。他勤奋攻读，拒绝了一位青年人理所当然的娱乐享受；从 1925 年到 1926 年，作为大学教授，他克己奉公，奖掖后学，德高望重；作为学者，他严谨求实，一丝不苟，自觉地将学术活动与维护中国传统文化的历史使命联系起来，无论是在"美国化清华"还是在纯朴的"二月庐"，他主要的学习计划都是围绕中国传统文化而制订的；作为民主战士，他把自己的生命奉献了国家民族的前途，在事实上实践着传统儒家"克己复礼为仁""扶危定倾，身任天下"的道德理想。此种坚守东方文化的"本土"意识使得闻一多在根本上不同于那些追逐"时代风潮"的善变之士，"他从小个性强，有主见，感情很丰富；他认准了要坚持什么，就从不退让"[②]。

但固守不是闭目塞听的保守僵化，闻一多竭力维护传统文化的行为是与他内在的情感需要与敏锐的现实感受能力联系在一起的，这样的精神品质使得他较别人的感受也更丰富更真纯，更能够不断反映现实人生的各种真实的

---

① 闻一多：《美国化的清华》，原载 1922 年 5 月 22 日《清华周刊》第 247 期，引自闻一多《闻一多全集》第 2 卷，武汉：湖北人民出版社，1993 年，第 341 页。

② 刘烜：《闻一多评传》，北京：北京大学出版社，1983 年，第 6 页。

信息。最终，我们又奇异地发现：从闻一多认同"东方老憨"这一中国性格的那一刻开始，他竟然又不知不觉地与传统文化的基本观念拉开了距离——过分的诚实，诚实到不放过自己的每一点感受，这确实是在进行一种危险的自我颠覆活动。颠覆让自我的文化追求矛盾重重，让中国传统文化的理想支离破碎。就这样，闻一多沿着自己的体验和感受，走过"红烛"，走过"死水"，走过人生"内"与"外"的种种选择，他以自己的生命过程接纳、包孕、呈现和运演了所有的这些矛盾的基本面，闻一多他不是将种种的文化矛盾交由时代演进的浪淘来荡涤、消泯，而是通通返转到个人的精神世界之中，不推脱，不拒绝，不回避，不伪饰，"矛盾"转化成为了闻一多精神世界的一种内在运动的形态。

在这个意义上，我们可以得出这样的结论，"东方老憨"的真挚而执着其实意味着那种饱满的生命意志与生命体验。更重要的是，当所有这些文化的倾向与选择经由"东方老憨"充满生命体验的个体来加以承受和运演的时候，也就为我们更细致地展示了这些文化选择的内在关系，特别是其彼此冲突与过渡的可能性，这在其他的现代中国知识分子身上是很难直接发现的：当闻一多从传统文化的捍卫者转化为毫不留情的批判者，当他走出国家主义的逻辑回归民主自由的"五四"传统，当他经由"外"与"内"的几番抉择终于在学院派之外确立了自己的知识分子角色，这样的逻辑过程不正是现代中国知识分子的命运演变吗？当他为诗歌艺术的选择而踯躅彷徨以致最后不得不放弃诗歌创作的过程，所折射的不正是现代诗歌创立的深刻难题？甚至，当他不能掩饰自己的心灵悸动，在爱情的倾述中袒露自己内心深处的困惑与无奈，这也成为了伦理与情感冲突中的中国知识分子绝好的精神之镜。在其他的一些知识分子那里，因为种种的自我掩饰的需要，往往对自我的精神层次作更多的伪装和装饰，一般很难为我们所轻易觉察和精确描述，在这个意义上，"张力"结构中的闻一多的精神现象具有其不可替代的文化价值。

（原载《江汉论坛》2010 年第 3 期）

少数民族知识、地方性知识与知识等级问题

单就所谓少数民族文学的学术成果而论，目前取得的成绩是毋庸置疑的：大规模的少数民族文学经典遗产的收集、整理、翻译与出版工作持续多年，已经出版的文学史及研究专著达数十种之多。但是，我也注意到，中国少数民族文学研究界的学人们一直在为这一学科的规范、理论基础而焦虑，甚至截至 2010 年还能够听到关于它作为"新兴学科"如何薄弱的种种说法。

众所周知，中国从历史上就是多民族国家，其中，所谓少数民族文学创作的事实同样源远流长，这都是我们学科学术发展的丰富资源，但是，为什么作为一个学科的基础会出现我们所说的"薄弱"现象呢？

沿着这样的困惑追问下去，我们发现，最薄弱之处可能还不在我们实际的文学研究，中国人有"正名"的传统，所谓"名不正，言不顺"，作为少数民族文学学科核心概念的"少数民族"一词首先就不是在文学或文化的学术层面上提出和论证的。一般认为，"少数民族"一词于 1924 年在中国首次出现，源自孙中山先生主持制定的《中国国民党第一次代表大会宣言》。中国共产党最早使用该词是在 1926 年。在 1928 年"中共六大"通过的《中国共产党党章》和关于民族问题的决议案里，中国共产党继续使用"少数民族"概念，这都清晰地表明，从一开始，"少数民族"这一概念所包含的主要是现代中国政治的特定历史任务，作为现代政治的产物，它自有其显而易见的重要价值，但它的确不是为了描述文学和文化自身的复杂存在，这也是一个不争的事实。

"少数"之名乃是针对"多数"而言的，这一种典型的二元对立概念在反映现代中国政治革命现实的层面上具有明显的准确性。二元式的划分可以将现代中国政治格局的描绘以简略的方式准确地呈现出来，有利于现代政治

问题的解决。

但是，一旦离开特定的政治领域，我们就应该承认，二元式的划分很可能构成了对其他问题的遮蔽，比如在文化研究与文学批评的领域，如何最大限度地呈现民族生存形态的多样与复杂，恰恰是我们学术的追求，在这个时候，数量的多寡并不决定研究对象的价值，任何的少数本身就构成一个独立的整体，众多的少数分别都应该进入我们的视野，一个多数与少数的简单划分不是有利于问题的展开，而恰恰是对具体问题的掩盖。

中华人民共和国成立后，政治意义上的"少数民族"概念继续使用；文学领域"少数民族文学"与"兄弟民族文学"起初混用，前者似乎可以在以下找到例证：1949 年茅盾的论著、1951 年费孝通和张寿康的论著、1958 年中共中央宣传部召开的座谈会、1960 年老舍作《关于少数民族文学工作的报告》等①。总之，经过一段时间的磨合，文学界也逐渐取消了其他说法，统一称为"少数民族文学"。"少数民族文学"这一概念被正式提出了。它一方面是我们学科走向创立的起点，没有这一概念就没有 20 世纪 60 年代以降的各种少数民族文学史的问世，但是，通过继续沿用一个典型的政治革命时代的概念，我们实际上也继续沿袭了那种简单的二元对立的学科视野，并且因为这样的思维方式的局限而较长时间地影响了学科基础的夯实，以至于多年的学术努力之后依然给人留下"薄弱"的印象。

其实几十年来，众多的少数民族文学研究者已经进行了十分勤奋的工作，我们的学科史料与资源可谓充实。"薄弱"之处恐怕在于这样一种二元对立的视野已经将我们的学术对象简略化了：二元的另外一方就是汉族文化，所谓的二元对立式的研究几乎就是用汉民族的审美视野观察、打量非汉民族的现象，汉民族的文化与审美属于观察的一方，而非汉族的则属于另外一方。非汉族一方在"少数民族"之名下被"统一"起来，因为只有"二元"（而非多元），所以实际上各不相同的少数民族各自的身份与界限就很容易变得模糊，构成有别于汉文化的"他者"。当如此众多的民族色彩都因为"二元"的简略划分而自我模糊，彼此"统一"，那么，我们看似丰富的

---

① 参见李鸿然：《少数民族文学：概念的提出与确定》，《民族文学研究》1999 年第 2 期。

民族文学资源其实都不断地"同质化"，一个同质化的艺术世界再庞大也会令人产生单调乏味的感觉，这或许就是我们"薄弱"之感的由来。

此外，自近现代至2010年，中国学科知识分化发展过程中呈现出来的某种知识/权力结构也让后起的学科承受了格外的压力，许多后起的学科都不得不在相当狭窄的轨道上寻找自己，而且这个过程并不短暂。以中国语言文学的基础性学科——中国文学为例，因为它讲述的是数千年中华大地的主流文学现象，所以似乎拥有了某种权威，后来的学科即便同样讲述着中国大地的故事，却很难为这一学科所接纳。在中国社会科学院文学研究所《中国文学史》问世之前，中国文学史基本都不包括自五四以来的中国文学现象，似乎这些现象不属于"中国"，要描述这些新的文学现象，需要另外一部文学史——中国现当代文学史，而且到2010年为止，一些从事"中国文学史"教学和研究的学者依然坚持他们的学术"正统"地位，对从事五四以后文学现象研究的学人多有不屑之言。

同样，我们的中国少数民族文学史也是从中国现当代文学史学科中分化出来的，它同样受到了这一渐成气候的中年学科的压力。直到2010年，我们的中国现当代文学史学科依然很少将其他少数民族的文学现象纳入研究，而从学科逻辑上讲，就如同"中国文学"应该包括"中国现当代文学"一样，"中国现当代文学"也应该包括中国现当代的少数民族文学，虽然截至2010年少数的中国现当代文学史写作也试图加入少数民族文学的部分内容，但是这些内容根本无法与五四以来中国文学现代发生的文化逻辑相互连接，明显属于迫不得已的添加和补充。这都说明，如何在学术思想的深层而不是文字的表面关注中国各民族生存与情感的内在特征，并真正让文学的研究成为广泛沟通彼此的桥梁，让文学的知识不仅仅为单一的视角所固定，为权力的多数所独占，这个问题依然没有得到解决。

二

当然，现当代中国的知识/权力问题并不仅仅体现在少数民族文学的学科发展之中，从某种意义上看，更广泛地显示为普遍存在的中心/边缘的文化知识的等级状态。

中国少数民族及其文学的地理分布具有明显的区域集中特征，像其他的地方性知识一样，它们要么被叙述为中心知识传播扩散之结果，要么成为国家主导性知识之后的附缀与补充。

进入近现代社会之前，中国传统文化承受政治上中央集权的体制，也表现为主流文化在区域分布上的文化等级现象，也就是说，不同的区域并没有文化观念上的平等权利，以京城为中心的文化理所当然地具有更高的文化支配权与发言权，京城拥有最丰富的文化资源和数量最密集的知识分子，而他们几乎主宰着中国文化的解释权、主导权。进入近现代社会以后，文化发展的动力发生了变化，域外文化成为了新的文化发展的动力，这对传统文化的格局无疑是重大的挑战，不过，域外的资源归根结底也必须通过国内自身的文化基础来加以吸纳、消化和播散。但在中国，这样的"基础"本身却不是平均的，传统等级文化的高端依然占据了最主要的文化资源，在一个较长的时间里，极少数中心城市依然把握着文化的主导权，只不过它可能已经由传统文化的传播者变身为西方文化的传播者。当然，唯一的中心也可能产生某些调整，比如由单一的"京城"如北京这样的城市演变为双中心，如增加了最接近西方文明登陆地的上海，不过，这并不足以从总体上改变中国文化中心单一的基本状态。

显然，这绝非文化发展的健康状态。今天我们常常自诩已经进入了经济与文化的"全球化"时代，究竟什么是全球化？全球化是不是意味着强势文化或主导性文化的覆盖与扩散？全球化，与这一概念所标示的某种普泛性的指向形成鲜明对照的是，恰恰在经济全球化的同时，文化的多样化与自主性得到了新的重视，全球化时代的文化并没有如经济形态或者某些生活形态一起"趋同"了，"一体"了。相反，越来越多的人意识到必须在社会生活步向"一体"的时代保留我们自己的个性，文化的个性不必也不应该没有原则地"与时俱进"，甚至说，以保留我们文化自主性的方式反拨那种潮流般泯灭个性的社会经济趋势，正是知识分子人文理性的真切表现。"全球化"时代同时也就是文化个性的再觉醒时代。

　　回首近现代以来的中国学术史，我们就会发现，在主导性文化发展的同时，另外一条思想的线索却也在默默地、坚实地延伸成长着，这就是我们如何在全球化的"世界认同""国家认同""中华民族认同"的过程中发现自我？如何通过本土的、乡土的"地方性知识"的重新建构来回应社会文化的现代化要求？这是一条长期被我们忽略的思想脉络，恰恰是它的存在，显示了中国知识分子深刻的思想自觉和深远的文化关怀。

　　百余年前，当全球意义的"世界"知识进入中国知识界的时候，我们目睹了一个重要事实，即这些所谓的"世界"知识在丰富我们视野的同时也引发了自我意识的发展壮大，而就是在这时，本土的、地方的知识恰恰也获得了生长的可能。

　　百余年前的留日中国学生在获得"世界"知识的同时，也升起了强烈的"乡土关怀"。本土经验的挖掘、"地方性知识"的建构与"世界"知识的引入一样地令人瞩目。他们纷纷创办反映其新思想的杂志，绝大多数均以各自的家乡命名，《湖北学生界》《直说》《浙江潮》《江苏》《洞庭波》《鹃声》《豫报》《云南》《晋乘》《关陇》《四川》《滇话》《河南》……这些本土的所在，似乎更能承载他们各自思想的运动。在这些以"地方性"命名的思想表达中，在这些收录了各种地域时政报告与故土忧思的杂志上，已经没有传统士人的缠绵乡愁，倒是充满了重审乡土空间的冷峻、重估乡土价值的理性以及突破既有空间束缚的激情。当留日中国知识分子纷纷选择这些地域性的名目作为自己的文字空间时，所呈现的分明是一次次的精神的"还乡"。他们在精神上重返自己原初的生存世界，以新的目光审视它，以新的理性剖析它，又以新的热情激活它。

　　众所周知，"地方性知识"（local knowledge）这一概念来自美国著名的文化人类学家克利福德·格尔茨（Clifford Geertz）教授，概念的提出基于对普遍主义与本质主义的批判，他强调的是那种有别于统一性、客观性和真理的绝对性的知识创造与知识批判。当然这并不等同于百年前中国知识界之有"世界"之需及"地方"关怀的实际，但是，从自身"地方"体验出发批判性地呼应"世界"的潮流却无疑是包括鲁迅在内的中国有识之士的基本选择。当近现代中国知识分子提出诸多的地方"问题"之时，他们主要不是为了展示自己的地方"独特性",而是更深刻表达自己所感受着的一种由特定区域与"特定的历史条件"所决定的价值追求。以中国现代文学的创作为例,一个显而易见的事实就是:这些创立的新文学价值既不是西方故事的复述模仿,也不是地方历史的简单展览,它们属于一种建构中的"新型的知识观念"。"世界"的背景、视野与生态与"地方"的体验、感受与问题同时成为这些"知识"的基础。

在现代中国,在文化知识的"金字塔"格局依然耸立的今天,如何发掘中国知识分子立足于地方体验与自我意识的思想追求与精神传统,可以说是造就现代文化健康发展的必由之路。

三

所幸的是,当代中国社会经济的发展应该说为各个地域的自我发展提供了机会,也为各民族的自我意识的发掘与发展创造了可能。

经济增长的同时必定有自我意识的发展,文化则是自我意识创造和追求的结果,就像市场经济这一只"看不见的手"重新实现了对社会秩序的平衡一样,改革开放带给中国各区域、各民族的发展机会也不断增长着各自的生存体验与文化需要,这是中国区域文化主动生长的新的基础。现代中国的文学的研究从本质上讲是中国现代知识分子通过当下的文学自我表述的一种方式,当中国现代社会文化的发展将我们各自的独特人生与独特文化理念推举到一个不容忽视的地位,我们就会自然产生摆脱单一文化的中心话语,寻找自我语汇的强烈愿望,正是这样的愿望首先推动我们"发现"了文学批评与文学研究的区域个性,我们会自觉地借助这样的个性来抵消文化的绝对中心话语。

20 世纪 80 年代,中国的文学批评与研究,基本上还处于一个"整体启蒙"的阶段,而启蒙的基本思想资源还在大洋彼岸的西方,所以那个时候,单一的中心话语依旧支配着文学研究事业的基本格局,北京与上海以自己独特的"双城记"引导着现代中国文学批评与研究的主潮,其他所有的中国区域几乎都在转述和重复着这两个城市的话题与思路。情况的改变发生在 20 世纪 90 年代，以后一直持续不断。这自然可以直接追溯到 90 年以后中国经济社会的全面发展，社会经济的发展改变了文学的传播，也改变了文化信息的来源方式与传播方式。各种传播方式的崛起尤其是国际互联网的迅速发展使得空间分割的概念从根本上得以改变，少数城市再也不可能凭借行政中心的优势绝对拥有传播的权威，更多平等分享信息的机会和权利在事实上已经成为了可能。过去那种因为信息来源的有限而形成的知识的神秘性消失了，经营方式的改革让许多地方的出版机构获得了面对世界的机会，新的发行方式、组稿方式与策划方式让"创意"成为了文化传播的首要因素。与此同时，不同地域的经济发展的不平衡也令人才的广泛流动变得更加必要和容易，北京与上海都不再是吸引人才的唯一地区，更多的地区包括西部地区也拥有了自己的某些生存"优势"，这有利于重新汇聚人才，汇集文学研究的新力量，并最终改变知识分子聚集的地区格局。

在新时期的当代中国文学批评中，在重点展示西方文学批评方法的"方法热"的同时，也出现了"文化寻根"，虽然后来的我们对这样的"寻根"还有诸多的不满；20 世纪 90 年代以后，文学与区域文化的关系更成为了文学研究的重要走向。竭力倡导"走向世界"的现代学人同样没有忽视中国文学研究的地方资源问题，在"后现代主义"质疑"现代性"、后殖民主义批判理论质疑西方文化霸权的中国影响之前，他们就理所当然地发掘着"地方性"的独特价值，1989 年的中国现代文学研究会苏州年会就以"中国现代作家与吴越文化"为议题之一，在学者看来："20 世纪中国新文学是在西方近代文学的启迪下兴起的。但就具体作家而言，往往同时也接受着包括区域文化在内的中国传统文化的影响——有时是潜移默化的濡染，有时则是相当自觉的追求。"①在中国当代批评家的眼中，引入"地方性"视野既是一种"丰富"，也是一种"尊严"，正如学者樊星所概括的那样："在谈论'中国文化'、'中国民族性'、'中国文学的民族特色'这些话题时，我们便不会再迷失在空论的云雾中——因为绚丽多彩的地域文化给了我们无比丰富的启

---

① 严家炎："二十世纪中国文学与区域文化丛书·总序"，见朱晓进《"山药蛋派"与三晋文化》，长沙：湖南教育出版社，1995 年，"总序"第 3 页。

迪。""当现代化大潮正在冲刷着传统文化的记忆时，文学却捍卫着记忆的尊严。"①在这里，"地方性"背景已经成为中国学者自觉反思"现代化大潮"的参照。在我们的"中国少数民族文学"的学科内部，也不断出现了多种声音，长期被视作边疆的知识体系的少数民族知识也摆脱了简单的"文化戍边"的意义，正在不断被挖掘出内在的个性魅力，在文学研究领域，甚至固有的"少数民族"概念也逐渐为"多民族"所取代，形成我们对问题认识的新的知识视野，2004—2010 年，中国多民族文学论坛已经连续举办了六次全国性的研讨会，对少数民族文学研究方面的诸多问题如少数民族文学史的书写、作家身份与民族身份的认同问题进行深入讨论，形成了"中国文学史应该是多民族文学史"的共识。《民族文学研究》从 2007 年第 2 期开始设立专栏，就构建"中华多民族文学史观"的问题展开讨论，在国内学界产生很大影响，吸引了包括中国现代文学研究界、中国比较文学研究界等多学科的学人的参与，如果这样的局面能够持续下去，不仅将有效地刷新中国传统意义的"少数民族文学"研究的格局，而且还将推动整个中国文学的健康发展与现代文化观念的全面更新。

（原载《民族文学研究》2010 年第 2 期）

---

① 樊星：《当代文学与地域文化》，上海：华中师范大学出版社，1997 年，"序论"第 21 页。

地　　方

成都与中国现代文学发生的地方路径问题

迄今为止，关于现代文学的发生我们有着一系列的"共识"：现代文学运动是新文化运动的一部分，这一运动首先在北京、上海等近代文化的中心城市展开，然后又逐渐传播、扩散到其他中国区域的；五四新文化运动发生的根本原因是近代西方世界的入侵给我们造成的生存危机，而这一过程中中外文化的冲突与结合则实际上构成了新文化的重要内涵，换句话说，五四新文化是中国知识分子为了回应外来文化冲击，弃旧图新的一场思想文化运动；同样，五四以降的现代文学运动也是革故鼎新，顺应了"世界文学"大势的要求。显然，这些叙述和判断道出了历史重要的事实。然而，随着我们对百年历史的梳理和观察日益走向深入，也开始发现了新的问题：新的文学趣味的出现是不是就只在这些受外来文化牵引的中心城市？偌大的中国，各区域状况实在差异很大，是不是其他城市的新文化与新文学发展都主要受惠于京沪新文化的传播？这种宏大的总体性叙述有没有自觉不自觉地遮蔽了具体地域的演变细节？或者说，那些未能进入我们所概括的"国族历史"的"地方性知识"是否也具有"现代化"进程的独特启示？

王德威以"没有晚清，何来五四"的追问试图在五四新文化的典范形态之外另觅源流，通过对晚清"被压抑"文学动向的发掘找到通向"现代性"的新路，他对于狎邪、公案等小说流派的"现代性"价值之肯定可能不无夸大。但是，平心而论，即便是以五四新文学为现代性主流的叙述也无决否认，晚清多种文学样式中（包括与外来文学关系疏远的文学潮流）都或明或暗地埋藏着中国文学更新传统的可能："以往'五四'典范内的评者论赞晚清文学的成就，均止于'新小说'——梁启超、严复等人所提倡的政治小说。殊不知'新小说'内包含多少旧种子，而千百'非'新小说又有多少诚属空前的创造力。"①至于怎么仔细梳理和估价这些新旧参半的文学潮流究竟怎样决定着现代文学的出现,我们的工作其实远未结束。

许多年前,在寻觅"最早的白话文学"之时,我发现了成都作家李劼人1915 年发表于《娱闲录》上的小说《儿时影》,那种清新流畅的文风和对儿童心态的刻绘都显然区别于古典白话,呈现出一种"新文学"的风貌,而按照我们文学史的通行的说法,中国新文学的第一篇白话小说还得是 1918 年鲁迅在《新青年》上发表的《狂人日记》。当然,在这里关于白话文学"谁是第一"的辨析还不是最要紧的,更耐人寻味的在于,当时的李劼人尚未留法求学,套不上"中国的左拉""东方的福楼拜"这些称谓,他的阅读兴趣主要还是晚清的谴责小说一类,我们应当如何解释这里的文化变动?进一步的思考也许还能延续到20 世纪 30 年代,那个时候,《死水微澜》中蔡大嫂式的对新生活的向往其实与五四的女性解放思潮并无关系,其中流淌着的还是近代成都的日常生活逻辑。这一切不得不引起我们深入的思考:在我们最容易看到的中外文化交流之外,李劼人的"新文学"流向有没有源自成都这一区域独特性的脉络?如果有,它究竟有哪些内容?又如何存在?如果的确存在着一种与我们通行的现代化发展相并立(或者至少是相补充)的中国自身的文化演变方式(或地方性的知识也支持了新文学的一种路径),我们是否需要加以特别的注意?它的潜力、动能和有限性分别又在哪里呢?

本文尝试以李劼人等四川作家为切入点,以"成都"这一区域的地方性知识为背景作进一步的探究,以期对中国现代文学发生的多重路径问题有所揭示。

一

1915 年 7 月,李劼人在《四川公报》增刊《娱闲录》2 卷 1 期上开始发表《儿时影》,后面几期继续连载,这可以说是现代中国最早的白话小说。当

---

① [美]王德威:《被压抑的现代性——晚清小说新论》,宋伟杰译,北京:北京大学出版社,2005 年,第 2 页。

然，白话文学并非始于现代，按照胡适的说法，白话文学传统一直可以追溯到中国最早的民间文学之中。一般认为，文人创作的白话文学至少在唐朝时已经形成，至明清以后则趋于成熟。不过，这里所谓的"白话"还是古典白话，从明清至民初，中国的白话小说都不脱说书人的语言特点与叙述模式，这在李劼人创作之前或几乎同时的白话文学中可见一斑。

刊载于《绣像小说》1903 年第 63—67 期的《苦学生》还是骈散结合的语言："夏日炎炎，汗流若雨。危坐斗室中，右持笔，左挥扇，正热闷到极处的时候，忽见天际黑云一片，初自西北隅迤逦而来，转瞬间如飞如驰，渐围渐紧，把个太阳星遮得没丝光线。"①1914 年 9 月发表于《礼拜六》第 14 期的《不知情》也还是这种"古典"的叙事："辛亥春间，余尝访友于上海某学校。谈次有两生趋而过，皆美秀而文，甚有仪表。友指谓余曰：'此双驹也，他日成就必有可观。'余问其姓名并家长履历，友笑曰：'此本孪生，而今已异姓，且不知其父果为谁。'"②即便号称"小说界革命"的《新中国未来记》也是十足的说书人口吻：

> 看官，这位孔老先生在中国讲中国史，一定系用中国话了，外国人如何会听呢？原来自我国维新以后，各种学术进步甚速，欧美各国皆纷纷派学生来游学，据旧年统计表，全国学校共有外国学生三万余名，卒业归去者已经一千二百余名，这些人自然都懂得中国话了，因闻得我国第一硕儒演说，如何不来敬听？③

与大多数的晚清民初的小说不同，《儿时影》一开端就不落凡俗：

> 啊呀，打五更了！急忙睁眼一看，纸窗上已微微有些白色，心想尚早尚早，隔壁灵官庙里还不曾打早钟！再睡一刻尚不为迟，复把眼皮合上。

---

① 杞忧子：《苦学生》第一回，见董文成等编《中国近代珍稀本小说》第 6 卷，沈阳：春风文艺出版社，1997 年，第 9 页。

② 指严：《不知情》，原载 1914 年 9 月《礼拜六》第 14 期，引自润琦主编《清末民初小说书系》警世卷，北京：中国文联出版公司，1997 年，第 62 页。

③ 梁启超：《新中国未来记》，见董文成等编《中国近代珍稀本小说》第 5 卷，沈阳：春风文艺出版社，1997 年，第 461 页。

朦胧之间，忽又惊醒，再举眼向窗纸一看，觉得比适才又光明了许多，果然天已大明！接着灵官庙里钟声已铿铿嗒嗒敲了起来，檐角上的麻雀也吱吱咯咯闹个不了。妈妈在床上醒了，便唤着我道："虎儿，虎儿，是时候了快点起来，上学去罢！"①

　　几乎都是朴素的大白话，再没有用文白间杂、骈散交替的"语言炫技"来展示自己的学养，而"去文人化"的结果又没有走向民间说书的语言模式，这显然是一种"走出古典白话"的新式写作。仔细阅读全文，我们也会发现，虽然《儿时影》不属于鲁迅《狂人日记》式的复杂的人生感受和深刻的思想追问，但它鲜明的儿童视角和对传统教育、知识分子文明的反思和批判却同样是古代白话小说所不曾有过的，在清末民初的近代小说中也风格独异。无论是视角、立场还是语言风格、叙述方式，李劼人都早早地摆脱了传统的羁绊，显示了一种迈向未来的姿态。《儿时影》作为现代白话小说最早的尝试，值得我们格外珍视。

　　在过去，我们讨论鲁迅《狂人日记》等白话小说的成就之时，常常以鲁迅的自述为重要依据："我所取法的，大抵是外国的作家。"②也这样总结鲁迅小说之于现代文学的首创之功："鲁迅所实现的现代短篇小说艺术的革新，把它从单一的表现形式中解放出来，为更广阔地反映社会生活，更自由地选取题材，更有力地塑造复杂多样的人物性格，更细致地融入作者的感情态度和审美评价，开辟了无限的发展前景。思想的解放带来艺术形式的解放，二者都是在外国文学的影响下实现的。"③这描绘出了"五四"之前一大批走出国门、受哺于西方文化资源的中国作家向"现代"的转进之路。但是问题也从这里产生了：如果说像鲁迅这样的留学生曾经全身心地浸润于异域文化，还以译作《域外小说集》作为自己的创作准备，那么在创作《儿时

---

① 李劼人：《儿时影》，见李劼人《李劼人全集 第 6 卷 中短篇小说》，成都：四川文艺出版社，2011年，第 2 页。

② 鲁迅：《书信·330813 致董永舒》，见鲁迅《鲁迅全集》第 12 卷，北京：人民文学出版社，2005 年，第434 页。

③ 王富仁：《鲁迅：先驱者的形象》，见曾小逸主编《走向世界文学：中国现代作家与外国文学》，长沙：湖南人民出版社，1985 年，第 93 页。

影》的时期，李劼人并没有脱离中国内陆腹地的生存环境，他的文学资源也还主要来自晚清文学，所谓的外来文化冲击/引发模式于他而言肯定是非常不典型的。深居中国腹地的李劼人同样感受到了晚清以来的域外文化信息，但这些异域信息都经过了晚清的"中国化"包装与重构。在李劼人的回忆中，他最早的小说尝试来自林译小说或谴责小说的启发，例如："我平时爱看林琴南的小说，看多了就引起写作兴趣，只是找不到题目、内容。遇到这个游园会，报馆叫我去采访。我去了，很感厌恶，就以《游园会》为题，写了一篇小说，人和故事是虚构的。"①"看了辛亥革命后的新官场中许多怪事，又读了林琴南译的《旅行述异》，这部书对我影响很大，我就学习他的写法，把我所见的社会生活，写成一些短篇，总的篇名叫《盗志》，揭露官场黑暗。"②关于《儿时影》的创作他也说："看了《块肉余生述》，颇有启发，就想写回忆。回忆儿时我最不高兴的事就是上私塾、背生书，吃了不少的苦头。我就把这个回忆写成了一个短篇叫《儿时影》。"③

　　总之，民国初年，身居成都的李劼人浸润于晚清以来驳杂的中外文化资源当中，这里既有"中国化"的译作，也有传统文学的延续与异变，与其说他是深受了西方文化的冲击，毋宁说是受到了中外古今混杂的特殊近代生存环境的滋养。郭沫若是李劼人的中学（四川省高等学堂附设中学堂）同学，他告诉我们，李劼人的文学阅读遍及古今中外，十分芜杂："在当时凡是可以命名为小说而能够到手的东西，无论新旧，无论文白，无论著译，他似乎是没有不读的。"④无论新旧、无论文白，这就是李劼人的取自晚清的"混杂"心态，与我们所熟悉的新/旧、文/白、中/外对立的五四主流思维区别明显。直到 1935 年，他还托舒新城自上海代购包括晚清的狎邪小说在内的多种

① 李劼人：《谈创作经验》，见李劼人《李劼人全集 第 9 卷 文学批评》，成都：四川文艺出版社，2011年，第 245 页。
② 李劼人：《谈创作经验》，见李劼人《李劼人全集 第 9 卷 文学批评》，成都：四川文艺出版社，2011年，第 246 页。
③ 李劼人：《谈创作经验》，见李劼人《李劼人全集 第 9 卷 文学批评》，成都：四川文艺出版社，2011年，第 245 页。
④ 郭沫若：《中国左拉之待望》，见王锦厚、伍加伦、肖斌如编《郭沫若佚文集》上册，成都：四川大学出版社，1988 年，第 305 页。

古典小说，理由是其中有"至理"："上海容易物色未经删节之淫小说（无论版本石印皆好），如《绿野仙踪》《金瓶梅》《品花宝鉴》《痴婆子》《拍案惊奇》《欢喜冤家》及其他新著，能无请兄随时代为留心。购寄费若干定兑上。何以必看此等书？此中有至理，缓当详论。"①

当然，与现代中国的许多知识分子一样，不断感知和接受外来文化的影响可以说是历史的大趋势，1919 年 11 月，李劼人也踏上了留法勤工俭学的旅程。今天的文学史家充分挖掘了李劼人与法国文学的关系，包括自然主义文学的创作理念，"大河小说"的模式，女性关怀等，这都无可置疑，不过，我们同样也必须细察到，即便如此，他留学之前的早期视野和知识基础显然还是影响了他的一生。20 世纪 30 年代的"大波"三部曲，固然已经具有了"西方视野"，他也被人称作"中国的左拉""东方的福楼拜"，但仔细品读，其中最独特最耐人寻味的塑造其实并不都来自西方，当然也不就是五四主流文学的套路。难怪郭沫若 1937 年读了"大波"三部曲，还是留下了"旧式"的判断：表现手法旧式，笔调"稍嫌旧式"②。

例如，过去有评论将《死水微澜》中的蔡大嫂与福楼拜笔下的包法利夫人相提并论，其实，无论是生活意趣、情感态度，还是价值观念，成都郊县的蔡大嫂与法兰西"读书很多"的包法利夫人，究竟还是有极大的差异，当然，由包法利夫人引申出来的所谓五四女性解放思潮，更与蔡大嫂毫不相干。包法利夫人虽是农家女儿，却进过修道院的附设女校，受过贵族式的教育，也有着贵族小姐式的孤傲与浪漫，更接近我们所谓的个性自由与女性解放的理想追逐者，正是在这个意义上，19 世纪的先锋波德莱尔称她是诗人、英雄和"善于行动的男子汉"，"总之，这个女人的确是崇高的，她尤其是值得怜悯的。尽管作者表现出一贯的冷酷无情，竭力从作品中脱身，只起木偶表演者的作用，所有的知识妇女还是要感谢他把女性提到这样高的地位上去，距离纯动物如此之远，距离理想的人如此之近，感谢他使女性具有完人

---

① 李劼人：《350512 致舒新城》，见李劼人《李劼人全集 第 10 卷 书信》，成都：四川文艺出版社，2011 年，第 38 页。

② 郭沫若：《中国左拉之待望》，见王锦厚、伍加伦、肖斌如编《郭沫若佚文集》上册，成都：四川大学出版社，1988 年，第 302 页。

所具备的那种集谋算与幻想于一身的双重性格"①。包法利夫人血液中流淌着的还是现代资本主义进程中的"先锋"思想与情感，或者说奔向现代人生的"知识妇女"在"外省"平庸人生中的激情挣扎与搏击。虽然也置身"外省"，虽然也奔走在对新生活的向往之途上，但是包法利夫人追逐的是爱情的传奇，蔡大嫂热衷的是"好耍的生活"；包法利夫人以超越平庸自诩，蔡大嫂却无意脱离平民的世俗；包法利夫人活在理想的梦幻之中，蔡大嫂则更愿意脚踏实地；包法利夫人的婚恋是浪漫的，蔡大嫂的情爱和婚姻都十分现实；"知识女性"可能为包法利夫人的追求所感奋，但绝不会向蔡大嫂致敬。一句话，包法利夫人是法兰西现代女性主义的先锋，而蔡大嫂还属于告别乡村的一代对都市人生的本能向往。

　　不过，李劼人对蔡大嫂这一独特的"本能向往"的描绘却道出了发生在中国内陆的另外一种"现代文化的演进"模式——有别于上海更浓郁的"西洋化"色彩，也有别于古都北京的浓郁的传统格调。以基本生存的渐进式改变为追求的内陆成都更像是一个物质欲望初步被"激活"的近代商业城市，对于这样的初步近代化的城市，吸引人们的并不是先锋的思想与文化，而是朴素的物欲和被解放的人生享乐，正如雅各布·布克哈特（Jacob Burckhardt）所描述的文艺复兴之初的意大利的"极端个人主义"："个人首先从内心里摆脱了一个国家的权威，这种权威事实上是专制的和非法的，而他所想的和所做的，不论是正确的还是错误的，在今天是称为叛逆罪。看到别人利己主义的胜利，驱使他用他自己的手来保卫他自己的权利。当他想要恢复他的内心的平衡时，由于他所进行的复仇，他坠入了魔鬼的手中。他的爱情大部分是为了满足欲望。"②在这里，新生的欲望和传统的积习并存，或者说，对新的生活的向往所带来的革命性意义与种种旧时代的积习混杂相生，难以辨析。蔡大嫂以生活享乐为基础的自由追求不大可能为五四主流知识女性所认同，但是却实实在在地体现了内陆腹地正在发生着的社会文化的演变：旧的

①　［法］波德莱尔：《论〈包法利夫人〉》，见波德莱尔《波德莱尔美学论文选》，郭宏安译，北京：人民文学出版社，1987年，第59—60页。
②　［瑞士］雅各布·布克哈特：《意大利文艺复兴时期的文化》，何新译，北京：商务印书馆，1979年，第445页。

生活模式正悄然瓦解，挑战就来自种种"品行太差"的选择。成都郊县的蔡大嫂如此，成都城内的底层女性伍大嫂如此（《暴风雨前》），官绅夫人黄澜生太太（《大波》）也如此，从蔡大嫂、伍大嫂到黄澜生太太，发生在不同阶层和家庭中的故事，都折射出了成都作为近代商业都市所呈现出来的文化演变的事实。

成都，所谓"水旱从人，不知饥馑，时无荒年，天下谓之'天府'也"①。优越的自然条件让这里长期成为中国经济最繁荣的地区之一，除农业外，其手工业、商业较中国许多地区都更为发达，西晋左思的《蜀都赋》描绘的繁盛是"市廛所会，万商之渊。列隧百重，罗肆巨千。贿货山积，纤丽星繁。都人士女，袨服靓妆"。《隋书·地理志》记载，唐玄宗天宝元年，成都已经是继长安和洛阳之后的第三大城市。唐中期开始，扬（扬州）益（成都）并称，而按照唐人卢求《成都记序》中的说法，以"江山之秀，罗锦之丽，管弦歌舞之多，伎巧百工之富……"而论，"扬不足以侔其半"。②北宋司马光的《资治通鉴》令"扬一益二"之说传布久远。从宋人李良臣的《东园记》到元代的《马可·波罗游记》，"繁丽""壮丽"几乎成了成都的基本形象语汇，加之"俗好娱乐""蜀风尚侈"之类的记叙，我们读到的成都形象史的确与大中国农耕文明的普遍景观迥然不同，昭示着一种从农业文明迈向商业文明、城市文明的态势。在经过了明末清初的战乱萧条之后，清代的成都再度兴盛，"商贾辐辏，阛阓喧填，称极盛焉"③。至清末民初，在国家政策的鼓励下，近代工业与商业更有前所未有的发展，一时间，成都已然成为长江上游近代经济与文化的中心城市。《死水微澜》中蔡大嫂对成都的无限向往就生动地体现了这个中心城市的新奇形象对于周边农耕世界的巨大影响。"商业依赖于城市的发展，而城市的发展也要以商业为条件。"④在引述了马克思这一论断之后，历史学家王笛归纳分析说："（长江）上游的城市类型，大体可分为由地方行政管理形成的和经济活动形成的两种。"

① （晋）常璩撰，刘琳校注：《华阳国志校注》，成都：巴蜀书社，1984年，第202页。
② 卢求：《成都记序》，见董浩等编《全唐文》第744卷，北京：中华书局，1983年，第7702页。
③ （清）李玉宣等修，衷兴鑑等纂，庄剑校点：《同治重修成都县志》（上），清同治十二年刻本，第95页。
④ 马克思：《资本论》第3卷，北京：人民出版社，1975年，第371页。

"后者一般出现在农业较发展、较富庶或交通较便利的地区，人口和手工业以及一些服务性行业相对集中，往往成为统治者、贵族、官僚、文士等聚居的理想地，同时也是商人活动较为集中的地区。到一定的阶段，它容易发展成为政治、经济和文化的中心。成都便属于这种城市类型。"①成都的这种城市发展类型令人想到中世纪末期的西欧城市的兴起与现代化道路的展开。例如佛罗伦萨："她的经济资产引人注目：众多而勤劳的居民；大量的工场作坊；善于经营的专门人才；广大的商业和金融网。按当时标准而言，佛罗伦萨是一个富裕之邦。科西莫·美第奇和乔凡尼·卢西莱依两人都拥有超过一百万佛罗琳的家产，可算是全欧最大的富翁。在这些最大富翁之下，佛罗伦萨还有为数两百左右的富裕市民，他们家产殷实，享受着虽不算豪华但相当优裕的生活。"②换句话说，在晚清民初之际，我们也不能忽视中国城市文化的自我发展和现代之路的自然展开，虽然这里也存在外来的资本主义文化的渗透，但我们却可以看到真真切切的中国内陆都市的城市化与商业化演进的自我面貌。它是近现代的，也是中国本土的，商业化的成都脱胎于富庶的农业文明，又超越了农业文明，这条通向商业化的演进之路并非始于资本主义的入侵之日，而是"源远流长"，具有自己独立的传统和历史。成都郊外的蔡大嫂，成都城里的伍大嫂、黄澜生太太，她们共同的功利主义的人生态度、享乐主义的趣味，与其说是西方文化的东移，是外国资本主义文明的烙印，不如说就是近现代化、城市化的共同特点，属于资本主义早期的市民观念的普遍性。总之，在这个背景上，李劼人为我们奉献的不是法国文学的中国版，而是一个早早就扎根下来的独特的成都经验与成都故事，中国自己的近现代文化蜕变的故事。

李劼人一直着迷于成都的这份"近代魅力"，就像他长期钟情于晚清文学的特殊的古今杂糅的滋味一样③，他也很长时间不能忘怀中国艳情诗——一

---

① 王笛：《跨出封闭的世界——长江上游区域社会研究（1644—1911）》，北京：中华书局，1993 年，第 254 页。

② ［美］坚尼·布鲁克尔：《文艺复兴时期的佛罗伦萨》，朱龙华译，北京：生活·读书·新知三联书店，1985 年，第 113 页。

③ 参见邓伟：《论李劼人小说与清末民初文学的关联》，《西华大学学报》2010 年第 6 期；包中华：《论李劼人小说对晚清"现代性"的延续》，《中国现代文学研究丛刊》2018 年第 9 期。

种传统文人在中国城市的欲望迷醉中享受情爱的状态——直到 1935 年，李劼人还在期刊（《诗经》）上发表自己的艳情诗作，这在现代知识分子当中，是十分罕见的。

这深深的成都体验之根其实也有着厚实的生存的土壤。在颇能反映市井生态与精神面貌的"成都竹枝词"中，我们就读出上述的"近代生存"景观与"人生态度"来。

"抱城十里绿阴长，半种芙蓉半种桑。'驷马桥'边送客地，'碧鸡坊'外斗鸡场。"①经济作物的遍植是近代商业城市兴起的基础，有了这个基础，以下景象的出现就是理所当然的了："名都真个极繁华，不仅炊烟廿万家。四百余条街整饬，吹弹夜夜乱如麻。"②至民国，更是"丘田顷刻变繁华，开出商场几百家。酒肆茶寮陈列处，大家棚搭篾笆笆"③，"楼前梭线路难通，龙马高车走不穷。铁笛一声飞过了，大家争看电灯红"④，"'亚东美'号帽鞋庄，制造精良很大方。要买下江新样式，问君何必到苏杭"⑤。新一代的成都人已经对"农事"生疏起来："锦绣丛中困小哥，十余岁不识蚕禾。偶来麦陇舒双眼，笑说人家韭菜多。"⑥享乐的生活方式也开始出现："每逢佳节醉人多，都是机房匠艺哥。一日逍遥真快活，酒楼酌罢听笙歌。"⑦尤其是女性，她们对"时尚"的追逐，在伦理道德观方面的蜕变都格外引人注目，成都竹枝词中随处可见招摇过市的成都女性："轻衫

---

① （清）彭懋琪：《锦城竹枝词》，见林孔翼辑《成都竹枝词》，成都：四川人民出版社，1986 年，第131 页。
② （清）吴好山：《成都竹枝辞》，见林孔翼辑《成都竹枝词》，成都：四川人民出版社，1986 年，第69 页。
③ 前人：《续青羊宫花市竹枝词》（民国十七年春日作），见林孔翼辑《成都竹枝词》，成都：四川人民出版社，1986 年，第99 页。
④ 郭沫若写于 1910 年成都高等分设学堂第一学期作业《商业场竹枝词》，见林孔翼辑《成都竹枝词》，成都：四川人民出版社，1986 年，第150 页。
⑤ 刘师亮：《成都青羊宫花市竹枝词》（民国十二年春日作），见林孔翼辑《成都竹枝词》，成都：四川人民出版社，1986 年，第98 页。
⑥ （清）吴好山：《成都竹枝辞》，见林孔翼辑《成都竹枝词》，成都：四川人民出版社，1986 年，第71 页。
⑦ （清）定晋岩樵叟：《成都竹枝词》，见林孔翼辑《成都竹枝词》，成都：四川人民出版社，1986 年，第63—64 页。

薄履窄衣裳，女界争趋时世装。"①"奢风大启斗时装，妇女矜奇竟若狂。"②"服短居然不掩裆，服长偏又着旗装。而今女界真开脱，不管旁人说短长。"③"汉族衣裙一起抛，金闺都喜衣旗袍。阿侬出众无他巧，花样翻新好社交。"④招蜂引蝶也成为"时髦"的一部分："而今世道重时髦，已老秋娘性更骚。最有一般当不起，芳龄五十打披毛。"⑤"老去徐娘尚戴花，可怜半口已无牙。问他何事还修饰？夫婿年多未在家。"⑥当时李劼人的同学、年轻的郭沫若也留下了这样的观感："蝉鬓疏松刻意修，'商业场'中结队游。无怪蜂狂蝶更浪，牡丹开到美人头。"⑦成都女性的时髦之风也刮到了周边乡下，引发了蔡大嫂式的向往："乡女村姑态若何？晾头梳个燕儿窝。可怜不解红妆事，却把胭脂打一沱。"⑧

　　李劼人所描绘的"近代化演进"并非出于他个人的特殊敏感和夸张想象，在很大程度上，它的确形成了一个颇具规模的能够让许多成都人追逐和想象的整体环境。成都虽然深居内陆腹地却也在城市化发展上演化出了独特气质，这种气质自然地呈现了人类近现代化进程的共同性，而与西方近现代文化的发展有着类似的方向，当然晚清民初的成都也感受着外来文化的影响，但我们不能认为所有的新变都纯然来自域外，成都竹枝词显示，在成都这一城市，远自汉唐时代，就已经是商业气氛浓郁，"俗好娱乐"的市民趣

---

① （清）蓉城冯家吉秀生甫：《锦城竹枝词百咏》，见林孔翼辑《成都竹枝词》，成都：四川人民出版社，1986年，第91页。
② 前人：《续青羊宫花市竹枝词》（民国十七年春日作），见林孔翼辑《成都竹枝词》，成都：四川人民出版社，1986年，第106页。
③ 前人：《成都竹枝词》，见林孔翼辑《成都竹枝词》，成都：四川人民出版社，1986年，第108—109页。
④ 彭哲庵：《竹枝词》（1920年代末作），见林孔翼辑《成都竹枝词》，成都：四川人民出版社，1986年，第193页。
⑤ 前人：《续青羊宫花市竹枝词》（民国十七年春日作），见林孔翼辑《成都竹枝词》，成都：四川人民出版社，1986年，第104页。
⑥ 刘师亮：《成都青羊宫花市竹枝词》（民国十二年春日作），见林孔翼辑《成都竹枝词》，成都：四川人民出版社，1986年，第97页。
⑦ 郭沫若写于1910年成都高等分设学堂第一学期作业《商业场竹枝词》，见林孔翼辑《成都竹枝词》，成都：四川人民出版社，1986年，第149页。
⑧ 刘师亮：《成都青羊宫花市竹枝词》（民国十二年春日作），见林孔翼辑《成都竹枝词》，成都：四川人民出版社，1986年，第97页。

味发达，类似赏花、买花这样的都市休闲之风盛行，俨然流传着一个自成规模的城市风俗传统，吸引着李劼人一类的现代知识分子。学界所谓李劼人的晚清渊源，与其说是他略落后于新文学主流的表现，不如说是他沉浸于中国式近代演进传统的选择，所谓的晚清文学资源当中，固然有"不够现代"的种种遗憾，但是，平心而论，也包含了某些中国区域自我演进的独特韵味。以成都为中心的这一地方演变的路径就可以视作一种自我近代化演进的表现：农桑的发达推动了手工业与商业的发展，经济增长促使近代城市的出现，城市生活方式的改变导致移风易俗，这些都驱使人们开始背离传统的道德与文化。据史家考察，中国社会文化的这一自我近代化之路远至宋代就已初具规模，以至有"现代的拂晓"①之说，后来因为历史的沧桑巨变，一度中断，波折多多。尽管如此，明清以降，在局部地区，宋开启的城市近代化发展并没有完全结束。例如，在江南地区，城市化继续发展，城市人口比重继续增长，"具备城市条件的小市镇大量出现"②。富饶的成都平原，也在历经战祸之后的清末重新繁荣，再度出现了中国式的近代化景象。可以肯定地说，就像成都发生的故事一样，在近代西方文明渗透和冲击之时，中国各区域都存在着文明自我演进的事实，最后的现代化道路一定是这种自我演变与外来文化复杂结合的过程，只不过，是我们长期忽略了这些自我演变的细节而已。

社会文化的发展如此，文学的演化也是如此。以成都为例，我们可以十分具体地透视中国现代文学演变的地方路径问题。

二

不仅是蔡大嫂这一类"享乐化人生追求"的人物品格，就是李劼人的历史趣味也可以依稀展现出与时代主流的差异，及其与某些区域文化发展的潜

---

① 吴钩：《宋：现代的拂晓时辰》，桂林：广西师范大学出版社，2015 年。
② 巫仁恕：《优游坊厢：明清江南城市的休闲消费与空间变迁》，台北：台湾"中研院"近代史研究所，2013 年，第 11 页。

在联系。

　　李劼人的"大波三部曲"描绘了中国近现代化的重要历史转折。《大波》讲述了成都跨出封建帝制走向现代共和的过程："把几十年来所生活过，所切感过，所体验过，在我看来意义非常重大，当得历史转捩点的这一段社会现象，用几部有连续性的长篇小说，一段落一段落地把它反映出来。"①从封闭的"死水"世界到革命风暴将至的"暴风雨前"再到历史巨变的惊天"大波"，恰好呼应了我们对于近现代中国的基本概述：经过晚清—辛亥的历史巨变，不断走向现代化的未来，真是"从书名就可以看出当时革命的进程"②。在这里，我们似乎也不难看出一种"现代性"的历史进化观的存在："现代性"本身就体现为一种持续进步的、合目的性的、不可逆转的发展的时间观念。用汪晖的话来说，就是"这种进化的、进步的、不可逆转的时间观不仅为我们提供了一个看待历史与现实的方式，而且也把我们自己的生存与奋斗的意义统统纳入这个时间的轨道、时代的位置和未来的目标之中"③。

　　然而，真正落实到李劼人"几十年来所生活过，所切感过，所体验过"的世界，这"历史"却变得不那么"进化、进步"了，在初版的《大波》中，保路同志运动的"革命"其实又演变成了诡异"乱事"：

　　　　全川的乱事，诚然以争路事件做了火药。以七月十五逮捕蒲罗事件做了信管，但是在新津攻下的前后，变乱性质业已渐渐变为与争路与蒲罗不大有关的匪乱。……及至武昌举义，自太阳历十月十日，太阴历八月十九之后，革命消息传将进来，四川乱事的性质，又为之一变。这一变就太复杂了，仔细分析起来：正宗革命者，占十分之一；不满现状而想借此打破，另外来一个的，占十分之一；趁火打劫，学一套成则为王，败则为寇的旧把戏的，占十分之二；一切不顾，只是为反对赵尔丰，而并无别的宗旨的，

①　李劼人：《〈死水微澜〉前记》，见李劼人《李劼人全集 第9卷 文学批评》，成都：四川文艺出版社，2011年，第241页。
②　李劼人：《谈创作经验》，见李劼人《李劼人全集 第9卷 文学批评》，成都：四川文艺出版社，2011年，第247页。
③　汪晖：《死火重温》，北京：人民文学出版社，2000年，第4页。

占十分之二；纯粹是土匪，其志只在打家劫舍，而无丝毫别的妄念的，占十分之三；天性喜欢混乱，惟恐天下太平，而于人于己全无半点好处的，又占十分之一。①

初版《大波》融历史叙述于日常风俗故事之中，注目于日常生活的"枝蔓"，宏大的历史进程混杂着多种多样的偶然与琐碎，这都构成了所谓"李劼人长篇历史小说的内在矛盾"②，其实，归根到底，这就是李劼人的历史趣味与曾经占据我们思想主潮的线性历史"进步"观念的差异。

相信历史是不断进步的，具有直线型发展的模式，这一观念源于犹太-基督教思想，最为集中的描述见于黑格尔的《历史哲学》，在近代引入中国之后曾经激励知识分子冲破传统束缚，以"进化"为旗奋发图强。在中国现代作家中，有过尊奉这一史观而对未来、对历史前进的方向满怀信仰者（如茅盾、左翼文学），也有过一度信奉却又最终失望者（如鲁迅，失望的鲁迅倾向于视中国历史的发展为绝望的"循环"），而李劼人却另有一种独到的"旁观"姿态：他冷静地观看着历史的是是非非，不动声色，避免情绪的过多投入，也特别能够发现其中的偶然性、个别性与复杂性。有学者批评道："《大波》中自始至终都响着一种平庸的杂音，即置身事外者对历史潮流中人的优越感，和平庸对崇高的嘲笑。许多充满激情的场面都通过中国市民看热闹的眼光而产生了一种哈哈镜式的变形，而显得滑稽可笑。"③应当说，对李劼人小说的这一描述是准确的，不过，在我看来，与其说这就是李劼人本身"平庸"的表现，还不如说是他有意识选取了一种超越于宏大历史判断的"日常生活叙事"方式。

英国社会学家迈克·费瑟斯通（Mike Featherstone）总结"日常生活"有五个特征：一是注重惯常、重复和习以为常的经验、信仰和实践，与任何大

① 李劼人：《大波》（下），见李劼人《李劼人全集 第3卷 大波（上、下）》，成都：四川文艺出版社，2011年，第465页。
② 李杰：《论李劼人长篇历史小说的内在矛盾》，见《李劼人小说的史诗追求》，成都：成都出版社，1992年，第56页。
③ 李杰：《论李劼人长篇历史小说的内在矛盾》，见《李劼人小说的史诗追求》，成都：成都出版社，1992年，第69页。

事件和大人物都不沾边，是一个世俗而平凡的世界；二是再生产与生计维持的领域；三是沉浸于当下的体验与行动的即刻性，不予反思；四是自发的共同行为包含一种非个体性的同在一起的体验感、愉悦感；五是强调差质性的知识、多种语言的喧哗等①。这种"日常生活"的特征通常就构成了我们所谓的"市民文化"的基本内容，它固然是优劣并存的，但也的确能够消解宏大历史叙事及历史目的论的僵硬，在一种不无趣味的"旁观"中敞开历史过程的多重面相。在李劼人所沉迷的成都这样的市民世界中，立足于日常生活视角的历史观察不仅形成了某种人生"趣味"，而且也发展为一种讲述的"形式"，这就是"龙门阵"式的历史演绎。

"龙门阵"本身是四川乡场"公共性"文化的一种体现。四川乡场的建筑，不少房屋前面的出入口都有一个似亭非亭、似坊非坊的结构，上绘龙形图案，称作龙门子或龙门口，附近居民常聚会于此，谈天说地，人们将这个阵势叫作"摆龙门阵"。摆龙门阵也讲故事，但却不同于说书人单声道的讲述，它是一种集体参与的活动，除了主讲人，旁边还有插话者，主讲人和插话者相互对话，彼此补充，有时候本来就是几个人在漫无边际地聊天，自由自在，无拘无束。谈话的主题有一定的集中性，但也有自由性、散射性。从文学叙事角度看，它就是在保留叙述主脉的前提下，包容了若干自由穿插的叙述手段，将故事向前后左右扩展开来。这种"摆龙门阵"式的叙说在李劼人小说中时时可见。不过，在我看来，除了叙述方式，更重要的还是其中所透露出来的市民文化精神：基于日常生活立场的对国家社会宏大历史的观察，可能会淡化其中的某些严肃性，也会放大其中客观存在的世俗性，"散打"出各种人生的可能的方向。这就是基于成都市民文化的历史观察，是市民文化知识对主流的宏大叙事的质疑，它在有意无意中丰富了历史故事的细节，拓展了我们还原现场、重读人生的空间。只有在作为"地方知识"的龙门阵场景中，历史大叙事与个人小叙事也才有了相互结合的可能。

---

① ［英］迈克·费瑟斯通：《消解文化——全球化、后现代主义与认同》，杨渝东译，北京：北京大学出版社，2009年，第77页。

龙门阵式的地方知识对李劼人的塑造是深远的。中华人民共和国成立后，在新的唯物主义历史观的影响下，李劼人决心改变旧版《大波》的小叙事，实现对历史"规律"的自觉揭示，这就有了重写本的《大波》。不过，阅读这全新的历史讲述，我们仍然发现，偶然性依旧是李劼人津津乐道的故事（例如保路运动被军事镇压行动的起因），而对"革命者"复杂面目的揭露也几乎就是情不自禁的。尤铁民是《大波》中的革命者，但李劼人却没有因为他代表了历史的"方向"就轻而易举地放过了他，他那虚张声势的本质很快就被作家捕获了：在赫家的鱼翅宴上他先是侃侃而谈，大讲"匈奴未灭，何以为家"之类的豪言壮语，但转眼间就被赫家小姐香芸所吸引了，于是当即来了一个一百八十度的大拐弯，宣传起"英雄配美人"的道理来。一位先知先觉者叱咤风云的非凡气概至此烟消云散，人性的滑稽与虚伪暴露无遗。

作为自我近代化演变的一种文化典范，成都的"地方知识"不仅让李劼人发现了蔡大嫂们的市民生活的新样式，也不单启发了他某种看待历史的"态度"，从某种意义上说，它实际上揭示了这样一种事实：所谓历史演化的"规律"不可能就是知识精英的理论总结，更不会听任西方某种学说（例如进化论）的垄断，这就如同西方世界的现代化模式不可能一统天下，准确描绘不同区域不同民族的自我现代化过程一样，生存于各自区域的人们，自有其观察和解释这个世界的逻辑，他们七嘴八舌，众声喧哗，"摆龙门阵"似的不断敞开历史的各种可能性。地方性知识千千万，受惠于其中的人们怎么愿意将自己的思想和情感轻易臣服于远方客人所假设的"历史大叙事"？多样化的个人认知是多元现代性进程的必然结果。中国的现代文化的生成绝非就是单一的挑战/回应，文化现代化的道路也不只有那种常见的西方/中国、现代/传统的二元对立的选择。

龙门阵就是这样一种"摆法"：成都市民看人生看社会可以千差万别，成都的知识分子尊奉自己的文化理想依然可以各不相同，在四川省高等学堂附设中学堂，在成都外语专门学校，活跃着一大批五四青年，其中既有未来中国的国家主义者，又有无政府主义者，既有三民主义者，又有共产主义者，他们看待中外文化、古今文化的方式，既不同于五四主流的激进主义，又有别于反主流的保守主义，其中渗透着激进/保守之二元对立所不能概括的成都"地方知识"，一如"龙门阵"中的意见包容一样，四川近现代知识分子也经常秉持"多元并生"的姿态。例如，在中国诗歌由古典传统至现代白话的历史转折中，新旧冲突的激烈有目共睹，唯有几位过渡时期的成都—四川诗人——郭沫若、叶伯和、吴芳吉古今中外并举，从各自的立场提出了兼容传统与现代的设计，在中国新诗史上可谓是独树一帜。

"我以为一切好诗，到唐已被做完。"①鲁迅的这一著名判断道出了中国诗歌史新旧对立的历史命运，在中国新诗的发生发展之中，如何跳脱古典传统的影响始终是一个主要的问题。然而，恰恰就是在近现代的转折时期，一些重要的成都—四川诗人公开表达了超越新/旧对立的新的诉求。显然，他们对历史发展的理解有所不同。在叶伯和那里，"学理无中外，文化贵交通"②，音乐就是"交通"中外古今的桥梁。叶伯和是"得了琴学中蜀派的正传的"③，学堂乐歌也成了诗人创作自古典过渡至现代、自文言转入白话的中介，依托音乐旋律的润泽，文言与白话不再尖锐对立，现代不再是对古典的挑战。因为，借助音乐的力量实现句式的调整赋予诗歌创作新的可能，这本来就是中国古典诗歌的自我变革方式，只不过在古代是词曲，在现代则可以取法外来的歌曲与音乐。

吴芳吉则是五四时期著名的新旧体诗歌融合论者。一方面，他主张文学与诗歌必须与时俱进："国家当旷古未有之大变，思想生活既以时代精神咸与维新，则自时代所产之诗，要亦不能自外。譬之乘火车者，既已在车，无问其人之欲行不行，要当载之前趋，欲罢不止。故处今日之势，欲变亦变，不变亦变，虽欲故步自封而势有不许。"④另一方面，又坚持认为中外古今的语言文化遗产都可以并存、融合，所谓"诗既无文话白话之分，是彼此均属

---

① 鲁迅：《书信·341220　致杨霁云》，见鲁迅《鲁迅全集》第13卷，北京：人民文学出版社，2005年，第307页。

② 叶伯和：《诗歌集》，上海：华东印刷所，1920年，第6页"附录"。

③ 叶伯和：《诗歌集》，上海：华东印刷所，1920年，第3页"自序"。

④ 吴芳吉：《白屋吴生诗稿自序》，见吴芳吉著，贺远明、吴汉骧、李坤栋选编《吴芳吉集》，成都：巴蜀书社，1994年，第555页。

一家；诗纵有文话白话之分，亦不妨各行其是"。①"吾谓白话长于写情，文言长于写景。因白话写情，有亲切细腻之美。文言写景，有神韵和谐之致。各有其长，莫能左右。若用文言写情，不流于□则流于腐。若用白话写景，不失之蔓，则失之俗。此为百试而不爽者。婉容诗有情有景，故白话文言错杂用之耳。"②由此，不今不古、亦今亦古，不新不旧、亦新亦旧的"白屋体"诗歌就成了五四诗坛的一种另类式的存在。

郭沫若是中国新诗的开拓者，《女神》的出现大幅度地拉开了新诗与古典诗歌的距离。用闻一多的话来说就是"若讲新诗，郭沫若君底诗才配称新呢，不独艺术上他的作品与旧诗词相去最远，最要紧的是他的精神完全是时代的精神——二十世纪底时代的精神"③。即便如此，一部《女神》却照样是多种风格并存，这里既有惠特曼式的激情与浪漫，也有泰戈尔式的清幽与玄远，以及王维、陶渊明式的平和与宁静，古今中外资源的兼容是郭沫若自觉追求的目标。《女神》时期的郭沫若，既醉心于新诗，也没有放弃旧诗创作。我们的新诗史常常视郭沫若为激进革新的代表，连闻一多都曾批评他过于"欧化"，"地方色彩"欠缺，其实，貌似激进的郭沫若从来都是视野广阔的，他与田汉、宗白华热烈讨论新诗与西洋文化，同时也将"不新不旧"的吴芳吉视为知己，赞赏着"婉容词"的风采④。

批判传统文化尤其是儒家思想的负面性，这是五四知识分子的思想主流。但郭沫若却不以为然，他提出："定要说孔子是个'宗教家'，'大教祖'，定要说孔子是个'中国底罪魁'，'盗丘'，那就未免太厚诬古人而欺示来者。"⑤他反复地、有系统地赞扬了儒家文化的宗师孔子，说他是政治

① 吴芳吉：《提倡诗的自然文学》，见吴芳吉著，贺远明、吴汉骧、李坤栋选编《吴芳吉集》，成都：巴蜀书社，1994 年，第 381 页。

② 吴芳吉：《日记·民国八年十月十七日日记》，见吴芳吉著，贺远明、吴汉骧、李坤栋选编《吴芳吉集》，成都：巴蜀书社，1994 年，第 1298 页。

③ 闻一多：《〈女神〉之时代精神》，见闻一多《闻一多全集》第 2 卷，武汉：湖北人民出版社，1993 年，第 110 页。

④ 参见蔡震：《郭沫若与吴芳吉：一首佚诗，几则史料》，《新文学史料》2014 年第 3 期，第 137—141 页。

⑤ 郭沫若：《郭沫若致宗白华》，见郭沫若著，郭沫若著作编辑出版委员会编《郭沫若全集》文学编第 15 卷，北京：人民文学出版社，1990 年，第 21 页。

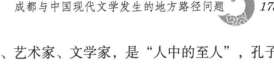

家、哲学家、教育家、科学家、艺术家、文学家，是"人中的至人"，孔子思想也被视为中国先秦文化"澎湃城"中最优秀的宝藏。学界早就注意到了郭沫若这样的思维方式与近代蜀学如廖平治学的渊源关系①，经、史并重，文、学兼修，既破旧立新、灵活多变，又经世致用，这就是从廖平到郭沫若的思维共性。

以成都为中心的四川，在鸦片战争至辛亥革命期间，伴随着社会的稳定、经济的发展，思想学术也较为活跃，传统书院数量居全国前列，也是国内最早设立新式学堂的地区，从著名的中西学堂、锦江书院、尊经书院到四川省高等学堂（四川大学前身），可谓是教育兴旺，人才辈出，人文鼎盛，蜀学勃兴，涌现出了一大批载入史册的学术、教育、文学与政治人物，包括"戊戌六君子"之杨锐、刘光第，维新派外交家宋育仁，保路同志运动的领袖蒲殿俊、罗纶与张澜，政治革命家彭家珍、吴玉章，"只手打孔家店"的吴虞，学术大家则有廖平、岳森、刘子雄、胡从简、刘咸荥、谢无量等。近代蜀学产生自晚清至民国的动荡时代，是传统学术资源如何应对近代变革的结果，因此，保存国粹又托古改制、坚守国学又维新改良、承袭传统又面向西方就成了它的显著特点，这也就是我们所谓之"多元并生"的文化态度，或者说近代蜀学也呈现着成都"地方知识"的品格。五四前后的四川作家也都可以纳入这样一条知识分子的"蜀学"脉络当中，正如有历史学者所描述的那样："有如杨锐、刘光第、廖平、宋育仁、吴之英，皆自传统经学而倡言'托古改制'、'复古改制'和'变法维新'；罗纶、蒲殿俊、吴虞、张澜、吴玉章，皆自旧学而高标改良、革命。至于王光祈自经史而入于音乐，卒成一代宗师；李劼人自辞章而入小说，卒成一大作家；蒙文通自经学而入史学，终为经史名宿；周太玄自旧学而入于科学，独获'古今兼通'之称。"②

这里提到的王光祈、周太玄与李劼人、郭沫若等还有一层关系，他们都是四川省高等学堂附设中学堂的同学。郭沫若回忆说："王光祈、魏嗣銮、

---

① 税海模：《郭沫若、廖平与今文经学》，《郭沫若学刊》1990 年第 2 期，第 9—16 页。

② 舒大刚：《代序——论晚清"蜀学"》，见舒大刚主编《儒藏论坛》第 2 辑，成都：四川大学出版社，2007 年，第 10 页。

李劼人、周太玄诸人都是我们当时的同学……在当时都要算是同学中的佼佼者。太玄在诸人之中最年青……他是翩翩出世的一位佳公子……他多才多艺。据我所知,他会做诗,会填词,会弹七弦琴,会画画,笔下也很能写一手的好字。"①魏嗣銮即魏时珍,后来与王光祈、周太玄等留学德国,成为四川第一位数学博士。周太玄是著名的生物学家,王光祈是著名的音乐家。他们三人都不专治文学,但都对文学、思想及哲学问题兴趣浓厚,更有意思的是,这几位四川省高等学堂附设中学堂的同学都对古今文化的兼容发展持宽容的态度。周太玄新旧体诗歌皆通,他的新诗创作也善于融入古典诗歌的意境。数学博士魏时珍对德国古典哲学、文学等多有研究,在他看来,德国哲学与中国宋儒程朱之学其实有颇多相通之处。王光祈认为:"古礼古乐之不宜于今者,吾党自应起而改造之,以应世界潮流,而古人制礼作乐之微意,则千古不磨也。"②今天的我们应当"一面先行整理吾国古代音乐,一面辛勤采集民间流行谣乐,然后再利用西洋音乐科学方法,把他制成一种国乐"。③这后面的一段表述,几乎就是吴芳吉诗歌观念的翻版。栖身于共同的生存环境,浸润于共同的教育氛围,分享共同的志趣,传递共同的文化观念,四川省高等学堂附设中学堂的这一"同学圈"就是"地方路径"的拓荒人,为我们贡献了一个如何在"小群体"的对话交流中自我发展的典型案例。

在晚清民初的成都知识分子中,以激进的"反礼教"姿态闻名于世的是"只手打孔家店"的吴虞。不过,在我看来,吴虞的反叛其实有着特定的基于个人生活缘由的情绪色彩,因为,在另外的思想层面,他依然体现出了明显的"成都"特色。例如,对于传统文化他无意整体否定,在私生活领域,他也继续陶醉于狎妓御女、寄情青楼的传统士大夫情趣,而与其他决意告别旧传统的新文化知识分子判然有别,甚至被新文化人士贬称作"孔家店里的

---

① 郭沫若:《反正前后》,见郭沫若著,郭沫若著作编辑出版委员会编《郭沫若全集》文学编第 11 卷,北京:人民文学出版社,1992 年,第 206 页。
② 王光祈:《德国人之音乐生活》,见冯文慈、俞玉滋选注《王光祈音乐论著选集》上册,北京:人民音乐出版社,1993 年,第 29 页。
③ 王光祈:《欧洲音乐进化论》,见冯文慈、俞玉滋选注《王光祈音乐论著选集》上册,北京:人民音乐出版社,1993 年,第 38 页。

老伙计"①。吴虞的艳体诗遭到了来自五四新文化主流的抨击，以致他不得不黯然离京返川，当然，他没有想到的是，这样的艳体诗在十年之后，依旧出现在了另一位成都同乡李劼人的笔端，暗示出成都近代知识分子文化的某种顽固的区域特质。

三

探讨成都作为地方知识对于中国现代文学生成路径的影响，这并不是为了刻意挖掘一个与五四新文学主流相抗衡的地方流派，甚至也不是为了完整地归纳这一区域文学传统的方方面面，而是想借此提醒我们注意到五四前后形成的中国现代文学与现代文化都存在一个多重资源的问题，在过去被我们反复强调的西方资源也只是其中的一部分，尽管这一部分在实际上可能发挥了关键性作用，但归根到底，外来资源也只有与我们自己的某些近代化动向相互渗透、相互作用才最终产生了综合性的效果；当然，在中外文化交流、冲突的时代，本土的改变也不会独立实现，它常常也与外来的力量叠加运行，犹如李劼人从晚清的自主性的白话创作起步，后来又留学法国，在法国文学的滋养中打开文学视野一样，但是无论怎样，李劼人也没有变成法国小说家，也不曾简单取法左拉、福楼拜的自然主义，在一些文学创作的特色取向上，他先前感受过、体验过的本土生存信息依然有效，值得我们在一个中外文化急剧交流的环境中认真发掘、仔细辨认，只有不被表面的外来文化痕迹所迷惑，只有扫除覆盖在文学表层的异域的迷彩，敞露出内在的底色，我们才能抓住李劼人这样的作家真正的独特魅力，同样，在西风东渐，普遍视自身创作"和西洋诗相似""是件可喜的事"②的氛围之中，郭沫若何以具有独特的儒家观、传统文化观，吴芳吉、叶伯和何以形成他们独特的新诗选择，也只有结合成都文化的多元并生的特质，我们才能获得有说

---

① XY：《孔家店里的老伙计》，1924 年 4 月 29 日《晨报附刊》。

② 闻一多：《〈女神〉之地方色彩》，见闻一多《闻一多全集》第 2 卷，武汉：湖北人民出版社，1993年，第 118 页。

服力的解释。

　　一般认为，我们习惯已久的冲击/回应的阐释来源于"西方中心观"的强大影响。这种观念认为"19—20 世纪中国所可能经历的一切有历史意义的变化只能是西方式的变化，而且只有在西方冲击下才能引起这些变化，这样就堵塞了从中国内部来探索中国近代社会自身变化的途径，把中国近代史研究引入狭窄的死胡同"①。如今，即便是西方学界，也开始反思"西方中心观"对中国近现代化历程的解释方式，所谓"中国中心观"的提出就是这样。"中国中心取向的核心特色是研究者致力从中国自身的观点来理解中国历史，尤其重视中国历史发展的轨迹以及中国人对历史问题的认识，避免源自于西方历史的期待。"②

　　当然，西方学界如何反思他们的研究归根到底还是他们自己的事情，对于中国学人而言，重要的是更加准确地描述我们自己的文化运动，我们不必借助"中国中心观"的鼓舞实施对"西方中心主义"的逆反式的排斥。其实任何一种学术的视角和"主义"都有其不可代替的作用，也各有对世界的洞察能力，重要的是我们的确应当心平气和地对我们自身的文学与文化问题展开深度梳理。回到中国自身，有各种不同的路径，但是努力突破宏大的统一性的历史大叙述，转而在类似区域、阶层、族群、性别等具体而微的领域钩沉历史的小故事与精致细节，就是行之有效的选择。史学界最近的研究越来越清晰地表明，从农耕文明向工商文明的演进，从集权专制到现代民主的发展，并不就是西方世界的独有之途，虽然中国古代文明的自我更新之路并不顺畅，坎坷不断，但是这样一种自我现代化的趋势依然可辨，虽然不同区域发展十分不平衡，但如成都这样深具城市文明根基又在清代后期重启近代化道路的区域，完全可能孕育出自己的文化转进的能量，并在迎接外来文明冲击之时表现出自己独特的文化追求和理念，其实，这就是所谓的中国本土经验。换句话说，出现在中国具体区域的地方性知识、影响文学发展的"地方路径"其实就是中国经验的真实的组成。对中国的这些来自地方的局部知识

① ［美］柯文：《在中国发现历史》，林同奇译，北京：社会科学文献出版社，2017 年，第 17 页。
② ［美］柯文：《在中国发现历史》，林同奇译，北京：社会科学文献出版社，2017 年，第 53 页。

的辨析最终将丰富我们对中国现代文学史来龙去脉的认知，丰富我们对五四以降文学传统内在机理的认知。

在影响李劼人及其他现代四川作家的属于成都的"地方路径"之外，中国现代文学自然也可以继续找到来自其他区域经验的多姿多彩的现代化"路径"，例如张爱玲与上海近现代文化的区域路径，老舍与北平文化的区域路径等。在中国近现代化的历史进程当中，上海与北京大相径庭，但各自都饱含着历史的经验。上海是中国近现代化进程步履最快的区域，在这里，西方文化的裹挟、浸染等都显而易见，不过，"当这种情况发生时，西方冲击和中国的各种人物与政治斗争搅成一团，构成一个难解难分的网络"[1]。换句话说，一切外来的重塑也不能掩盖中国近代经济最发达的区域自身在社会、人情、风俗等方面的巨大演变，张爱玲的人生体验和文学表达不是扎根在西方现代文学的土壤，而是深植于"摩登上海"的世态人情与文学源流之中。北平总被我们称作"都市里的乡村"，就是说它虽然贵为"首善之区"，但是与上海这样高速发展的近现代都市相比，它还保留了乡村文明的底色，它的市民文化也更容易与乡村世界相互融合。尽管如此，北平却有着自己独特的市民阶层——例如以旗人和知识分子群体为特色的独立的城市居民，而这些走出农业文明的市民阶层同样是近现代文化发展的基础，在这个意义上，北平也存在着值得我们仔细辨析的近现代的地方路径，作为旗人群体同时也作为知识分子群体一员的"北平人"老舍的感受也具有重新分析的价值。

过去对张爱玲的研究一直困扰于精英/通俗的二元对立的阐释，文学史叙述竭力挖掘作家不同凡响的创造力和与西方现代主义文学甚至存在主义思潮的精神联系，但是，那些尖锐的批评特别是左翼批评又往往着眼于张爱玲从个人趣味到写作技巧上存在的与大众文化的亲密性，贬低她为俗不可耐。应当说，两个面相都实实在在地属于张爱玲，问题在于同时具有这两个面相的张爱玲其实并没有什么自我分裂的迹象，她依然如此坦然地以上海"小市民"自居，陶醉于上海西式糖果的味道，没有上海的市声难以入眠，街头小

---

[1] ［美］柯文：《在中国发现历史》，林同奇译，北京：社会科学文献出版社，2017年，第121页。

贩的叫卖在她耳中如同音乐，"快乐的时候，无线电的声音，街上的颜色，仿佛我也都有份"①，声称"我喜欢上海人，我希望上海人喜欢我的书"②。张爱玲毫不掩饰自己对通俗文学"有一种难言的爱好"③，坦言个人创作与时代主流的差异："我甚至只是写些男女间的小事情，我的作品里没有战争，也没有革命。"④与此同时，她又娴熟地运用着那些刺破人生真相、透视人性的文字诱惑我们在一般通俗性的消遣之外生出无尽的缅想，从而升华出某种超越世俗的哲学高度来，令文学史家慨叹不已："凭着她惯有的预见，张爱玲在这个'双城记'里注入了那么多的文化意蕴，使我们至今还在体会它们。"⑤究竟如何破解这一种感受上的矛盾呢？我觉得，其关键之处就在于我们对"现代性"成果的理解过分集中于受西方冲击而生的一些文学阵营（如五四启蒙文学、革命文学等），在很大程度上忽略了以市民生存为基础的日常生活的变化其实也属于另外的一种"现代性"，张爱玲的小说以日常生活的现代性为陈述主体，不时揉入知识分子人性探索与精神拷问的主流取向。如果我们能够更宽容地阅读张爱玲的市民生活书写，包括阅读那些对张爱玲影响甚大的鸳鸯蝴蝶派文学，我们就会承认，上海市民生活的每一个生活细节的变化就如同这座城市的变化一样，理所当然地属于上海近现代文化的发展的表现。正如李欧梵所指出的那样："如果我们如此审视当时晚清的通俗小说，只要牵涉到维新和现代的问题，几乎每本小说的背景中都有上海。而上海的所谓时空性就是四马路，书院加妓院，大部分鸳鸯蝴蝶派小说的故事都发生在四马路，因为当时生活在上海的作家大都住在那里，晚睡迟起，下午会友，晚饭叫局，抽鸦片，在报馆里写文章，这是他们的典型生活。""这个'世界'是都市人生活的世界，在这个世界中他们营造出一种想像，

---

① 张爱玲：《中国的日夜》，见金宏达、于青编《张爱玲文集》第 4 卷，合肥：安徽文艺出版社，1992年，第 246 页。
② 张爱玲：《到底是上海人》，见金宏达、于青编《张爱玲文集》第 4 卷，合肥：安徽文艺出版社，1992年，第 20 页。
③ 张爱玲：《多少恨》，广州：花城出版社，1987 年，第 101 页。
④ 张爱玲：《自己的文章》，见金宏达、于青编《张爱玲文集》第 4 卷，合肥：安徽文艺出版社，1992年，第 174 页。
⑤ 李欧梵：《中国现代文学与现代性十讲》，上海：复旦大学出版社，2002 年，第 248 页。

最后在 30 年代的上海集其大成，形成了中国通俗文化中的现代性。"①在我看来，各执一词地赞美/贬低张爱玲都没有完全把握作家的精神实质，最应该解决的问题是在张爱玲那里，两种现代性的诉求（市民日常的与知识分子主流的）究竟是如何联接、互动的？它们存不存在某种相生相克的效果，这里可能就出现了一个值得深究的"上海路径"问题。

有历史学家在剖析北京如何以自己的传统来接合现代之时，提出了一个"传统的回收"概念。"传统的回收这个概念强调了生活在那个时空的人们所拥有的可能性，以及他们在日常生活中所进行的自觉努力，这是一个民国时期北京居民从过去中开发潜力，进而把它们转化成对于当下有用的东西的过程。给予民国北京活力的不是城市居民对以新事物代替旧事物、现代征服传统的消极接受；相反，正是人们积极的创造性赋予了他们当下生活以新的意义。"②这是一个颇有启发性的论述。作为曾经浸润于市民生存理想的作家老舍是不是也怀有一份这样的心思：要将熏染过他的北平市民的人生情怀寄寓/回收在新文学的人生故事当中？

我们曾经批评老舍小说有时因"市民情调"太重而削弱了他作为知识分子的批判立场，叹息老舍在描绘他笔下的小人物命运之时，时时流露出含混、暧昧的态度，而非力透纸背般的犀利与深刻。这里其实也是对老舍所置身的市民世界缺乏"理解之同情"，依然是站在知识精英的思想立场上提出的削足适履般的要求。不妨设想，难道不存在这样一种可能：基于自己独特的市民生存体验，老舍在情感倾向上也进一步认同了底层市民的生存逻辑和原则，愿意站在他们的逻辑方向上提出问题，寻找未来，即便是在这一逻辑与社会精英的宏大理想有所区隔、有所龃龉的时候，老舍也不愿否认自己在情感深处的某些认同。或者我们也可以这样推想，难道这个世界的发展道路永远就只有一条，而这一条唯一正确的道路必须由社会精英来规划和确定，底层市民就没有自我规划自我选择的权力？如果我们不能拒绝祥子作为一个普通小市民可以将养家糊口当作自己天然的使命，如果我们承认中国社会近

---

① 李欧梵：《中国现代文学与现代性十讲》，上海：复旦大学出版社，2002 年，第 16、17 页。出版者注："想像"现作"想象"。
② 董玥：《民国北京城：历史与怀旧》，北京：生活·读书·新知三联书店，2014 年，第 30 页。

现代化的发展道路本来就应该在不同的层面不同的领域中并行推进，那么也就不能断定祥子们朴素的"买车养家"之路一定比"奋起革命"更低级更没有出息，这样一来，老舍基于生存体验所表现出来的对市民命运的暧昧的同情也就不成其为问题，反倒是一种对近现代市民生态的深刻的认知和表现了，所谓"北平路径"的内涵就在其中。

总之，只要我们能将中国社会自身的近现代变动纳入视野，就有可能发现更多类似的区域演变的"地方路径"，或者更小群体所形成的"知识"，理解了各种"知识"和"路径"的特殊性，将更能体谅和把握中国现代作家抒情达志的具体内涵，到那个时候，中国现代文学就可能进一步摆脱统一的宏大主体的解释框架，在多姿多彩又彼此对话的格局中自我呈现，更多的思想和艺术探索的细节将会敞现出来，新鲜的话题也会引起人们的注意。

当然，到目前为止，包括成都为中国现代文学提供的"地方路径"在内的各种文学演变模式的阐释都依托于一个知识基础：中国近现代化的发展不仅得益于外来文化的冲击，国家民族精英的整体推动，也有赖于不同区域社会的自我演变，不同群体特别是新兴市民阶层基于生存改善所生成的人生趣味与文化心态。在这个意义上，一个重要的现实也就凸显出来了，与西方自文艺复兴—启蒙运动以降的社会发展所不同的是，中国的区域性、小群体性的自我改变常常又是不稳定的，它并没有获得来自国家层面的制度设计的有效保障和持续不断的推动，因此，现代中国的市民文化（无论在哪一个区域）的发展又是不完整、不持续的，不时因为国家政治形势的改变而被削弱、受压或者变形。以成都这一区域为例，成都市民文化的持续发展在晚清民初繁盛一时，各种报刊如雨后春笋，具有成都色彩、成都个性的作家和作品，学术人物和文学人物都汹涌而出，然而，20 世纪 20 年代后期至 20 世纪 30 年代，这种区域的势头却大为减弱，成都路径反而显得动力匮乏了。这是我们今天探究地方路径、剖析中国现代文学多种资源之时必须高度警惕的。历史进程依然复杂，没有任何的"历史本质"可供我们一劳永逸地轻松套用，在中国现代文学的研究之路上，只有繁难的问题，没有轻松的答案。

（原载《文学评论》2020 年第 4 期）

中国早期新诗探索的四川氛围 与地方路径

　　1923年6月3日，闻一多在《创造周报》第4号上激情赞叹道："若讲新诗，郭沫若君底诗才配称新呢，不独艺术上他的作品与旧诗词相去最远，最要紧的是他的精神完全是时代的精神——二十世纪底时代的精神。"①此时此刻，《女神》已经面世了1年零10个月，第一部集体的白话诗集《新诗集》第一编已经出版了3年零5个月，第一部个人的白话新诗集《尝试集》也出版了3年零3个月，距1918年1月《新青年》4卷1号上推出的新诗专栏更有5年零5个月了。但是，这种极具感染力的赞赏和极具冲击力的判断应和着郭沫若诗歌在读者群中所激发的反应，有效地跨越了新诗史的其他刻度，大大地巩固了郭沫若创作在历史上的重要地位，从后来的历史评价中，我们更不难看出闻一多评价之于郭沫若这位来自中国内陆腹地的诗人的重大意义。②

　　然而问题也来了，究竟是什么力量让这位来自西部内陆的诗人早早地跨入了"首开风气"的行列，而且获得了如此"先锋"的地位呢？当然我们还可沿袭既往的陈述，在"走向世界""中外融合"的历史大背景中加以梳理

① 闻一多：《〈女神〉之时代精神》，原载《创造周报》第4号，引自闻一多《闻一多全集》第2卷，武汉：湖北人民出版社，1993年，第110页。

② 祝宽的《五四新诗史》认为，《女神》"以自己的突出成就，成为中国现代诗歌史上的第一块丰碑。"它"远远超越了《尝试集》的成就，震撼了当时的诗歌界"（四女：陕西师范大学出版社，1987年，第120页）。张德厚主编的《中国现代诗歌史论》也认为，《女神》"竖起新诗史的首座丰碑"（长春：吉林教育出版社，1995年，第81页）。新文学学科奠基人王瑶则指出："这是'五四'以来第一部具有独立特色、影响极为深广的新诗集。"（《中国新文学史稿》上册，上海：上海文艺出版社，1982年，第76页）姜涛在追溯这一历史现象时认为："闻一多的判断可以说，是将前此《女神》拥护者的态度更明确地变成一种文学史表达。""闻一多的文章对后续的《女神》接受，产生了深刻的影响。"（《"新诗集"与中国新诗的发生》，北京：北京大学出版社，2005年，第247、248页）

和解释，例如郭沫若冲出夔门的大中国视野与世界视野，日本异域体验与中外文学修养的融会等。不过，这种将"文学先锋"视作个别人（"球形天才"郭沫若）或少数人（留日的创造社成员）的天赋异禀、独特经历的思路，也会给后来者的质疑留下空间，就如同郑敏在 20 世纪 90 年代初质疑胡适的新诗"首创"乃误入歧途一般："今天回顾，读破万卷书的胡适，学贯中西，却对自己的几千年的祖传文化精华如此弃之如粪土，这种心态的扭曲，真值得深思，比'小将'无知的暴力破坏，更难以解释。"[1]在历史的叙述中，天才的特立独行固然引人瞩目，但是来自个别的选择又的确很难摆脱因一意孤行而习非成是的嫌疑。

所以深入的考察还得更充分地还原当时的历史环境，让更丰富的历史细节告诉我们，中国诗人的这些新选择究竟是在什么样的背景上出现的？它们究竟是偶然的、个别的还是更多人的普遍愿望？是少数天才的因缘际会还是一种群体性的趋向？是不可预期的才情冲动还是体现了某种共同的境遇和可能？正是这些"进一步"的追问让我们有必要跳出作家和诗人的个体，在更宽阔的视域中来看待历史。

五四前后，四川虽然远在内陆腹地，表面看距近代文明的中心城市十分遥远，欧风美雨浸润无多，但是，作为新诗的积极实践者却绝非只有郭沫若这样"稀缺"的天才，认真梳理，其实存在一大批的新诗爱好者、尝试者、参与者，他们各自形成一些相互交流、相互切磋的小群体，彼此又存在某种松散的关注和对话，在整体上构筑起了一个气氛浓郁、规模庞大的"四川新诗场域"。就像我们说尝试者胡适不是一个白话诗的独行者，他的周围是留美同学（梅光迪、任叔永、赵元任等）的文学改良讨论群、《尝试集》改诗群一样，我们同样知道，郭沫若也不是"一个人在战斗"，在他成长的同时，四川新诗写作人群不断发展壮大，使成都成为五四前后诗歌氛围浓厚的中国区域，这个事实，长期被我们的诗歌史、文学史所漠视，以致我们今天的历史梳理，不仅出现了太大的残缺，而且更不利于解释一些内在的艺术规律。

---

① 郑敏：《世纪末的回顾：汉语语言变革与中国新诗创作》，《文学评论》1993 年第 3 期，第 9 页。

一

胡适的《尝试集》早于《女神》1 年零 5 个月问世，在过去，他的"尝试"一直被作为中国新诗的"发生史"重点叙述着，包括他 1915 年、1916 年如何在美国作诗、和诗、论诗的故事；郭沫若最早的新诗写作可能也不晚于 1916 年[1]，其实，除了有"意象派"的美国，除了有异域文化的日本，远在内陆腹地的成都，诗人叶伯和也独自开始了类似的探索。

叶伯和（1889—1945），原名叶式倡，字伯和，成都人。1907 年，与父亲叶大封及 12 岁的二弟仲甫一同赴日本东京留学，就读于日本法政大学，不久，又自行进入东京音乐学校学习，1911 年冬回到成都。1914 年，应聘四川高等师范学校（四川大学前身）教授，筹建手工图画兼乐歌体操专修科，开中国音乐高等教育之先河。在日本留学期间，叶伯和不仅自主选择了音乐专业，也开始阅读拜伦、泰戈尔、爱伦·坡等的诗歌作品。叶伯和的第一部诗集《诗歌集》于 1920 年 5 月由华东印刷所出版，仅仅只比胡适的《尝试集》晚了两个月。《诗歌集》的编排表明，其中的诗作曾经分期刊印，在朋友间传阅交流，也就是说实际的民间传播其实还早于 1920 年 5 月。叶伯和当之无愧属于中国最早写作白话新诗的诗人之一。

叶伯和曾经详尽地追述他自己的诗歌创作历程：

> "民国纪元前五年，我得了家庭的允许，同着十二岁的二弟，到东京去留学，从此井底的蛙儿，才大开了眼界，饱领那峨眉的清秀；巫峡的雄厚；扬子江的曲折；太平洋的广阔；从早到晚，在我眼前的，都是些名山，巨川，大海，汪洋，我的脑子里，实在是把'诗兴'藏不住了！也就情不自禁的，大着胆子，写了好些出来。"

---

[1] 郭沫若称："因为在民国五年的夏秋之交有和她（安娜）的恋爱发生，我的作诗的欲望才认真地发生了出来。"（《我的作诗的经过》，原载上海《质文》月刊 1936 年 11 月第 2 卷第 2 期，引自《郭沫若全集》文学编第 16 卷，北京：人民文学出版社，1989 年，第 213 页）林甘泉、蔡震主编《郭沫若年谱长篇》认定，*Venus*、《新月》、《白云》等作于 1919 年（见《郭沫若年谱长篇》第 1 卷，北京：中国社会科学出版社，2017 年，第 91 页）。

> "我初学做诗，喜欢学李太白，后来我读到 poe 的集子，他中间有几首言情的，我很爱读，好像写得来比长干行长相思……还更真实些，缠绵些，那时我想用中国的旧体诗，照他那样的写，一句也写不出。后来因为学唱歌，多读了点西洋诗，越想创造一种诗体，好翻译他。但是自己总还有点疑问：'不用文言，白话可不可以拿来做诗呢'？"[1]

在这里，有三个信息值得我们注意：①诗人的创作缘起来自人生经历的丰富和变迁；②西方诗歌的阅读经验（poe 即美国 19 世纪诗人埃德加·爱伦·坡）激发着诗人的创作灵感，但他也是在对西方诗歌的"模仿"冲动中，感受到了传统诗歌形式的束缚；③诗人的音乐体验（"学唱歌"）给予他挣脱传统束缚新的启示，白话作诗如何成为可能？接下来，叶伯和还讲述了他的白话新诗如何从设想变为实践的过程，那是在民国三年任教成都高等师范期间：

> "坊间的唱歌集，都不能用，我学的呢？又是西洋文的，高等师范生是要预备教中小学校的，用原文固然不对，若是用些典故结晶体的诗来教，小孩子怎么懂得呢？我自己便做了些白描的歌，拿来试一试，居然也受了大家的欢迎。"

> "又到胡适之先生创造的白话诗体传来，我就极端赞成，才把三十年前做孩子的事情和二弟……那几首诗，写了出来，这些诗意，都是数年前就有了的，却因旧诗的格律，把人限制住了，不能表现出来，诗体解放后，才得了这畅所欲言的结果的。"[2]

这一段个人诗歌写作史同样十分重要，它清晰地表明，叶伯和最早的白话新诗——"白描的歌"——出现在 1914 年，是中国新诗史的第一批作品，它的产生源自诗人独特的艺术经验和现实需要，这与胡适的美国体验及艺术来源完全不同，代表着中国新诗"多元发生"的另外的路径。当然，这不同的路径一旦汇入现代中国历史变革的大语境之中，也就具有了相互鼓励、彼

---

[1] 叶伯和：《诗歌集》第 1 期，上海：华东印刷所，1920 年，第 4、5 页"自序"。
[2] 叶伯和：《诗歌集》第 1 期，上海：华东印刷所，1920 年，第 5、6 页"自序"。

此生发的可能，这就是叶伯和所谓因"极端赞成"胡适诗歌实验而旧作翻新、畅所欲言。

叶伯和的新诗创作选择参与到了白话新诗发生的第二条路径——在胡适的借鉴西方文学民族语言（白话口语）复兴历史，输入外来诗歌样式之外，从"乐歌"创作中获得灵感，由"唱"而"写"，借助音乐旋律的启示构建白话口语入诗的可能。在当时一批知识分子的留日经验中，"学堂乐歌"的存在就有着特别的启示意义。

在现代欧美国家，包括唱歌在内的艺术课程是现代教育的主要组成。"脱亚入欧"的日本更将"乐歌"提升到政府决策的高度，以学校唱歌"德性涵养"，这是"军国民"教育的重要内容，给留日知识分子极为深刻的印象。沈心工、李叔同、曾志忞、路黎元、高寿田、冯亚雄等在日本留学的第一代音乐人，见证了乐歌在日本的学校教育、政治宣传及人民生活中的巨大作用，他们将"乐歌"引入中国，在近代新式学堂中开始仿效国外教育，发展艺术教育，设置乐歌（唱歌）课。1904 年清政府颁布由张白熙、张之洞、荣庆共同制定的《奏定学堂章程》，提出"在新式学堂中开设乐歌课"，"学堂乐歌"的概念由此诞生。留学日本又研习音乐的叶伯和成了乐歌在中国的实践者。

学堂乐歌为什么能够成为中国诗歌变革的动力，为什么能够沿此开辟出白话新诗建构的第二条道路？众所周知，随着中华文明逐渐走向高度成熟（唐宋），中国的诗歌艺术也日益面临了一个发展的"瓶颈"问题，"我以为一切好诗，到唐已被做完"[1]。如何在成熟的艺术视角中发现新鲜的诗意，又如何让我们的语言艺术更成功地传达出这一诗意，需要实现的"突破"不少，至晚清更是困难重重，以至一心捍卫传统的诗家也不得不慨叹连连："吾生恨晚生千岁，不与苏黄数子游。""吾辈生于古人后，事事皆落古人之窠白。"[2]在这个时候，实施诗歌变革的着眼点其实就是两处，一是从诗歌

---

[1] 鲁迅：《书信·341220 致杨霁云》，见鲁迅《鲁迅全集》第 12 卷，北京：人民文学出版社，1981 年，第 612 页。

[2] 分别见陈三立诗《肯堂为我录其甲午客天津中秋玩月之作诵之叹绝苏黄而下无此奇矣，用前韵奉报》（陈三立：《散原精舍诗》上，台北：台湾商务印书馆，1922 年，第 34 页），易顺鼎诗《癸丑三月三日修禊万生园赋呈任公》（《庸言》第 1 卷第 10 号，1913 年 4 月）。

语言形式入手，标举"言文一致"，通过去文言、改白话，丰富原本枯竭的语言仓库，倡导"诗体大解放"，给写作更大的自由度，这就是远在美国的胡适的选择，他总结了美国意象派诗歌的启示，回溯了西方 16 世纪以来各民族语言文化"复兴"的经验。

此外，就是第二条道路，即借助音乐重新调配诗歌语言的形式与结构，使之焕发出新的活力。音乐与诗歌的结合几乎可以说是"天然"的，按照意大利哲学家维科的说法，在远古时代，诗歌与音乐代表了人们对世界的创造性认知，是直接捕捉最丰富的感性经验的形式，"（各异教民族的原始祖先）按照自己的观念去创造事物。……因为能凭想象来创造，他们就叫做'诗人'，'诗人'在希腊文里就是'创造者'。"[①]"最初的各族人民都是些人类的儿童，首先创造出各种艺术的世界"[②]，而"真正的诗性的词句，这种词句必须表达最烈的热情……语言都是从史诗音律开始"[③]。中国古典诗歌在一开始也是"诗"与"歌"紧密结合的。这就是我们经常引用的《毛诗序》的描述："诗者，志之所之也。在心为志，发言为诗。情动于中而形于言，言之不足，故嗟叹之，嗟叹之不足，故永歌之，永歌之不足，不知手之舞之，足之蹈之也。"不过，在总体上，随着中国古典诗歌文人化程度的不断增强，诗人之"诗"与民间的各种音乐形态之间却呈现为一种不断分离又不时拉近的趋势。"汉魏是中国诗转变的一个大关键，它是由以义就音到重义轻音的过渡时期。……汉魏以前诗大半可歌，大半各有乐曲；汉魏以后诗，逐渐脱离乐曲独立，不可歌唱。这最后一个分别尤其重要，它就是音律的起源。"[④]也就是说，汉魏以后，中国的"诗"不再依托"歌声"来表现自己的音乐性，而是努力通过文字本身来构建节奏，由此走上了日益雅化的道

---

① ［意］维柯：《新科学》，朱光潜译，见《朱光潜全集》第 18 卷，合肥：安徽教育出版社，1992 年，第 219 页。

② ［意］维柯：《新科学》，朱光潜译，见《朱光潜全集》第 18 卷，合肥：安徽教育出版社，1992 年，第 288 页。

③ ［意］维柯：《新科学》，朱光潜译，见《朱光潜全集》第 18 卷，合肥：安徽教育出版社，1992 年，第 77 页。

④ 朱光潜：《诗论·附 替诗的音律辩护——读胡适的〈白话文学史后的意见〉》，见《朱光潜全集》第 3 卷，合肥：安徽教育出版社，1987 年，第 242—243 页。

路，但是，雅化也必然带来自我封闭，带来活力的丧失。那么，中国古典诗歌如何适时调节，尽可能缓解僵硬的走向呢？这就还得不时借助音乐的活力，倚声填词、倚乐而谱，依托音乐调整诗的语言形态，丰富表达的多样化，"乐府诗余，同被管弦"①，透过乐府、词、曲的演变过程，我们不难看到这一点。所以说，学堂乐歌对于中国诗歌的近现代转变，同样也属于这一"传统思路"的表现，它的本质其实就是，中国诗歌如何借助当时各种音乐形式来扩大自己的表现力，就如同我们曾经借助过乐府、词、曲的音乐形式一样。

学堂乐歌对于新诗创立的意义有两个方面，其一是如同中国古代历次的诗歌变革一样，在新的音乐旋律的引导下增加了新的"诗体形式"，这既有国外的，也有中国民间的；其二是在依托各种音乐框架（特别是国外音乐曲调）重新填词的过程中，白话的方便适用性得以显现，从而也增强了运用白话写作的信心。正如有学者所分析的那样："当西洋曲调成为中日文歌词的旋律框架、一字一音的精短文言义无法紧密契合这些旋律时，就必然出现更为松散的白话以填补'空隙'，乐歌才有从文言转为白话的空间。"②当时的沈心工为儿童填乐歌时就感受到了这一点："歌意浅显，多言文一致，更参以游戏，期合乎儿童之心理。"③

叶伯和是在为师范生准备教学案例之时，动手编写"乐歌"的，他自己也作了分类，"没有制谱的，和不能唱的在一起，暂且把他叫做'诗'。有了谱的，可以唱的在一起，叫做'歌'"④，合在一起，就是《诗歌集》。看得出来，既有传统诗学修养又具音乐专业素养的叶伯和对音乐与诗的关系是有精准把握的。

《诗歌集》正文，"歌类"约10首，"诗"类约25首，"诗类"数量远远超出一般"学堂乐歌"的结集，是真正的"诗集"，诗集还有附录，也分

---

① 吴纳、徐师曾：《文章辨体序说　文体明辨序说》，于北山、罗根泽校点，北京：人民文学出版社，1998年，第164页。
② 谢君兰：《从音乐到格律——论白话新诗视野下的学堂乐歌》，《文艺研究》2017年第3期，第40页。
③ 沈心工：《学校唱歌初集》，上海：务本女塾，1904年，第1页。
④ 叶伯和：《诗歌集》第1期，上海：华东印刷所，1920年，第6页"自序"。

"诗类"和"歌类",收入旧体创作,这说明叶伯和具有清醒的语言问题意识,他竭力推动的是更具有现代语言形态的白话新诗。

二

除了具有日本"乐歌"经验的叶伯和,试图借助音乐来激活中国诗歌变革的四川人还有两位,王光祈与吴芳吉。

王光祈(1892—1936),今天我们常常提及其音乐家、少年中国学会的发起人之一、社会活动家等身份,但作为"诗人"的他却几乎被我们所遗忘。

王光祈诗作不多,到 2020 年,被发现的诗作大概包括旧体诗 9 题 19 首,新诗 2 首,歌词 13 首。值得注意的是,这仅有的 2 首新诗,就有 1 首被著名的音乐理论家、指挥家李焕之先生等多位作曲家谱曲传唱,13 首歌词也是有词有曲,所有曲谱皆由王光祈亲自绘制,这都体现了诗人的作品具有鲜明的音乐性。王光祈有创作,更有对音乐文学的研究,他的《德国国民学校与唱歌》《各国国歌评述》《论中国古典歌剧》《中国诗词曲之轻重律》《西洋音乐与诗歌》《西洋音乐与戏剧》等专题研究显示了他对中外文学与音乐关系的系统关注。在代表作《中国音乐史》《西洋音乐史纲要》《东西乐制之研究》等著作中,他又将"音乐"提升为一种关乎民族文化、民族精神的根本性问题。"吾国孔子学说,完全建筑于礼乐之上","故礼乐者与中华民族有密切关系,礼乐不兴,则中国必亡"[1]。"我们中国古代的法度文物,以及精神思想,几乎无一不是建筑于音乐基础之上。假如没有音乐这样东西,中国人简直将不知道应该怎样生活。""吾将登昆仑之巅,吹黄钟之律,使中国人固有之音乐血液,重新沸腾。吾将使吾日夜梦想之'少年中国',灿然涌现于吾人之前。"[2]

就像叶伯和等留日学堂乐歌的倡导者曾经服膺于日本乐歌的政治高度一

---

[1] 王光祈:《德国音乐与中国》,原载 1923 年 10 月《申报》,引自冯文慈、俞玉滋选注《王光祈音乐论著选集》上册,北京:人民音乐出版社,1993 年,第 21 页。

[2] 王光祈:《东西乐制之研究·自序》,见冯文慈、俞玉滋选注《王光祈音乐论著选集》下册,北京:人民音乐出版社,1993 年,第 1、7 页。

样，到这里，王光祈也是将艺术问题升华到音乐救国、礼乐救国的宏大理想之中，将音乐文化的实践与"少年中国"的志业相贯通，他的两首新诗都书写着"少年中国"的情怀，他的绝大多数歌词都发表在《中华教育界》杂志，或本来就是作者音乐教育论述的自我例证，充分体现了他对这些音乐文学的明确的期许。

如果说叶伯和是借音乐的启示贡献于中国诗歌形态的变革，那么王光祈则是试图以音乐精神完成更大的民族文化再造，而文学与诗歌自然也是这一文化的有机组成部分。

在中国现代文学史上，吴芳吉身份尴尬，他的大量的旧体诗作使之难以在"新文学"的主流叙述框架中现身，同时，他又置身于五四时期，无法在晚清诗坛中获得一席之地，因为与吴宓的私人关系，有人试图将之归为"学衡派"，但是其学术背景分明又与那批"学贯中西"的白璧德弟子并不相同。随着五四激进主义受到某些"重估"，吴芳吉对新文化派特别是胡适的质疑逐渐引起人们的关注，一些学者开始肯定他的"保守"立场，发掘其诗歌理论在"继承中华优秀传统文化"方面的积极意义。其实，这里依然是误解多多，吴芳吉诗歌之于中国新诗的探索的真正的启示尚未得到深入的总结。

吴芳吉并不是一位刻意要回到"传统"的诗人。他反对五四新文化派对于传统文化的某些否定之辞，力主继承与发展的"中正之道"，那只不过是拒绝一些他眼中的偏激主张，对于新文化运动、文学革命本身，他多次表示认可。1918年4月3日，他在日记中写道："寄绮笙师一书，谓文学革命之言虽多过当，亦不可概抹煞之。"[1]1920年7月致信上海《民国日报》记者邵力子，称："以根本论，我对于今之新文化运动，是极端赞成的。"[2]数年后，在自我总结的论述中，他更是说得很清楚："国家当旷古未有之大变，思想生活既以时代精神咸与维新，则自时代所产之诗，要亦不能自外。……故处

① 吴芳吉："日记"，见吴芳吉著，贺远明、吴汉骧、李坤栋选编《吴芳吉集》，成都：巴蜀书社，1994年，第1220页。
② 吴芳吉：《答上海民国日报记者邵力子》，见吴芳吉著，贺远明、吴汉骧、李坤栋选编《吴芳吉集》，成都：巴蜀书社，1994年，第657页。

今日之势，欲变亦变，不变亦变，虽欲故步自封而势有不许。"①对于中国古典诗歌的发展困境，作为诗人的吴芳吉与白话诗人一样深有体会，绝不是一个冥顽不化的"冬烘"先生。他深刻地指出："吾国之诗，虽包罗宏富，然自少数人外，颇病雷同。贪生怕死，叹老嗟卑，一也。吟风弄月，使酒狎倡，二也。疏懒兀傲，遁世逃禅，三也。赠人咏物，考据应酬，四也。"②1920 年，在《提倡诗的自然文学》中，他对旧派的诗人们的表现可谓是痛心疾首：

> "邱仓海著《岭云海日楼诗》后，中国旧文学界已无诗之可言。剩下的人，如两湖所产的樊某、易某等，每日把几个小旦的卵脬舐来舐去，与上海许多日报，天天讲些怎样结婚，怎样剪发，始终在一点'春宫的文化运动'上说，是一样的无聊。其比较高出的，如沿海所生的陈某、郑某等，对于旧诗也没有发挥丝毫特色。第一、他们都生在沿湖沿海一带，试问他们所做的诗，有真能代表下江之民性否？有专事描画下江之风土否？有妙于传述下江的生活否？第二、他们都生在清朝与民国之交。试问他们所做的诗，有能对于清朝畅言其个人之忠爱否？有能对于民国发为平正的讽劝否？有能对于现状痛陈吾民之疾苦否？这些旧派文学的诗人们，只可说他们辜负了中国的旧诗，不是中国的旧诗辜负他们。他们只算是中国诗的不孝男，罪孽深重，不自殄灭，而祸延祖考，眼见其寿终正寝去了！"③

这一段犀利的文字可以让我们比较清晰地看到吴芳吉的诗歌追求：他并不是抽象地维护着传统中国的诗歌，而是坚信文学、诗歌必须直面当下、时代与地域风貌。不能有效体现这种文学效果的作品，虽然坚守着诗歌的固有传统，却并无价值，而且简直就是我们诗歌传统的不孝之子，"罪孽深

---

① 吴芳吉：《〈白屋吴生诗稿〉自序》，见吴芳吉著，贺远明、吴汉骧、李坤栋选编《吴芳吉集》，成都：巴蜀书社，1994 年，第 555 页。

② 吴芳吉：《〈白屋吴生诗稿〉自序》，见吴芳吉著，贺远明、吴汉骧、李坤栋选编《吴芳吉集》，成都：巴蜀书社，1994 年，第 556 页。

③ 吴芳吉：《提倡诗的自然文学》，见吴芳吉著，贺远明、吴汉骧、李坤栋选编《吴芳吉集》，成都：巴蜀书社，1994 年，第 378—379 页。

重"！他甚至点名抨击了当时文坛的一干"著名"诗人如樊、易、陈、郑等（很容易就让人想到清末民初旧体诗坛的一派名家樊增祥、易顺鼎、陈衍和郑孝胥），对照胡适《文学改良刍议》、陈独秀《文学革命论》我们可以知道，在抨击文学脱离当下现实这一点上，吴芳吉的判断实则与新文学倡导者如出一辙。虽然吴芳吉一再表态对胡适等的文学革命表述并不赞同，其实他不赞同的主要还是胡适等在表述中的决绝姿态，而不是对当下问题的认识，正如吴芳吉所说："当此旧派文学势如摧枯拉朽不倒自倒之际，适逢西洋的文学传入，感其文言合一之便，于是白话文学投机而起。一霎时，全国响应，南北席卷。那奄奄一息的旧文学，靠着几支残兵病马，自然不当其锋，除了望风逃走，没有他法。"①

其实，就像吴芳吉对当时旧派文坛的尖锐批评并没有动摇他对中国诗歌传统的信赖一样，新文学倡导者的抨击对象也是"今日文学之腐败"②。"很明显，在五四新文学发难时，先驱者并未全盘否定'古典'，并未斩断与既往文学历史的联系，他们所要决绝地斩断的是与'今日'文坛的联系。"③所不同的在于，五四新文学倡导者是在批判当下之中倾力引进着我们原本不熟悉的外国文学思潮，而吴芳吉则是在批判中继续申言不可就此忘怀古老传统的荣光。

吴芳吉表示："渴望新诗之能有成，以无负此民国，即吾人亦尝日夜孳孳求吾诗常新之道。"④那么，能够"无负此民国"的新诗该是什么模样呢？我们一般倾向于在他亦古亦今、中外并存的"中正之道"的理论表述中加以总结。殊不知，任何看似兼容并包的"中正"理想不过都是一种暂时的表达策略，并不能准确地传达诗人的真实追求，正如诗人自己所说的那样，"至于中间一派，要想调和新旧，则更无意味。因为不新不旧之间，没有一定的

① 吴芳吉：《提倡诗的自然文学》，见吴芳吉著，贺远明、吴汉骧、李坤栋选编《吴芳吉集》，成都：巴蜀书社，1994年，第379页。

② 胡适：《寄陈独秀》，原载《新青年》1916年10月1日第2卷第2号，引自胡适著，季羡林主编《胡适全集》第23卷，合肥：安徽教育出版社，2003年，第114页。

③ 刘纳：《嬗变——辛亥革命时期至五四时期的中国文学》，北京：中国社会科学出版社，1998年，第231页。

④ 吴芳吉：《四论吾人眼中之新旧文学观》，见吴芳吉著，贺远明、吴汉骧、李坤栋选编《吴芳吉集》，成都：巴蜀书社，1994年，第506页。

权衡"①。

所以说，单纯从文化态度入手，我们很难认定吴芳吉的诗歌所侧重的着力之处。吴芳吉的诗论其实充满感性色彩，史观和理论并不十分清晰，也没有关于诗歌创作倾向的具体表达，凡试图援引其中片段性陈述作至理格言恐怕都是一厢情愿的，但我们不妨对其诗歌论述作总体的分析把握，在同样综合性的领悟中窥见他的艺术趋向。他提出："诗之为道，发于性情，只求圆熟，便是上品。若过于拘拘乎声韵平仄之间，此工匠之事，反不足取。""炼句之道，曰顺、曰熟、曰圆、曰化。至于化境，斯造极矣。"②在这里，诗人没有关于主题、内容、形式、音韵、节奏等具体问题的意见，所谓"圆熟""顺""熟""圆""化"等都不过是一种整体的感觉，确切地讲，就是一种对诗歌作品的阅读感受，那么，什么样的作品最终才能给人留下"圆熟""顺""熟""圆""化"等印象呢？我觉得，虽然吴芳吉的诗论常常还是从"为人""生活""文品""文心""道德"等立论，其实涉及具体的作品评论，他看重的还是一种畅达、谐和的语言感受，一种高度成熟的自然流泻的传达效果，相比而言，"文心""一定之美"的论述看似明确却实为空洞，也缺乏足够的独特性，恰恰是这种充满感性色彩、需要我们整体把握的诗歌追求反倒具有具体的内涵——从总体上看，诗人相当看重作品的表达效果或者说阅读效果，而能够达成这一效果的诗歌就不能不需要更多的自由而自然的形式建构，吴芳吉很少直接论及诗歌的形式问题，甚至还有过"须知诗的佳处，不在文字与文体之分别，乃在其内容的精采"③的说法，但是真正落实到他所看重的诗歌艺术的具体形态之时，语言和音韵如何建构，其实就是最后的着眼点，也就是说，这是吴芳吉诗歌创作追求的真正的内核。

结合诗人的创作，我们更容易理解这一点。有学者统计说："迄今为止所见吴芳吉诗总计有237题812首（段），其中律诗53题146首……其余184

---

① 吴芳吉：《提倡诗的自然文学》，见吴芳吉著，贺远明、吴汉骧、李坤栋选编《吴芳吉集》，成都：巴蜀书社，1994年，第380页。
② 吴芳吉：《读雨僧诗稿答书》，见吴芳吉著，贺远明、吴汉骧、李坤栋选编《吴芳吉集》，成都：巴蜀书社，1994年，第369、371页。
③ 吴芳吉：《提倡诗的自然文学》，见吴芳吉著，贺远明、吴汉骧、李坤栋选编《吴芳吉集》，成都：巴蜀书社，1994年，第381页。

题 666 首（段）多数都可以算现代新诗。"①当然，这 184 题 666 首（段）是不是我们通常意义的"新诗"呢？我觉得还可以商榷，因为它们的语言自由度也还与郭沫若诗歌与其他五四白话新诗有别，不过，大多数的吴芳吉诗歌，都与我们所熟悉的近体诗不同却是真实的，在这里，白话词汇居多，有的还融入了方言，韵律宽泛，句式长短不齐，极为自由，有两言、三言、四言、五言、六言、七言，甚至十四言，语言体式之多，这在任何一位传统的中国诗人（包括晚清"诗界革命"诗人）那里都不曾有过。尽管与我们典型的现代新诗有异，但你却不能不承认，吴芳吉立意对中国诗歌展开全新的改革，努力为我们探索建立起一种新的诗歌形态。语言样式多，体式变化频繁，实际上就是诗人在自由调用不同的韵律、节奏方式，达成那"顺、熟、圆"的艺术效果。在创作中，他有意识突破格律严苛的近体律诗的限制，将中国古典诗歌史上出现过的众多的韵律样式都加以尝试、运用，包括乐府、歌行体、民歌民谣、词、曲等。吴芳吉为我们留下的许多诗作从诗题就可以看出这些体式的存在：

行：《儿莫啼行》《海上行》《步出黄浦行》《巫山巫峡行》《曹锟烧丰都行》《思故国行》《短歌行》《痛定思痛行》《红颜黄土行》《北望行》《北门行》《固穷行》……

歌：《吴碧柳歌》《君山濯足歌》《聚奎学校校歌》《聚奎学校食堂歌》《巴人歌》《渝州歌》《江津县运动会会歌》《埧歌》……

曲：《笼山曲》《浣花曲》《甘薯曲》……

谣：《非不为谣》《摩托车谣》……

词：《婉容词》《明月楼词》《护国岩词》《忧患词》《五郎词》《杜曲谒少陵先生词》……

中国古典诗人曾经在这些各自不同的音乐体式中既传达诗歌的韵律，又借相对宽松的音乐规则完成诗歌的自由运动，古典诗歌以民间音乐来自我激活的路径正在于此。在传统诗歌写作日益衰弱的民国初年，诗人吴芳吉再一

---

① 李坤栋：《论吴芳吉的现代格律诗》，《重庆工商大学学报》（社会科学版·双月刊）2003 年第 2 期，第 22 页。

次弹奏了各式各样的传统音调，试图为新的诗歌变革注入源头活水，融冰消雪，在自由和谐的旋律中实现中国诗歌的凤凰涅槃。如果说叶伯和、王光祈他们尝试从中外音乐的韵律中寻觅新诗的活力，那么吴芳吉则是试图从中国古老的音乐曲谱中发现中国诗歌自我更新的机会。思路有别，理想如一。

<h1 style="text-align:center">三</h1>

考察晚清民初的四川诗坛，我们还会发现一个重要的现象，那就是无论是走出夔门的郭沫若、王光祈，还是重归乡土的叶伯和，在他们的周围都汇聚了一大批的本乡本土的志同道合者，他们或小有成就或初出茅庐，或忠贞于文学或别有术业，但在一定的时期内，都不约而同地注目新诗，热衷于诗歌问题的讨论，背景不同却焦点一致，这些人群的聚集可能并非一处，各自构成紧密不等的交往圈，但是不同圈群又总能在不同的点上纵横交叉，以至在总体上显示了"四川诗人群"蔚为壮观的阵势，在当时中国诗坛并非人声鼎沸的景观中，使人印象深刻，属于中国新诗史上一个引人瞩目的历史现象。

叶伯和个人的日本体验让他走上了"乐歌"与新诗的探索道路，但是这一尝试在民国初年的成都并不孤单，他的周围很快围聚了一批新诗爱好者。"果然第一期出版后，就有许多人和我表同情的，现在交给我看，要和我研究的，将近百人；他们的诗，很有些比我的诗还好。"① 百人的新诗写作队伍，活动在民国初年的内陆城市成都，这是足够壮观的了，这些诗作的完整面貌我们今天已难看到，不过，从《诗歌集》中附录的近 10 首来看②，基本都是叶伯和自述的生活的"白描"，属于初期白话新诗的常见样式，例如为诗集作序的穆济波，"穆济波君新诗的作品很多"③，叶伯和诗集保存了他的第一首白话新诗《我和你》：

---

① 叶伯和：《诗歌集》第 2 期，上海：华东印刷所，1920 年，第 2 页"再序"。
② 穆济波 1 首，陈虞父 1 首，董素 1 首，彭实 1 首，文鉴 1 首，SP 2 首，蜀和女士 2 首。
③ 叶伯和：《诗歌集》第 1 期，上海：华东印刷所，1920 年，第 10 页"我和她（有序）"。

倦了！那曼吟的歌声；悠扬的琴声；一齐和着！

　　调和纯洁的精神！祷祝平安的幸福！

这样自由的空气里，笑嘻嘻的只有我和你！

　　两年后，叶伯和等组织了四川第一个文学社团"草堂文学研究会"，出版《草堂》期刊。除叶伯和本人外，草堂文学研究会的主要成员包括陈虞裳、沈若仙、雷承道、张拾遗、章戬初等。他们大体都是当时成都思想活跃的青年，例如张拾遗、章戬初、沈若仙曾与巴金等同为半月社的成员（巴金以笔名"佩竿"在《草堂》第 2、3 期上发表过小诗），张拾遗、雷承道等后来又是刊物《孤吟》的主要撰稿人。《草堂》创刊于 1922 年 11 月 30 日，至1923 年 11 月 15 日共出版了四期。《草堂》第二期的《编辑余谈》表示："我们的文学会，是几个喜欢文艺的朋友的精神组合。并没有章程，和会所。一时高兴，又把几篇小小的作品印了出来。承许多会外的友人，写信来问入会的手续。我们在此郑重地答复一句话：'只要朋友们不弃，多多赐点稿件，与以精神上的援助，便算入会了。'"①这道出了草堂文学研究会及杂志的同人性质。"诗歌"是《草堂》的首席栏目，四期杂志共发表新诗 112 首。较之于叶伯和的《诗歌集》，《草堂》同人的新诗作品开始跳出个人生活感性的狭小范围，迈入历史、社会、自然、风俗等更为宽阔的领域，体现出新诗发展中可以清楚观察到的进步。

　　读到《草堂》创刊号之后，身在南京的诗人穆济波备受鼓舞，特地发信致"伯和先生及草堂社诸位朋友们"：

　　得受你们寄我的草堂第一期，怀想叶先生这种创作的精神，和朋友们的勇进。意气之胜，远过从前，真使我生无限的感愧，同时也得无限的欣慰。叶先生，你可以想见我是何等快乐呵！

　　郭沫若与康白情与吴芳吉都是四川青年文学中的健者。他们在时代上，不能不占有一个领域了。如果草堂能够继续五十期、一百期，尤其可以将四川青年文学的精神，暴露于宇内，使一般创作者都可聚此旗帜之下

---

① 《草堂》1923 年 1 月 20 日第 2 期。

与海内作者周旋，我很希望先生们努力继续下去，使能一期期的更为丰富，那真好了呵！①

在这里，穆济波以一位四川诗人的真切感受道出了对这一文学群体的期待：对四川新诗先行者的认同，对新一代创作者的凝聚，与国内外文学界的进一步融会。显然，这种以地缘为纽带的群体性的认同和凝聚有利于改变中国固有的文化边缘/中心的不平等格局，依靠相互的支持、鼓励和对话共同促进一种新的文化的发掘，同时也利于自我精神的激发，这是现代中国文化发展的重要路径。《草堂》的确是在此着力多多。在今天来看，这个群体虽然没有能够如穆济波期待的一般长命百岁，但却作出了自己的重要贡献，这就是将当时成都的一批青年作家（诗人）团结了起来，并努力与国内文学界加强交流，推动四川文学青年与当时新文学界主潮的联系。从《草堂》标示的"经销处"我们可以看到，他们努力将这份同人杂志在北京、上海、广州、南京、杭州、苏州、武汉、云南、贵州、重庆甚至法国蒙彼利埃（当时译作蒙柏利）等重要城市和区域推广，作为新文化运动大本营的北京大学出版部也成为了它的经销处，北京师范大学有它的代销人，此外，他们还为文学研究会同人主办的中国第一份新诗杂志《诗》刊登介绍，为《浅草》刊登目录，与当时的一些有影响的期刊，如燕京大学《燕大周刊》、北京诗学研究会《诗学半月刊》、北京晨光社《晨光》、天津新波社《诗坛》、上海浅草社《浅草》、广东岭南大学《南风》、苏州晓光社《晓光》等互换期刊。这些努力显然是有效的，不仅远在日本的郭沫若"奉读草堂月刊第一期，甚欢慰"②，写来了热情洋溢的信，1923 年 1 月，周作人也写下了《读草堂》一文，寄送《草堂》发表："年来出版界虽然不很热闹，切实而有活气的同人杂志常有发刊，这是很可喜欢的现象。近来见到成都出版的草堂，更使我对于新文学前途增加一层希望。"③十多年后，茅盾编选《中国新文学大系·小说一集》，还特别在"导言"中为这个群体写下了一笔："四川最早的文学

---

① 《草堂》1923 年 11 月 5 日第 4 期"通讯"，穆世清即穆济波，第 61、62 页。
② 《草堂》1923 年 5 月 5 日第 3 期"通讯"，第 65 页。
③ 周作人：《读草堂》，《草堂》1923 年 5 月 5 日第 3 期"评论"，第 2 页。

团体好像是草堂文学研究会，（成都，十二年春），有月刊《草堂》，出至四期后便停顿了，次年一月又出版了《草堂》的后身《浣花》。"①

1923 年 5 月 15 日，《孤吟》于成都创刊，半月一期，每期 8 开 4 版，至 1923 年 8 月 1 日止，共出版六期，其中第三期含"儿童诗歌号"4 版，共 8 版。诗报第五期上公布了"本社社员名单"，从中我们可以了解这一诗歌群体的同人构成及诗报的基本分工，其社员有刘叔勖、雷承道、杨鉴莹（主管收费兼通信）、张拾遗（主管编辑）、张望云（主管发行）、张继柳（主管发行）、章戬初、唐植藩、徐苏陔、唐苇杭（主管编辑）、周无欤等 11 人。经常发表作品的人员还有窦勤伯、刘叔勖、立人女士、KT、思绮、成章、叔汉、非空等，巴金以笔名 PK 和佩竿发表了长诗《报复》和小诗 7 首。《孤吟》主要的编辑张拾遗与社员雷承道、章戬初等曾经是《草堂》的主要成员，张拾遗、章戬初和巴金又同为半月社社员，由此可见，诗报是四川文学青年的又一种组合方式，属于民初四川相互交叉、彼此呼应的多重诗歌圈之一。1923 年 8 月 1 日出版的《孤吟》第六期上，有一则"蜀风文学社启示"，称"本社系由《孤吟》和《剧坛》组合而成，依出版先后，定《孤吟》为第一种刊物，《剧坛》为第二种刊物，均定每月一号及十六号出版。（本社简章俟《剧坛》出版时披露）。""蜀风社"应当是他们拟议中的团体名目，可惜《孤吟》只到此为止了，《剧坛》也未曾发现。

在对新诗的探索与经营方面，《孤吟》较《草堂》又有了明显的进步，这体现在两个方面。一是加强了对一些独特的诗歌样式的探索，例如小诗和儿童诗。小诗出现在 1921—1925 年的中国新诗运动中，当时国内的新文学刊物如《晨报副镌》、《时事新报·学灯》、《民国日报·觉悟》、《文学》周报、《诗》月刊，甚至《小说月报》等都大量刊载小诗，《孤吟》显然是有意识汇入这一时代主潮，第二期打头便是佩竿（巴金）的《小诗》，以后又陆续发表了唐苇杭、徐苏陔等的小诗创作。"儿童诗"这一概念最早出自《晨报副镌》，1922 年 5 月 11 日，《晨报副镌》发表了程苑的《镜中的小

---

① 茅盾：《中国新文学大系·小说一集》"导言"，见赵家璧主编《中国新文学大系》第 3 集，上海：上海良友图书印刷公司，1935 年，第 7 页。

友》，诗前附注里提及了"儿童诗"。不过在当时，刊登"儿童诗"的主要阵地却不是新文学期刊而是专业性的读物，如北京大学歌谣研究会 1922 年 12 月创刊的《歌谣》，"儿歌"被列为民间歌谣搜集整理的对象，再如 1922 年 1 月由上海商务印书馆出版的《儿童世界》、1922 年 4 月中华书局创办的《小朋友》周刊。《孤吟》在第三期的附加增刊《儿童诗歌号》发表儿童诗歌 28 首，此后第四、五期又以专栏形式分别发表 4 首，第六期再发表 5 首，至终刊共发表了 41 首，作者多来自各中小学校。据我所知，《孤吟》是成人的新文学报刊中第一个推出"儿童诗"专辑的，可谓是对中国新诗也是对儿童文学的一种独特的探索。

《孤吟》另一方面的贡献就是加强了对诗歌理论的探讨。诗报的创刊号上推出了张拾遗的《〈蕙的风〉的我见》，直接介入当时国内诗坛的争论中，此后，诗报又先后发表了 UJ《孤吟以前的作风的轮廓》[1]、GL《新诗与新诗话》、思绮《谈旧诗（一则）·赤脚长须之厄运》[2]、既勤《我对于读诗的一个意见》[3]、张拾遗《从〈儿童诗歌号〉得到的教训》及 KT《我们出儿童诗歌号的旨趣》[4]、张拾遗《毛诗序给我们的恶影响》[5]、KT《说哲理诗》等论文[6]，就新诗的价值、四川新诗的历史、新旧体诗歌的关系、诗歌的欣赏、儿童诗的定位等问题展开论述，最集中地表达了当时四川新诗界对新诗发展相关问题的理论思考。值得一提的是，四川的青年诗家已经开始自觉地总结四川新诗的发展历程，这些总结流露着对区域文学建设的深深情感和自觉。UJ《孤吟以前的作风的轮廓》一文对四川新诗发展的史料多有梳理，今天其中的部分史料已经难以完整寻觅了，如《直觉》《半月》《平民之声》等。不过，透过这 1923 年的概括，我们也可以知道，20 世纪 20 年代之初的四川新诗几乎遍及了当时四川的主要杂志，除了纯文学类的《草堂》《孤吟》，其他的思想文化类杂志也都刊登新诗作品。一句话，新诗在四川这一地域的新

---

① 《孤吟》1923 年 5 月 31 日第 2 期。
② 以上两文见《孤吟》1923 年 6 月 15 日第 3 期。
③ 《孤吟》1923 年 6 月 30 日第 4 期。
④ 以上两文载《孤吟》1923 年 6 月 15 日增刊。
⑤ 《孤吟》1923 年 7 月 15 日第 5 期。
⑥ 《孤吟》1923 年 8 月 1 日第 6 期。

文化读物中，真是遍地开花。

　　不过，从《孤吟》继续前行，最终推出自己独立诗集的作者似乎不多。到目前为止，我们只找到张蓬洲。他 1904 年生，原名映璧，后又名蓬舟，成都人。接受过私塾教育，又求学于强国、华英等新式学校，1921 年，17 岁的他第一次在四川《国民新闻》第七号发表了新诗《落花》，1923 年 6 月 13 日，他在《孤吟》第四期上发表了一篇诗论随笔《玉涧读书》，也是在这一年，他自费印行了自己的第一部诗集《波澜》，收入诗歌 8 题共 15 首，以质朴清新的语言描述他在四川及沪宁一带的旅行感受，其中《落花·小序》道出了一代青年诗人对于破旧立新的新诗浪潮的由衷的欢迎："自从有人提倡'打破旧诗''创设新诗'以后，附和的人，犹如风起浪涌一般！在试办的期内，居然成功的好的创作，就已不少！专集既有几种，散见于报纸和杂志上的，更是拥挤十分！大家为什么这样努力呢？是好育从新奇吗？决定不是；因为大家都受着'旧诗'形成上的拘束，凡是一字一句，都要墨守死人的陈法，不能够将真正的精神畅所欲言的写出来。"[①]在这里，诗人提到了新诗见刊十分"拥挤"，在诗集前的《断片的卷头话》中，又称自己的作品在成都重庆的报纸上"简直是'照登不误'"[②]，在一定程度上反映了当时四川媒介对于新诗创作的宽容度。

　　当《草堂》《孤吟》创刊者等这些四川早期白话诗人努力于成都之时，另有一批四川的文学青年也在当时的新文化中心城市组团结社，尝试着群体性的新文学建设。这就是以林如稷为核心的浅草社。1919 年，林如稷就读于北京高等师范学校附属中学，与罗石君、韩君格是同学；1921 年，他又考入了上海中法通惠工商学院，在这座城市与复旦大学的陈翔鹤、泰东书局的邓均吾（默声）相识，邓均吾是创造社的一员。第二年，也就是"1922 年，林如稷会同上海和北京一些爱好文学的朋友和同学组织了浅草社这个文学团体"[③]。浅草社于 1922 年初成立于上海，1923 年 3 月创办文学杂志《浅草》季刊，至 1925 年 2 月出版第四期后终刊，其间又先后为《民国日报》编辑副

① 张蓬洲：《落花·小序》，《波澜》，1923 年（自印）。
② 张蓬洲：《断片的卷头话》，《波澜》，1923 年（自印）。
③ 冯至：《回忆〈沉钟〉——影印〈沉钟〉半月刊序言》，《新文学史料》1985 年第 4 期，第 74 页。

刊《文艺旬刊》和《文艺周刊》，至 1924 年 9 月 16 日止。浅草社的骨干、《浅草》季刊及《民国日报》的两个副刊之主要编辑大部分为京沪两地的四川青年，包括林如稷、陈炜谟、陈翔鹤、李开先和王怡庵，杂志的主要撰稿人如邓均吾、高世华、马静沉、陈竹影、胡倾白等也来自四川，所以我们完全可以将这一群体视作五四时期跨出乡土的四川青年如何在文化中心结社奋斗的典型。《浅草》创刊号的"卷首小语"与"编辑缀话"生动地告诉我们，这些来自外省的默默无闻的学子如何倍感孤寂，如何渴望在彼此扶助中抱团取暖："在这苦闷的世界里，沙漠尽接着沙漠，瞩目四望——地平线所及，只一片荒土罢了。""我们不愿受'文人相轻'的习俗熏染，把洁白的艺术的园地，也弄成粪坑，去效那群蛆争食。"①

浅草同人多外文系的学子，他们在《文学旬刊》上翻译介绍过法、美、英、德、俄、日、印等多国的文学经典，创作也有效法欧美 19 世纪以降浪漫主义—现代主义之处，不过这主要体现在小说创作中，其新诗写作还比较质朴，以传达步入社会的青年一代的孤寂彷徨为主，与同一时期成都的孤吟社一样，力图发出"失路者的呼声"，"来发挥青年的时代的烦闷"②。站在中国新诗整体发展的角度，我们以为浅草社的主要贡献在于他们通过自己跨省（四川和省外其他青年诗人）、跨城（上海—北京）、跨院校（北京大学、复旦大学等）的活动，建立起了一个联系广泛的文学共同体，大大地推进了青年文学群体内的思想与艺术交流，彼此提振志业信心，为中国新文学及中国新诗的坚实发展厚植了基础。浅草社的活动虽然到1925 年就告一段落，但其骨干成员如冯至等在此基础上继续努力，创立沉钟社，兴办《沉钟》，一直坚韧不拔到 1934 年，成为鲁迅心目中"最坚韧，最诚实，挣扎得最久的团体"③。

《浅草》创刊之际，成都的《草堂》第三期为之刊登了目录，还特别以乡情博取读者认同："浅草社的社员大多是川人旅外者。"《浅草》创刊

---

① 《浅草》1923 年 3 月 25 日第 1 卷第 1 期，第 1 页。

② 《我们底使命》，《孤吟》1923 年 5 月 15 日第 1 期。

③ 鲁迅：《〈中国新文学大系〉小说二集序》，见鲁迅《鲁迅全集》第 6 卷，北京：人民文学出版社，1987年，第 244 页。

后，也特地在目录页后显著位置为《草堂》做广告，用了一句很蛊惑人心的话——内容极美。就是这种文学群体间的良性互动巩固着新诗发展初期的内部交流，为一代青年诗人的成长疏通道路。例如邓均吾本人也是创造社成员，于是，"通过邓均吾的介绍，1922 年夏天，陈翔鹤、林如稷先后与郁达夫、郑伯奇、郭沫若、成仿吾等相识并成为好友"①。创造社元老郑伯奇也这样描述浅草—沉钟社的四川人："由于均吾的介绍，我认识了沉钟社的陈翔鹤先生。均吾翔鹤都是川人。此次入川，都在成都遇到，偶尔谈到当年上海的情形，彼此都有不堪回首之感。当时沉钟社是新兴起来的青年作家团队。他们的倾向跟创造社很相近，可说是创造社的一支友军。"②浅草成员来自四川又联系京沪，跨越多个地域和不同的高等院校，甚至通达域外，与创造社这样活跃而人员籍贯不确定的团体交流往还，四川的诗人也就与外省外域的诗群融为了一体。

和浅草社一样主要成员来自四川，又与中国主流知识界关系密切，最终引领时代潮流的另外一个重要群体是少年中国学会。

少年中国学会发起的最早动议来自于四川青年王光祈和曾琦，前期参与筹划的还有四川同乡周太玄、陈愚生等。1919 年 7 月 1 日，学会宣布成立，7 月 15 日，《少年中国》创刊，至 1924 年 5 月停刊共出版 12 期。1920 年 1 月，《少年世界》出版，至当年底终刊也出版了 11 期。王光祈、曾琦和周太玄与李劼人、魏时珍、李璜、蒙文通、郭沫若都曾是成都四川省高等学堂附设中学堂丙班的同学，因为这层学缘地缘的关系，成都也成为了学会重要的活动之地，少年中国学会的三个分会中成立最早、活动开展也最有声势的是成都分会，主要成员李劼人、穆济波、周晓和、李思纯、李晓舫、彭举等与少年中国学会创始人——王光祈、周太玄和曾琦等之间互动密切。在王光祈的建议下，成都分会仿效北京《每周评论》创办《星期日》周报，《星期日》始于 1919 年 7 月 13 日，至 1920 年 8 月停办，共出 52 期。"据统计，在少年中国学会会刊《少年中国》杂志上，有会员 56 人，共发表文章 564 篇，其中同

① 邓颖：《邓均吾在创造社和浅草社的文学活动》，《红岩》1999 年第 1 期，第 80 页。

② 郑伯奇：《二十年代的一面》，原载《文坛》1942 年 1—5 期，引自《创造社资料》下册，福州：福建人民出版社，1985 年，第 761 页。

班同学王光祈、曾琦、魏时珍、周太玄、李劫人共发表133篇。如果再将康白情、陈愚生等四川同乡会员的文章加起来，就可以清楚地看到，同乡同学在社会团体组织中的纽带作用。"①

少年中国学会"本科学的精神，为社会的活动，以创造'少年中国'"②，它通过期刊创办、图书出版、社会调查、社会运动、思想传播等方式极大地推动了现代中国的思想启蒙，是五四时期影响最大的青年社团，五四时期的各路思想俊杰几乎都参与了这一学会的活动，包括李大钊、邓中夏、恽代英、张闻天、高君宇、毛泽东、黄日葵、赵世炎、刘仁静、杨贤江、沈泽民、左舜生、张申府、卢作孚、康白情、田汉、黄仲苏、宗白华、舒新城、方东美、李初梨、许德珩、朱自清、杨钟健等，未来影响中国的主要思想潮流——共产主义、国家主义、无政府主义都可以在学会的成员中找到最初的来源，现代中国在不久以后的政治、经济、思想、教育、文化、实业等诸界领军人物都曾浸润在"少年中国主义"的世界之中。少年中国学会的出现和思想文化运动的开展最终开启了未来现代中国思想的主流。

由几位四川青年发起的这一思想文化团体当然也扩大了四川之于现代中国主流思想的参与度，并在中国新诗的发展史上烙下了深刻的印迹。

除了王光祈、曾琦作为少年中国学会总会领袖的巨大推动外，成都分会的活动特别是《星期日》周报也在全国范围内产生了重要的影响，《星期日》刊发了极具时代性的思想檄文，如吴虞《吃人与礼教》《说孝》，陈独秀《男系制与遗产制》，李大钊《什么是新文学》以及高一涵《言论自由的问题》等。《吃人与礼教》很快被《国民公报》《新青年》和《共进》转载，轰动一时。北京、上海的新文化领袖如陈独秀、李大钊、胡适、潘力山、张东荪等也纷纷赐稿。这些文论"犹似巨石投入死水，立刻在青年和社会中绽开了璀灿的火花"。③可以这样说，进入现代以来，四川一地的媒体深

---

① 陈俐：《郭沫若与少年中国学会同乡同学关系考》，《新文学史料》2007年第4期，第177页。
② 《少年中国学会规约》总纲第二条，见《少年中国学会周年纪念册》，上海：上海亚东图书馆，1920年，第33页。
③ 穆济波：《成都"少年中国学会"与〈星期日〉周报》，见高朴实等主编《巴蜀述闻》，上海：上海书店出版社，1992年，第39页。

入参与中国主流的思想运动，成为主流精英的舆论阵地，吸引了全国读者的关注，这还是第一次。

　　虽然是思想文化的期刊，但是无论是北京的《少年中国》、南京的《少年世界》还是成都的《星期日》，都表现出对文学与诗歌的持续关注。《少年中国》《少年世界》和《星期日》等都辟了很多篇幅来发表新诗创作和新诗研究。《星期日》被《孤吟》总结为四川新诗第一阶段的主要载体，上面刊登过《三十年前做孩子的事情》《节孝坊》《送报》《月夜》《法》《爱》《我和你》《鹦鹉》等大批白话体新诗。"仅在已出版的四卷《少年中国》月刊中所发表的诗作就达近一百五十首，而在有九卷之多的《新青年》中所刊的新诗亦不过二百多首。"①作为思想文化杂志，它还组织了两期"诗学研究专号"，更是绝无仅有。今天学界已经充分意识到，从早期白话新诗的无序写作到20世纪20年代中期以后逐渐步入艺术形式的讲究与探求，"少年中国"群体所发出的声音是一个重要的推手，"初期白话诗创作和理论在审美心理和形式观念上存在的一些根本问题，直到《少年中国》真正地找到了症结所在"②。在这方面，几位四川诗人和诗论家是积极的投入者。周无（周太玄）《诗的将来》、康白情《新诗底我见》、李思纯《诗体革新之形式及我的意见》和《抒情小诗的性德及作用》、李璜《法兰西诗之格律及其解放》等论文，都较早明确提出了新诗的诗体建设问题。周无提出了诗歌与小说、新诗与旧诗的文体区别③，李思纯则不满于时下之白话诗"太单调""太幼稚""太漠视音节"，提出了输入范本、融化旧诗等主张④，李璜介绍了法兰西诗歌格律的演进，强调说："诗的功用，最要是引动人的情感。这引动人的情感的能力，在诗里面，全靠字句的聪明与音韵的入神。"⑤康白情虽然认同胡适的白话自由诗方向，但却着力于诗与散文的区别、新诗的音节

① 钱光培、向远：《"少年中国"之群——现代诗人及流派琐谈之三》，《文学评论》1981年第2期，第55页。"璀灿"现作"璀璨"。
② 陈学祖：《〈少年中国〉与中国新诗审美形式观念的确立》，《江西社会科学》2003年第1期，第81页。
③ 周无：《诗的将来》，《少年中国》1920年2月第1卷第8期，第36页。
④ 李思纯：《诗体革新之形式及我的意见》，《少年中国》1920年12月第2卷第6期，第16页。
⑤ 李璜：《法兰西诗之格律及其解放》，《少年中国》1921年6月第2卷第12期，第1页。

与刻绘、新诗与新词新曲等形式问题①，这都是"有什么话说什么话"的简陋的初期白话诗所无暇虑及的。

总之，经过以四川青年为骨干的少年中国学会同人的努力，中国新诗开始向更成熟的方向迈进。

四

作为社会性的存在，人的生存发展不仅离不开大的社会结构，也需要小的人际圈与小的社群环境。美国著名的小群体社会学家西奥多·M. 米尔斯（Theodore M. Mills）指出："在人的一生中，个人靠与他人的关系而得以维持，思想因之而稳定，目标方向由此而确定。"②

从草堂文学研究会、孤吟诗歌群体、浅草文学群体到少年中国群体，这些或大或小的团队的存在，为其中的个体的成长营造了思想文化的"氛围"，经由这种人缘关系而获得的生活与学业（事业）的发展轨迹也就是他们各自的成长路径。对于一位重视乡土因缘的四川诗人、四川作家而言，团队的氛围最终也就表现为影响着他的文学氛围，基于人缘环境的各种可能就是他文学发展"地方路径"的蜿蜒。由于生存的环境与氛围的差异，由于地缘—人缘的道路选择的不同，同样处于现代化进程中的人们自然就表现出了千差万别的个性，或者说，各自心目中对现代文化的理解也各有偏向，从而形成了多种通达未来的可能，且自有其特色与魅力，所谓的"多元现代性"正来源于此。中国新诗和中国新文学一样，它的历史发展的丰富的细节就蕴藏在诗人不同来源的各种"氛围"与"路径"之中，"四川氛围"及其相关的"地方路径"就是其中主要的环节。

作为诗人，也需要更大的思想氛围的包裹，浓郁的思想场域赋予诗人光明和温暖。极具艺术家气质的叶伯和在诗中寄语思想文化的阵地《星期日》，因为他真切地在这里目睹了"精彩—透明的大光亮"，也由衷地感到

---

① 康白情：《新诗底我见》，《少年中国》1920年3月第1卷第9期，第1页。

② ［美］西奥多·M. 米尔斯：《小群体社会学》，温凤龙译，昆明：云南人民出版社，1988年，第3页。

了"快活"：

　　今晨窗子外，射进来一股"精彩—透明的大光亮"——

　　　　照着新开的花儿，分外鲜明—清香；

　　　　引起聪明的小雀树上跳舞—唱歌。

　　我十分快活呵！我一面看，—听；一面想：

　　　　"这好看的花；好听的鸟声，为什么使我快活呢？应该谢谢她。"①

　　对于走出四川、远游他乡的人来说，能够得到来自故土的精神认同的确是一种特殊的鼓励，至少可以祛除某种陌生世界的孤独，在这里，家乡和故土意识就不是一种简单的恋旧和保守，而是自我精神发掘的特殊方式。例如我们阅读郭沫若给《草堂》的信，就能够充分感受这样两点，一是获得精神认同的喜悦，二是借助乡土文化的梳理重建自我精神原乡的激情。

　　1923 年 1 月，远居日本福冈的郭沫若收到来自家乡的《草堂》创刊号后，显得格外兴奋，他挥笔写下了心中的激动：

　　吾蜀山水秀冠中夏，所产文人在文学史上亦恒占优越的位置。工部名诗多成于入蜀以后，系感受蜀山蜀水底影响，伯和先生的揣拟是正确的。

　　真的！近代文学的精神无论何国都系胎胚于自然主义。自然主义近虽衰夷，然而印象派中、象征派中、立体派中、未来派中，乃至最近德意志的表现派中，都有自然主义的精神流贯着，这是不可磨灭的事实。自然主义的精神在缜密的静观与峻严的分析。吾蜀既有绝好的山河可为背境，近十年来吾蜀人所受苦难恐亦足以冠冕中夏。诸先生常与乡土亲近，且目击乡人痛苦，望更为宏深的制作以号召于邦人。

　　久居海外，时念故乡，读诸先生诗文已足疗杀十年来的乡思，然而爱之愈深则不免求之愈侈，仆对于诸先生故敢有上述之奢望，望勿见怪而时赐教勉。②

　　由家乡青年的通信升起"蜀山水秀冠中夏"的自豪，这不是郭沫若故作

---

① 叶伯和：《寄星期日周报的记者》，见叶伯和《诗歌集》第 2 期，上海：华东印刷所，1920 年，第 6 页。

② 《草堂》1923 年 5 月 5 日第 3 期"通讯"，第 65 页。

应酬之辞，因为，不断从四川风土名物与历史传统中汲取精神的养料本来就是郭沫若的一大特点，从文学上对"天府雄区"的反复赞叹到史学上对"西蜀文化"的预见性判断，莫不如此。①至于将"感受蜀山蜀水"与世界文学思潮的重要走向（自然主义）联系起来，则是对四川文化资源的独特的发掘，或者说"激活"，所谓文学现代的"地方路径"就是如此诞生的。

任何区域认同之中都包含着对具体的"人"的评价，连接着具体的人际交往的故事，地缘关系有时又呈现为人缘、学缘的关系。这里既有"人脉"延伸的本能，也有以故旧亲朋为参照自我鼓励、自我鞭策的需要。例如在四川省高等学堂附设中学堂丙班的同学都在少年中国学会中改天换地、大展宏图之时，身在日本也远离了新文化主流的郭沫若也生出了相形见绌、自愧弗如的自卑感：

> 我前几天才在朋友处借了《少年中国》底第一二两期来读，我有几句感怀：
>
>> 我读《少年中国》的时候，
>> 我看见我同学底少年们，
>> 一个个如明星在天。
>> 我独陷没在这 styx 的 amoeba，
>> 只有些无意识的蠕动。
>> 咳！我禁不着我泪湖里的波涛汹涌！②

这是 1920 年 1 月 18 日所写，可能就是这份自卑激发了郭沫若对创造的渴望，两天以后，他灵感来袭，创作了《凤凰涅槃》，四天以后，作《解剖室中》，都是自我解剖、生命蜕变、浴火重生的抒情，十二天之后，《天狗》破空而出，一飞冲天，凤凰真的涅槃了！

创作的激发不一定都在打击中产生，也可能是鼓励和唤醒。在郭沫若诗兴发动的过程中，我们也可以发现另外一位四川同乡的启示价值，这就是康

① 参见郭沫若：《少年时代》，见郭沫若著，郭沫若著作编辑出版委员会编《郭沫若全集》文学编第 11 卷，北京：人民文学出版社，1992 年，第 167 页；1934 年 7 月 9 日致林名钧信，见黄淳浩编《郭沫若书信集》，北京：中国社会科学出版社，1992 年，第 398 页。
② 郭沫若：《三叶集·郭沫若至宗白华》，见郭沫若著，郭沫若著作编辑出版委员会编《郭沫若全集》文学编第 15 卷，北京：人民文学出版社，1990 年，第 18 页。

白情。康白情是较早走出四川、进入新文化策源地的诗人。作为北京大学的学生领袖，他积极投身新文化运动，组织"新潮社"，创办《新潮》月刊，参加少年中国学会，在《新潮》《时事新报》等报纸杂志发表新诗作品。就是这位四川同乡发表在《时事新报》上的新诗让郭沫若视野大开，信心倍增，最终迈入了新诗创作的领域："我感觉得这倒真是'白话'。是这诗使我增长了自信，我便把我以前做过的一些口语形态的诗，扫数抄寄去投稿，公然也就陆续地被登载了出来，真使我感到很大的愉快。这便是我凫进文学潮流里面来的真正的开始。"①

总之，在一个农业文明气质厚重、同乡社群俨然构成青年成长的重要方式的时代，以地缘、区域为基础的凝聚和参照作用甚巨。如郭沫若这样的天才般的新诗开拓者的出现，依然也是一个更庞大的新诗氛围（四川整体诗歌氛围）包裹、激发的结果，绝非个别人偶然间的异想天开，历史与文化的更替更不是少数人一意孤行所能完成的。

这自然不是否定个人的创造，因为文学和诗的历史价值最终必须通过个人独特的人生和艺术感受来表达，其他四川诗人的交流并不会取代和覆盖像郭沫若这样的创造的天才，抹去他的特有的智慧，环境和社群的存在只是更好地激活和引发了他创造的欲望。

当然，即便是在这个时候，文化环境之于创造的影响依然存在，因为，它还会将其他人的类似的思维和选择不断输送到创造者的面前，展示出思想发展的各种细节，成为创造活动的参照和借鉴。也就是说，晚清民初四川诗人与知识分子在这种特殊氛围中所形成的某些趣味、思维也在一定程度上影响着诗歌和文学的"现代创造"的内容，最终使得这里的创造与别处有所不同。

例如综合所有这些现代四川知识分子与现代诗人的思想文化选择，我们可以发现一个相似的趋向，那就是，无论五四时期的文化激进主义有多么巨大的影响，人多数四川知识分子都似乎没有成为传统文化决绝的背弃者，相反在他们的现代化表述中，总是为传统的价值留下了比较充分的空间。在古

---

① 郭沫若：《凫进文艺的新潮》，原载 1945 年 7 月《文哨》第 1 卷第 2 期，引自《新文学史料》1979 年第 3 期，第 34 页。

今中外文化的"非冲突格局"中实现自己的理想,诗家吴芳吉,音乐家叶伯和、王光祈,政治学家李璜,史学家李思纯、蒙文通,生物学家周太玄,数学家魏时珍等的理想的抒发都是如此。无论知识背景如何,这些四川诗人关于新诗的发言也多是中外并举,建设新诗又延续传统。从叶伯和的乐歌开始,借音乐营建新诗的韵律似乎在四川诗家这里广受欢迎,吴芳吉、叶伯和、王光祈、周太玄、李思纯、邓均吾以及更早的康白情都有论及,而如何引古代诗歌的音乐旋律入现代新诗也就成为了他们不约而同的关注焦点。郭沫若虽然开辟了自由体新诗,但是他却并不拒绝讨论旋律问题,他将新旧参半的吴芳吉视为知己,给 "婉容词"以赞誉①。他有过天狗般的狂放,有过排山倒海般的创造欲望,但这一创造并不是以砸碎和破坏中国传统文化为前提的,而是文化的"凤凰涅槃"。在五四新文化的大潮中,郭沫若一方面是新文化的创造者,另一方面又毫不讳言地宣称自己是儒家文化的信奉者,是孔子的崇拜者。这一姿态十分的特别。

　　追索这一倾向的来源,可能与四川近代文化的基本格局——蜀学的兴起及特点有关。近代蜀学产生自晚清至民国的动荡时代,是传统学术资源应对近代变革的结果,在中西文化的争夺因为国家政治的裹挟在京沪等中心城市愈加激烈,或者说因社会政治的力量不断撕扯而尖锐对立之时,远在内陆腹地的四川却发展着一种兼容并存的可能:保存国粹又托古改制、坚守国学又维新改良、承袭传统又面向西方就成了近代四川学术的显著特点,虽然在一些社会文化变革的细节处这里依然存在冥顽保守的力量,但是学术思想却已经奠定了某种包容的格局。这也就是我们所谓之"多元并生"的文化态度,每一位晚清民初的四川作家和诗人都是在这一格局中感受世界,处理中外文化问题,理解古今文化关系的,一个并不激越对抗的格局也营造了一种相对平和的思想方式。在经历了百年激进文化熏染之后,我们重新回头观察文化发展的问题,可能就会越来越承认文化的转换和发展的确具有多种可能性。事实证明,只有那种借助政治意识形态的单一的霸权思维模式才会将古今文化置于势不两立的敌对关系当中,早早判定历史的沉积永远与未来无关。在

---

① 参见蔡震:《郭沫若与吴芳吉:一首佚诗,几则史料》,《新文学史料》2014年第3期。

这个意义上，如何更恰当地利用多种文化的资源，四川诗人和知识分子所尝试过的现代路径虽不尽完善，却值得我们重新思考。

回到本文提出的问题，我们似乎可以这样说，如果以郭沫若这样的新诗先驱来打量新诗创立、旧诗淡出的历史过程，我们可以得出这样的结论，白话新诗的诞生不是个别人的误入歧途，而是众多诗歌尝试者自然探求的结果。而且，更重要的还在于，五四新诗所预设的道路绝不是我们臆想中的那么简单，至少包括郭沫若等在内的四川早期知识分子已经向我们证明，中国传统文化与外来文化都在他们的诗歌追求中得到了充分的尊重，现代诗歌的建设之路在那时并不逼仄，并不简陋，它本来就具有宽阔展开的可能。

（原载《文艺争鸣》2020 年第 11 期）

地方性文学报刊之于现代文学的史料价值

近年来，随着人们史料意识的提高，大量报刊成为了专业人士搜集、查考、研究的对象，除了学者们的投入外，更有为数众多的硕士和博士研究生纷纷将这些报刊作为毕业论文选题，为此，甚至基本形成了一套有序的研究模式，照章操作几乎可以保证论文达到一定的水准且获得可以预期的成果。这些情形的出现为我们保存、打捞文学史料无疑发挥了显著的作用。

但是，值得注意的是，目前我们业内人士关注的主要还是具有全国性影响的报刊，如《新青年》《新潮》《大公报》《晨报副镌》《中央日报》《新华日报》《解放日报》《时事新报》《现代》《新月》《小说月报》《抗战文艺》《文艺复兴》等，固然这些报刊上刊载了中国现代文学的最重要的部分，包含了社会文化最集中的信息，勾勒出了中国现代文学发生发展的主要脉络，但是还有一个部分的资源尚未引起我们足够的重视，或因为客观条件的限制，尚未得到有效的利用，这就是地方性文学报刊。本文以多年来搜集整理的一些地方性报刊的史料价值为例，谈一谈加强这方面工作的特殊意义。

从总体上看，加强对地方性文学报刊的整理和研究工作，至少具有这样几方面的意义。

首先，中国文化的独特的区域分割特征造成了"知识"的区域隔离，必须跨越区域的限制才能更充分地掌握文化与文学的诸多信息。传统中国社会农业文明存在区域间的巨大差异，东西南北的地理及文化各有不同，就是现代一体化的工业文明进程，也无法完全改变这一现状。新文化运动展开将近10年了，四川万县的何其芳"还不知道五四运动，还不知道新文化、新文学，连白话文也还被视为异端"①。直到20世纪20年代后期还没有听说过五四，那么他的知识结构是怎么建立的？什么样的地方读物与家庭读物影响了他？何其芳早期诗歌和散文中浓厚的晚唐风韵莫不与这些"五四之外"的阅读有关。

其次，现代中国的内外战争造成了一些重要文化人士与作家的全国性流动，他们的声音和书写痕迹留在了另外一些可能意想不到的地方，需要我们仔细寻觅。特别是抗战时期，大批作家来到了重庆以及其他的大后方，这里固然也有全国性的迁移过来的大刊大报，但也有不少的地方性报刊，作家们的不少作品散落在地方性报刊上，而这些报刊往往生存时间不等，知名度有限，常常在人们的视线之外，但是可能包含很重要的信息。进入它们，就进入了一个新的世界。

例如1937年守卫四行仓库的所谓800壮士实际为400多人的加强营，为什么叫800壮士？最早披露这一事件的是该营营长杨瑞符发表在四川合川县《大声日报》上的文章。杨瑞符脱险后于1939年6月在四川省合川县②《大声日报》上发表了孤军奋斗四日记，他在1937年10月28日的那篇日记里回忆说："我们的伤兵，因为医药困难……就请外面向英军交涉，请代设法在本晚将伤兵运出去，果然有传令兵来报告，负伤士兵可以出去了。我当嘱咐出外就医的士兵说：'你们出去，有人问四行仓库有多少人，你们就说有八百人，决不可说只有一营人，以免敌人知道我们的人数少而更加凶横。'后来轰传全世界的八百孤军的数目，就是这样来的。"③

《大声日报》不过是地方报纸，难以收入国家图书馆缩微库房，但它不仅发表过杨瑞符的回忆，也发表过著名作家路翎的系列重要作品。路翎抗战初逃难经武汉，报名流亡学生登记，流亡到四川，就读国立二中高中，投稿《大声日报》，后来为《大声日报》编《哨兵》文艺副刊。目前仅有少部分《哨兵》存放在北碚图书馆，而且已经不全。多年前，朱珩青女士为了撰写《路翎传》到重庆北碚寻访史料，我陪同她一起在北碚图书馆红楼搜索到了

---

① 方敬、何频伽：《何其芳散记》，成都：四川教育出版社，1990年，第22页。
② "合川县"现为"合川区"。
③ 转引自中国人民政治协商会议四川省合川县委员会文史资料研究委员会：《合川文史资料选辑》第3辑，1985年，第17—21页。

民国二十七年十一月（1938 年 11 月）以后的《哨兵》副刊，到 1939 年 4 月 2 日《告别了"哨兵"》，共 15 期，其中路翎本人作品有 8 篇：

我们底春天（诗）	署名"莎虹"
哨兵（诗）	署名"丁当"
响应义卖献金运动（散文）	署名"莎虹"
在空袭的时候（散文）	署名"莎虹"
国防音乐大会（散文）	署名"莎虹"
告别了"哨兵"（散文）	署名"莎虹"
欢迎新伙伴（通信）	署名"哨兵"
胧朦的期待（小说）	署名"流烽"

但其他作品包括小说《空战日记》和散文《美人蕉》《县政府前的垃圾》《灯红酒绿》《谈"红萝卜须"》《蔷薇》等已经不可寻。现在能够找到的作品也没有收入路翎文集，而就是这些仅存的文字也包含了相当重要的文学信息，在像《胧朦的期待》这样的在当时不多的以日军为描写对象的反战小说中，路翎刻画人精神世界的才能已经初露端倪了。例如：

> 曹井心里的悒怅扩大了，像……秋天草原的雾。起先偶尔想起（＊）留在遥远东方的老幼，接着，所有的怨恨便在他心里爆裂，雾在草原上弥漫起来，一双大手把世界隔绝了，而且重重地压住曹井的心窝，原野在延（＊）着似的昏暗下去。冷冽的气流漫进单薄的皮衣，曹井在颤栗地（＊）晃了，怒气从脚头使出，他猛地踢着脚下被浸湿的枯草。

> （1939 年 1 月 8 日《大声日报·哨兵》，（＊）为原文无法辨认之处）

不久以后，在为撰写《七月派作家评传》搜集材料的过程中，我又在重庆复旦大学的《中国学生导报》上发现了路翎的另外一篇重要佚文《熊和它底谋害者》。

《中国学生导报》是一份由重庆复旦大学学生发起、中共南方局介入领导的报纸。1944 年 7 月 4 日，复旦大学约 30 名学生在北碚夏坝嘉陵江畔的

"江风"茶馆举行了中国学生导报社成立大会，开始筹办《中国学生导报》。中国学生导报社成立伊始，便得到中共南方局青年组的具体领导，为了获得政府宣传部门的批准，由在复旦大学任教的张志让介绍，约请当时重庆三民主义同志联合会负责人——在重庆大学执教的甘祠森担任发行人，经过甘祠森多方努力斡旋，获得正式批准。1944年12月22日《中国学生导报》正式创刊，这天出版的《新华日报》在第一版右上方刊登了一个醒目的广告：《中国学生导报》出版了。沈钧儒、史良、邓初民、张志让、洪深、潘震亚、章靳以等也都给予了大力支持，史良还在经济上给以较大帮助，甘祠森还托何其芳、叶以群代约一些知名作家为《中国学生导报》撰稿。从1945年4月起，中共南方局青年组每月拨给5万元的出版经费。1946年5月，《中国学生导报》从38期开始，分别编辑出版上海版（"沪版"）和重庆版（"渝版"）。沪版出了四期休刊，后因政治形势急剧变化而未曾复刊。渝版在抗暴运动中仍继续出版，一直坚持到1947年6月才停刊，共出版56期，总体还是在重庆生存，现在国家图书馆有部分缩微胶片可查。

1944年4月到1946年6月，路翎任职于北碚黄桷树燃料管理委员会，与黄桷树的复旦大学学生多有往来。1945年1月12日他在《中国学生导报》发表《熊和它底谋害者》，从民族文化精神的角度谈论反法西斯战争和民族文化精神，是路翎作品中少有的文化评论，其中对落后民族身上的生命力量的挖掘完全可以帮助我们从一个更深的角度理解路翎所激赏的"原始强力"，例如他借用俄国作家亚历山大·赫尔岑（Alexander Herzen）的观点，将落后的民族比喻为野蛮而"蠢笨"的"熊"，而"先进"的西欧民族则是"猎熊的风雅浪子"。不过，路翎又更为深刻地指出，在反法西斯的当时，所有的民族和所有的文化都在经历着巨大的变革：

> 即使曾经最蠢笨的"熊"罢，但今天它已经怎样智慧又怎样敏捷地站起来，向前飞奔和障碍搏击而且胜利，是世人都知道的；而"熊"的欺骗者，他们已不复再是先前的浪子，那些法利赛人，那些毁灭公众生活和家庭生活的敲诈者，今天则组织了叛逆的军队，蹂躏了任何文化和文明，连自己曾经戴过的假面具也在内，在西方和东方发动了匪徒的进军。

……

完成了光辉的历史底第一个阶段的"熊",在这一次的搏斗里将会完全胜利,朽腐文明底浪子,在这一次的搏斗里,假若他们是站在人类文化底正确方向,站在由全世界人民所负持的方向,那他们也会洗涤掉自己底虚荣心利欲心——而达到他们底祖先和子孙都在梦想的真正的飞升。民族性和文化底地理因素,并不是绝对的东西或基本的东西:基本的东西是只能是在该一历史阶段上的人民底方向。

……

看他,几世纪以来的惨痛的经验,已经使"熊"知道怎样攻击和防御,怎样用智慧来守卫它底耿直的血了!

就是在这些铿锵作响、力透纸背的文字当中,我们可以读出路翎对民族复兴的设想:一方面发扬固有的生命本质——或者是原始力量如"熊",或者是风雅的文明如西欧浪子,另一方面是在历史的教训中自我反省——如"浪子"祛除虚荣心利欲心,而"熊"获得了智慧。智慧与力量的结合,这是抗战告诉路翎的民族复兴之路,所以他格外关注那些生存在底层却又保有生命强力的"黑色子孙"们,那些"饥饿的郭素娥"们,而剽悍、乖戾的流浪汉、倔强勇猛的山村女子,和"举起他整个的生命在呼唤"的知识分子蒋纯祖就是这一复兴之路上的行走者,难怪胡风读到《财主底儿女们》是如此的激动:"在这部不但是自战争以来,而且是自新文学运动以来的,规模最宏大的,可以堂皇地冠以史诗的名称的长篇小说里面,作者路翎所追求的是以青年知识分子为辐射中心点的现代中国历史底动态。然而,路翎所要的并不是历史事变底纪录,而是历史事变下面的精神世界底汹涌的波澜和它们底来根去向,是那些火辣辣的心灵在历史运命这个无情的审判者前面搏斗的经验。"[1]他也像路翎一样使用了"搏斗"一词!

今天,中国现代文学中的"校园文学"越来越受到重视,不过,人们关注的重点还在那些充满"艺术探索"精神的校园,如抗战时期的西南联大,其实,另外有一些颇具个性特色却因为种种原因而史料保存不足的校园恰恰

---

[1] 路翎:《财主底儿女们》,北京:人民文学出版社,2000年,"序"第1页。

更需要我们倍加留意。

与当时路翎交流的重庆复旦大学曾经有过一群十分活跃的作家，他们以各种文学壁报为阵地，发表了大量文学作品，形成了关怀现实政治、思想激进、与西南联大风格有别的抗战校园文学，除了文种社得到《新蜀报》、诗垦地社得到《国民公报》支持外——《新蜀报》的总经理周钦岳临时受聘在复旦担任新闻系学生的新闻评论写作课，专门在《新蜀报》开辟了文艺副刊《文种》，从 1938 年 1 月 31 日到 1939 年 1 月 15 日出了 45 期；诗垦地社得到复旦教师章靳以鼓励，章特意将自己在《国民公报》主编的《文群》副刊每月让出两期版面，供他们编辑《诗垦地》副刊，从 1942 年 2 月 2 日至 1943 年 5 月 29 日，共计 25 期。其他大多数文学社团只能以壁报形式展示自己，《抗战文艺》、《文艺垦地》、《夏坝风》及其副刊《文学窗》（束衣人等主编）、《复旦壁报》、《风牛马》、《榴红》、《声音》、《嘉陵风》、《文艺信》、《谷风》、《政治家》等都是当时影响很大的壁报，至 1944 年春，壁报已达数十种。

壁报本身是很难保存的，所以要再现当年的校园文学盛况实属不易，期间偶尔保存下来的资料弥足珍贵。其中，《文学窗》作品的保存成了今天几乎唯一的壁报风景的记忆。在壁报社团中，人数最多且影响最大的是文学窗社。文学窗社前身是束衣人（石怀池）等七人组成的"七人文谈社"，该社 1944 年改组成为文学窗社后成员增加，1945 年上半年增至 30 多人。①《文学窗》最初每期一张，1945 年春，扩大为每期 4 大张，分别为文艺理论与批评版、小说版、诗歌版和综合版（散文、杂文、读书随笔、漫画等），以后相继创办了三个专辑类的壁报《风牛马》《榴红》《声音》。1946 年初，经由冀汸帮忙，应复旦大学校友、开封《中国时报》文艺副刊创办人郭海长之约，将壁报《文学窗》刊登的稿件加以剔选，发表在《中国时报》上，自 1946 年 1 月 11 日到 1947 年 2 月 9 日，共出了 23 期，编者署名"文学窗社"。重庆北碚的这一处文学壁报终于在千里之外的开封面向了中国社会，开封这家地方报纸副刊出人意料地承载了重庆的抗战校园文学。

① 参考中国青年出版社于 1987 年出版的《战斗在山城》，第 90—91 页。

最后，重视地方性文学报刊也与中国出版的物质条件有关。中国印刷出版物质基础薄弱，纸张质量、印刷技术有限，加之如抗战的经济困难，如果再有政治方面的某些禁忌，地方报刊获得保存的可能性减小，损失乃至消失的可能性随着时间的流逝大大增加。到 2010 年大半个世纪过去了，这些报刊几乎到了寿命极限，十分危险！由于其整体的社会文化意义还没有获得广泛认可，及时进入数字化保存还有各种难度。这样，我们今天在需要寻找民国报刊史料之时，这些地方性的报刊将越来越成为稀缺之物，如不进行及时的抢救性的发掘和保存，损失将难以弥补。例如 1915 年，李劼人开始在樊孔周创办的《四川群报》担任主笔，到 1918 年 6 月该报被封为止，他以"老懒"笔名发表短篇小说 100 多篇，其中 40 余篇以"盗志"为题，暴露社会诸多黑暗面，此外还包括杂文、评论等多种文体，这是五四以前，观察京沪两地之外的文学发展情形的十分宝贵的史料，可惜因为保存不善，现在已经无法见到。

相反，如果我们今天能够对地方性文学报刊足够重视，尽可能地做好对它们的打捞、整理和研究工作，不仅可能在中国现代文学的研究格局中增加许多意外惊喜，得到许多细节材料，同时从长远来看，更有利于从新的角度和立场拓宽现代中国文化的研究空间，这就是"地方性知识系统"的建构。过去我们的中国现代文学研究系统，是在一个"高大全"的外在逻辑中建构起来的，现代化的思想来源常常还在西方，中国文学与文化的现代化理想是通过"五四"，通过北京、上海几个首开风气的城市输入的，所以"五四"自然而然就成了我们的热门话题，而我们关于"五四"的谈论其实一直都还停留于北京、上海等几个少数的大城市的"运动"，当时西南地区能够购买《新青年》杂志的也只有成都的华阳书报流通处。但是，现代中国文化不单单是北京、上海这两个城市的文化，在更广大的地方中国人是怎么获得五四新文化影响的，广大中国地区的"现代文化"是怎么建立的，这些地区的普通中国人心态如何，如何理解新文学，都需要从地方性的出版物、地方性的报刊一窥真相。我认为，在"全球化—发达城市现代化—后发达地区逐渐开化"这样一个叙述逻辑之外，还存在另外一个逻辑系统：地方性知识如何面临重新建构，如何自我调整和融合。而且，对于文化的最终发展来看，也不是地方知识放弃自我，融入全球化与统一的现代化（那可能是最糟糕的现代化），而是地方文化重新找到了属于自己又能与其他文化有效对话的可能，是旧的地方性知识有所扬弃，而新的地方性知识得以建立的全过程。北碚曾经是远离重庆的一个小乡镇，直到 20 世纪 30 年代中期依然偏僻落后，土匪出没，北碚现代化的开始得力于卢作孚 1927 年开创的嘉陵江三峡地区的乡村现代化建设，到抗战期间，这里已经成为初具规模的现代山水园林小城，人文荟萃，被誉为"陪都的陪都"，这一切的现代文化历程都被创刊于 1928 年的《嘉陵江》报（1931 年 1 月改为《嘉陵江日报》）作了完整的生动的记录，一个地方如何逐步进入现代文明，或者说现代文化如何在一个内陆小城生长起来，《嘉陵江》报（《嘉陵江日报》）可以说就是最好的史料。至于现代意义上的白话文学如何在重庆这样的内陆城市获得自己的影响，又如何影响了普通市民的阅读，则可以通过《渝报》（1897）、《广益丛报》（1903）、《新蜀报》（1921）的副刊专栏设计加以分析。

　　在这个意义上，反映地方性知识的地方报刊在将来可能不仅仅是我们主流报刊研究的补充和陪衬，它们的学术意义本身就可能获得进一步的提升，地方所包含的"主体价值"可能得到新的发现。

（原载《中国现代文学研究丛刊》2010 年第 1 期）

郭沫若与中国传统文化的问题

郭沫若的一生，从文学创作到学术研究，都与中国传统文化密切联系：他的诗歌创作起步于少年时代的旧体诗作，后来虽然有《女神》开辟了一代新诗写作之风，但是抗战以后，旧体诗词又重新复活在了诗人的笔下，至新中国成立后，也是新诗与旧诗并行。至于学术研究，则更是主要立足于对中国传统文化的总结、考辨和分析，诸如古代文学研究、古文字研究、考古研究、历史研究等。所以，在"弘扬民族传统文化"成为时代主潮的今天，提及中国现代知识分子如何"继承"自己的古代传统，郭沫若就常常成为理所当然的代表。

但是，如果仅仅跟随时代的潮流，从郭沫若身上寻觅"传统文化"的元素，却很可能削弱了郭沫若本身的丰富性，也忽视了所谓传统文化的复杂性，特别是郭沫若对于历史文化传统的独特的态度。从登上诗坛的那一天起，郭沫若呈现于公众视野的形象其实就是多方面的。当年闻一多关于《女神》的矛盾性结论，其实就是这种多面性的生动体现：一方面，闻一多敏锐地发现："若讲新诗，郭沫若君底诗才配称新呢，不独艺术上他的作品与旧诗词相去最远，最要紧的是他的精神完全是时代的精神——二十世纪底时代的精神。"[1]另一方面，衷心热爱传统文化的闻一多又十分遗憾地感到："《女神》不独形式十分欧化，而且精神也十分欧化的了。""我们的中国在那里？我们四千年的华胄在那里？那里是我们的大江，黄河，昆仑，泰山，洞庭，西子？又那里是我们的《三百篇》，《楚骚》，李，杜，苏，陆？《女神》关于这一点还不算罪大恶极，但多半的时候在他的抒情的诸作里他并不强似别人。"[2]

---

① 闻一多：《〈女神〉之时代精神》，见闻一多《闻一多全集》第 2 卷，武汉：湖北人民出版社，1993年，第 110 页。

② 闻一多：《〈女神〉之地方色彩》，见闻一多《闻一多全集》第 2 卷，武汉：湖北人民出版社，1993年，第 119 页。

一

闻一多的矛盾性结论是不是来自《女神》诗歌美学的分裂呢？当然不是，因为，在郭沫若的自我诗歌表述中，最新的艺术思潮总是与古老的传统诗学不分彼此地相互连接、相互说明，他并不因为倾心于西方诗歌和时代精神而抛弃了传统美学的趣味，也不因为流连古老传统的艺术境界而推开外来的影响。

例如，他讲述自己的作诗经历，分作泰戈尔阶段、惠特曼阶段和歌德阶段，同时又用中国古代诗歌来说明这几个阶段，这一段话是被我们经常引用的：

> 总之，在我自己的作诗的经验上，是先受了太戈尔诸人的影响力主冲淡，后来又受了惠特曼的影响才奔放起来的……我自己本来是喜欢冲淡的人，譬如陶诗颇合我的口味，而在唐诗中我喜欢王维的绝诗，这些都应该是属于冲淡的一类。①

在这里，郭沫若典型的"比附"思维十分明显，他用陶渊明、王维比附泰戈尔，将他们的相遇视作"一见如故"的理由。

郭沫若思维的特点就是如此，古今中外并不刻意区分。在一系列的思想文化概念的理解和使用上也是这样。如文论中涉及的诸多概念——直觉、灵感、真等，也是中外文明并举，而且首先就是中国古代的屈原、蔡文姬、李杜、王维等，国外诗家则有但丁、弥尔顿、歌德及日本诗人等多人，再如作为现代知识分子谈论的"个性"与"人格"，郭沫若特别强调诗人的人格铸造，谓"人格比较圆满的人才能成为真正的诗人"，甚至还提出："个性发展得比较完全的诗人，表示他的个性愈彻底，便愈能满足读者的要求。"②

---

① 郭沫若：《我的作诗经过》，见郭沫若著，郭沫若著作编辑出版委员会编《郭沫若全集》文学编第 16 卷，北京：人民文学出版社，1989 年，第 220 页。
② 郭沫若：《文艺论集·论诗三札》，见郭沫若著，郭沫若著作编辑出版委员会编《郭沫若全集》文学编第 15 卷，北京：人民文学出版社，1990 年，第 338 页。

这显然是接受了西方浪漫主义的观念，但与之同时，诗人又将屈原、陶渊明、李白、杜甫等中国古典诗人视作"人格圆满""个性完全"的典型。古今贯通的认知还包括"白话文""五四运动"等重要问题："屈原所创造出来的骚体和之乎也者的文言文，就是春秋战国时代的白话诗和白话文，在二千年前的那个时代，也是有过一次'五四运动'的。屈原是古'五四运动'的健将。"①

郭沫若对"泛神论"的理解最具代表性。在 1920 年 1 月 5 日上海《时事新报·学灯》上，郭沫若第一次声言的"泛神论"就囊括了各不相同的三位人物："靠打草鞋吃饭"的庄子、"靠磨镜片吃饭"的巴吕赫·斯宾诺莎（Baruch de Spinoza）以及"靠编渔网吃饭"的印度神学家加皮尔（Kabir）。后来，被郭沫若列入"泛神论"名单的中外文化人越来越多，歌德、雪莱、泰戈尔、孔子、老子、王阳明……"泛神论"概念的包罗万象说明他对"泛神论"有着自己的开放式理解。像这样的思想发展的路径所表明的正是：

> 因为喜欢太戈尔，又因为喜欢歌德，便和哲学上的泛神论（Pantheism）的思想接近了。……我由歌德又认识了斯宾诺莎（Spinoza），关于斯宾诺莎的著书，如象他的《伦理学》、《论神学与政治》、《理智之世界改造》等，我直接间接地读了不少。和国外的泛神论思想一接近，便又把少年时分所喜欢的《庄子》再发现了。我在中学的时候便喜欢读《庄子》，但只喜欢文章的汪洋恣肆，那里面所包含的思想，是很茫昧的。待到一和国外的思想参证起来，便真是到了"一旦豁然而贯通"的程度。②

豁然而贯通，这是郭沫若在古今中外文化接受中采取的基本态度。所以，一部《女神》，既有《天狗》的异样反叛，又有《雨中望湖》《晚步》这样宁静和谐的古典风韵，诗人的一生，同样新旧体并举，保留多重探索。

---

① 郭沫若：《蒲剑集·革命诗人屈原》，见郭沫若著，郭沫若著作编辑出版委员会编《郭沫若全集》文学编第 19 卷，北京：人民出版社，1992 年，第 51 页。

② 郭沫若：《创造十年》，见郭沫若著，郭沫若著作编辑出版委员会编《郭沫若全集》文学编第 12 卷，北京：人民文学出版社，1992 年，第 66、67 页。出版者注：此引文中的"如象"应改为"如"。

在郭沫若那里，不同的美学倾向并无不妥。

　　这种跳脱出二元对立思维的多方位文化追求大约可以反映出传统文化在郭沫若精神世界的存在方式：不是被外来文化否定了、驱逐了，相反，倒似乎是被"激活"了。郭沫若与一般五四知识分子的激进姿态大为不同。例如今天人们常常论及的他对孔子和儒家文化的态度。他对孔子的推崇几乎贯穿一生。20 世纪 20 年代初期，面对新文化思潮对传统的汹涌质疑，他就提出："现在的人大抵以孔子为忠孝之宣传者，一部分人敬他，一部分人咒他。更极端的每骂孔子为盗名欺世之徒，把中华民族的堕落全归咎于孔子。唱这种暴论的新人，在我们中国实在不少。诬枉故人的人们哟！你们冥蒙终久是非启发不可的！"①郭沫若一生，反复地、有系统地赞扬了儒家文化的宗师孔子，说他是政治家、哲学家、教育家、科学家、艺术家、文学家，是"人中的至人"，孔子思想也被视为中国先秦文化"澎湃城"中最优秀的宝藏。

　　"激活"传统文化当然也不等于是僵化保守，而是一种对固有文化的重新认知，对历史文化内在潜力的发掘和利用。这就可以回答一个问题：推崇孔子与儒家文化的郭沫若从来也不会被列入保守主义的阵营。郭沫若的追求至少启发我们：对现代/传统关系的理解早应该跨出二元对立的逻辑陷阱，在更广阔的空间中思考问题。

二

　　新文化主流争取现代的生存空间，就不得不面临一个如何重估"传统"价值的问题，复杂之处在于，这里的所谓"传统"并不单纯是已经消失了的静态的文化遗迹，而是与各种现实权威包括政治权威相互结合的实体性力量，因此，新与旧、现代与传统的冲突往往就难以避免。在这种背景之下，实际上产生了面对传统的四种选择。

---

① 郭沫若：《中国文化之传统精神》，见郭沫若著，郭沫若著作编辑出版委员会编《郭沫若全集》历史编第 3 卷，北京：人民出版社，1984 年，第 259 页。

　　最常见的两种相互对立：对传统尖锐否定和批判，这是新文化的激进思潮，与之对应的则是极力维护传统文化的保守主义。打倒/继承的二元对立因此形成。

　　第三种选择是所谓中西融合，不偏不倚，中正平和，学衡派的主张就是这样。这样的平和姿态具有比较大的吸引力，似乎能够将古今中外的优秀文化兼收并蓄，避免了任何一种偏颇，但事实上却难以真正实践。因为，每一个时代的发展都一定是基于某种必须解决的历史问题，也最终必须提出对固有问题的清除方案，也就是说历史的发展不可能是不偏不倚，没有改变，无须淘汰的，只要我们承认发展和改变的必要性，那么就一定会涉及"价值重估"，革故鼎新势所必然，在这个意义上，新文化的激进姿态尽管在学理上可能不无欠缺，但却也是切中要害的。相反，所谓的"中正平和"在理论上看似完满，却并没有抓住时代发展的命脉。

　　那么，还有没有一种既具有清醒的时代意识，又能够尊重历史遗产的选择呢？这其实就是郭沫若式的"激活"。郭沫若跳出了打倒/继承的二元对立思维，体现出了对传统文化的由衷的尊重，但是这却不是学衡派式的没有标准的"不偏不倚"，论及孔子的价值，郭沫若说过："我们还是崇拜孔子——可是决不可与盲目地赏玩骨董的那种心理状态同论。我们所见的孔子，是兼有康德与歌德那样的伟大的天才，圆满的人格，永远有生命的巨人。"[①]在这里，郭沫若的历史意识和时代体验都相当清晰：如孔子这样的传统文化遗产绝不是静态的与当下无关的存在（"骨董"），孔子的价值就在于他体现了这个时代所缺少的品格——人格圆满、充满生命的活力。这其实就是将孔子置放在了时代精神的背景上加以观照，从中"挖掘"出了他依然可以积极地参与当下文化建设的意义，换句话说，也就是从时代出发，激活了历史遗产的当代价值，这样对待传统文化的态度，避开了激进派的简单，诀别于保守派的陈腐，又蔑视了中西融合派的言不及义与空洞浮泛，体现着一位极具时代体验的新文化人的文化想象与自由创造的可能。阅读《中国文化之传统精

---

① 郭沫若：《中国文化之传统精神》，见郭沫若著，郭沫若著作编辑出版委员会编《郭沫若全集》历史编第3卷，北京：人民出版社，1984年，第259页。

神》中郭沫若描绘孔子价值的文字，我们耳闻目睹的不仅是对过去历史的见识，更是时代前进的铿锵足音，是当下关怀的深情，也是世界视野的认同，是 20 世纪的诗歌的咏叹！

郭沫若之于中国传统文化的诸多理解和论述，莫不是基于这样的选择，莫不体现着这样的思想特征。

郭沫若多次充满深情和想象地提到中国传统文化"根本传统""根本精神"，归纳起来，对这一精神可以作这样的解读：个性、自由、富有创造力。可以说，这就是郭沫若当时文化关注的"焦点"，他是以此为标准在传统的中国，同时也在世界各地寻觅样本，自我激励，是从时代需要出发对这一已经失落了的传统的深情呼唤："我们要把动的文化精神恢复转来，以谋积极的人生之圆满。""固有的文化久受蒙蔽，民族的精神已经沉潜了几千年，要救我们几千年来贪懒好闲的沉疴，以及目前利欲薰蒸的混沌，我们要唤醒我们固有的文化精神，而吸吮欧西的纯粹科学的甘乳。我们生在这再生时代的青年，责任是多么沉重呀！我们要在我们这个新时代里制造一个普遍的明了的意识：我们要秉着个动的进取的同时是超然物外的坚决精神，一直向真理猛进！"①

郭沫若也是以对"根本传统""根本精神"的再肯定为基础，"重述"中国传统的历史脉络的。他心中的最能代表自由、自然、充满创造力的历史时代是从周秦上溯至三代以前，郭沫若认为，中国传统精神曾经两次失落。在三代之前"根本传统"原本是浪漫的、诗性的、象征的、自由的、创造性的，可惜以后的"三代"却在政教不分中束缚了人的自由、个性与创造力，到春秋战国时代，孔子、老庄等恢复了这一精神，但秦汉以后却又一次失落，以致到今天，"我国固有的精神又被后人误解"。如今，迫切需要"把固有的创造精神恢复"，以"继往而开来"。值得注意的是，中国文化"根本传统"失落之后，却在民间"被统治者"那里有所存留，而孔子和屈原就是这一传统的继承人，他们的意义就在于分别承袭了北方和南方的这种民间

① 郭沫若：《论中德文化书》，见郭沫若著，郭沫若著作编辑出版委员会编《郭沫若全集》文学篇第 15 卷，北京：人民文学出版社，1990 年，第 155、157 页。

流传的殷代文化精神。

近代以来，文化复兴、民族复兴理想是一代中国知识分子的共识。郭沫若也是一位民族复兴的倡导者，不过，与其他立足于引进外来文化的复兴论者不同，郭沫若的民族复兴思想也是基于对传统文化的真切的"激活"，是更符合"复兴"本意的一种努力。

在郭沫若的历史叙述中，"复兴"曾经给中国文明的发展带来过令人仰慕的辉煌，先秦时代就是一次"复兴"的光辉的样板。他宣称，先秦时代是"中国思想史上的一个 Renaissance，一个反抗宗教的，迷信的，他律的三代思想，解放个性，唤醒沉潜着的民族精神而复归于三代以前的自由思想，更使发展起来的再生运动"[1]。现代中国也需要进行这样的第二次"复兴"，用郭沫若的话来说就是"努力四海同胞与世界国家之实现的我们这种二而一的中国固有的传统精神，是要为我们将来的第二的时代之两片子叶的嫩苗而伸长起来"。"大树倒塌，变成化石。我们虽然不能使其复活，但是，我们却可以传诵他那独特的精神，在春天来临的时刻使其发芽，形成崭新的第二代。这是我们唯一的希望，这是我们的当务之急。"[2]

一般认为，胡适是将五四新文化运动比附于欧洲文艺复兴的第一人。与胡适的"复兴"之说比较，郭沫若的设想最接近 Renaissance 的本义——不是"革命"的权宜性说法，而是真正的对古老文化的挖掘和启用。

激活，当然是一种具有时代责任感的选择，所以，它不可能就是对历史文化的照单全收，不可能是没有价值指向的传统文化的"收纳桶"，这里依然有选择，有扬弃，有批判，基于中国现代社会建设的艰巨性，其中的批判同样是尖锐的、犀利的。

"三代以前"是郭沫若心目中的理想世界，它自由自在，个性张扬，充满创造，"三代"则是郭沫若反思、批判的第一段历史，被描述为"千有余年的黑暗"；春秋战国三代是对"三代以前"文化的宝贵复兴，而秦及秦以后的专制历史更是郭沫若尖锐批判的对象。"三代"作为"黑暗时代"，其

① 郭沫若：《中国文化之传统精神》，见郭沫若著，郭沫若著作编辑出版委员会编《郭沫若全集》历史编第 3 卷，北京：人民出版社，1984 年，第 257 页。
② 见蔡震：《关于郭沫若的〈芽生の嫩叶〉一文》，《郭沫若学刊》2008 年第 3 期，第 38、37 页。

特征就是政权、伦理、精神信念（神权）合一，而这都是秦以后专制统治的形式。面对开启了千年帝制的秦始皇，郭沫若的批判十分猛烈："春秋末叶以来，蓬蓬勃勃的自由思索的那种精神，事实上因此而遭受了一次致命的打击。"[①]针对漫长的专制主义文化，郭沫若不仅予以批判，而且特别抨击了这种文化氛围所造成的对孔子和儒家思想的扭曲。他指出，后儒"以帝王之利便为本位以解释儒书，以官家解释为楷模而禁人自由思索"[②]。在这个意义上，我们可以发现，反抗君主专制、倡导思想自由，这样的新文化理想是郭沫若和其他五四知识分子的共识。在发展民族新文化，推进现代文化建设方面，郭沫若的"复兴"理想与所谓"五四激进反传统"的人们并无根本的不同。

郭沫若之于传统文化的"激活"方式同时也用在对外来文化的吸纳上。

例如前文所述的郭沫若对于"泛神论"的理解。郭沫若的泛神论知识谱系涵盖了从斯宾诺莎、歌德、雪莱、泰戈尔到庄子、孔子、老子、王阳明等中外思想，但是严格说来，他又没有受限于其任何一种单一的思想，相反，他总能以我为主，驾轻就熟地撷取其中的有益精华，将它们转化成对时代精神的一种恰当的表述。

认真追究，西方"泛神论"是反驳宗教神学的一种方式，是对世界所作出的一种人文主义式的解魅化解释，它深深地植根于卢梭的人的"自然权利"论，也就是要竭力证明世界并非由某种超自然的神灵所控制，既然宗教神学并非中国文化的基点，那么郭沫若的"泛神论"就没有必要有西方式执著的诉求。所谓斯宾诺莎、歌德、泰戈尔式的思维对于郭沫若而言都不那么重要。因为，斯宾诺莎否定的是传统宗教的人格神，在《梨俱吠陀》（*Rigveda*）与奥义书传统中走出的泰戈尔还是要在大自然中证悟"梵"的意义，歌德则是在自然之中感受"神"的创造性。与斯宾诺莎不同，郭沫若并不需要反驳神创论，因为中国文化并没有用这样的神创论压迫他的自由，相反，神创的传说早已经失落于中国历史的漫漫长河之中，到了呼唤"创造"的今天反倒

---

① 郭沫若：《吕不韦与秦王政的批判》，见郭沫若著，郭沫若著作编辑出版委员会编《郭沫若全集》历史编第2卷，北京：人民出版社，1984年，第445页。

② 郭沫若：《王阳明礼赞》，见郭沫若著，郭沫若著作编辑出版委员会编《郭沫若全集》历史编第3卷，北京：人民出版社，1984年，第293页。

令人亲切，令人鼓舞，其夹杂神秘异彩的想象不是压抑而是激发了我们的智慧，当凤凰涅槃，当天狗驰骋，人的主体性与神的创造性一同醒来，翱翔于21世纪的天空；与泰戈尔不同，郭沫若最终要证明的不是"神"本身的力量，而是寻找自我创造的活力，甚至他也不是要进入庄子式的超越现实的逍遥，如何激活当下的生命才是他刻不容缓的使命。郭沫若的"泛神论"逻辑从对"无神"的描述入手，最后通达的又是一种"神人同体"的自我生命的提升境界，由此，诗人不是简单地推翻了"神创论"，而是借助"神"的力量确证了人的创造天赋：

> 泛神便是无神。一切的自然只是神的表现，自我也只是神的表现。我即是神，一切自然都是自我的表现。人到无我的时候，与神合体，超绝时空，而等齐生死。人到一有我见的时候，只看见宇宙万汇和自我之外相，变灭无常而生生死存亡的悲感。①

就是说，无论是传统文化还是外来文化，郭沫若都能够牢牢地将它们维系在时代精神的发展方向之上，为我所用，而外来文化与传统文化的互动共生、交相阐释，也成了中外文化传统彼此砥砺激发的有效方式。

正是在这些方面，郭沫若以自己独特的方式提醒我们，弘扬传统文化不是为了对抗外来文化，更不是闭关锁国，也不能对传统文化不加分析，糟粕精华不分，汲取它的积极面，剔除其阴暗面，是理所当然的任务。继承传统与新的历史条件下的创造不是对立的、矛盾的，传统的存在从根本上讲是一种"激活"，所以它不会也绝不会是保守的代名词，没有创造也就没有了传统。

三

中国传统文化同时也是一种传统的区域文化。在郭沫若式的传统文化观中，我们不难发现巴蜀文化自身的文化个性。也就是说，郭沫若的思维方式

---

① 郭沫若：《少年维特之烦恼序引》，见郭沫若著，郭沫若著作编辑出版委员会编《郭沫若全集》文学篇第15卷，北京：人民文学出版社，1990年，第311页。

与他对巴蜀文化传统的某种认同相关联。

从情感上，郭沫若对巴蜀山川地理和人文传统都有一种特殊的认同。在这样的文学描写中，他的区域情怀是十分明显的：

> 由嘉定城再要到成都足足有三天半的路途，峨眉山的山影在我们的背后渐渐低远下去，渐渐浅淡下去，走到了半途的眉山县治，便全部消灭在天空里去了。由此以后的两天路程一直走到成都，你向周围四际远望，无论在哪一方面，你都看不出有一些儿山影！我们在这儿可以想象一下罢。请以成都为中心，以三四百里路的距离为半径，向周围画出一个圆形来。四川的盆地大约就是这个样子。因为是广阔的盆地，而且是很膏腴的盆地，所以从古以来四川号称为"天府雄区"。①

1923 年，在为来华的泰戈尔"导游"时，他也情不自禁地将这位诗歌的导师引向了巴蜀，个中情怀依然："他如能泛大江，游洞庭，经巫峡，以登峨眉、青城诸山，我国雄大的自然在他的作品上或许可以生出一些贡献。"②

在讨论巴蜀文化之于现代作家的关系之时，我也着重分析过巴蜀式的反叛个性与青春激情在郭沫若文学中的投射，这里就不再赘述③。

值得一提的是四川近代文化发展的区域氛围对郭沫若的重要影响。

郭沫若的基础教育，特别是基础教育中的传统文化素养都是浸润在四川近代教育文化的独特氛围中的。少年时代，高等小学堂帅平均先生和嘉定府中学堂黄经华先生所讲授的经学，是郭沫若最感兴趣的课程，在小学堂里，"就是应该很艰涩的经学也因为他的教材有趣，我是一点也不觉得辛苦的"④，在中学堂，黄经华先生"很喜欢我，借了不少的书给我看"。⑤帅、黄两位先生都

---

① 郭沫若：《反正前后》，见郭沫若著，郭沫若著作编辑出版委员会编《郭沫若全集》文学篇第 11 卷，北京：人民文学出版社，1992 年，第 167 页。
② 郭沫若：《太戈儿来华的我见》，原载《创造周报》，1923 年 10 月 14 日，第 23 号，引自郭沫若著，郭沫若著作编辑出版委员会编《郭沫若全集》文学编第 15 卷，北京：人民文学出版社，1990 年，第 274 页。
③ 参见李怡：《现代四川文学的巴蜀文化阐释》，长沙：湖南教育出版社，1995 年版。
④ 郭沫若：《我的童年》，见郭沫若著，郭沫若著作编辑出版委员会编《郭沫若全集》文学编第 11 卷，北京：人民文学出版社，1992 年，第 74 页。
⑤ 郭沫若：《我的童年》，见郭沫若著，郭沫若著作编辑出版委员会编《郭沫若全集》文学编第 11 卷，北京：人民文学出版社，1992 年，第 120 页。

是清末经学家廖平的弟子，"吾师廖井研"的思想与学问由此得以传授。[①]

廖平尊崇今文经学，贬抑古文经学，讲"信古"同时讲"疑古"，开启学术界厚今疑古之风。他不执着于文字训诂、名物考证，倡导透过文字去探求其中的微言大义，代表着传统文化如何在变通中适应时代的一种选择。对此，郭沫若深有体会，他称廖平"在新旧过渡的时代，可以说是具有革命性的一位学者"[②]。作为"今文经学"的重要代表，廖平"尊经"又不限于经学。他的理论旁及多个古今领域，努力应对时代的变化（"学术六变"），不仅经传诸子史册，诗赋纬道佛堪舆术数，尽在其中，西方的地理学、天文学、宗教学说等内容，也一度成为他用以建构理论的基本素材。因此，从内容来看，廖平经学理论又与传统经学有根本不同。这是一种独特的从传统文化出发应对时代要求的思想方式，其核心当然是孔子和儒家思想，但又灵活多变，应时而生，从中我们可以一窥郭沫若儒家价值观和思想丰富性的来源。也就是说，这种巴蜀学术思想在近现代转换时期的流变方式显然有着重要的区域个性特质。

中国传统的经学思想在历经传统/现代之变之际，有着古文经学与今文经学各自的分野，经文经学家如廖平、康有为等立足儒学，又努力参与时政，在迎接时代的过程中激活传统；而古文经学家如章太炎则坚守文字训诂，考辨典章制度，在精研经文中反思文化传统，这也是另外一种梳理传统的方式。今文经学的延长线上诞生了郭沫若，古文经学的延长线上则诞生了鲁迅，两位现代文学大家虽然在传统文化的态度上各有不同，但都不能将其归结到一般主流的二元对立的选择之中，这值得我们认真总结。

廖平作为近现代四川知识分子的代表，他的思想和趣味又折射出了近代"蜀学"与巴蜀知识分子群体的文化取向。

近代蜀学产生自晚清至民国的动荡时代，与其说是传统学术的纯然体现还不如说是传统学术资源应对近代变革的结果，因此，它的基本特点就是某

[①] 在郭沫若的记忆中，"吾师廖井研"频繁出现在帅平均的口中："在一点钟里面他怕要说上一二十遍。""帅先生很尊敬他，在我们当时看来，觉得他就好像是一位教祖。"（《我的童年》，见郭沫若著，郭沫若著作编辑出版委员会编《郭沫若全集》文学编第11卷，北京：人民文学出版社，1992年，第73、74页。

[②] 郭沫若：《我的童年》，见郭沫若著，郭沫若著作编辑出版委员会编《郭沫若全集》文学编第11卷，北京：人民文学出版社，1992年，第74页。

种程度的"包容性",保存国粹又托古改制,坚守国学又维新改良,承袭传统又面向西方就成了它的显著特点,这也就是我们所谓之"多元并生"的文化态度,或者说近代蜀学也呈现着自己独特的"地方路径"。五四前后一些四川知识分子也都可以纳入这样一条知识分子的"蜀学"脉络当中。四川省高等学堂附设中学堂是郭沫若在四川最后接受基础教育的所在,在这里,他处于一个将来影响中国多个领域的"同学圈"。李劼人、王光祈、周太玄、魏嗣銮(魏时珍)……郭沫若回忆说:"王光祈、魏嗣銮、李劼人、周太玄诸人都是我们当时的同学……在当时都要算是同学中的佼佼者。太玄在诸人之中最年青……他多才多艺。据我所知,他会做诗,会填词,会弹七弦琴,会画画,笔下也很能写一手的好字。"①魏嗣銮(魏时珍)成为四川第一位数学博士,周太玄是著名的生物学家,王光祈是著名的音乐家。他们三人都不专治文学,但都对文学、思想及哲学问题兴趣浓厚,都对古今文化的兼容发展持宽容的态度。周太玄新旧体诗歌皆通,他的新诗创作也善于融入古典诗歌的意境。数学博士魏时珍对德国古典哲学、文学等多有研究,在他看来,德国哲学与中国宋儒程朱之学其实有颇多相通之处。王光祈认为:"古礼古乐之不宜于今者,吾党自应起而改造之,以应世界潮流,而古人制礼作乐之微意,则千古不磨也。"②今天的我们应当"一面先行整理吾国古代音乐,一面辛勤采集民间流行谣乐,然后再利用西洋音乐科学方法,把他制成一种国乐"③。栖身于共同的生存环境,浸润于共同的教育氛围,分享共同的志趣,传递共同的文化观念,四川省高等学堂附设中学堂的这一"同学圈"折射出了"成都模式"如何在"小群体"的对话交流中存在和发展的事实。从中,我们也可以想象郭沫若"传统文化"观形成的深厚背景。

(原载《郭沫若研究》2020年第1辑)

---

① 郭沫若:《反正前后》,见郭沫若著,郭沫若著作编辑出版委员会编《郭沫若全集》文学编第11卷,北京:人民文学出版社,1992年,第206页。

② 王光祈:《德国人之音乐生活》,见冯文慈、俞玉滋选注《王光祈音乐论著选集》上册,北京:人民音乐出版社,1993年,第29页。

③ 王光祈:《欧洲音乐进化论》,见冯文慈、俞玉滋选注《王光祈音乐论著选集》上册,北京:人民音乐出版社,1993年,第38页。

文学的区域特色如何成为可能

——以巴金与巴蜀文化关系为例

正如四川是中国现代文学的重镇，中国文学的巴蜀经验历来是我们进行文学研究的重要内容之一一样，巴金作为四川作家重要的代表，历来的区域文学研究也不忘记上他一笔，"巴金与巴蜀文化"毕竟是四川文化现代意义的重要证据。然而，这一课题的难度显然远远超过了其他四川作家——郭沫若、李劼人、沙汀甚至艾芜与区域文化的联系可以找到相当多的从意象到形象的直接表述，而巴金却不那么容易，我们看到的现实是：一方面是一些学人（特别是四川学人）竭力从巴金作品的字里行间挖掘"巴蜀信息"①，另一方面却有人对此提出了质疑。1995 年，严家炎先生主编的"二十世纪中国文学与区域文化研究丛书"问世，这是学界出现的第一套区域文学研究丛书，然而，就是在丛书的"总序"中，严家炎先生却提出："要研究四川文学与巴蜀文化，选择巴金也不太合适（虽然他是有重大贡献的大作家）。"②应当说，这与我当年撰写《现代四川作家的巴蜀文化阐释》的心得颇为一致。然而，我们终究不能抹杀和否认区域生存之于一个作家的重要影响（哪怕这种影响是潜在的），这便启发我们：是不是应该从一个新的角度来理解区域文化与作家个性的关系，也应当重新认识个体之于区域文化的参与、推动作用。因为，无论怎么说，任何关于文化个性的归纳（时代的、民族的与家族的）都是"类"的概括，都必然以牺牲和省略某些个体的选择为代价，而个体总是为任何形式的群体性的归纳所难以"消化"的，也就是说，个体与

---

① 相关论文如邓经武《巴金与巴蜀文化》（《绵阳师专学报》1998 年 2 期）、谭兴国《悠悠故乡情——巴金与成都》（《四川省情》2004 年 1 期）、赖武《巴金与成都正通顺街》（《青年作家》2006 年 7 期）等。

② 严家炎："二十世纪中国文学与区域文化研究丛书·总序"，见李怡《现代四川文学的巴蜀文化阐释》，长沙：湖南教育出版社，1995 年，第 5 页。也有其他的一些质疑之声，如童龙超《论巴金文学创作的"反地域文化"特征》（《南京社会科学》2007 年第 6 期）。

"类"始终处于既相互说明又矛盾分歧的关系当中，在这个层面上看作家个性与区域文化特色之联系，我们可以发现这里应该没有"一以贯之"的模式可寻，在什么情况下作家的"个性"生动地呈现了区域文化共同的追求，并且以自己的"个性"使这些追求更加明显和突出了；相反，又在什么情况下"个性"恰恰从另外一个方向上修正甚至改变了区域文化固有的特殊，并且因为这样的修正而赋予了本区域新的内容，为未来的区域发展奠定了基础，这都需要具体分析。这就像新批评大家托·艾略特所述"传统与个人才能"的关系一样——始终处于既包含说明又补充生长之中。

　　文学的区域个性如何成为了可能？这不是一个从单一方向上能够回答的问题，对于早已习惯了区域文学研究之固有模式的我们而言，更需要有自我突破、自我改变的要求。在这方面，巴金与巴蜀文化的关系正好可以成为一个典型的个案。

一

　　单单从性格上找出巴金与巴蜀文化的关系并不算难，譬如他的热情，他的求变。作为区域文化的最表层的体现，我们的确容易在现代四川作家身上发现一种普遍存在的"青春激情"，如"永是那么天真、热烈"①的郭沫若，"生龙活虎一般的热情"②的李劼人，"说话带感情，好激动"③的沙汀，"热情炙人"④的艾芜，同样，巴金也以他"热情"的待人与写作给人留下了深刻的印象："在谈天的时候，对一件事，一种社会现象，他常常会激动地发表意见，说得很多。往往说不下去了，就皱起眉用断续的'真是，真

---

① 老舍：《我所认识的沫若先生》，见舒济编《老舍散文选集》，北京：百花文艺出版社，2009 年，第255 页。
② 巴金：《书信·致沙汀 19630105》，见巴金《巴金全集》第 24 卷，北京：人民文学出版社，1994 年，第71 页。
③ 臧克家：《少见太阳多见雾》，见臧克家《臧克家全集》第 6 卷，长春：时代文艺出版社，2002 年，第463 页。
④ 马识途：《青峰点点到天涯——悼念艾芜老作家》，《新文学史料》1993 年第 2 期，第 125 页。

是……'结束。"①

　　然而，与前述几位四川作家不同，巴金的"热情"似乎并不倾洒在四川的山山水水之中，要寻找巴金笔端的"巴蜀意象"是一件比较困难的事，而我们知道，李劼人的小说被称作"华阳国志"，其地理学意义不言而喻，沙汀的成功也在于他找到了四川乡镇的讽刺性图景，"南行"归来的艾芜也关注着川西平原的忧郁，就是诗人郭沫若，也在他的自传中大唱"巴蜀赞"。

　　与郭沫若不同，巴金对四川的赞赏颇为吝啬，这又与他好几部小说的四川背景形成刺眼的对照。因为，往往是这类作品，无论从巴金创作的初衷，还是就他作品的实际面貌来看，我们都不大能找到像李劼人、沙汀那样对巴蜀社会的揭示。《家》写了成都高公馆，但巴金又说："我们在各地都可以找到和这相似的家庭来。"②巴金显然更强调创作的普遍意义，他突出的是一种超越地域的价值。高公馆比起李劼人的郝公馆、黄公馆（李劼人《大波》）来，"川味"就要淡得多。从近现代之交的成都大家庭到战云密布下混乱而败落的大后方，巴金乡土回顾的终极意义不在乡土本身，而在整个中国社会与中国人，是对传统中国社会和传统中国人生存方式的基本概括。

　　因为，是外面的更大的世界给了巴金精神的高度，他也愿意在一个更大的视野中看待分析故土的旧事，并且时时注意从价值立场上与故土的狭隘相切割。

　　在20世纪40年代的成都正通顺街，巴金祖屋还在，但他却说："用留恋的眼光看我出生的房屋，这应该是最后的一次了。我的心似乎想在那里寻觅什么。但是我所要的东西绝不会在那里找到。我不会像我的一个姑母或者嫂嫂，设法进到那所已经易了几个主人的公馆，对着园中的花树垂泪，慨叹着一个家族的盛衰。摘吃自己栽种的树上的苦果，这是一个人的本分。我没有跟着那些人走一条路，我当然在这里找不到自己的脚迹。"③对于故乡，他也说过："成都正是寄生虫和剥削鬼的安乐窝，培养各式各样不劳而获者的

---

① 黄裳：《记巴金》，成都：四川文艺出版社，2019年，第23页。
② 巴金：《〈家〉初版后记》，见巴金《巴金全集》1卷，北京：人民文学出版社，1986年，第435页。
③ 巴金：《爱尔克的灯光》，见巴金《巴金全集》13卷，北京：人民文学出版社，1990年，第347—348页。

温床。"①

　　巴金，与青年时代自巴蜀出走"南行"的艾芜一样，在精神上是巴蜀式生存的反叛者，他需要在更大的世界中去寻找自我，也需要在更大的视野中去理解这个世界。艾芜南行了，巴金则东出夔门，又负笈西去。

<h1 style="text-align:center">二</h1>

　　但是巴金和"南行"的艾芜仍然是不同的。

　　巴金和艾芜都是巴蜀社会的叛逃者，一位"西游"，一位"南行"，但"西游"法国的巴金在启程之时，挥手作别的不幸的"乡土"不是四川而是中国，这与艾芜"蜀山无奇处，吾去乘长风"的体验不无差别。

　　艾芜的叛逃也直接缘于巴蜀的沉闷和压抑，艾芜在他的自传里曾生动地描述过南行前的心境，他说自己"仿佛一只关久了的老鹰，要把牢笼的痛苦和耻辱全行忘掉，必须飞到更广阔更遥远的天空去的一样"，只有离开，"才能抒吐出胸中的一口闷气"②。为此，艾芜还以诗明志："安得举双翼，激昂舞太空。蜀山无奇处，吾去乘长风。"坚定的去意一览无余。"南行"就这样被艾芜当作了摆脱蜀中沉闷、痛苦和耻辱的选择。可以推想，在这种心境之中南行，他必定会去努力发现巴蜀生存方式的对立面，发现一个与蜀中"牢笼"式的生活根本不同的新的人生境界。也就是说，不管艾芜是否意识到，他的创作已经与巴蜀文化连接了起来，当然这不是一种径直的对接，即不是巴蜀文化让艾芜继承了什么，而是巴蜀文化的匮乏让艾芜努力去寻找心理的补偿，去作文化的"填空"。

　　同样作为西部文化的一部分，巴蜀与滇缅边地的相似之处是存在的，但是尽管如此，从整体上看《南行记》，它仍然是艾芜寻找"更广阔更遥远"的人生世界的结果，在这个新的世界里，最让艾芜激动不已，也是艾芜最希望传达的主要还是与巴蜀盆地迥乎不同的生存景观。同儒化色彩更为浓重的

---

① 巴金：《谈〈憩园〉》，见巴金《巴金全集》20 卷，北京：人民文学出版社，1993 年，第 475 页。
② 艾芜：《我的青年时代》，见艾芜《艾芜文集》第 2 卷，成都：四川人民出版社，1984 年，第 419 页。

中国长江中下游文化地区（特别是江浙、北方）比较，巴蜀作为偏僻的西部文化的一部分保留了较多的野性和蛮性，但是同滇缅山区这样的真正的荒野边地比较，它终究还是中国文化最重要的地区之一，传统中国文化对人们各种世俗欲望的扭曲在这里也同样存在。在抛弃了仁义道德的面具之后，这些扭曲的欲望甚至还与西部的野性古怪地扭合在一起，野性与狡诈相连接化作了人与人争夺社会利益的工具。相反，在那遥远的边地，倒可能真正存在一种反世俗的刚健的人生，一种坦荡、洒脱的人生，只有这里还流淌着真正的"西部精神"。

《南行记》最动人的魅力正在于此，无论是杀人越货的强盗（《山峡中》）、喝酒吃肉的游方和尚（《七指人》）、让人切齿的偷马贼（《偷马贼》），还是欺骗顾客的货郎（《松岭上》），以及偶然同行的旅伴（《荒山上》《我的旅伴》），他们都活得那样的潇洒，那样的无拘无束，无挂无牵，杀人偷窃似乎是生存竞争的必要方式，而来自这些陌生的路人甚至阴冷的强盗的些许的关怀，倒格外的亲切，因为，他们的关怀是那样真诚，那样恰如其分！这也是一个根本与等级、与地位、与各种世俗关系无干的崭新的生存世界，奔走在这个世界中的人们全凭自己的生命的活力在生存，在发展，活得那么自然，那么率真，全无更多的世俗的算计，因为这里本来就没有我们所看到的那种盘根错节的世俗环境。这正如艾芜在《我的旅伴》中所描述的那样："我们由装束表示出来的身份，显然在初次接触的当儿，跟猜疑、轻视、骄傲、诌媚，这些态度，一点也没缘的。就像天空中的乌鸦，飞在一道那么合适，那么自然。"①这就是滇缅边地的简洁单纯的人际关系，与实力派控制下的巴蜀社会大为不同。

在这个意义上，我们可以说，艾芜的滇缅奇境看似在巴蜀之外，实则又无一不是在巴蜀之内——他是从巴蜀文化的缺陷处入手，寻找精神上的填补，其实这还是一种精神上的"巴蜀关怀"，当然，是洋溢着高度的幻想色彩的"巴蜀关怀"。

巴金又是如何呢？可以说，巴蜀故土带给他的首先并不是一种"特异"

① 艾芜：《南行记·我的旅伴》，见艾芜《艾芜文集》第1卷，成都：四川人民出版社，1981年，第203页。

的文化地理的感受，成都高公馆的封闭与窒息似乎与巴蜀式的人文历史环境没有必然联系，它不过是整个中国的封建家族的缩影，巴金逃离了他的故土，但是他要真正反叛的并不是地理意义上的四川，而是中国的旧时代，在彻底反叛和逃逸一个时代的方向上，巴金不需要回头，也不需要犹豫，而所谓"巴蜀关怀"也暂时不是他特别考虑的方向，因为，在他看来，在前方等待他的还有更大的"时代的关怀"与"民族的关怀"。巴金是巴蜀文化离析出来的一个自由人，"哈立希岛上的灯光"已不能唤回他远去的脚步，他高兴的是终于走向了"广大的世界中"①。

正是这样一种脱离具体区域空间的自由者的心态，赋予了巴金回首乡土之时更多的超然和冷静，几乎有一种在乡的"异乡人"的立场，在所有的现代四川作家中，这可以说是独一无二的，值得我们注意和思考。

我注意到，在关于故乡的一些作品中，巴金是有意识地以一个旁观者的姿态出现，他冷漠地打量着这块土地上的颓丧的粗野的人们，打量着他们瑟瑟缩缩又吵吵闹闹的人生。有点感伤，但也有点淡然。

> "虽说这是我生长的地方，可是这里的一切都带着不欢迎我的样子。"②
> "我好像一个异乡人。"③
> "这不是我应该来的地方。爱尔克的灯光不会把我引到这里来的。"④
> "我很高兴，自己又一次离开了狭小的家，走向广大的世界中去！"⑤

在《猪与鸡》《兄与弟》等作品里，"我"根本是站在房间的窗口打量院内院外所发生的一切："这是我的家，然而地方对我却是陌生的。"（《猪与鸡》）方言曾经是许多四川作家引以自豪的语言支援，某种程度上也成了他们"身份"的表征，在巴金激情地自我抒写的时候，我们几乎看不到他对方言有多少特殊的青睐，只有到了抗战时期，在他重返家乡之时，方言才自觉地听从了调遣，但就在这个时候，他刻意挑选的鄙俗方言传达的恰

---

① 巴金：《爱尔克的灯光》，见巴金《巴金全集》13 卷，北京：人民文学出版社，1990 年，第 349 页。
② 巴金：《巴金全集》第 8 卷，北京：人民文学出版社，1989 年，第 3 页。
③ 巴金：《巴金全集》第 8 卷，北京：人民文学出版社，1989 年，第 3 页。
④ 巴金：《巴金全集》第 13 卷，北京：人民文学出版社，1989 年，第 348 页。
⑤ 巴金：《巴金全集》第 13 卷，北京：人民文学出版社，1989 年，第 349 页。

恰是对故土粗鄙人生世态的厌恶与批判。《猪与鸡》中有一段冯太太与王家小孩的街头对垒：

> "你狗×的天天搞老子的鸡儿，总要整死几个才甘心！老子哪点儿得罪你嘛？你爱耍，哪儿不好耍！做啥子跑到老子屋头来？你默倒老子怕你！等你老汉儿回来，老子再跟你算账。你狗×的，短命的，你看老子整不整你！总有一天要你晓得老子厉害。"

> "你整嘛，我怕你这个婆娘才不是人。哪个狗搞你的鸡儿？你诬赖人要烂舌头，不得好死！"王家小孩不客气地回答。

> "你敢咒人！不是你龟儿子还有哪个！你不来搞我的鸡儿，我会怪你！老子又没有碰到你，你咒老子短命，你才是个短命的东西！你挨刀的，我×你妈！"

> "来嘛，你来嘛，我等你来×，脱了裤子，我还怕你……"①

作者显然是以一种陌生的眼光打量着这个"异样"的环境，他无法从情感深处发出那种"理所当然"的地域认同，难怪他说"这是我的家，然而地方对我却是陌生的"。

当郭沫若吟诵着"我的故乡/本在那峨眉的山上"，在巴蜀式的雄浑中塑造自己的个性时，当李劼人以他人"小说的《华阳国志》"的期许为己任，努力描绘中国特定区域的历史演进时，巴金却努力挣脱特定区域的限制，在"广大的世界"中获取思想与价值，他处处回避以特定区域的观念和符号来表征自己。这样的一个区域文学的杰出作家，便突破了我们现有的区域文化与文学的阐释模式，成为我们研究视野中的"另类"。

三

那么，巴金的创作究竟还有没有与巴蜀地域相联系的地方呢？他的"异乡"体验是否还能够赋予区域文学新的特色呢？

---

① 巴金：《巴金全集》第11卷，北京：人民文学出版社，1989年，第211页。

　　我觉得，要深入回答这样的问题，其实就需要调整我们固有的研究模式，即那种结合区域文化总体特点"发现"作家"个性"，又将一系列作家"个性"的交集作为区域文化"共性"的阐释模式。这里的关键在于：个体的特点是在自我的人生体验中形成的还是通过对区域文化整体的"学习""模仿"获得的？或者就是双向的互动过程？所谓的区域文化是固定不变的还是应该存在一定程度和按照一定速度的变动？这些变动又是如何产生的？是抽象地自天而降，然后才显现为个体的新特点呢，还是首先因为个体的新变才最终带动整体的改变？只有打破固有的相对单一的区域文化与文学关系的研究模式，我们才能对一些"特异"的文学现象作出有效的解释。

　　对现代巴蜀文化与文学的新质而言，我认为巴金的创作恰恰有他不可替代的贡献，这一贡献可以从两个方面来理解。

　　首先，所谓的区域文化，并不是恒定不变的，随着时代的发展，区域和区域之间的频繁交流，区域文化特点也都可能消亡，可能强化，可能新生，这些变化都来自于区域中人生存方式和思想情况的某些"异变"，当个别人的"异变"开始为人们所普遍接受时，区域文化的整体面貌也才有所改变。作家是区域中最活跃最不安分守己的因素，区域精神的发展变化与他们的独立探索不无关系。当巴金将故土的人生纳入整个中国乃至整个人类的范畴内来加以认识，这在现阶段的接受者来看，似乎会感到乡土特色不足，但从巴蜀文化的长远发展来分析，我们又不能不看到，其实这未尝不是推动巴蜀精神自我演进的一种方式，因为，交流总是双向的，当巴蜀被置放到整个中国乃至世界的普遍性的价值标准上来进行读解时，实际上也就是其他区域的生存模式和价值取向进入巴蜀的开始。从中国封建家族文化角度读解成都的高公馆，我们才更深刻地感受到了传统纲常礼教与人伦关系的侵害，对读以小家庭生活为题材的作品（这是巴蜀的特色），这种感受更强烈、更鲜明。从现代社会普遍存在的婆媳矛盾及两性隔膜的角度读解汪文宣一家的"寒夜"生活，我们也就突破了巴蜀对于人际耗斗的狭窄观念，从而获得了对生存和生命的更深一层的认识。这难道不是在推动巴蜀文化走出夔门、放眼世界吗？

　　其次，在《猪与鸡》《兄与弟》这类作品里，可能正是"我"的"异乡人"式的冷静和旁观，造成了一种特别的艺术效果：它让读者居于与"我"同等的立场上，以冷峻的目光来注视巴蜀社会的种种风波，于是，作为旁观者的我们超越了巴蜀，开始用另一种尺度认识世界，而巴蜀本身的乡土景象也获得了不同程度的保留。巴金说这就是"让那种生活来暗示或者说明我的思想感情，让读者自己去作结论"①。这却又让我们想起了沙汀，看来，一旦我们的四川作家注视故土的人生世态，就会不约而同地冷峻起来。如果说巴金的这类作品与沙汀还有什么细微的差别，那就是在这些巴蜀世态中，沙汀本人基本上是退去了，巴金却还闪现着自己的身影（只不过这个"我"并不介入生活），我认为，沙汀将自我隐去更能体现巴蜀人生的"本色"，而巴金的我/世态两种对立因素的并呈又更突出了作家自己的批判意识。这种批判意识与《家》《寒夜》等作品所引入的文化取向又具有一种内在的一致性，它们都表明了巴金改造、推动巴蜀社会与巴蜀文化的努力。

巴金之于区域文化的关系，令我想起托·艾略特关于"传统与个人才能"的精辟之论。托·艾略特指出，"传统"一方面具有"历史的过去性"，即固定的较少变化的文化成分；但另一方面，"传统"之所以成为"传统"就在于它还必须能有效地进入后人的理解范围与精神世界，与生存条件发生了变化的人们对话，并随着后人的认知的流动而不断"激活"自己，"展开"自己，否则完全尘封于历史岁月与后人无干的部分也就无所谓是什么"传统"了。这两个要点代表了"传统"内部两个方向的力量。属于历史的"过去"，后者洋溢着无限的活力，属于文化最有生趣和创造力的成分，它经由"现在"的激发，直指未来；前者似乎形成了历史文化中可见的容易把握的显性结构；后者则属于不可见的隐性结构，它需要不断的撞击方能火花四溅；前者总是显示历史的辉煌，令人景仰也给人心理的压力，后者则流转变形融入现实，并构成未来的"新传统"，"历史的意识又含有一种领悟，不但要理解过去的过去性，而且还要理解过去的现存性"，"就是这个意识使一个作家成为传统的"，"现存的艺术经典本身就构成一个理想的

---

① 巴金《谈我的短篇小说》，见巴金《巴金全集》第11卷，北京：人民文学出版社，1989年，第520页。

秩序，这个秩序由于新的（真正新的）作品被介绍进来而发生变化"①。对于"传统与个人才能"是如此，对于"区域文化与个人创作"也是如此，巴金之于巴蜀文化的这种"异乡人"的姿态，其实是激发区域文化、区域文学创造性，重建文学新秩序的重要基础。

（原载《社会科学研究》2010 年第 5 期）

---

① 托·艾略特：《传统与个人才能》，见杨匡汉、刘福春编《西方现代诗论》，广州：花城出版社，1988年，第73—74页。

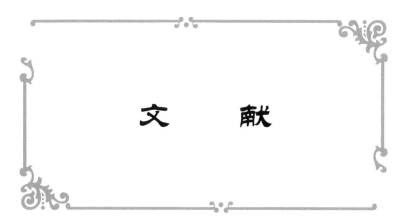

文　献

中国现代文学研究的文献史料：
问题与方法

　　2004 年以来，中国现代文学研究界为我们推出的新话题是：文献史料之于中国现代文学研究的意义。通过清华大学、徐州师范大学、河南大学的系列会议，以及《中国现代文学研究丛刊》和其他一些杂志的"笔谈"的不断推动，这一话题已经引起了国内学界的普遍关注。现在，我以为我们已经无须在一般的意义上继续强调和倡导文献史料的特殊作用了，而新的需要我们深化的课题在于：我们如此推崇文献史料的重大意义，与我们一直推行的思想文化考察方法究竟有着怎样的关系呢？在今天，我们强调文献史料的价值，除了与严谨求实学风的建设有关外，还存不存在学术文化发展的深层原因？与此同时，单纯强调史料建设之于中国现代文学研究的意义，这里面是否有某些难以觉察的陷阱呢？这都有必要成为我们新的思考的话题。

　　从新时期"拨乱反正"的文学史研究开始，我们似乎常常都在关注着思想文化考察方法的实际意义。尤其是在 20 世纪 80 年代，当时的事实是：中国现代文学研究的发展和繁荣，依然更多联系着一系列轰轰烈烈的社会思想事件，我们的中国现代文学研究中最激动人心的部分总是那些能够"拨乱反正"的思想表述。在很长的一段时间中，研究者新的人生观、世界观与艺术观的提出同时也反映为他们对于作家作品相关的思想意义的精彩发掘。在这个时候，我们眼中的中国现代文学研究似乎就是由一系列层出不穷的主观意识所编织的绚烂的景观。以至到了 20 世纪 90 年代，有强调学术规范者认为：在 20 世纪 80 年代中的大多数时候，思想推进的渴望显然掩盖了人们对于历史本身的专注。正是在这个意义上，我们就不难发现，尽管新时期中国现代文学研究在起步阶段首先批判了以论代史，但是，真正将文献史料作为一个问题郑重其事地予以阐发还是在今天。在今天的学术语境中如此推崇文献史料，绝对不是新时期中国现代文学研究的"拨乱反正"、思想启蒙的既有道路，它直接承袭着 20 世纪 90 年代以降的学术规范的诉求。

从以上的话题发生史的意义上看，我们可以认为，至少在目前相当一部分学者的心目当中，文献史料与思想考察呈现为某种彼此对立的关系：20 世纪 80 年代的人们，是以过剩的思想理论淹没了文献史料，而今天的我们则可以理直气壮地通过大量的文献史料的发掘和运用来颠覆过去的那些空洞的思想理论！新的规范的学术、健康的学风应当是：如何最大程度地排除我们先验的思想理论，最大限度地返回历史的现场，放弃个人思想的主观，回到完全由文献史料建构起来的客观。

然而，问题却在于，就在文献史料与思想理论这种现存的紧张关系当中，其实包含了我们对历史客观的许多误解。现代历史学的一个重要成果便是发现纯粹客观的历史是并不存在的，既往的历史总是与当下的遭遇，与主观心灵的体验紧密相关。历史最终都是由今天的人来书写的，没有了当下，没有了主体，也就没有了被书写的历史。正是在这样的意义上，我们应当承认，文献史料之所以能够成为有意义的文献史料，一个时代的人们或者重视这样的文献史料，或者重视那样的文献史料，其实都与这个时代人们的心灵体验直接相连，而思想理论常常就是人们心灵体验表达的理性形式。换句话说，绝对脱离当下心灵的纯粹文献史料的价值其实是不存在的，进入人们阐释视野的文献史料不可能是一堆与主观思想理论无关的干枯的材料。20 世纪 90 年代以来，人们在学术规范的追求中以尊重文献史料来反对思想理论，其实这本身就是某种思想理论的表达，我们其实是用一种理论反拨着另外一些我们并不喜欢的理论。当然，其中也包含着特定时代转换过程中学院派知识分子对自我生存需要的体认，包含着这一生存需要下的新的理性认识；同样，思想与理论表达也不可能没有自我支撑的质料的根据，史料就是我们思想与理论表达的质料，回顾 20 世纪 80 年代，在理论创新的高潮中，我们何尝又能够脱离开对新的史料的发现呢？拨乱反正、重评五四，在这里我们发现的是胡适在新文化运动、白话诗运动中的独特贡献；突破唯阶级斗争论的文学史模式，我们便重识了一系列被淹没的社团、流派和作家。只是，在那个时候，文献史料与思想理论之间的关系并没有成为我们进一步思考的课题。

如何在文献史料的发现中发掘出思想的深度而不仅仅是所谓的学术规范的建立，同时，如何让思想的推进保持与丰富的史料相互协调而不仅仅是冷饭的新炒，这恐怕才是我们今天要认真思考的东西。

作为现代社会分工的自然要求，学院派学术的发展逐渐形成一系列的"行规"，积累起了一些共同遵守又确实有利于我们工作的约定，这或者就是所谓的学术规范。我们应该承认，作为社会分工的自然要求的规范是必须的，作为若干学术经验组成的规范更是有益的，然而，学术规范本身也同样不是一些固定不变的僵死的内容，是人类精神发展的需要创造了规范，而不是规范限定着人类精神的发展方向。换句话说，在不同的历史条件下，我们对于学术规范的寻求与理解也完全可能是不同的。学术事业是人类认知活动的一种，而人类认知的发展都是建立在生存体验变化之上的思想观念的发展。离开了思想观念的发展，单纯求助于规范是无济于事的。文献史料价值的格外推崇固然契合了20世纪90年代以降学术规范的诉求，然而应该说这不过是一种相当表面化的契合。姑且抛开20世纪90年代以降中国学者的退缩和自我的生存规范不论（这可能才是我们今天众多规范产生的深层原因），就是在文献史料今天被不断发掘和展示的过程中，我们也依然可以读出一种思想意义上的重要变化：传统主流文学价值逐渐为非主流文学所分享，中心区域文化现象的独霸地位的不断削弱与边缘区域文化意义的提升。我们通过引起人们兴趣的新的文献材料知道，新近发现的史料大有从中心向边缘大规模扩展的趋势。在过去以中心、主流为阐发对象的文学史研究中，边缘部分的史料是最容易被遗忘或淹没的，这里不仅有技术上的原因，更有思想观念上的问题。我们传统的中国现代文学史似乎更像是一部社会文化中心的描述史——北京与上海这两大中心常常占据了历史的最主要的图景，而其他非文化中心的边缘世界则被或多或少地漠视着。然而，正是在20世纪90年代以后中国文化发展的过程中，人们逐渐增长了对于外省文化、边缘文化、非主流文化乃至地下文化的认识，在这个时候，越来越多的人意识到，中国现代文化的发展成效毕竟不能仅仅由少数中心城市来衡定，广大的外围与边缘状况同样是至关紧要的。以少数中心的描述来代替更广大的场景，这既不符合现代中国文化史与文学史的事实，也并不利于我们自己的未来。例如，关于五四新文学的描述，我们历来的重心都是在《新青年》与北京大学，这固然反映了历史的基本事实。但这样的一种描述无疑也包含着这样的思想意识：《新青年》与北京大学就代表了当时文化发展的主流，就是中国现代文化的中心。其实，一个国家、一个民族的文化发展是一个远较文化中心的激烈斗争复杂得多的过程。就是在《新青年》的新文化运动与白话文运动已经达到了高潮的时候，在中国广大的内陆地区也依然是传统文化占主流的社会，如果我们仅仅将新文化与新文学发展的情况定位于《新青年》与北京大学，这究竟在多大的程度上完整体现了整个现代文化与现代文学的实际动向？对于其他地区特别是内陆腹地部分的文学活动，我们了解得很少。例如 20 世纪 20 年代初在成都就出现过一批青年作家的文学社团——草堂文学社，《草堂》是他们创办的四川本土最早的新文学刊物，核心人物叶伯和很早就尝试着中国新诗的写作，其尝试之早甚至超过了胡适。这个现象不能为我们所忽视。但是，由于文化环境的局限，这些偏于西南内陆的青年作家最终并没有将自己的探索坚持多久，这同样发人深省。在过去的文学史研究中，由于我们长期以来的视野遮蔽，这些内陆学人的身影和成就几乎被遗忘了，其实，叶伯和对中国新诗的前卫探索和他回到四川以后的艰难处境都恰到好处地表明了中国新文学发生发展的另外一番景象：走出传统文学的尝试的地区广泛性，同时各个不同区域的尝试也由于更复杂的区域原因而严格受制于文化的环境。新文学在当时中国广大地区读者中的实际影响由此可以获得另一种意义上的说明。

在这个文化发展的过程中，仅仅看到《新青年》圈子的热烈和成功就是颇为不够的了，因为对《新青年》的重视而忽略了对其他边缘文学现象的考察更是问题多多。文献史料的发掘已经从《新青年》、北京大学向着更广大的范围扩展，这当然不是出自于阅读范围的简单扩大而是研究者思想观念的某些重要改变。

同样的情况我们也可以在抗战文学研究热与沦陷区文学研究热中看到。抗战文学研究与沦陷区文学研究都为我们贡献了许多的珍贵史料，这里同样是一个重新认识抗战与沦陷的精神意义的问题。仅以抗战为例，传统文学史研究是将抗战文学的中心与主流定位于抗战救亡，这样，出现在当时的许多丰富而复杂的文学现象就只有备受冷落了。长期以来，我们重视的主要是抗战歌谣、历史剧等，描述的中心也是重庆的进步作家，西南联大位居昆明，为抗战边缘，自然就不受重视。后来，众所周知的是西南联大的文学活动受到了相当的关注，而重庆文坛也不仅仅只有抗战历史剧，其边缘如北碚复旦大学等的文学活动也开始成为硕士甚至博士论文的选题，这无疑得益于人们在观念上的重大变化：从"一切为了抗战"到"抗战为了人"的重大变化。文学作为关注人类精神生活的重要方式，最有价值的恰恰是它能够记录和展示人在不同生存境遇中的心灵变化。

每一种文学史的叙述都会逐渐形成自己的视野中心，而中心都会对其他外围与边缘的现象构成压抑与排挤，而新的文学史研究就是要善于在传统压抑、排挤的部分发现意义，这里自然就存在一个文献史料的不断丰富问题，但文献史料的不断丰富却往往不过是一些更复杂的思想观念变动的结果。所以说，在文献史料问题日显突出的今天，我们恰恰需要思考：是什么样的思想的掘进在影响着这一倾向的发展，在思考的过程中，我们对于自我发展的认识，对于文献史料真正含义的把握，以及对于学术规范的自觉体认都会更加富有意义。

我们断定文学史研究中的文献史料存在一个不断丰富的必然过程，但这是不是意味着一切不断被"丰富"出来的东西都具有同等的价值呢？这在过去，人们也说存在一个史料的发掘与史料的鉴别问题，而在我看来，所谓史料的真伪固然是重要的方面，但同样重要的还在于这些文献史料是如何进入我们的研究程序的。

文献史料究竟是如何进入我们的研究程序的呢？这里有一个至关紧要却可能被人忽视的问题：我们的文学研究究竟是以什么为基础的？或者说以什么样的基础为起点的研究才是有效的和可靠的？应该承认，无论我们可以获得多少社会历史材料，可以浏览多少正史与野史，文学研究的出发点只能是一个，就是文学作品。

一部文学史其实就是文学作品的历史，因为，只有语言文字所构成的作品才能成为我们进行研究的最可靠"实在"。连作家本人也不具备这样的可靠性，因为人本身是一个自我封闭的存在，没有他外在的社会性活动的标识，我们是无从获得描述和评价的理由的。对作家的研究，归根到底其实就是对作品的研究。在这个前提下，我们应当指出的是：文献史料的价值其实最终还是体现在它与作品认知、作品解读的关系中。也就是说，文献史料只有在它有助于文学作品意义把握的时候才是有价值的，否则就只能成为一堆垃圾。今天的文献史料工作，既要有坚持不懈投身故纸堆的毅力，也要有将文献史料纳入文学精神内涵加以统一感受的能力与智慧。文献史料固然重要，但如果不是为了展示文学作品阅读中的个人感受，而是怀着窥视作家生活隐秘的心思，将一切可靠与不可靠的所谓史料都视作珍宝，那便可能将文学研究本身引入歧途，而这些所谓的史料其实也不过是历史的唾沫与垃圾。在一些"翻案"史料中，我们已经看到了不少垃圾。好像我们能够在一个伟人的身上找到一点污点就是惊人的发现，而在一个恶人的身上找出一点光彩也足以颠覆历史！或者，发现了一个不知名的作家的大堆作品就证明他也是一个大家。中国当代的文献史料建设是围绕中国文学作品阐释的重要工作，它不能成为中国式逆反心理的用武场，也不是拒绝文学感悟的理由。在《历史的"散佚"与当代的"新考据研究"：史料建设之于中国现代文学研究的意义》一文中[①]，我曾经将这种与思想掘进相交织的史料的发掘称为"新考据研究"，并予以呼唤和提倡。今天，当我们再次面对这一渐成气候的学术潮流的时候，却似乎应该保持一份格外的冷静甚至警惕：在所有的学术趋向中，都存在它的"问题与方法"，我们必须正视它可能存在的"问题"，也有必要检讨它已经形成的"方法"。

（原载《汕头大学学报（人文社会科学版）》2005 年第 1 期）

[①] 李怡：《历史的"散佚"与当代的"新考据研究"：史料建设之于中国现代文学研究的意义》，《学习与探索》2004 年第 1 期。

百年中国新文学史料的保存、整理与研究

中国新文学自 1917 年一路走来，浩浩荡荡，波澜壮阔。这百年历程中的一切文学现象——作家作品、文学运动、思潮、论争之种种信息，乃至影响文学发展的各种社会法规、制度、文化流俗等都可以被称作是不可或缺的"史料"。对百年中国文学发展历程的所有总结回顾，首先就得立足于对"史料"的勘定和梳理。史料与阐释，可以说是文学研究的两翼，前者是基础，后者则是我们的目标；而文学研究的兴起则大体上经历了这样的过程：先是对文学新作进行急切的介绍、解读和阐释，然后转入对周边史料文献的搜集、整理，试图借详细的史料来进一步解释文学的种种细节，再后来可能是进一步的文献辨析和作品解剖，至此便可能将学术研究推向深入。

一

民国是中国新文学发生发展的重要时代，伴随着新文学影响的逐步扩大，除了宣示性推介或者批评性的阐释之外，作品的结集、特定文献的辑录也日显重要，这其实就是史料工作的开始。

史料意识的兴起，反映着一个时代的知识分子对其所遭遇历史的重视程度和估价敏感度。从这个意义上看，中国新文学的史料意识大约在它出现之后的数年就已经显露，在十多年之后逐渐强化起来，反应速度也还是颇为可观的。

如果暂不考虑个人文集的出版，那么对特定主题或特定年代的文学作品的汇编则肯定已经体现了一种保存文献、收藏历史的"史料意识"。

1920 年，在新文学创立的第四个年头，中国出版界就出现了对不同文学文体的总结性结集。

《新诗集》（第一编），由新诗社编辑部编辑，新诗社出版部 1920 年 1 月出版，收入胡适、刘半农、沈玄庐、康白情、周作人、俞平伯等的初期白话新诗 103 首，分"写实""写景""写意""写情"四类编排。在序文《吾们为什么要印〈新诗集〉？》中，编者阐述了编辑工作的四大目的：①汇集几年试验的成绩，打消怀疑派的怀疑；②提供一个写新诗的范本；③编辑起来便于阅读新诗；④便于对新诗进行批评[①]。这样的目的已经体现出了清晰的史料意识。正如刘福春所指出的那样："这是我国出版的第一部新诗集。如果将发表在 1918 年 1 月 15 日《新青年》上胡适、沈尹默、刘半农的 9 首白话诗看作是第一次发表的新诗的话，至此诗集出版才两年的时间，不能不说编者确是很有眼光。""从诗集所注明的作品出处看，103 首诗共录自 20 余种报刊，这些报刊除《新青年》、《新潮》等影响较大的之外，有不少现今已很难见到，像《新空气》、《黑潮》、《女界钟》等。很多诗作因这本诗集不是'选'而得到了保存，使得我们今天重新回顾这段历史的时候，可以较真实、完整地看到新诗最初的足迹。"[②]也在这一年，许德邻编《分类白话诗选》由上海崇文书局于 1920 年 8 月出版，收入初期白话新诗 230 余首，同样按"写景""写实""写情""写意"四类编排。

在散文方面则有《白话文苑》（第一册）与《白话文苑》（第二册），洪北平编，上海商务印书馆 1920 年 5 月出版，分别收入胡适、钱玄同、梁启超、蔡元培等白话散文作品 33 篇和 16 篇；同年，《白话文趣》由群英书社 1921 年出版，收入蔡元培、陈独秀、钱玄同、梁启超、鲁迅等的白话杂文、记叙文共 17 篇。

小说方面，止水编《小说》第一集由北京晨报社出版部于 1920 年出版，编入止水、冰心、大悲、鲁迅、晨曦等的白话短篇小说共 25 篇，1922 年 5

---

① 新诗社编辑部：《吾们为什么要印〈新诗集〉？》，见新诗社编辑部编《新诗集》，上海：新诗社出版部，1920 年，第 1 页。

② 刘福春：《寻诗散录》，桂林：广西师范大学出版社，2008 年，第 4、6 页。

月，"文学研究会丛书"推出《小说汇刊》，由上海商务印书馆出版。汇辑叶绍钧、朱自清、庐隐、许地山等的短篇小说共 16 篇。

戏剧方面，1924 年 2 月，凌梦痕编《绿湖（第一集）》由民智书局出版，收入凌梦痕、侯曜、尤福渭等的独幕剧本 6 部；1925 年 3 月，上海戏剧协社编《剧本汇刊第一集》由上海商务印书馆出版，收入欧阳予倩、汪仲贤、洪深等的独幕剧共 3 部。

由以上的简述我们大体可以知道，随着新文学的传播，史料保存意识也迅速发展起来，无论是为了自我的宣传、讨论还是提供新文体的写作范本，各种文学样式的汇辑整理工作都很快展开了，从新文学诞生直到新中国成立，这种依循时代发展而出现的各种文学年选、文体汇编持续不断，成为民国时期中国新文学史料保存的主要方式。与新中国成立以后日益发展起来的强烈的"著史"追求不同，民国时期的文学史料常常保存在以鉴赏、批评为主要功能的文学选本之中。

以文体和时间归集的选本有如下这些：1924 年《中国创作小说选》（第一集下），1924 年《中国创作小说选》（第二集），1924 和 1925 年《弥洒社创作集》，1926 年《恋歌（中国近代恋歌集）》，1928 年《中国近代短篇小说杰作集》，1929 年《中国近十年散文集》，1930 年《现代中国散文选》，1931 年《当代文粹》《现代中国小说选》，1932 年《当代小说读本》，1933 年《现代中国诗歌选》《初期白话诗稿》《现代小品文选》，1934 年《现代散文选》《模范散文选注》，1935 年《中华现代文学选》《注释现代诗歌选》《注释现代戏剧选》，1936 年《现代新诗选》《现代创作新诗选》《幽默小品文选》，1938 年《时代剧选》，1939 年《现代最佳剧选》，1944 年《战前中国新诗选》，1947 年《历史短剧》，1949 年《独幕剧选》，等等；以作家性别结集的选本有如下这些：1932 年《现代中国女作家创作选》，1933 年《女作家小品选》《女作家随笔选》，1934 年《女作家诗歌选》《女作家戏剧选》，1935 年《当代女作家小说》，1936 年《现代女作家诗歌选》《现代女作家戏剧选》，等等。

抗日战争是民国时期最为重大的国家民族事件，我们也可以见到大量关于这一主题的文学选集，例如 1932 年《上海事变与报告文学》，1933 年《抗日救国诗歌》《沪战文艺评选》，1937 年《抗战颂》《战时诗歌选》，1938 年《抗战诗选》《抗战诗歌集》《抗战独幕剧集》《抗战剧本选集》《国防话剧初选》《战时儿童独幕剧》《街头剧创作集》，1939 年《抗战文艺选》，1941 年《抗建剧选》等。这些作品透露出了文学界与出版界强烈的时代意识和民族意识，或者也可以说，是特殊时代的民族情感强化了人们对新文学的文献价值的认定。

就作家个人史料的整理出版方面，最值得一提的是鲁迅逝世引发的悼念潮与全集出版。早在鲁迅生前，就有回忆文字见诸报端（如 1924 年曾秋士《关于鲁迅先生》[①]，1934 年王森然撰写第一个鲁迅评传[②]）。鲁迅逝世后，报纸杂志上发表了大量历史回忆，亲朋旧友（如许广平、许寿裳、蔡元培、周作人、许钦文、孙伏园、郁达夫等）开始撰写出版纪念著作，包括鲁迅先生纪念委员会编《鲁迅先生纪念集》等著述[③]汇成了新文学有史以来最大规模的个人史料。《鲁迅全集》在 1938 年的编辑出版（上海复社版），是鲁迅先生逝世之后，中国文学界一次前所未有的对作家文献的搜集汇编工程，编辑委员会由蔡元培、马裕藻、许寿裳、沈兼士、茅盾、周作人、许广平等组成，参与编辑的有近百人。胡愈之、张宗麟总揽全局并筹措经费，许广平与王任叔（巴人）为编校，参与校对的还包括金性尧、唐弢、柯灵、王任叔等一大批人，黄幼雄、胡仲持负责出版，徐鹤、吴阿盛、陈熬生分别联系排版、印刷与装订事宜，陈明负责发行。搜集、整理、编辑、出版乃至序跋、题签等由一代文化界精英承担，尽显新文学作为时代文化主流的强大力量。

到作家选集的编辑出版已经成为"常态"的今天，人们格外注意搜集选编的"史料"又包括了那些影响文学史整体发展的思潮、流派、论争的文字。其实，这方面的整理、呈现工作也始于民国时期，那些文学运动、文学论争的当事人和富有历史眼光的学人都十分在意这方面材料的保存。据我掌握的材料看，早在 1921 年 1 月，新文学运动的开展、白话新诗的倡导才刚刚

---

① 曾秋士《关于鲁迅先生》，《晨报附刊》1924 年 1 月 12 日，曾秋士即孙伏园。
② 王森然：《周树人先生评传》，见王森然《近代二十家评传》，北平：杏岩书屋，1934 年。
③ 北新书局 1936 年初版。

三四年，胡怀琛就编辑出版了《尝试集的批评与讨论》[①]，到 20 世纪 20 年代后期的"革命文学"论争之时，又有钱杏邨编辑的《现代中国文学作家》（上海泰东图书局，1928 年），霁楼编辑出版的《革命文学论争集》（生路社，1928），它们都收录多位论争参与人的言论。后来，我们还可以读到各版次的文学论争资料，包括李何林编《中国文艺论战》（中国书店 1929年）、苏汶编《文艺自由论辩集》（现代书局 1933 年）、吴原编《民族文艺论文集》（正中书局 1934 年）、胡怀琛编《诗学讨论集》、胡风编《民族形式讨论集》（华中图书公司 1941）等。

20 世纪 30 年代，在新文学发展进入第二个十年之后，文学的历史意识也有所加强，"新文坛""新文学史"这样的历史概括也出现在了学者的笔下。值得注意的是，这些对"新文坛""新文学"的记录都努力保存各种文献史料。1933 年，王哲甫编撰出版了《中国新文学运动史》（北平杰成印书局），除了对新文学运动的描述、评论外，著作还列有"新文学作家传略""作家图片""著作目录"等，兼有史论与史料汇编的双重功能。1933 年阮无名《中国新文坛秘录》（南强书局）出版，虽然"秘录"一语带有明显的商业意味，但全书却体现了颇为严谨的文献意识，正如今人所评，该书"一方面为了保存历史的真实和完整，对资料不轻易摘引、节录，一方面更注意搜集容易被人忽略的零碎材料，前后加以串联，详加说明，使之条理分明，独成系统。虽然，他声明在组织这些材料时，尽量不加评论，当然在编辑过程中也无法掩饰自己的观点，只要暗示几笔也就够了"[②]。阮无名即阿英（钱杏邨），他是中国新文学史上最早具有自觉的史料文献意识的学人。1934 年，阿英编辑出版了《中国新文学运动史资料》（光明书局，署名张若英），这部著作虽然以新文学运动的发展为线索安排专题性的章节，但却不是编者的评论，而是在每一专题下收罗了相关的历史文献，可谓是新文学发展演变的史料大汇编。对读今日出版的新文学著作，我们不难看出，阿英这些最早的文献工作足以构建起历史景观

[①] 胡怀琛：《尝试集的批评与讨论》，上海：泰东书局，1921 年。

[②] 姜德明：《书边草》，杭州：浙江人民出版社，1982 年，第 176 页。

的主要骨架。

在民国时期，新文学史料整理工作最具规模也最具有影响力的成果是《中国新文学大系》。1935 年，上海良友图书印刷公司隆重推出赵家璧主编《中国新文学大系》10 卷，其中"创作"7 卷，共收小说 81 家的 153 篇作品，散文 33 家的 202 篇作品，新诗 59 家的 441 首诗作，话剧 18 家的 18 个剧本，"理论"与"论争"两卷，"史料·索引"一卷，加以"创作"各卷的"导言"，收录的理论文章也有近 200 篇，可以说是全方位汇集、展示了新文学创立以来的全貌。从文学发展的角度来说，这是推动新文学作品"经典化"的重要努力，从新文学历史的梳理来说，则可以说是第一次文学文献的大汇辑。"史料·索引"卷由阿英主持，在编辑中他注意到了新文学的版本流变问题，又将"史料"分作作家作品史料、理论论争史料、文学会社史料、官方关于文艺的公文、翻译作品史料、杂志目录等十一类，我们可以认为，这是中国新文学史料学的第一次自觉的建构。

二

不过，即便良友图书印刷公司和史家阿英有着这样自觉的史料学的追求与建构，但这在当时归根结底也属于民间的和学者个人的爱好与选择，而不是国家事业的组成部分，甚至也没有成为学科发展、学科建设的工作愿景。由此观之，我们可以发现，民国时期中国新文学史料的保存、整理与出版工作的显著特点。

就如同中国新文学本身在整体上属于作家个人、同人群体的创造活动一样，在整个民国时期，这些文献史料的搜集、保存和整理出版工作的主要动力还在民间的趣味和热情，国家政府几乎就没有给予过太多的直接支持，当然，也就因为尚未被纳入国家大计而最终沦为国家政府意志的附庸。这样的现实有两个值得注意的结果：

其一，由于缺乏来自国家层面的顶层学科规划，新文学的文献史料工作的民间发展受到了种种物质和制度上的限制，长远的学科发展方略迟迟未能成型，文学史料工作在学术规范、学理探究、思想交流等方面建树不多。

其二，由于国家政府放弃了对文史工作的强力介入，更由于新文学阵营本身对民国专制政府的从未停止的抵抗和斗争，各种类型的文学著作不断撕开书报检查的缝隙，持续为我们揭示历史的真相。因而，在总体上我们又可以认为，民国时期的文献史料是丰富和多样的，如果我们将所有的文学出版物都视作必不可少的"史料"，那么，这些风格各异、思想多元的民国文学——包括作家个人的文集、选集、全集以及各种思潮、流派、运动、论争的文字留存，共同构筑了新文学文献史料的巍峨大厦，足以为后世的研究提供源源不断的资源和灵感。

作为国家层面的新文学文献史料的搜集整理工作始于新中国成立以后。

新中国成立后 17 年间，作为新文学总结的各类作家文集、选集开始有计划地编辑出版。例如，在周扬主持下，由柯仲平、陈涌等编辑了"中国人民文艺丛书"。该工作始于 1948 年，1949 年 5 月起由新华书店等陆续出版。丛书收入作家创作（包括集体创作）的作品 170 余篇，工农兵群众创作的作品 50 多篇，展现了解放区文学，特别是自《在延安文艺座谈会上的讲话》以来的文学成果，从此开启了国家政府层面肯定和总结新文学成绩的新方式。此外，开明书店、人民文学出版社等也先后编选了一些现代作家的选集、文集，通过对新文学"进步"力量的梳理昭示了新中国所认可的新文学遗产。

除了文学作品的选编，文学研究史料也开始被分类整理出版，如上海文艺出版社影印了 20 世纪二三十年代的革命文学期刊四十余种，编辑了《鲁迅研究资料编目》《中国现代文学期刊目录》等专题资料，还创办了《中国现代文艺资料丛刊》；作为"内部读物"，上海图书馆在 1961 年编辑出版了《辛亥革命时期期刊总目》。这样的基础性的史料工作在新文学的历史上，都还是第一次。1962 年 5 月，在《中国现代文艺资料丛刊》的创刊号上，周天提出了对现代文艺资料整理出版的具体设想，包括现代文艺资料的分类法："一、调查、访问、回忆；二、专题文字资料的整理、选辑；三、编目；四、影印；五、考证。"①这标志着中国新文学史料文献研究之理论探讨的起步。

作家个人的专题资料搜集、整理开始受到了重视，在新中国成立后 17 年间，主要还是作为"新文学旗手"的鲁迅的相关资料。1936 年鲁迅逝世后即有不少回忆录问世，新中国成立后，又陆续出版了许广平、冯雪峰、周作人、周建人、唐弢等亲友所写的系列回忆，鲁迅作为个体作家的史料完善工作，继续成为新文学史料建设的主要引擎。

随着新中国学科规划的制定，中国新文学（现代文学）学科被纳入国家教育文化事业之中，对作为学科基础的文献工作的重视也就自然成了新中国教育和学术发展的必然。大约从 20 世纪 60 年代开始，部分的高等院校和国家研究机构也组织学者队伍，投入新文学史料的编辑整理之中。1960 年，山东师范学院中文系薛绥之等先生主持编辑了"中国现代作家研究资料丛书"，名为内部发行，实则在高校学界传播较广，影响很大。丛书组成如下：作家作品研究十一种，包括《郭沫若研究资料汇编》《茅盾研究资料汇编》《巴金研究资料汇编》《老舍研究资料汇编》《曹禺研究资料汇编》《夏衍研究资料汇编》《赵树理研究资料汇编》《周立波研究资料汇编》《李季研究资料汇编》《杜鹏程研究资料汇编》《毛主席诗词研究资料汇编》等；目录索引两种，包括《中国现代作家著作目录》《中国现代作家研究资料索引》；传记一种，为《中国现代作家小传》；社团期刊资料两种，有《中国现代文学社团及期刊介绍》和《1937—1949 主要文学期刊目录索引》。全套丛书共计 300 余万字。以后，教研室还编辑了《鲁迅主编及参与或指导编辑的杂志》，收录了十七种期刊的简介、目录、发刊词、终刊词、复刊词等内容。这样的工作在当时可谓声势浩大，在整个新文学学术史上也是开创性的。另据樊骏先生所述，中国社会科学院文学研究所现代文学研究室在 20 世纪 50 年代末也做过类似工作②。

---

① 周天：《关于现代文艺资料整理、出版工作的一些看法》，见上海文艺出版社"中国现代文艺资料丛刊"编辑组《中国现代文艺资料丛刊》第 1 辑，上海：上海文艺出版社，1962 年，第 268 页。
② 樊骏：《这是一项宏大的系统工程——关于中国现代文学史料工作的总体考察（上）》，《新文学史料》1989 年第 1 期。

当然，这些文献史料工作在奠定我们新文学学术基础的同时也构制了一种史料的"限制性机制"，因为，按照当时的理解，只有"革命"的、"进步"的文献才拥有整理、开放的必要，某些历史记叙和回忆可能出现有意无意的"改编"。例如许广平 1959 年"奉命"写作的《鲁迅回忆录》，1961 年 5 月由作家出版社出版。周海婴先生后来告诉我们："这本《鲁迅回忆录》母亲许广平写于五十年前的 1959 年 8 月，11 月底完成，虽然不足十万字，但对于当时已六十高龄且又时时被高血压困扰的母亲来说，确是一件为了'献礼'而'遵命'的苦差事。看到她忍受高血压而泛红的面庞，写作中不时地拭擦额头的汗珠，我们家人虽心有不忍，却也不能拦阻。""确切地说许广平只是初稿执笔者，'何者应删，何者应加，使书的内容更加充实健康'是要经过集体讨论。"①

　　所谓"反动"的、"落后"的、"消极"的文献现象则可能失去了及时整理出版的机会，以致到了时过境迁、心态开放的时代，再试图广泛保存和利用历史文献之时，可能已经造成了某些不可挽回的物理损失。

　　20 世纪 50 年代中期特别是"大跃进"以后，以研究者个人署名的文学史著作开始为集体署名的成果所取代，除了如复旦大学中文系、吉林大学、中国人民大学、北京大学师生先后集体编著出版的《中国现代文学史》外，以"参考资料"命名的著作还包括东北师范大学中文系中国现代文学教研室《中国现代文学参考资料》（1954）、北京师范大学中文系编《中国现代文学史参考资料》（高等教育出版社 1959）、吉林师范大学中文系现代文学教研室《中国现代文学参考资料》（1961）等，可惜，这些"资料"其实是在对文艺思想斗争言论的选择和截取，读者无法看到完整的论述，而其他保留了完整文章的"资料"也对原本丰富的历史作了大刀阔斧的删削。

---

① 周海婴、马新云：《妈妈的心血》，见许广平著，周海婴主编《鲁迅回忆录》，武汉：长江文艺出版社，2010 年，第 1—2 页。

三

中国新文学文献史料工作的再度复苏始于新时期。随着新时期改革开放的步伐，一些中断已久的文化事业工作陆续恢复和发展起来，中国新文学研究包括作为这一研究的基础性文献工作也重新得到了学界的重视。1980 年，在中国现当代文学研究刚刚恢复之际，作为学科创始人的王瑶先生就提醒我们，"必须对史料进行严格的鉴别"，"在古典文学的研究中，我们有一套大家所熟知的整理和鉴别文献材料的学问，版本、目录、辨伪、辑佚，都是研究者必须掌握或进行的工作；其实这些工作在现代文学的研究中同样存在，不过还没有引起人们应有的重视罢了"①。

新时期的文献史料工作首先体现在一系列扎扎实实的编辑出版活动中。其中，值得一提的著作如下。

作为文献史料的最基础的部分——作家选集、文集、全集及社团流派为单位的作品集逐渐由各地出版社推出，人民文学出版社以及其他一些出版社在重编作家文集方面做了大量的工作。例如：中国社会科学院文学研究所现代文学研究室主编的"中国现代文学创作选集"丛书、人民文学出版社编辑出版的"中国现代文学流派创作选"丛书、钱谷融主编的"中国新文学社团、流派丛书"等都成为学术研究的重要文献。大型丛书编撰更连续不断，如"延安文艺丛书""上海抗战时期文学丛书""抗战文艺丛书""中国抗日战争时期大后方文学书系""中国解放区文学研究资料丛书""中国沦陷区文学大系"等，《中国新文学大系》的续编工作也有序展开。

北京鲁迅博物馆于 1976 年 10 月率先编辑出版不定期刊物《鲁迅研究资料》，人民文学出版社于 1978 年 11 月创办了《新文学史料》季刊。稍后，各地纷纷推出各种专题的文学史料丛刊，包括《东北现代文学史料》②、《抗战

---

① 王瑶：《关于中国现代文学研究工作的随想——在中国现代文学研究会学术讨论会上的发言》，《中国现代文学研究丛刊》1980 年第 4 期，第 16 页。
② 黑龙江、辽宁社会科学院文学研究所共同编印，不定期刊物，1980 年 3 月出版第一辑。

文艺研究》①、《延安文艺研究》②、《晋察冀文艺研究》③等，创刊于 20 世纪 60 年代初期的《中国现代文艺资料丛刊》于 20 世纪 70 年代末期复刊④，创刊较早的《文教资料简报》也继续发行，并影响扩大⑤。

　　1979 年中国社会科学院文学研究所现代文学研究室发起编纂大型史料丛书"中国现代文学史资料汇编"，该丛书又分为甲、乙、丙三大序列：甲种为"中国现代文学运动·论争·社团资料丛书"30 卷；乙种为"中国现代作家作品研究资料丛书"，先后囊括了 170 多位作家的研究专集或合集近 150 种；丙种为"中国现代文学期刊目录汇编""中国现代文学总书目"等大型工具书多种。甲乙丙三大序列总计五六千万字，由 70 多所高校和科研机构的数百位研究人员参加编选，十几家出版社分担出版事务。这是自中国新文学诞生以来规模最大的一项文献整理出版工程。2010 年，知识产权出版社将已经面世的各种著作尽数搜集，在《中国文学史资料全编·现代卷》之名下再次隆重推出，全套凡 60 种 81 册逾 3000 万字，蔚为壮观。

　　一些较大规模的专题性文学研究汇编本也陆续出版，有 1981—1986 年天津人民出版社出版的由薛绥之先生主编的《鲁迅生平史料汇编》，全书分五辑六册计三百余万字，是对现存的鲁迅回忆录的一种摘录式的汇编。此外还有上海社会科学院文学研究所主编的"上海'孤岛'文学资料丛书"、广西社会科学院等主编的"抗战时期桂林文化运动资料丛书"、中国社会科学院文学研究所鲁迅研究室主编的《1913—1983 鲁迅研究学术论著资料汇编》以及"中国人民解放军历史资料丛书""新文学史料丛书"等。

---

① 四川省社会科学院文学所与重庆中国抗战文艺研究会联合编辑，1981 年底开始"内部发行"，至 1983 年 1 期起公开发行，到 1987 年底共出版 27 期，1988 年 3 月起改由四川省社会科学院出版社出版，重新编号出版了 3 期，1990 年由成都出版社出版 1 期。

② 陕西省社会科学院文学研究所和陕西延安文艺学会合办的《延安文艺研究》杂志，于 1984 年 11 月创刊。

③ 天津社会科学院文学研究所创办，最初作为《津门文学论丛》增刊，1983 年 10 月出版第一辑。

④ 上海文艺出版社 1962 年 5 月创刊，出版 3 辑后停刊，第 4 辑于 1979 年复刊。

⑤ 最初是南京师范学院内部编印的资料性月刊，创办于 1972 年 12 月，1—15 期名为《文教动态简报》，从第 16 期（1974 年 3 月）起更名为《文教资料简报》，并沿用至 1985 年底。1986 年 1 月该刊改名《文教资料》，1987 年 1 月改为公开发行。

上述文学史资料汇编中涉及的著作、期刊目录可谓是文献史料工作的"基础之基础"，在这方面，也出现了大量的成果，除了唐沅等编辑的《中国现代文学期刊目录汇编》①外，引人注目的还有董健主编的《中国现代戏剧总目提要》②，贾植芳等主编的《中国现代文学总书目》③，北京图书馆书目编辑组编的《中国现代作家著译书目》④，郭志刚等编《中国现代文学书目汇要》⑤，应国靖《现代文学期刊漫话》⑥，吴俊、李今、刘晓丽等编《中国现代文学期刊目录新编》⑦等。此外，来自图书馆系统的目录成果也为厘清文学的"家底"提供了帮助，如国家图书馆、上海图书馆编《1833—1949 全国中文期刊联合目录》（补充本）⑧、《民国时期总书目》⑨等。

随着史料文献的陆续出版，文献工作的理论探索与学科建设工作也被提上了议事日程。

20 世纪 80 年代以来，学术界即不断有人发出建立"中国现代文学文献学"的呼吁。《中国现代文学研究丛刊》1985 年第 1 期刊登了马良春《关于建立中国现代文学"史料学"的建议》，他提出了文献史料的七分法：专题性研究史料、工具性史料、叙事性史料、作品史料、传记性史料、文献史料和考辨性史料。《新文学史料》1989 年第 1、2、4 期连续刊登了著名学者樊骏的约八万字长文《这是一项宏大的系统工程——关于中国现代文学史料工作的总体考察》。樊骏先生富有战略性地指出："如果我们不把史料工作理解为拾遗补缺、剪刀加浆糊之类的简单劳动，而承认它有自己的领域和职责、严密的方法和要求、独立的品格和价值——不只在整个文学研究事业中

①上下册，天津人民出版社，1988 年。
② 南京大学出版社，2003 年。
③ 福建教育出版社，1993 年。
④ 两册（含续编），书目文献出版社分别于 1982、1985 年出版。
⑤ 小说卷、诗歌卷各一册，书目文献出版社，1994 年。
⑥ 花城出版社，1986 年。
⑦上海人民出版社出版，2010 年。
⑧ 中央民族大学出版社，2000 年。
⑨ 北京图书馆编，书目文献出版社 1986 年—1997 年陆续出版。它以北京图书馆、上海图书馆、重庆图书馆的馆藏为基础，收录了 1911 年至 1949 年 9 月间出版的中文图书 124 000 余种，基本反映了民国时期出版的图书全貌。

占有不容忽略、无法替代的位置，而且它本身就是一项宏大的系统工程；那么就不难发现迄今所做的，无论就史料工作理应包罗的众多方面和广泛内容，还是史料工作必须达到的严谨程度和科学水平而言，都存在着许多不足。"

1986 年北京语言学院出版社出版了朱金顺先生的《新文学资料引论》，这是关于中国现代文学史料学的第一部专著。

1989 年，中华文学史料学学会成立，著名学者马良春任会长，徐迺翔任副会长，并编辑出版了会刊《中华文学史料》[①]。2007年，中华文学史料学会在聊城大学成立了中国近现代文学史料学分会，标志着新文学（现代文学）文献学学科的建设又上了一个台阶。

进入 20 世纪 90 年代，从学术大环境来说，新文学研究的"学术性"被格外强调，"学术规范"问题获得了郑重的强调和肯定，应当说，文献史料工作的自觉推进获得了更加有利的条件。截至 2017 年的近 20 年来，我们的确看到有越来越多的学者自觉投入文献收藏、整理与研究的领域，河南大学、清华大学、中国现代文学馆、重庆师范大学、长沙理工大学等都先后举办了现代文学文献史料研讨的专题会议。2004—2007 年，《学术与探索》《中国现代文学研究丛刊》《河南大学学报》《汕头大学学报》《现代中文学刊》等刊物辟专栏相继刊发了专题"笔谈"，《中国现代文学研究丛刊》还在 2005 年第 6 期策划了"文献史料专号"，《现代中国文化与文学》设立"文学档案"栏目并在每期发表新文学史料或史料辨析论文。新文学文献史料的一系列新的课题得以深入展开，例如版本问题、手稿问题、副文本问题、目录、校勘、辑佚、辨伪等，对文献史料作为独立学科的价值、意义及研究方法等多个方面都展开了前所未有的研讨。

陈子善先生及其主编的《现代中文学刊》特别值得一提。陈子善先生长期致力于中国现代文学史料研究，尤其对张爱玲佚文的搜集研究贡献良多。2009 年 8 月，原《中文自学指导》改刊成为《现代中文学刊》，由陈子善先生主持。这份刊物除了对中国现代文学研究突出"问题意识"之外，最引人

---

① 《中华文学史料》（一）由百家出版社 1990 年 6 月推出。

瞩目之处便是它为现代文学的史料文献研究提供了大量的篇幅,不仅有文献的考辨、佚文的再现,甚至还有新出版的文献书刊信息及作家故居图片,《现代中文学刊》的彩色封底、封二、封三几乎成为学人爱不释手的历史文献的橱窗。

刘增人等出版了100多万字的《中国现代文学期刊史论》,既有"中国现代文学期刊叙录",又有"中国现代文学期刊研究资料目录"的史料汇编,从"史"的梳理和资料的呈现等方面做了扎实的积累①。2015年,刘增人、刘泉、王今晖编著的《1872—1949 文学期刊信息总汇》由青岛出版社推出,全书分四巨册,500万字,包括了2 000幅图片,正文近4 000页,涵盖了1872—1949年中国文学期刊的基本信息。

一些著名学者都在新文学的文献学理论建设上贡献了重要意见。杨义提出"文献还原与学理原创"的"八事":①版本的鉴定和对这些鉴定的思考;②作家思想表述和当时其他材料印证;③文本真伪和对其风格的鉴赏;④文本的搜集阅读和文本之外的调查;⑤印刷文本和作者的手稿,图书馆的藏书和作家自留书版本之间的互补互勘;⑥文学材料和史学材料的互证;⑦现代材料和古代材料的借用、引申和旁出;⑧图和文如何互动。②

徐鹏绪、逄锦波试图综合运用文献学、传播学、阐释学、接受美学等理论方法,对中国现代文学文献学的基本概念进行界定,尝试建构中国现代文学文献学理论体系的基本模式。③

谢泳 2008 年发表论文《建立中国现代文学史料学的构想》④,2010 年出版《中国现代文学史料的搜集与应用》(秀威资讯科技股份有限公司 2010 年版)、《中国现代文学史研究法》(广西师范大学出版社 2010 年版),就"中国现代文学史料学"问题阐述了自己的详尽设想。

刘增杰集多年现代文学史料研究和研究生教学成果而成《中国现代文学

---

① 新华出版社,2005 年。
② 杨义:《文献还原与学理原创的互动》,《河南大学学报》(社会科学版)2005 年 2 期,第 53—54 页。
③ 徐鹏绪、逄锦波:《中国现代文学文献学之建立》,《东方论坛》2009 年 1—3 期。
④ 《文艺争鸣》2008 年 7 期。

史料学》①，此书被学者视为 2012 年现代文学史料考释与研究方面的"重大突破"。

截至 2017 年的约 20 年来，在新文学文献理论或实际整理方面做出了贡献的学者还有孙玉石、朱正、王得后、单演义、陈漱渝、钱理群、杨义、刘福春、吴福辉、方锡德、李今、解志熙、张桂兴、姜德明、龚明德、王锦厚、吴秀明、高恒文、王风、金宏宇、廖久明、李楠、魏建等。

在中国现代文学的史料文献意识日益强化的同时，当代文学的史料文献问题也被有志之士提上了议事日程，洪子诚、陈思和、吴秀明、程光炜、李润霞等都对此贡献良多②，如对关于"潜在写作"的史料鉴别问题等都有过深入的探讨。以上这些无疑将大大地推动当代文学学科的文献研究，推动新文学的研究走向深入，加速现代新文学传统的经典化进程，甚至有人据此断言中国新文学研究已经出现了现代文学研究的"文献学转向"③。

但是，与此同时，一个严峻的现实却也毫不留情地日益显现在了我们面前，这就是，作为新文学出版的物质基础——民国出版物已经逼近了它的生存界限，再没有系统、强大的编辑出版或刻不容缓的数字化工程，一切关于文献史料的议论都会最终流于纸上谈兵。对此，一直忧心忡忡的刘福春先生形象地说"历史正在消失"："第一，我们赖以生存的纸质书报刊已经临近阅读的极限；第二，历史的参与者和见证者现在很多都已经再没有发言的机会了。2005 年，《人民日报》海外版的消息，国家图书馆民国文献，中度以上破坏已达 90%。民国初期的文献已 100% 损坏。有相当数量的文献，一触即破，濒临毁灭。国家图书馆一位副馆长讲：若干年后，我们的后人也许能看到甲骨文，敦煌遗书，却看不到民国的书刊。而更严重的是，随着一批批老

---

① 中西书局 2012 年。

② 参见洪子诚《当代文学的史料问题》（《长沙理工大学学报（社会科学版）》2016 年第 6 期）、吴秀明、章涛《当代文学文献史料研究的历史与现状——基于现有成果的一种考察》（《文艺理论研究》2012 年 6 期）、吴秀明、章涛《当代文学文献史料研究的历史困境与主要问题》（《浙江大学学报（人文社科版）》2013 年 3 期）等。

③ 王贺：《现代文学研究的"文献学转向"》《长沙理工大学学报（社会科学版）》2016 年第 6 期。

作家的故去，那些鲜活的历史就永远无法打捞了。"①

　　由此说来，中国新文学的文献史料工作不仅仅是任重道远的沉重感，而且另有它的刻不容缓的紧迫性。

（原载《新文学史料》2017 年第 2 期）

---

① 刘福春：《寻求中国现代文学文献学学科的独立学术价值》，《长沙理工大学学报（社会科学版）》2016 年第 6 期，第 71—72 页。

在民国历史中重新发现现代文学

　　研究中国现代文学需要有更大的文学视野，也就是说"文学研究"关注的对象应该更为充分和广泛，甚至还应包括更多的"文学之外"的色彩斑斓的各种文字现象，即我们所谓的"大文学"现象。"大文学"现象需要的是更广阔的史料，是为"大史料"。如何才能发现"文学"之"大"，进而扩充我们的"史料"范围呢？这就需要还原现代文学的历史现场，在客观的"民国"空间中容纳各种现代、非现代的文学现象，这就叫做"在民国史料中重新发现现代文学"。

　　但是这样的结论却可能让人疑窦重重：文献史料是一切学术工作的基础，无论什么时代、无论什么国度，都理当如此。如果这是一个简单的常识，那么，我们这个判断可能就有点奇怪了：为什么要如此强调"在民国史料中发现"呢？其实，在这里我们想强调的是文献史料的发掘、整理并不像表面看上去的那么简单，并不是只要冷静、耐性和客观就能够获得，它依然承受了意识形态的种种印记，文献史料的发掘、运用也是一项具有特殊思想意味的工作。

　　对于现代文学学科而言，系统的文献史料工作开始于 20 世纪 80 年代以后，即所谓的"新时期"。没有当时思想领域的拨乱反正，就不会有对大量现代文学现象的重新评价，就不会有对胡适等自由主义作家的"平反"，甚至也不会有对20世纪30年代左翼文学的重新认识，中国社科院主持的"文学史史料汇编"工程更不复存在。而且，这样的文献史料的发掘整理也依然存在一个逐步展开的过程，其展开的速度、程度都取决于思想开放的速度和程度。例如在一开始，我们对文学史的思想认识和历史描述中出现了"主流"说——当然是将左翼文学的发生发展视作不容置疑的"主流"，这至少比认定文学史只存在一种声音要好：有"主流"就有"支流"，甚至还可以有"逆流"。这些"主""次"之分无论多么简陋和经不起推敲，也都在事实上为多种文学现象的出场（即便是羞羞答答的出场）打开了通道。

即便如此，在二三十年前，要更充分地、更自由地呈现现代文学的史料也还是阻力重重。因为，更大的历史认知框架首先规定了那个时代的社会性质：民国不是历史进程的客观时段，而是包含着鲜明的意识形态判断的对象，更常见的称谓是"旧中国""旧社会"。在这样一种认知框架下，百年来的中国文学发展史常常被描绘为一部你死我活的"阶级斗争史"，是"新中国"战胜"民国"的历史，也是"党的'"人民的'"正义"的力量不断战胜"封建的'"反动的'"腐朽的"力量的历史。

这样的政治斗争最终演化成了文学史描写的"主流""支流""逆流"。当然，我们能够读到的主要是"主流"的史料，能够理所当然进入讨论话题的也属于"主流文学现象"——就是在今天，也依然通过对"历史进步方向""新文学主潮"的种种认定不断圈定了文献史料的发现领域，影响着我们文献整理的态度和视野。例如因为确立了五四新文学的"方向"，一切偏离这一方向的文学走向和文化倾向都饱受质疑，在很长一段时间中难以获得足够充分的重视：接近国民党官方的文学潮流如此，保守主义的文学如此，市民通俗文学如此，旧体诗词更是如此，甚至对一些文体发展史的描述也遵循这一模式。例如我们的认知框架一旦认定从《尝试集》到《女神》再到"新月派""现代派"以及"中国新诗派"就是现代新诗的发展轨迹，那么，游离于这一线索之外的可能数量更多的新诗文本包括诗人本身就可能遭遇被忽视、被淹没的命运，无法进入文献研究的视野，例如稍稍晚于《尝试集》的叶伯和的《诗歌集》，以及创作数量众多却被小说家身份所遮蔽的诗人徐訏。再比如小说史领域，因为我们将鲁迅的《狂人日记》判定为"现代第一篇白话小说"，就根本不再顾及四川作家李劼人早在 1918 年之前就发表过白话小说的事实。

同样的情况也出现在文学思潮的认定框架中。过去的文学史研究是将抗战文学的中心与主流定位于抗日救亡，这样，出现在当时的许多丰富而复杂的文学现象就只有备受冷落了。长期以来，我们重视的就仅仅是抗战歌谣、历史剧等，描述的中心也是重庆的"进步作家"。西南联大位居昆明，为抗战"边缘"，自然不受重视。即便是抗战中心重庆内部，也仅仅以"文协"

或直接宣传抗战的文学为中心。随着对这些抗战文学认知的逐步更新，西南联大的文学活动才引起了相当的关注，而重庆文坛在抗战历史剧之外的、处于"边缘"如北碚复旦大学等的文学活动也开始成为硕士甚至博士论文的选题。这无疑得益于人们在观念上的重大变化：从"一切为了抗战"到"抗战为了人"的重大变化。文学作为关注人类精神生活的重要方式，最有价值的恰恰是它能够记录和展示人在不同生存境遇中的心灵变化。

在我看来，能够引起文学史认知框架重要突破的原因就在于我们的现代文学史观正越来越回到对国家历史情态的尊重，同时解构过去那种以政党为中心的历史评价体系。推动这种观念革新的，就是现代文学研究的"民国视野"的出现。中国现代文学发生于民国，与民国的体制有关，与民国的社会环境有关，与民国的精神氛围有关，也与民国本身的历史命运有关。这本来是个简单的事实，但是对于习惯于二元对立斗争逻辑的我们来说，却意味着一种历史框架的大解构和大重建——只有当作为历史概念的"民国"能够"祛除"意识形态色彩，成为历史描述的时间定位与背景呈现时，现代历史（包括文学史）最丰富多彩的景象才真正凸显了出来。

截至2017年的10多年来，现代文学研究出现了对"民国"的重视，"民国文学史""民国史视角""民国机制""民国性"等研究方法渐次提出，有力地推动了学术的发展。正是在这样的新思想方法的启迪下，我们才真正突破了新中国/旧中国的对立认知，发现了现代文学的广阔天地：中国文学的历史性巨变出现在清末民初，此时的中国开始步入了"现代"，一个全新的历史空间得以打开。在这个新的历史空间中，伴随着文化交融、体制变革以及近代知识分子的艰苦求索，中国文学的样式、构成和格局都发生了巨大的变化。具体而言，就是在"民国"之中发生着前所未有的嬗变——虽然钱基博说当时的某些前朝遗民不认"民国"，自己在无奈中启用了文学的"现代"之名，但事实上，视"民国乃敌国"的文化人毕竟稀少——中国的"现代"之路就是因为有了"民国"的旗帜才被光明正大地开辟出来，大多数的"现代"作家还是愿意将自己的梦想寄托在这样一个代替了封建专制的国度——民国，并且在如此的"新中国"观察中积累自己的"现代"经验。中国的"现代经验"孕育于"民国"，或者说"民国"的经验就是中国人真

正的"现代"经验。

民国时期的中国文学也是民国文化当然的组成部分,当文化的记忆被简化甚至删除,那么其中的文学的史料与文献也就屈指可数了。在今天,在今后,要对现代文学文献史料进一步发掘整理,就有必要正视民国历史的丰富与复杂,将历史交还给历史自己。

严格说来,我们也是这些民国文献搜集整理的见证人。民国文献,是中华民族自古代转向现代的精神历程的最重要的记录。但是,岁月流逝,政治变动,都一再使这些珍贵的文献面临散失、淹没的命运,如何更及时地搜集、整理、出版这些珍贵的财富,越来越显得刻不容缓!2002 年,我在重庆张天授老先生家读到大量的民国珍品,张先生是重庆复旦大学的毕业生,收藏多种抗战时期文学期刊和文学出版物。十五年之后,张老先生已经不在人世,大量珍品不知所终。2014 年,我和张堂锜教授一起拜访了尉天聪先生,在他家翻阅整套的《赤光》杂志。《赤光》是中国共产党旅法支部的重要机关刊物。2017 年,激情四溢的尉先生已经因为车祸失去行动能力,再也不能亲临研讨现场为大家展示他的珍藏了。作为历史文物的见证人,更悲哀的可能还在于,我们或许同时也会成为这些历史即将消失的见证人!如果我们这一代人还不能为这些文献的保存、出版做出切实的努力,那么,这段文化历史的文献就可能最后消失。为了搜求、保存现代文学文献,许许多多的学人节衣缩食,竭尽所能,将自己原本狭小的蜗居改造成了历史的档案馆,文献史料在客厅、卧室甚至过道堆积如山。中国社科院文学所的刘福春教授可谓中国新诗收藏第一人,这"第一人"的位置却凝聚了他无数的付出,其中充满了一位历史保存人的种种辛酸:他每天都不得不在文献的过道中侧身穿行,他的家人从大人到小孩每一位都被书砸伤划伤过!民国历史文献不仅铭记在我们的思想中,也直接在我们的身体上留下了斑斑印痕!

由此一来,好像更是证明了这些民国文献的珍贵性,证明了这些文献收藏的特殊意义。在我们看来,其中所包含的还是一代代文学的创造者、一代代文献的收藏人的诚挚和理想。我们如果能够小心地呵护这些历史记忆,并将这样的记忆转化成我们自己的记忆,那就是文学之福音,也是历史之福音。

民国时期的中国文学是色彩、品种、形态都无比丰富的"大文学"。

"大文学"就理所当然地需要"大史料"——无限广阔的史料范围，尽可能周全的文献收藏，坚持不懈的研究整理。这既需要观念的更新，也需要来自社会多个阶层——学术界、出版界、读书界、收藏界——的共同的理想和情怀。

（原载《中山大学学报（社会科学版）》2017年第1期）

近现代私人日记与中国现代文学文献研究

——一个亟待展开的学术领域

所谓"私人日记"是指历史上存在的私人书写的生活记录，区别于以"日记"命名的虚构的纯文学创作；"近现代私人日记"指的是晚清民国时期中国所存在的私人书写的日记著作，此时正值中国社会历史天翻地覆的"千年巨变"，私人生活记录（日记）反映的就是这一历史巨变的个人细节，它们的存在形态与此前此后有明显差异，亟待我们加以深入考察，也有望成为中国现代文学文献的重要组成部分。

一

西方写作史表明，作为私人的日记与文学的日记原本有着一定的差异。今天，我们常常提及的私人日记如 17 世纪英国的塞缪尔·佩皮斯（Samuel Pepys）的日记、19 世纪俄罗斯著名作家的列夫·托尔斯泰的日记原来都是秘不示人的。据说塞缪尔·佩皮斯生前把自己的日记当作绝密文件收藏，而且使用别人难以辨认的文字书写，列夫·托尔斯泰多次拒绝自己的妻子查看日记，为此不惜离家出走①。与这些非虚构的"私人日记"不同，传统文学意义上的"日记"首先都是"虚构"的文字，在欧洲，严格分类，能够流行于公共领域的文学"日记"属于小说，18 世纪与 19—20 世纪之交是欧洲"日记体小说"（Diary novel）——或称"虚构的日记"（Fictive diary）——的兴盛期，在这里，"日记"是虚构文学的一种形式。正如日记小说理论家特雷弗·菲尔德在《日记体小说的形式与功能》中指出的那样，所谓日记体小

---

① 钱念孙：《论日记和日记体文学》，《学术界》2002 年第 3 期。

说，日记在这里不过是一个修饰词，并非不可替代①。中国近现代文学是在大量引进外国文学的基础上发展起来的，这样，这种虚构的文学样式自然也为中国现代作家所接受，中国现代文学首先出现的"日记"都具有不可怀疑的文献性，是虚构文学的一部分，例如鲁迅的《狂人日记》、茅盾的《腐蚀》、沈从文的《不死日记》《呆官日记》、庐隐的《丽石的日记》、冰心的《疯人笔记》、丁玲的《莎菲女士的日记》、张天翼的《鬼土日记》等都属此列。也基于这样的创作现实，现代翻译家、文学理论家孙俍工在《小说作法讲义》中将"日记"置于小说四大体式之首，谓之"是一种主观的抒情的小说"。②

但是，这却只是"日记"传统的一方面。与上述西方来源有所差异的是，私人性非虚构文字（日记）又是中国历史文化的另外一种"传统"，它也继续流传于现代。与西方文学史的清晰二分不同，私人的日记也一直为中国现代知识分子所重视。早在20世纪20年代，新文学的作家如郁达夫、周作人、阿英等就开始注意到发现私人日记的意义，他们的探讨可以说为中国近现代的日记研究奠定了基础。郁达夫是最早发表日记研究专论的作家，他提出了"日记体"的概念，他将日记与日记体文学区别开来。1925年，周作人在《日记与尺牍》一文中，概括了日记兼有"作者的个性"与"考证的资料"等多重属性。阿英（署名钱谦吾）的《语体日记文作法》是较早的一部完整系统的日记理论专著，此后，出现了短暂的研究日记的热潮，如贺玉波的《日记文作法》、卢冠六的《日记作法》、施蛰存的《域外文人日记抄》等，这样论述也表明，在许多中国学人的心目中，文学日记与私人日记也有界限模糊的一面，私人日记可以传达一些公共性的信息与态度，就像文学日记可以描绘社会历史一样。20世纪三四十年代，中国出现了一批私人日记选集，如赵景深选编的《现代日记选》，施蛰存编选的《域外文人日记钞》（上海天马书店1934年），陈子展编选的《注释中外名人日记抄》（中华书局1935年）等，周立波、沙汀、丰子恺、叶圣陶等作家的私人日记也在抗战

---

① Trevor Field, *Form and Function in the Diary Novel*, New Jersey：Barnes & Noble Books Press, 1989：4-7.
② 严家炎：《二十世纪中国小说理论资料》第2卷，北京：北京大学出版社，1997年，第341页。

期间出版。

从 20 世纪 40 年代后期开始到 20 世纪 60 年代中期，陈左高先生一直致力于中国日记研究，被称作中国日记史研究第一人，他先后发表了 30 多篇关于日记的论文，最早全面地介绍了古代日记的概况，给学界提供了很多珍贵的文献史料。新时期以后，私人日记研究开始恢复，出现一批有代表性的论文，例如：乐秀良的《日记悲欢》，寇广生的《日记之研究》《日记三题》，陈左高的《日记是宝贵史料》《谈日记中的中国书画史料》《清代日记中的中欧交往史料》等；陈左高的《中国日记史略》《历代日记丛谈》，古农编《日记品读》《日记漫谈》《日记序跋》《日记闲话》等相继出版。20 世纪 80 年代至今的重要论文则有南京师范大学主办的《文教资料》杂志推出的日记学研究专辑以及程韶荣的《中国日记研究百年》、赵宪章的《日记的私语言说与解构》、钱念孙的《论日记和日记体文学》、乐齐的《现代日记文学述略》、刘增杰的《论现代作家日记的文学史价值——兼析研究中存在的两个问题》、邹振环的《清代书札文献的分类与史料价值》、陈子善的《略谈日记和日记研究》、李凯平和朱胜超的《论日记的文类特点》、祝晓风的《作为历史文化景观的日记及其出版》、张克的《论中国现代文学史上的日记体小说》、陈晓兰的《欧洲日记体小说发展概观》等。

最近十数年，随着近代史研究、民国史研究的升温，如何从近代中国人物的日记中发掘新的社会历史信息也日益引起了学界的重视，包括近代史学界和中国近现代文学研究界都是这样。史学界如孔祥吉对清人日记的研究①，余英时对《顾颉刚日记》的研究，江勇振对胡适早期日记的研究②，张鸣通过《吴宓日记》与《胡景翼日记》来考察五四历史的复杂性等。

20 世纪 90 年代至今，除了日记研究不断发展，日记的出版也大量增加，出现了不少以丛书的形式对文人作家日记的归类整理，如由陈漱渝和李文儒主编并由山西教育出版社出版的"中国现代作家日记丛书"、由中华书局出版的"中国近代人物日记丛书"、1990—1993 年由江苏古籍出版社出版的

---

① 《清人日记研究》，广州：广东人民出版，2008 年。

② 《舍我其谁：胡适（第一部：璞玉成璧，1891—1917）》，北京：新星出版社，2011 年。

"民国名人日记丛书"、2004—2009 年由大象出版社出版的"大象人物日记文丛"、2011—2018 年由国家图书馆出版社出版的"珍稀日记手札文献资料丛刊"等。除此之外，多部日记编选著作也问世了，如虞坤林的《二十世纪日记知见录》，该书系统地收录了作者搜集到的 1900 年以来的日记，包括国内的 1100 余种，国外部分 30 多种。在诸多文人日记相继问世的基础上，除了对日记总体的研究，学界还出现了对作家的日记个案的研究，如对鲁迅、吴宓、朱自清、徐志摩、巴金、萧军等日记的研究。文学界自 1980 年包子衍的《〈鲁迅日记〉札记》（湖南人民出版社 1980 年出版）之后，随着黄侃、周作人、郁达夫、徐志摩、朱自清、顾颉刚、吴宓、苏雪林、杨树达、宋云彬、萧军、夏承焘、夏济安、郭小川、顾准、王元化等近现代作家和学者的未刊日记陆续披露，作家"日记研究"也越来越多，并开始成为研究生学位论文选题的对象，如张高杰博士论文《中国现代作家日记研究：以鲁迅、胡适、吴宓、郁达夫为中心》（兰州大学 2008）、邓渝平硕士论文《五四文学家日记研究》（山东师范大学 2009）等。

二

不过，值得注意的是，在一个相当长的时期中，中国近现代的日记研究依然存在两个方面的问题，有待学界的进一步深入拓展。

其一是近现代日记的总体面貌依然模糊不清，有待全面的清查和整理。目前的研究其实大都还是来自对历史或文学人物相关问题的兴趣，是为了解决这些或历史或文学的问题才开始从"日记"中寻觅材料，对日记本身的系统研究比较缺乏，加之许多日记还处于未刊手稿状态，已经出版的也是卷帙浩繁，有价值的信息往往淹没在众多琐碎的记录中，不易显现，这都大大降低了日记的被关注度，也影响了学界对日记的有效利用。

其二是"日记"还是被当作社会历史文献的补充，其本身的文体特点、存在形态还缺乏足够的分析和研究，这样一来，其实与文体和表达形态融会贯通的思想艺术特点也缺乏独立的价值，不能进入研究者的"法眼"，从而

影响了日记研究的深度。

在我看来，现在已经到了系统整理和研究这些私人日记的时机。所谓的系统研究包括总结近现代中国日记的规模和数量，尽力搜集尚存民间的日记手稿；对已经掌握的（业已出版的）日记考订、注释；对这些日记的基本内容加以概括、索引，是为"叙录"；同时，以这些文献为基础，作出历史学的和文学的新的研究。这些研究不是重复已有的学术路径，而是力图另辟蹊径，强化历史研究对"个人经验"的重视，也开启在"人与历史相互联系"的背景上重建"文学性"的方式。前者就是正在发展中的"新史学"（或称"新文化史"）的方法，后者属于我倡导多年的"大文学"学术观。

仅仅对于中国现代文学研究的文献而言，我们也有必要通过系统的研究为学界贡献一份完备可靠的"近代中国日记的主题档案"，将其中的重要信息予以归纳建档，便于检索，这是未来日记研究进一步发展的基础；同时也探讨重新解读、分析这些日记、确立其基本价值的方法，包括历史学层面的方法和文学层面的方法，对日记文体的独立性作比较深入的讨论。具体而言，起码有以下五个方面的工作值得展开。

第一是近现代中国日记搜集整理与数字化工程。近代中国（包括中国文学史所指称的五四至新中国成立的"现代"）积累了大量私人"日记"，长期以来，由于学术观念和学术体制的限制，这些意义特殊的文献却始终处于研究的边缘地带，既不被视作"文学创作"，又不被当作历史研究可靠的文献。因此，在一个相当长的时期内，都缺乏足够的关注，以致相当多的日记文献都处于被冷落、被遗忘甚至被遗弃的状态，几乎没有获得系统有效的搜集、整理。今天的基础文献整理工作已经刻不容缓。稍可安慰的是，经过多年的摸索、探求，目前学界已经大体掌握了近代中国日记文献的几大源头。未来的工作是进一步发现储存线索，予以搜藏，对于海内外已经出版的，则予以分类整理。数字化工程是对以上整理工作的落实。

第二是为了尽快让广大使用者厘清这些日记文献的基本形态，我们需要对这些近现代中国日记进行必要的概述，这就是基本内容的"叙录"工作。近代中国是历史转折的大时代，包含了社会演变的重大信息，也激发了历史当事人的丰富而复杂的思想情感，如何透过20世纪40年代以来的私人日记揭示这些秘密，已经成为学术研究的重大课题。目前可以搜集、整理的约 1100 余种各类日记中，绝大部分都是学界十分陌生的，因为这些"日记"卷帙浩繁，形态复杂，难以在短时间内把捉其内在的信息。如何以简洁明白的方式加以呈现，为人们进一步的研究提供线索的指导，这是一项基础性的工作，也是学术文献最有效的利用方式。我们的"叙录"就是简明而准确地概括相关"日记"的基本内容，对其中涉及重要历史事件、人物和反映作者重要思想和情感态度的加以必要的信息标注，为学界的深入研究、细读阐释提供方便。

这些"叙录"形式至少应该包括：总体情况概括（整本日记的写作、收藏情况）；年度内容梗概（提示本年度进入"日记"的社会大事与主要人物）；重要历史事件、人物活动与精神变化信息索引。

第三是对这些日记的辨析、考订与注释。近代中国日记诞生在混沌复杂的晚清民国，可谓"遭逢乱世"，内外战乱、政治高压、社会动荡都让书写者处于生存的艰难和尴尬当中，写作、出版、传播条件有限，书写的自由度有限，种种的禁锢和不便让这些流传的文字时有错漏、歧义或者隐晦之处，需要整理者加以认真的辨析，结合其他历史文献进行比对，或者去伪存真，或者提醒读者（研究者）可能存在的疑问，或者提供进一步思考、探究的线索，总之，努力为日记的使用创造理性的知识基础，提出有益的阅读建议。

第四是对日记的"新史学"研究。近现代中国在今天进入我们的学术视野本身意味着我们可以采取一种全新的态度和方法，去发现其中所包含的新的价值。作为新的历史研究方法，"新史学"为我们提供了这样的可能。新史学在本体论上把历史学视为一门关于人的科学、关于人类过去的科学，它反对汤因比式的宏观史学，而主张从第一手材料出发的扎实研究。正如劳伦斯·斯通（Lawrence Stone）所说，这一种研究让"历史学的主体从人周围的环境转向环境中的人；历史研究的问题从经济和人口转向文化和感情；对历史学发生影响的学科从社会学、经济学和人口学转向人类学和心理学；历史研究的对象从群体转向个体；解释历史变化的方式从直线式的单因素因果关系转向互为联系的多重因果关系；方法论上是从群体计量化转向个体抽样；史料的组织上是从分析转向描述；而历史学的性质和功能则从科学性转向了文学性"①。

"新史学"研究将让我们抛开日记使用中的重重疑虑，从中体察历史中个体生存的各种信息，从而填补"宏观史学"的抽象与空疏，寻找从私人日记入手洞察社会历史的诸多细节。

第五是近代中国日记的"大文学"研究。"大文学"视野跳出了将"文学"仅仅视作语言形式建构的窠臼，在历史文化的广阔视域中剖析文学所承载的社会历史意识，以及人对于特定社会历史的心理反应和精神状态。如果说"新史学"是从个人体验中观察历史的细节，那么"大文学"则是从历史运动的个人反应中探测人的精神细节，两者互补、对视，揭示了传统学术（历史学与文学）都相对忽略的部分。对近代中国日记做"大文学"意义的研究，能够有效地揭示近现代中国知识分子的精神历程与心灵奥秘，并有助于我们比照分析他们各自的其他文学创作，发现一般研究所未能涉及的深层底蕴。就是在这个层面上，近现代私人日记作为"中国现代文学文献"的特殊价值可以得到极大的彰显。

这就是今天我们重新研究私人日记的基本设想。不难看出，这五个方面的研究由文献搜集开始，到思想情感的深入剖析，体现了学术研究"从事实出发、从第一手材料出发"，最终建构具有坚实的社会历史基础的阐释理论的过程，这是一个在过去很长时间里被我们忽略、淡化的过程，我认为，也恰恰是未来中国学术自我更新的必由之路：文献的搜集整理是我们研究的基础，只有充分发掘、掌握原始文献我们才能有研究的基础，目前"日记"文献并不系统，散失很多，需要我们下大力气搜集完善，离开了这一工作，一切所谓的研究都是纸上谈兵。当然，文献搜集的意义不是单纯的保存，如何真正完整地把握它的内容才是研究的开始，这就是我们所设计的"叙录"工作。对于我们而言，"叙录"是进一步熟悉文献、阅读文献的过程，对于整个学术界而言，通过我们的"叙录"来了解近代日记的概貌，进而选择自己深入考察的对象则是一种重要的便捷方式。"叙录"以文献的搜集为基础，

---

① 原载于 L. 斯通：《叙事式史学的复兴》第 3、19、21、22 页，引自杨豫《"新史学"的困境》，《史学理论》1989 年第 1 期，第 33—34 页。

又是在搜集基础上的进一步整理和总结。"叙录"是对日记文献内容的基本概括，而"辨析、考订和注释"则是对文献的更为深入的认知。"叙录"只需要再现这些日记记录的内容本身，无须对其所反映历史的真实性加以辨析，也可以暂时忽略其中可能存在的疏漏、错误，当然更不用透过这些记载去追究背后可能存在的某些隐晦的社会历史事实，"辨析、考订和注释"就是针对"叙录"的"不为"而为，它的工作可以将我们带入对于日记文献的理性思考之中。"辨析、考订和注释"是学术研究步入深处的开始，但还不是关乎历史和文学的具体问题的解答，接下来我们展开的两个方面的研究就是对提出问题、回答问题的具体落实。

就方法论的角度来说，"新史学"向度的考察是在日记如何揭示社会历史问题方面的探索，当然与过去的宏观史学不同，它是用立足于个人生存经验的观察来洞察社会与历史；"大文学"向度则是追问日记如何在包孕社会历史关怀的前提下呈现自己的思想和情感，以及其中所体现的语言的文体的风格。从史学的生存考察到文学的情感追问，我们的研究无疑进一步走向了一个幽微的更加深邃的世界，这是学术研究的必须，也是文献研究的最高价值。

总之，从文献搜集入手，通过对内容的叙录、对表达的考订，最终在史学和文学两个方面完成新的阐释和解读，我们基本上构建起了中国近现代日记的框架和体系，为这一曾经的跨越文史的边缘现象寻找到了进入主流学术话语的路径和方法。

三

中国近现代日记本身就是历史信息的丰富的"原生态"存在，对它的整理和研究首先就应该尽量避免先验的理论预设，尽可能返回现代中国历史的现场，在充分爬梳、整理和分析原始文献与第一手材料的基础上对历史人物的个体生存经验与微妙的思想情感表达加以领悟和呈现，这样的工作必须具有鲜明的理性精神，对研究对象提出科学、客观的归纳和概括。以上观念概括言之就是：文献整理和研究应该是我们研究的最重要的基础，而"大文学史观"与"新史学"态度是我们进入和评价这些日记文本的基本方式。

在这里，我们还需要注意"大文学史观"与"新史学"观念之于日记文献研究的特殊意义。

所谓"大文学"就是突破对"纯文学""为艺术而艺术"的迷信，将文学的价值和意义定位在广泛的社会历史的联系当中，将文学的趣味的精神魅力与之承担的社会责任、历史使命有机结合。显然，"为了人生"、为了社会责任的现代中国，文学毫无疑问地承担了这样的义务，并且也在事实上以这样的塑造体现自己的历史形象，日记的研究也是如此。考察这样的书写现象，我们理应自觉地秉持"大文学"视野，以此为标准衡量文学的价值。秉持"大文学史观"，也就意味着我们的中国现代文学研究应该把对"文学"的关注融入对社会历史的总体发展格局之中，将文学的阐释之旅融通于寻找历史真相之旅，这里有现代中国政治理想的真相，经济生态的真相，也有社会文化整体发展的深刻烙印，与历史对话，将赋予文学以深度；与政治对话，将赋予文学以热度；与经济对话，将赋予文学以坚韧的现实生存品格。在这方面，"大文学"观也可以形成与"新史学"观的互补对视与有机对话，前者在历史关怀中突出新的广阔的文学追求，后者在个人经验的提炼中深度观察社会历史的细节，这都赋予日记文本极大的阐释空间，最终推动学术方法的更新。

当然，无论秉持"大文学史观"还是"新史学"观念，我们最终的落脚点还是日记所记录的细节，而这些记录归根到底还是书写的语言作品。也就是说，所有文学与社会历史的对话并不意味着我们要离弃写作本身，直接讨论宏大的中国历史、政治与经济。换句话说，对这些社会历史现象的考察、分析并不是要建立我们的政治学与经济学，而是深化和完善关于中国近现代日记的"阐释学"。

那么，这一研究的重点和难点何在呢？关于中国近现代日记的研究在若干方面取得了不少成果，但目前整体的文献面貌还不清晰，"家底"情况不明，我们首先需要展开全面的搜集整理，完成近现代日记谱系的勘察，这一工作还从来没有人做过，我们必须重点完成，同时，相关的辨析、考订和注释也必不可少，工作量较大，至于在此基础上展开"新史学"与"大文学"的阐释，则是一项富有深度的考验着我们学术眼光的课题。归纳起来，我们可以这样简略地表述：在日记文献的搜集中，如何打捞那些尚未结集的散见于各种报纸杂志的日记是一个重点，同时加强对散失于民间的重要历史人物"日记"的搜集；在日记文献的整理中，如何结合已知的历史事实加以考订、辨析是一个重点，因为只有经过这样的理性整理，我们才有机会留存下一些更具有历史"真相"的文本，为未来的学术研究奠定基础；在对日记文献展开"新史学"与"大文学"阐释的过程中，如何发掘历史进程中个人的精神与心理状态是我们的重点，同时，初步总结作为"大文学"文本的日记的独特的文体形态也是我们努力的方向。

在我看来，这一研究难点主要有三个方面：

首先，作为"日记"，其部分历史文献长期缺乏搜集整理，已经损毁湮灭，为进一步的研究带来了困难。

其次，辨明日记写作中的隐晦书写对社会历史、人际关系的复杂呈现具有相当的难度。因为，不同的语言表述完全可能有多重的历史原因，如何去伪存真，发现有说服力的解释，可能需要异常丰富的信息，这并非一件容易的工作。

最后，如何借助"新史学"与"大文学"新方法，实施对日记文献的有效阐释，依然需要认真摸索。虽然新的研究方法强调的是以历史文献为基础，但是多年来"理论先行"已经成为了我们学术思维的习惯，如何在具体的实践中加以克服，还有许多的工作要做。需要我们运用"知识社会学"的研究方法，在强调返回现代中国历史现场的基础上，尽量通过历史材料的广泛搜集和呈现，达到最广泛地揭示历史丰富性和复杂性的目的，排除"概念先行""以论代史"的弊端。

虽然存在这样那样的研究难题，不过，我相信，随着研究的开展，完成一系列学术突破是完全可以预见的——"中国近现代日记"研究的相对完整文献资料库将得以建立；新的文献史料的发现和整理辨析，将极大地丰富中国近现代文学的研究内容；大量历史人物与作家个人的生存经验的细节得到展示和剖析，与之相关的其他文学作品也可能获得新的解释和研究，新的近现代文学创造的内在逻辑有可能被发现；以"新史学"及"大文学"为代表，新的方法论的价值得以显现。

新时期以来，外来文学批评方法的引入在很大程度上改变了我们固有的封闭状态，带给我们一个全新的文学景观，但是时至今日，我们也发现，大量西方术语和概念的流行在一定程度上遮蔽了我们对自身问题的深入发现，而中国文学研究的学术主体性更是无法建立。本文既然强调返回现代中国的历史情境，努力梳理中国作家个体生存的经验及私人化的语言表述，那么，就有可能尝试一种突破，既从对外来批评研究方法的简单移用转为逐步探索我们自己的研究方法，包括理论表述形式。在研究中，我们首先将更多地从个人生存经验入手（而不是从成熟的"理论"入手）发掘原始文献，最大程度地呈现中国现代文学现象自身的存在方式及自我的话语表达方式，这样就有可能突破生搬硬套外来批评模式的研究习见模式，通过强调回到现代中国历史情境，探索属于中国历史自己的解释方法和叙述方法。

中国现代文学的文献基础是学界十分关注的对象，除了一般的目录、版本、校勘等工作外，开辟文献的新领域也是必不可少的，将"私人日记"纳入文献的考察对象，将不仅大大拓展我们的学术视野，更能促进文学与史学的深入对话，从而带来更为重要的方法论上的革新与革命，恐怕正是在私人日记的研究领域中，史学的研究与文学的研究可以构成真正的切实的对话，当然也有可以预见的碰撞，那就是对学术思维的难得的"激活"。

（原载《文艺争鸣》2019 年第 11 期）

主要参考文献*

［瑞士］布克哈特：《意大利文艺复兴时期的文化》，何新译，北京：商务印书馆，
　　1979 年。

［美］布鲁克尔：《文艺复兴时期的佛罗伦萨》，朱龙华译，北京：生活·读书·新知三
　　联书店，1986 年。

［英］布洛克：《西方人文主义传统》，董乐山译，北京：生活·读书·新知三联书店，
　　1997 年。

陈平原：《中国小说叙事模式的转变》，上海：上海人民出版社，1988 年。

董玥：《民国北京城：历史与怀旧》，北京：生活·读书·新知三联书店，2014 年。

［英］费瑟斯通：《消费文化——全球化、后现代主义与认同》，杨渝东译，北京：北京
　　大学出版社，2009 年。

费正清编：《剑桥中华民国史（1912—1949 年）》上下，北京：中国社会科学出版社，
　　1994 年。

［美］格里德：《胡适与中国的文艺复兴——中国革命中的自由主义（1917—1937）》，第
　　2 版，鲁奇译，南京：江苏人民出版社，2010 年。

［法］贡斯当：《古代人的自由与现代人的自由》，阎克文、刘满贵译，上海：上海人民
　　出版社，2003 年。

［日］沟口雄三：《作为方法的中国》，孙军悦译，北京：生活·读书·新知三联书店，
　　2011 年。

顾准：《顾准文集》，贵阳：贵州人民出版社，1994 年。

郭沫若：《郭沫若全集》（历史编）第 2、3 卷，北京：人民出版社，1982、1984 年。

郭沫若：《郭沫若全集》（文学编）第 11、15、16 卷，北京：人民文学出版社，1992、
　　1990、1989 年。

胡适著，季羡林主编：《胡适全集》，合肥：安徽教育出版社，2003 年。

---

* 主要参考文献中的外国人名中译名统一只保留姓。

［德］康德：《历史理性批判文集》，何兆武译，北京：商务印书馆，1990 年。

［德］康德：《判断力批判》，宗白华译，北京：商务印书馆，1964 年。

［美］柯文：《在中国发现历史》，林同奇译，北京：社会科学文献出版社，2017 年。

旷新年：《现代文学与现代性》，上海：上海远东出版社，1998 年。

李大钊著，中国李大钊研究会编注：《李大钊全集》，北京：人民出版社，2006 年。

李劼人：《李劼人全集》第 3、6、9、10 卷，成都：四川文艺出版社，2011 年。

李欧梵：《徘徊在现代和后现代之间》，上海：上海三联书店，2000 年。

李欧梵：《中国现代文学与现代性十讲》，上海：复旦大学出版社，2002 年。

梁启超：《清代学术概论》，北京：东方出版社，1996 年。

林甘泉、蔡震主编：《郭沫若年谱长篇》，北京：中国社会科学出版社，2017 年。

林毓生：《中国传统的创造性转化》，上海：上海三联书店，1988 年。

［俄］别尔嘉耶夫：《人的奴役与自由》，徐黎明译，贵阳：贵州人民出版社，1994 年。

刘纳：《嬗变——辛亥革命时期至五四时期的中国文学》，北京：中国社会科学出版社，
　　1998 年。

鲁迅：《鲁迅全集》，北京：人民文学出版社，1981 年。

［德］马克思、恩格斯著：《马克思恩格斯全集》，中共中央马克思恩格斯列宁斯大林著
　　作编译局译，北京：人民出版社，1982 年。

［美］米尔斯：《小群体社会学》，温凤龙译，昆明：云南人民出版社，1988 年。

穆旦著，李方编：《穆旦诗全集》，北京：中国文学出版社，1996 年。

［美］诺齐克：《无政府，国家与乌托邦》，何怀宏译，北京：中国社会科学出版社，
　　1991 年。

施蛰存著，刘凌、刘效礼编：《施蛰存全集》，上海：华东师范大学出版社，2011 年。

宋剑华编：《现代性与中国文学》，济南：山东教育出版社，1999 年。

汪晖：《去政治化的政治：短 20 世纪的终结与 90 年代》，北京：生活·读书·新知三联
　　书店，2008 年。

汪晖：《无地彷徨》，杭州：浙江文艺出版社，1994 年。

王德威：《被压抑的现代性——晚清小说新论》，宋伟杰译，北京：北京大学出版社，
　　2005 年。

王笛：《跨出封闭的世界——长江上游区域社会研究 1644—1911》，北京：中华书局，

1993 年。

王晓明编：《批评空间的开创：二十世纪中国文学研究》，上海：东方出版中心，
　　1998 年。

王瑶：《王瑶全集》，石家庄：河北教育出版社，2000 年。

王岳川、尚水编：《后现代主义文化与美学》，北京：北京大学出版社，1992 年。

温儒敏、丁晓萍编：《时代之波——战国策派文化论著辑要》，北京：中国广播电视出版
　　社，1995 年。

闻黎明、侯菊坤编：《闻一多年谱长编》，武汉：湖北人民出版社，1994。

闻一多：《闻一多全集》，武汉：湖北人民出版社，1993 年。

吴芳吉著，贺远明、吴汉骧、李坤栋选编：《吴芳吉集》，成都：巴蜀书社，1994 年。

吴宓：《吴宓日记 第一册：1910—1915》，北京：生活·读书·新知三联书店，1998 年。

许纪霖、陈达凯主编：《中国现代化史 第一卷 1800~1949》，上海：上海三联书店，
　　1995 年。

严家炎主编：《二十世纪中国文学与区域文化丛书》，长沙：湖南教育出版社，1995 年。

杨匡汉、刘福春编：《西方现代诗论》，广州：花城出版社，1988 年。

杨匡汉、刘福春编：《中国现代诗论》上下，广州：花城出版社，1985 年。

杨义：《中国现代小说史》（第 2 卷），北京：人民文学出版社，1988 年。

余虹：《中国文论与西方诗学》，北京：生活·读书·新知三联书店，1999 年。

袁可嘉：《论新诗现代化》，北京：生活·读书·新知三联书店，1988 年。

曾小逸主编：《走向世界文学：中国现代作家与外国文学》，长沙：湖南文艺出版社，
　　1985 年。

朱自清著，朱乔森编：《朱自清全集》，第 2 版，南京：江苏教育出版社，1996 年。

邹振环：《晚清西方地理学在中国》，上海：上海古籍出版社，2000 年。

后　记

　　编选文集远远没有完成一部个人专著愉快，在文集当中，我们总得面对自己的过去，而过去并不都是成功的，发现一个错误，会让人懊恼和沮丧，但你又不能随处大笔挥舞，增删涂抹，因为它们已经成为了历史，成为了我们思想的印迹，成为了我们跌跌撞撞的影像，供后人指点评说。

　　不过，这一部文集篇目的编订我自己还是基本满意的，因为它们大体上代表了我在几个时期的思考，虽然不一定精彩，但肯定是认真的、严肃的，放在小引所谓"反抗虚无"的方向上看，也值得作为个人"心灵史"来对待，我们或许还能从中发现一个学科的共同的历史痕迹，那当然就真的有点留存的意义了。

　　感谢四川大学的"双一流"学科建设，让这部文集有了辑存和面世的机会，感谢"双一流"学科中国语言文学的首席科学家曹顺庆教授主持了这一套有价值的论丛，感谢在"双一流"学科建设中常常为我们服务的胡易容教授、曾元祥老师，是你们的辛勤工作让许多计划梦想成真（得以实现）！

　　值得一提的是，在文集的编订和校对过程中，我遇到了身体等方面的一些状况，几经挣扎，几经努力，精力和心境都受到了干扰，最后形成了这样一个并不完满的文本，这都是我未曾经验的，记下一笔，作为人生的一个小小的记录吧。

李　怡

2020 年 7 月于成都长滩，补于 2021 年中秋